窈窕珍馐 1

缘何故／著

北京燕山出版社
BEIJING YANSHAN PRESS

图书在版编目（CIP）数据

窈窕珍馐. 1 / 缘何故著. —北京 : 北京燕山出版社, 2021.9

ISBN 978-7-5402-6193-1

Ⅰ. ①窈… Ⅱ. ①缘… Ⅲ. ①长篇小说—中国—当代 Ⅳ. ①I247.5

中国版本图书馆CIP数据核字(2021)第187967号

窈窕珍馐1

著　　者：缘何故
责任编辑：刘占凤　任　臻
特邀策划：号　号　李姣姣
排版设计：南大古　张　强
出版发行：北京燕山出版社有限公司
地　　址：北京市丰台区东铁匠营苇子坑138号C座
邮政编码：100079
发行电话：（010）65240430
印　　刷：北京盛通印刷股份有限公司　（010）52249888
开　　本：880mm × 1230mm　1/32
印　　张：13.5
字　　数：422千字
版　　次：2021年9月第1版
印　　次：2021年9月第1次印刷
书　　号：ISBN 978-7-5402-6193-1
定　　价：45.00元

目录

Contents

目录

Contents

第1章

十月，临江市的秋天。

刚下过一场阵雨，空气湿润而冰凉，市区明珠山别墅区，某幢小楼二层，阳台门被轻轻打开。

金窈窕赤脚踏出室外，凛冽的秋风立即汹涌而来，将她质地轻薄的睡袍吹得猎猎作响。

她拢紧衣襟，脊梁标枪般挺直，任凭身体战栗，视线一寸寸掠过明珠山漫山遍野的红枫。

直到此时，她终于确信，自己好像遇到了一些超出计划的问题。

如果说这是一场梦的话，那她最后的记忆，大概是一杯产自勃艮第的睡前红酒。

她年轻时不喝酒，红的白的啤的一概不碰，也不是因为味道不好，最主要的是担心沈启明会不喜欢。毕竟女孩子一旦扯上喝酒，似乎总显得不够淑女，不够温柔，不够像个完美的贤妻良母。因此不光烟酒，其余出格的事物她也是不碰的。

直到年岁渐长，她才发现酒其实不是个坏东西，沉迷其中当然不好，但适当摄入，却可以让人在疲惫至极时得到一点可供休憩的余地。

当时是重阳节，她刚拿下又一块奖章，分量极重，属于父亲生前梦寐以求的那种。因此开完庆功会后，她就带着金牌回国给父母扫墓，谁知落地一看，临江的业内同行已虎视眈眈许久，导致她刚扫完墓，就被接到酒会现场，随即觥筹交错，应酬不断，间或还得招架一些明里暗里打探她私生活的八卦。

她坐了十几个小时的飞机，一刻都没休息，忙到最后，累得实在招架不住，好不容易才找到机会偷溜。

顶着微醺的醉意，她不忘从行李箱里拿出父母的遗像，同那块熠熠生辉的奖章一并放在床头。

也不知道是什么时候入睡的，等再醒来时，她躺在了这个让她熟悉又陌生的房间里。

她确信这不是一场恶作剧。

明珠山别墅区的这幢房子是沈启明跟她订婚时沈家父母送的礼物，从她戴上订婚戒指起住到摘下结婚戒指，当中跨越了无数光阴。她每天在这里生活起居，对这幢房子的角角落落乃至每扇窗户外的风景都了如指掌，即便离开多年，也不至于认错明珠山独一无二的壮阔红叶。

更何况，与沈启明有关的一切曾经在很长一段时间都是她心里不可触碰的雷区。虽然多年之后，她的内心逐渐强大，最终到了可以不带波澜地提起这个名字的地步，可这时她已威严日盛，身边人反倒开始刻意规避一些可能会冒犯到她的话题。

因此，断无可能有人会无聊到找来这栋房子当场戏弄她，更何况，不久前的酒会现场她才听哪位阔太太提起，说沈启明在自己离开以后并没有搬离这里。

虽然不清楚对方不搬家的原因，但沈启明那个一板一眼的性格倘若都能配合别人恶作剧，地球估计也距离毁灭不远了。

金窈窕掏出手机，是已经被淘汰很久的型号，亮起的手机屏幕上清晰地浮现出沈启明的侧脸照和当前的年份与时间。她盯着那串数字，手机黑屏亮屏，反复几次后，她终于遵从本心，翻出一个已经很多很多年不曾拨出的电话号码。

嘟声响起，不过三下就换成了一道带笑的嗔骂：“臭丫头，还知道给你妈打电话呀？”

一瞬间世界天昏地暗，仿佛被抽干了空气，金窈窕过了好久才找到自己的呼吸：“妈？”

“窈窕？”可能她声音太哑，那头的母亲被吓了一跳，慌张起来，“你怎么了？哭了？哎哟！是不是看到今天的报纸又胡思乱想了你？妈跟你说，妈看人很准的，沈启明肯定不是那种会在外头勾三搭四的人，男人在外面拼事业免不了被人乱讲，你都快跟他结婚了，别成天胡思乱想……”

果然是失去了才懂得珍惜，金窈窕头一次发现自家母亲的絮叨那么好听，她沉默地听了老半天才舍得打断：“妈，别说他了，我爸呢？你俩最近过得好吗？身体怎么样？”

金母语气中带着迷茫：“你这孩子，今天怎么傻乎乎的，被敲闷棍了啊？咱们前几天不是才见过面吗？我跟你爸好着呢！”

果然是亲妈才能说出来的话，金窈窕低头笑了一会儿，才轻轻开口：“妈我想你了，我真的好想你们。”

金母被她突如其来的甜言蜜语搞得有点不知所措，好半天才有点感动地软下声音：“妈也想你，天天都想着你呢。”

金窈窕眺望着满山红叶，抬手揩了下眼角：“那我今天能回家住吗？”

“这有什么不行的！”金母立马乐了，“你天天回来都行，回来吃晚饭吗？妈这就让阿姨买菜去！”

挂断电话，金母高兴地连连在原地踱步，还不忘招呼下楼的丈夫：“老金，窈窕说今晚要回来住！”

金父背着手，声音中气十足：“回来就回来呗，又不是多久没见了，你至于这么欢天喜地？”

金母白了丈夫一眼：“你这人，什么叫又不是多久没见？窈窕订婚以后回家就越来越少，我欢天喜地一下怎么了？”

金父“嘁”了一声：“她都快结婚了，结了婚就该多照顾小家庭，老回娘家像什么话？”

金母不理他，叮嘱完阿姨去买菜后，絮絮叨叨地翻起了冰箱：“窈窕最喜欢吃秃黄油，我今晚得赶紧准备起来……”一起身，才发现丈夫已经站在了身后，她没好气地问：“干吗？”

金父一屁股把她挤开，不苟言笑地挽起了袖子：“你做的秃黄油那还能吃？别给闺女吃吐了，这是我的招牌菜，起开。”

金窈窕捏着手机站在冷风里，中指被订婚戒指硌得生疼，她举手垂眸，终于彻底相信自己回到了二十四岁。

二十四岁，父母健在，她还没跟沈启明结婚，多好的年纪。

如果说这是一场梦的话，那就再也不要醒来吧。

在感觉自己要冻感冒之前，金窈窕扶着从醒来起就有点眩晕的额头转身回到房间。

这是一个有些神奇的世界，目之所及，皆是粉色——缀满蕾丝边、拢着罩纱的粉色立柱公主床，床边铺着粉色的羊绒地毯，天花板上装着粉白色的羽毛灯，墙边垂着粉色的窗帘……推开一扇移门，踏进粉色的衣帽间，她在斜靠一角的粉色洛可可风穿衣镜里看到了自己。

年轻的、漂亮的、找不到一丝皱纹的，哪怕十万块一组的超声刀都无法还原的满是胶原蛋白的脸。

她套着一件粉色公主风睡袍，顶着一头多年前言情剧女主角常见的土黄色鬈发。色泽如何暂不评价，反正睡过一觉后，这头卷毛已变得干枯毛糙，随意翘起，蓬松无比，让镜中的她看上去就像一只不幸的羊驼被困在粉栅栏里。

但这样浮夸的搭配，竟硬生生被她纤细的身段和白到近乎透明的皮肤穿出了几分美感来。

金窈窕靠近几步，与自己对视，镜子里的少女鲜嫩得像颗白里透红的水蜜桃，唯独那双黑白分明的眼睛深处闪烁着与年龄不相符的锐利。

她眼珠一转，挪向右侧，镜框上贴了一张边角满是碎花的便利贴，上头是一行娟秀的字迹——

“早饭半个苹果，午饭蔬菜沙拉，晚饭千万别吃！目标体重40kg，只差最后1kg，加油！”

金窈窕瞄了眼镜子里一米六九的自己。

怪不得从醒来开始就头晕目眩，眼前发黑，她还以为自己生病了，敢情是饿的。

想到自己多年后时不时地犯胃病，金窈窕就气不打一处来，再想到干出这种蠢事的居然是自己，她又连生气的力气都没有了。好在转念一想，她很快释然，毕竟自己干的蠢事又不止这一件。

因为觉得自己个头太高，不够小鸟依人就拼命减肥，因为天生嗓音有些沙哑，不够甜美可爱就努力慢吞吞娇滴滴地说话，因为想让自己看起来淑女一些，不管适不适合的打扮都往自己身上套，毕业这么多年，也从没想过自力更生，满脑子只有怎么妥帖照料好沈启明的衣食住行，恨不能把“贤妻良母”四个字刻在脸上。

清醒之后，回头再看，她只能感叹爱情真是个奇妙的玩意儿，竟然能让人把自尊都踩在脚底。

金窈窕实在不想看自己的这副德行，挑了个花边好歹简单些的皮筋把头发扎好，翻找完整个衣帽间，才找到一件宽松的白色毛衣。比较无语的是她发现自己竟然连一条裤子都没有，仔细回忆才想起自己年轻时确实一年四季都是光腿穿裙子的。

她只好忍耐着挑了一件最厚实的针织裙，然后翻出现金、信用卡、驾照、身份证，将有价值的珠宝手表也一并收拾进一个迷你双肩背包里。提着外套刚打开门，她就嗅到从楼梯口传来的食物香气。

循着香味下楼，渐渐听到有人说话的声音，是家里的两个阿姨正在闲聊。似乎听到动静，其中一个抬头朝她看了过来，随即有些责怪地开口：“窈窕哦，你今天怎么睡这么久？再晚一点启明都该下班回来了。”

说话的是王阿姨，她是将沈启明一手带大的老保姆，资历颇深，在家也很有长辈做派，对金窈窕说话向来是这个调调。

金窈窕以前觉得对方可能是相处太久，已经把沈启明当作亲生儿子对待，所以才会这么不把她当外人，但现在看来，人家跟沈启明本人说话时倒是体贴温和，很有分寸。不过转念一想，也是，她倒追沈启明十几年，自己都不把自己当回事，哪还能指望外人把她当盘菜呢？

客厅的挂钟指向下午四点整，按照她以往的作息，三点就该结束午睡，开始给沈启明准备晚餐，王阿姨不满的就是这个。

金窈窕这会儿饿得够呛，瞥了似乎还想说教几句的王阿姨一眼，懒得搭理她，径直去了厨房。

王阿姨被她的余光扫过，顿时一愣，随即跟另一位阿姨面面相觑，虽不明就里，气焰却本能矮了三分。

"她怎么了这是？"王阿姨的心里有点惴惴不安，"是不是嫌我说话太不客气了啊？"

"不至于吧，窈窕挺好说话的……"另一个阿姨也踟蹰起来，想了想，道，"可能是因为沈总今天的那个新闻还在生气吧？"

厨房里肉、蛋、蔬菜早已经洗干净整整齐齐摆在了中岛，只等金窈窕动手。这倒不是王阿姨她们懒惰，只是她们的厨艺跟金窈窕比差得太远，沈启明又吃她做的饭吃了十几年，早养出了刁钻的胃口，一般的饭菜根本入不了他的法眼。

从这一点上，金窈窕觉得自己还是要感谢对方。金家虽然经营餐饮企业，但她父亲的思想却很老派，哪怕只有一个孩子，也从来没有要培养女儿继承衣钵的想法。她的一手厨艺，可以说百分之九十都是因为沈启明而提升的。

只可惜年轻时的她眼界太窄，身怀巨宝，却只想用它当一个贤妻良母。

金窈窕找到香气来源，打开锅盖，发现里面原来是沸腾的海鲜粥。粥米熬得黏稠软糯，在微火的煨煮里冒着小而细密的气泡，看状态少说熬了三四个小时，大约是自己午睡前煮上的。

她找了个长勺搅了搅粥底，依稀分辨出里头放了海参和干贝，还有咸鸭蛋黄。

差不多了。

金窈窕找了口小锅，丢进几个虾头熬油。刚才被煞了威风的王阿姨谨慎地探头进来，看她还是一如既往地做起了饭，这才终于安心地进来打下手，不过态度比往常显得小心了一些，没话找话地奉承金窈窕："今天这粥熬得真不错。"

金窈窕切着葱，不咸不淡地"嗯"了一声。

王阿姨看了她一眼，莫名紧张地咽了口唾沫，赶紧把活接过来，扯着笑又开口："哎，窈窕啊，你不要老去看那些记者猜来猜去瞎写的东西。人家外人不知道，咱们还能不知道吗？宁萌只是启明的助手而已，带着她参加的那个慈善宴会也只是商业活动，这很正常啊。更何况，我从小带大启明，还能看不出来吗？别说启明对宁萌没那个意思，就是平常外头的别的女人，也没见哪个被他看在眼里。你是启明堂堂正正的未婚妻，都要结婚了，何必吃这些没头没脑的醋？"

金窈窕听着这似曾相识的安慰，愣了愣，不明就里地拿出手机搜索了一下，这才发现临江市的门户网站今天最热门的新闻。

新闻内容虽然是在庆祝临江市慈善大会的召开，配图放的却是沈启明的照片。沈启明向来抓镜头，即便在人潮汹涌的红地毯，也能轻易让人第一眼捕捉到他。抓拍画面里的他英俊得几乎让周围的一切都失去了颜色，当然也包括那个紧紧跟在他身边的女伴。

这女伴不是金窈窕，而是他的得力助手宁萌。

沈启明是近几年金融界炙手可热的新贵，又长着一张得天独厚的好脸，认真说来他是个商人，但关注度恐怕是一些普通明星都比不上他的。这种公开场合出现在他身边的女伴，想也知道会被记者怎样猜测，金窈窕看得好笑，原来自家母亲电话里说的别多想指的是这个。

当然母亲劝的也没错，年纪小的时候她确实喜欢多想。因为宁萌虽然是沈启明的工作助手，却丝毫没有掩饰过她对沈启明的爱慕。

不过，宁萌表现得那么明显，沈启明也从来没有要跟她避嫌的意思，还时不时带着她出席各种公开的商业活动。比起宁萌，反倒是金窈窕这个正牌夫人的名字，很多人在他们离婚之前甚至都没听说过，就像圈内许多合作伙伴在参加婚礼之前从不知道沈启明已经订婚了一样。

金窈窕当然对此不满，却很少说出口。她当初以为那是自己体贴，但离婚多年后，她越发看清，那其实只是一个穷光蛋卑劣的胆怯。

因为贫穷到不敢失去一点点哪怕是假象的平和，她甚至胆怯到从没问过沈启明喜不喜欢自己。

可能自欺的同时，她内心的角落还保有着最后一丁点被刻意忽略的理智，知道答案会让自己崩溃吧。

搞笑的是离婚的时候她以为宁萌会很快成为名正言顺的下一任沈夫人，结果在那次回国的酒会上，她却听说对方依然还是个助手，就像那么多年来在自己面前的显摆全是说着玩似的。

真的太惨了，金窈窕作为第二惨的“尖子生”，忍不住为她鼓掌流泪。

因此，这则可能会让过去的她胡思乱想的新闻，在如今的她看来就完全成了“跳火坑女子的悲情一生”，看完除了叹口气，她甚至连评价的兴趣都没有。

王阿姨就跟靠说话才能喘气似的，口中劝个没停，还不忘互动：“窈窕啊，你说我说的对不对，你不气了吧？”

金窈窕专心地把熬好的虾头油浇进锅里：“当然不气。”

金黄色的虾头油翻涌着放肆的香气，融合着原本就很出色的海鲜粥，成功让王阿姨停住声音，凑上前来。

她嗅着香味啧啧赞叹：“不气就好。窈窕啊，要说做饭，那还得是你，我不夸张地说，你是我见过的人里手艺最好的一个！”

金窈窕：“我知道。”

要不金奖怎么偏被她拿到手了呢？

王阿姨沉默两秒，干笑着说：“还有今天这个粥，启明肯定也喜欢，至少要喝两碗。”

金窈窕把剔好的虾身、蟹黄、蟹肉丢进粥里，翻搅两下，语气高深莫测：“他肯定喜欢，也得有那个喝两碗的命啊。”

王阿姨觉得今天金窈窕好像特别不想聊天，特别不好相处，她站在旁边，不由得重新不安起来："窈窕啊，这个虾和螃蟹是不是应该晚点再放啊？"

金窈窕："不会，现在刚好。"

是吗？虾煮久了不是口感会老吗？不是应该等沈启明进家门的时候再放比较好吗？可是金窈窕的手艺肯定比自己权威，她都说了刚好……

王阿姨陷入对自己厨艺的质疑里，却见金窈窕把案板上切碎的葱末一把撒进了粥锅，王阿姨直接惊呼出声，这个她再不懂也知道肯定是喝粥前才能放的！

金窈窕听她惊叫，扭头看去。

王阿姨与她对视，语气虚弱："葱好像也放早了……"

金窈窕取出一个小碗，盛起粥，尝了一口："不早，刚好。"

王阿姨有些茫然："你怎么先吃了？"

金窈窕慢条斯理地吹着气："因为我饿。"

王阿姨："那也应该等启明回来一起吃饭啊。"

金窈窕："不了，我吃完还要出门。"

"出门？你不做晚饭吗？"王阿姨慌了，"那启明回来吃什么？"

浓稠的粥米包裹着新鲜微甜的虾身蟹肉，金窈窕嚼碎被煸炸得酥松咸香的虾头，平静地给她出主意："他可以吃你们烧的饭。"

王阿姨有点崩溃："不是，启明他不爱吃我们烧的味道！"

金窈窕点点头："那就让他饿着，饿两顿就什么毛病都好了。"

晚餐时分，沈启明踏进家门，脚步如风，也不管身后的两个客人。

不过他很快就察觉到有点不对，停下脚步，一边递出外套，一边皱眉看向不远处的餐桌。

"阿姨。"他叫住王阿姨，"今天的菜是你们做的？"

王阿姨尴尬一笑，一切尽在不言中。

沈启明朝楼上扫了一眼："窈窕今天没做饭？"

王阿姨诚实答道："做了，她做了锅粥。"

"哦。"沈启明也不生气，点点头，抬手解开衬衫的纽扣，"那我不吃菜了，给我盛碗粥就好。”

王阿姨欲言又止地看着他。

沈启明反应了一下：“粥怎么了？”

王阿姨：“窈窕喝完了。”

沈启明：“全部？”

王阿姨：“剩下的连锅端着出门了。”

沈启明：“啊？”

那他今晚吃什么？

第2章

“她生气了。”蒋森提着筷子坐在桌边，一脸肯定地朝着沙发上正处理工作的沈启明说，“绝对的。”

沈启明垂着眼，没搭理自己的合作伙伴兼发小，目光专注在平板电脑密密麻麻的文字上：“窈窕吗？不会。”

宁萌端着咖啡从厨房出来，闻言飞速看了沈启明一眼。屋里开着恒温，沈启明脱了时刻笔挺的西服外套，领带也早就取了，只穿着一件解开了几颗纽扣的银灰色衬衫。他挽起袖子，捏着平板电脑，手指修长，白天整齐的头发落下几缕搭在额头，眉眼幽深地藏在灯光的暗影里。

这是他在这幢房子外极少能有的放松状态。

宁萌不出意外地怔了怔，随即才回过神，小心翼翼地将杯碟放在茶几上：“沈总，您的咖啡，刚冲好的。”

沈启明随手拿来喝了一口就放下了。

宁萌站在一旁，眼中暗含期冀。她新报了个咖啡班，三个月来挤出工作之外为数不多的休息时间认真上课，就是为了这一刻。

她问："怎么样？"

沈启明没抬眼，语气平淡寻常："首丰给的这份财报不够详细，明天你让人联系王总的助理，让他们把去年六月之前的也整理出来。"

不是问财报怎么样……

屋里静了好几秒才响起宁萌的回答："好的。"

蒋森看不过眼地敲了敲盘子："什么叫不会？哥们儿，你哪儿来的自信啊就敢这么肯定？"

沈启明："窈窕不是会耍小性子的人。"

蒋森："那我告诉你一个权威机构的研究成果。"

沈启明放下平板电脑看向他。

蒋森："这世界上没有不会耍小性子的女人。"

沈启明沉默片刻，揉了揉眉心："你不了解她。"

蒋森："那你分析一下她今天为什么不给你做饭。"

沈启明不说话了，蒋森乘胜追击："更何况这次确实是你做得不聪明，现在外头多少人都在猜宁萌是你女朋友，又有几个人知道窈窕才是你未婚妻？你又不对外宣布。"

沈启明皱起眉头："我为什么要告诉别人自己的私生活？"

蒋森两手一摊："你看喽，那她不生气才怪。"

沈启明无法理解蒋森的想法。宁萌听到自己被猜测成沈启明的女友，却有些窃喜。她看看正在吃饭的蒋森，又看看继续拿起平板电脑工作的沈启明，轻声试探："金小姐是因为我陪沈总参加活动，误会了我和沈总的关系在生气吗？那要不我还是去跟金小姐道个歉吧。"

沈启明沉声道："不用。"

宁萌压住忍不住上翘的嘴角，拢了拢耳旁的长发："我没关系的，道个歉而已，不管怎么说，能让金小姐消气就好，总不能因为误会影响到沈总您跟她的……"

"不用。"沈启明打断她，"她不会误会，你只是我的工作助手，她知道的。"

一瞬间宁萌像是被谁一把掐住了脖子，勒得呼吸不能，剩下的话也未能说出口。她盯着说这句话时连半点犹豫都没有的沈启明，很久之后，才脸色苍白地弯腰去端桌上的杯碟:“那……那就好。沈总，咖啡有点凉了，我去给您换一杯。”

蒋森目送那道僵硬走进厨房的娇小背影，龇牙咧嘴地将视线转回沈启明身上:“真是郎心如铁啊。”

沈启明一如既往地不搭理他，蒋森看着他的反应，啧啧感叹:“我错了，不是郎心如铁，是哥哥你根本就没有心。”

沈启明:“什么？”

王阿姨她们的手艺平凡得如任何一家的保姆，原本奔着蹭饭而来的蒋森吃完几块排骨后也终于没了食欲，他撂下筷子走向客厅，一把抽走沈启明的平板电脑:“听不懂就算了，不过我觉得你还是打个电话把你未婚妻哄回来比较好，我今晚还想吃到她做的晚饭啊。”

“还我。”沈启明摊开手，重复自己听到的陌生词汇，“哄？”

“你没哄过女人吗？”蒋森先是错愕，随即看清随着抬头的动作暴露出来的沈启明的脸，突然窥探到了一个让身为同性的他心态失衡的大帅哥的世界，只能咬牙放弃这个大概只能羞辱到自己的疑问，“反正你就说点软话，关心关心她，她要是跟你发脾气，你就受着认错就行，不过——”

话说到这里，他忽然回忆起以往所见的金窈窕和沈启明的相处模式，又推翻了自己说的计划:“不过窈窕那个人，我就没见过她发脾气的样子，那就更好办了，估计你也不用多说什么，给个台阶她自己就回来了。”

金窈窕的父母住在临江市城东，跟沈启明的爸妈住得很近，因此上学的时候，两家人做了很长一段时间的邻居。后来沈家人举家移民，金窈窕在订婚后跟着沈启明搬到了明珠山，直到最后，她的父母相继去世，金窈窕选择离婚出国。

在她的记忆里，城东的这幢房子成了一个她不敢触碰的影子。可现在，那些可怕的变故却好像只是她的一场梦。

门卫认得她，放行她的车后还熟稔地跟她打了声招呼。金窈窕停好车，抱着留有余温的锅站在自家门口，却发了很久的愣才抬手按响门铃。

下一秒大门打开，门禁里传出看着她从小长大的岑阿姨的大呼小叫："金总！太太！窈窕到家啦！"

窈窕反应了一秒，才意识到这个"金总"喊的是父亲而不是自己，转念就笑出了声。

家里热闹得很，刚进屋迎面就扑来一道胖墩墩的黑影，紧接着她就手上一空。

岑阿姨抢过砂锅，大嗓门震得人脑仁都疼，此时听来金窈窕却只觉得亲切。

"怎么还带了个这么重的锅，你这小身板能干这个吗？"

金母也紧跟着岑阿姨的话教训她："臭丫头，你怎么看起来好像比前几天还瘦了，是不是又在搞那个减肥？还有，今天外头都降温了，还穿着裙子到处乱晃，你别嫌妈唠叨，等你到了我这个年纪就知道了，风湿疼起来有你哭的！"

不远处厨房的大门打开，金父挺着肚腩跟饭菜的香味一并出现，腰上还系着围裙，一边擦手一边不苟言笑地打量她一圈，同样不甚满意道："看看你那个头发，像什么话？染得跟营养不良似的，哪像个快结婚的人的样子。沈启明也是的，都不知道管管。"

听着这些鲜活的骂声，一瞬间金窈窕鼻酸得一塌糊涂，差点没掉下眼泪。顾不上自己正在被声讨，她一把抱住了近在咫尺的母亲，将头埋进对方温暖的颈侧："妈……"

金母正要掀锅盖看里头的东西，冷不防被她一抱，又听到女儿的哭腔，顿时吓了一跳。她反手将女儿搂住，声音着急起来："怎么了？哎哟，怎么了怎么了？妈在这儿呢，在这儿呢，说你两句你哭什么你。"

金父愣了一下，也快步过来看情况，却被金母瞬间找到了新的指责对象："你这个老头真是，丫头难得回来一趟，你一见面就说她的头发，你想干什么？染头发不像样，都跟你似的掉光了才像样？"

金父被指责得眉头一竖，手下意识摸了把锃亮的脑门，一脸威严不容挑衅的样子，可瞥了眼疑似被自己气哭的闺女，又显得气弱："我又没说她什么……"

金窈窕松开母亲又一把扑进亲爹怀里："爸，我没哭，我就是想你们了。"

金家是很传统的家庭，就像大部分的家庭那样，每个人都含蓄得羞于将情感表现出来。因此过去的很多年，金窈窕一直在想，为什么自己没有在父母还在世的时候每天多抱抱他们，就像现在这样，让他们清晰地知道他们于自己而言有多重要。

金父第一次碰上这样直接热烈的情感表达，明显慌了，竟然举手做出投降状，连往日的威严都难以为继。但再怎么不知所措，亲生闺女毫不掩饰的依赖和撒娇都让他这个父亲本能地柔软下来。金父生疏地拍了拍女儿的肩膀，往日最擅长骂人的嗓门温柔得连自己都不敢多听："好啦好啦，都是能做妈的年纪了，还回来跟我们撒娇，你这孩子，什么时候能让我跟你妈放心哦？"

金窈窕又难过又想笑，严肃古板的父亲竟然能用这样的声音说话，过去的自己怎么就一点也没想到呢。

她松开僵硬得像块铁板的父亲，捏了捏放好砂锅回来的岑阿姨胖胖的手，岑阿姨跟看一个小孩子似的看着她笑："金总就是嘴硬，其实和太太在家天天都念叨你呢。今天知道你要回来，还亲自下厨烧了秃黄油。你呀，平常多回来看看我们，哪怕只留下吃顿饭也好呀。"

被闺女这么一抱，接下来的时间金父的好心情都掩饰不住，整个人神采飞扬的，头一次不等岑阿姨和金母动手，主动给全家人盛好了饭，更是一改往日的少言做派，絮絮叨叨地给金窈窕介绍自己做的秃黄油。

金家是淮扬菜世家，除了家学渊源，金父早年还师承粤菜名厨，因此尤其擅长烹调水产，秃黄油更是他的拿手绝活。这玩意儿看似简单，只是将蟹粉蟹膏用猪油烹调，可想真正烧出精髓，却并没有看上去那么容易。

金父用恨不能把菜喂进女儿嘴里的架势，仔仔细细用金灿灿的秃黄油拌了碗油润喷香的米饭。金母跟岑阿姨相视一笑，都觉得哭笑不得，金父观念传统，餐桌上向来奉行食不言的礼仪，家里还是头一次这么温暖热闹地吃晚餐。

可偏偏有人不识相，非得在这个时候打扰。

金窈窕随手放在客厅的手机突然振动起来，岑阿姨过去一看，立即殷切地拿了过来："窈窕，是小沈总打来的。"

金窈窕听得一愣，随即反应过来，这时候的她跟沈启明还没有结婚，因此岑阿姨只称呼沈启明为“小沈总”。

沈启明的电话？

金窈窕一时没动，但母亲在她之前接下手机，按了接听：“喂？小沈啊。是我呀，窈窕现在在家呢，你等会儿啊。”说着将手机递了过来。

没办法，金窈窕只得接过来，环顾一圈餐桌，还是起身去了客厅角落。

她缓慢地将手机贴到耳边：“喂？”

听筒里随即传出一道熟悉又陌生的低沉男声：“你去你爸妈那儿了？”

是沈启明。

金窈窕忍不住恍惚了片刻。

当初离婚的时候，她因为父母过世接连遭受打击，精神处于崩溃状态，留下协议书就连夜走了，全程没有跟沈启明面对面交流过，上飞机之前她拉黑了沈启明的一切联系方式，自那以后，就有意无意地没跟对方再产生任何交集。

这是时隔多少年后才听到的声音？金窈窕记不得了，她有些怅然，也有些感慨，但这世上有些人和事总不能一直逃避，早晚都是得面对的。

她沉默两秒，靠着墙壁，低声回答：“是的。”

沈启明的声音和他本人一样，是如出一辙的冷冽：“什么时候回来？”

金窈窕一挑眉，她过去虽然没有尝试过离家出走，可自己无缘无故突然回了父母家，对方打电话过来居然是这样的态度，还真是非常符合沈启明这个人的风格。

她不知道过去的自己遇到这种情况是什么心情，不过当下，她只觉得有点好笑，于是玩味地问：“怎么了？你肚子饿了？”

电话另一头，蒋森朝沈启明挤眉弄眼，脸上写满了“看吧，你温柔懂事的贤妻良母果然发脾气回娘家了心里也是挂念你的”。

沈启明没搭理他，也没回答这个问题，只重复了一遍：“你什么时候回来？”

“沈启明。”金窈窕站直身体，语气温柔地说，“你知道吗？我现在特别想跟你说一句话。”

沈启明听得一顿，他很少听到金窈窕直呼自己大名，平常在家，她都是亲昵地叫他“启明”。

这让他本能地感觉到了一点不对劲，一旁的蒋森却浑然不觉有问题，一脸“我是不是一不小心要听到兄弟的小夫妻私房话了”的亢奋。沈启明不悦地瞥了不断凑近的蒋森一眼，索性取消通话的免提模式，然后将手机贴到耳边：“什么？”

“你听好了。”金窈窕笑了一声，“滚。”

沈启明拿着手机：“你说什么？”

“她说什么了？让我也听听窈窕私底下怎么跟你撒娇啊！怎么还带过河拆桥的！”被他挡开的蒋森因为听不到“私房话”，急得抓心挠肝，硬是突破重围，掰开沈启明的胳膊把通话重新变回了免提模式。

金窈窕有些沙哑的曼妙声线下一秒轻缓地淌出扬声器，语气还带着笑意，温柔得像股清泉：“没说什么，问候你而已。沈总长得那么帅，也别只顾着关心我，自己出门注意安全，小心别被车撞死了。拜拜。”

通话结束，室内随即陷入长久的沉默。

蒋森舔了舔嘴唇，心情复杂地看着自家哥们儿：“你、你们俩私底下的相处模式，原来这么硬核的吗？”

沈启明捏着手机，听到这声感叹，微微偏头，英俊的面孔上同样浮现出了陌生的迷茫。

第3章

金窈窕挂断电话，可算是出了口恶气，整个人神清气爽。回到餐厅，金母还调笑她：“真是女大不中留，现在接个电话还得躲着我们，你跟小沈说什么悄悄话呢？”

金窈窕笑得滴水不漏：“哪有，我就关心关心他的身体。”

金父将拌好秃黄油的饭推到她的餐位，对女儿的这一回答倒是十分满意：“嗯，这方面我还是很放心你的，懂事、贤惠、会关心人，以后跟小沈结了婚，肯定是个合格的贤妻良母。”

金窈窕看了他一眼，对此番言论完全免疫，也并不贸然出口反驳。

她了解她的亲爹，平常不苟言笑，疏于表达对她的关心，倒不是因为不爱她这个女儿，只是思想太腐朽而已。

金家世代出名厨，手艺人这个圈子，外界大多不甚了解，只有身处其中的局内人，才能感受到身边无处不在的传统观念，什么家族宗亲、子承父业、尊师为父、男主外女主内……这些规则代代相传，即便到了二十一世纪，许多根深蒂固的观念依然无处不在。

金父从小沐浴其中，天然地认定女人的职责是相夫教子，而男人则应该无条件地赚钱给老婆孩子花，不能有一点怨言。

因此他表达对家人的爱的方式，就是不顾一切地工作，为妻女提供富足的生活，“爱”和“想念”这样的词汇，则被他认作是不该从男人口中吐露的软弱之词。

也正是因此，他一直以来对金窈窕最大的期待就是她能嫁个好丈夫，平稳地从一个衣食无忧的富家小姐蜕变为挥金如土的全职太太，而不是作为他的接班人，在他退居二线后接棒他的事业为此拼搏，哪怕他膝下只有金窈窕这么一个独生女儿。

金窈窕知道这种观念有多么顽强，绝不是一两句话就能轻易扭转的。毕竟很久之前的她，也理所当然地觉得自己一辈子从被父亲养到被丈夫养没什么不好。

没遭遇打击之前，她丝毫没有感受到潜藏在依附他人现状里的危险。父亲也是，直至病重临终，才从接踵而至的矛盾中发现那些他本以为亲密无间，可在他走后如他所愿代他照料女儿的亲人并不可靠。

归根结底，还是他们一家对除自己以外的人性认知过于肤浅。

秃黄油混合了米饭后油润细腻的丰富口感在舌尖绽开，金窈窕垂眸思索，最终确认不能把自己在商场上那套伤感情的强硬手段用在爹妈身上。好在对她而言，拿下思维传统的父母也不是什么难于登天的大问题，过去多少毒辣的对手她都能搞定，更何况这两个世上最毫无保留地爱着她的人？

眼下，比起重组他们的三观，还有更加紧迫的危机亟待解决。

金窈窕看向首座的父亲，对方正端坐着用餐，间或留意一下她是否吃好。金父有些微胖，不过下厨是个体力活，因此他虽然看起来肉多，体格却并不虚浮，反倒有些健壮。加上常年身居高位，他平日里管下属、管徒弟、管晚辈，做的都是发号施令的那一个，精神就更显得好了，不光面色红润，就连声音都时刻透着意气风发的洪亮。

单看外表，金窈窕根本不敢相信这个精神奕奕的父亲会是那个记忆中，在三年后被突然确诊癌症晚期，短短几个月就虚弱到卧床不起的枯瘦老人。

金窈窕还记得那天，一场前所未有的激烈的家族争执后，医护人员手忙脚乱地结束抢救，神色凝重地站在两旁，她半跪在父亲的病床前，害怕得连呼吸都难以为继。

父亲的头发掉得一根不剩，不知道什么时候起变得瘦骨嶙峋的手死死地握着她，浑浊的眼泪一颗接一颗从眼角滑落，嘴唇抖动，满脸都写着对她未来的忧心忡忡，却虚弱得连叫她名字的力气都没有。

金窈窕知道，他快要撑不住了，只是生怕女儿被人欺负，才一直不敢走。

父亲去世之后，母亲仿佛没了主心骨，白天疲于招架那些全职主妇从未学过如何应对的明争暗斗，夜深人静时就偷偷地哭。没过多久，她也倒下了，重度抑郁加乳腺癌，治疗期非常短暂，走得比父亲还要迅速。

其实不该是这样的，医生说乳腺癌好好治疗的话不无痊愈的可能，大概当时的母亲真的太辛苦，多活一天都是煎熬。

金窈窕发怔不过一瞬，母亲立即关切地注意到了，给她夹了一筷子煮干丝，问："怎么不吃？你不要又在减肥哦，都瘦成一把骷髅了。"

金窈窕回过神："爸，妈，我朋友送了我几个体检套餐，过几天我们一起去医院做个体检吧？"

眼下距离父亲被确诊还早，她记得当初医生说过，父亲的病实在拖延太久，但凡早一点被发现，都不至于这么来势汹涌，只可惜他们一直没有养成按时体检的好习惯。

夫妇俩闻言递给她一个莫名其妙的眼神。

母亲有点抗拒："你怎么想一出是一出，好好的人去医院干什么？"

父亲则笃定道："不去不去，工作都忙不过来，哪还有时间体检？我身体好得很。"

这反应不出金窈窕所料，不过她也不多费口舌，只道："没说你们身体不好，是我最近有点不舒服。"

这话一出，两人的注意力立刻被吸引过来，金母吓了一跳，金父也表情凝重：

"你怎么了？"

"经常腰酸背痛的，哪里的问题我也说不好。"金窈窕垂眸思索，语气平常道，"我有点怕，你们就当陪我去了。"

刚才还立场坚定的二老立刻动摇了，金父饭也吃不下了，目光严肃地打量她，仿佛恨不能化身X光为她找出病灶。金母更是发愁得不行，放下碗就开始数落："那还拖什么？赶紧去啊。你说你年纪轻轻的，怎么身体还没我和你爸好，看你下次还敢不敢这么冷的天穿裙子露大腿……"

金窈窕脸厚心黑，浑不在意地照单全收，掏出兜里第N次振动的手机，余光瞥了眼来电人的名字，顺手关机了。

金母正唠叨着，门禁又一次响起，打断了她的声音。

岑阿姨跑去看了一眼，回头道："金总，太太，是嘉瑞带着何小姐来了！"

金窈窕一听这个名字就抬起了头，目光如剑地扫向大门，本来在数落人的金母却乐了，一边起身一边抱怨："这孩子，怎么说来就来？电话都不打一个。"

说话间，门外响起一道清朗的男声："大伯，伯母，我带着灵灵来看你们啦！"

紧跟着一对二十来岁的男女就出现在了金窈窕的视线里——是金嘉瑞和他的妻子何美灵。

金嘉瑞拎着礼物，气质开朗，进屋还亲热地跟岑阿姨打了声招呼，跟在他身后的何美灵清纯可爱，文文弱弱，夫妇俩站在一起，真是十足阳光，半点看不出未来会在父亲去世后因为公司股权对自己和母亲步步紧逼的样子。

可能是本能感受到了危险，金嘉瑞敏锐地扭头看向金窈窕的方向，金窈窕只一眨眼，脸上看不出异样，起身叫人："嘉瑞哥，嫂子。"

金窈窕的父亲金文诚在兄弟里排行第一，金嘉瑞的父亲金文至则是老三，兄弟俩虽然差着岁数，金窈窕却生得晚，比金嘉瑞还小一岁。

金嘉瑞看着金窈窕一如往常温温柔柔的样子，困惑地摸了摸自己后颈莫名竖起的汗毛，笑着回应："窈窕也在啊。"

看看，这话说的，跟自己才是这家的主人似的。

金窈窕对他挑眉："这是我家，我不能在这儿吗？"

金嘉瑞被怼得很突然，笑容立刻僵了，但还不等他想明白，金母就上前唠叨了起来："你这孩子，外头都降温了，灵灵还怀着孩子，你还带她到处跑，真是跟窈窕一样，个个不让人省心。你说来就来吧，还带什么东西！"

金嘉瑞迟了一秒才恢复笑容："刚才带着她逛街，刚好看见两件衣服，灵灵说适合您跟大伯，非要买了送来，我拿她有什么办法？"

他向来嘴甜，又会对症下药，金母果然被哄得合不拢嘴，正要夸他，金窈窕忽然打断了气氛："嘉瑞哥，你跟嫂子还没吃晚饭吧？那你们今天可是运气好，能尝到我爸亲手做的秃黄油。"

金母果然被转移了注意力，放下礼物袋安排起来："是啊，岑姐，你去给这俩孩子拿副碗筷。"

明明是顶着寒风来送礼，却好像成了占到便宜的那个，偏这话说得还挺亲热，让人挑不出毛病。金嘉瑞看着被金母放在玄关连打都没打开的手提袋，笑容再度僵住，片刻后才反应过来——刚进门就被连怼两次，金嘉瑞总觉得哪里不对劲，但对上金窈窕的目光，对方却神情如常，还朝他招手示意快些落座，温和得好像刚才的表现只是天然地不懂看人眼色。

金嘉瑞心有不甘，但错失了炒气氛、论感情的良机，再刻意提起不免显得生硬，只能点头："那我今天运气真是不错。"

金窈窕用余光打量着坐在自己对面的这对年轻夫妇，他们跟她作对不是一天两天了。

当然，现在的金家还处于一派祥和当中，大家父慈子孝，兄友弟恭，丝毫看不出海面下暗流涌动的矛盾。

可惜这虚假的亲情在金父确诊癌症入院后很快就被打碎了，甚至没撑到金父做第二次化疗大家就撕破了脸。

那时金嘉瑞已经坐上了铭德餐饮集团的总监位置，负责金家开发的重点品牌"隐宴"，俨然从金家的年轻一辈里脱颖而出，成了最举重若轻的那个。

金父明显有重点培养他的意思，抱的当然是自己退休后让对方接棒企业，以保证女儿金窈窕往后能靠着分红衣食无忧的想法。谁知他病后还没多久，金嘉瑞就盯上了他手里的股权，联合金家几个长辈兴风作浪，高招频出，直接气得他死不瞑目。

金窈窕垂下眼，未来的金嘉瑞手握重权这一点就难对付极了，作为无数次明争暗斗甚至对簿公堂闹得不可开交的老对手，金窈窕瞧见这两张脸，内心里好战的因子就蓄势待发。

不过，金嘉瑞到底是什么时候开始在集团里崭露头角的呢？

金窈窕计算了一下，发现这个堂哥今年好像才研究生毕业，还没进公司，正想着，忽然就听到对面响起了令她警戒的字眼。

金嘉瑞正跟金父、金母聊着天，似是无意说道："我爸昨天还教育我，说我都快当爸爸了，不能天天只想着学习，也该拼搏下事业了。"

金窈窕抬头看着他。

啊……原来……

金嘉瑞被盯得一愣，却听金父赞同道："你爸说得没错，男人嘛，成家立业都是大事，那你有没有想好未来进公司要干什么？"

金嘉瑞这会儿毕竟刚出校园，城府不够深，听到金父这么说差点没掩饰住喜色，立刻转移注意力，照着来之前深思熟虑过的计划试探开口道："我倒是都行，毕竟刚开始工作，对公司也不了解，什么都得从头学，从基层做起也不错。不过我学的是管理专业……"

家族企业有一个好处，就是小辈们通常能光明正大地走后门当空降兵。至于降的是高是低，那就各凭本事了。铭德管理部的一位主管上个月刚升上去，眼下空缺的这个职位成了公司颇受瞩目的香饽饽，再没有比这更好的起点了。他跟大伯一家向来关系好，平常走动频繁，大伯和伯母对他明显比金家的其他小辈都要亲热些，顺利的话，要到这个职位应该问题不大。

但还不等他旁敲侧击完，对面一直非常安静的金窈窕忽然开口打断了这番交流："爸，有个事我差点忘了，多亏您跟嘉瑞哥提醒我。"

金父愣了一下，倒也没在意女儿插嘴，问她："什么？"

金窈窕吃完一根干丝，慢条斯理地擦了擦嘴："公司管理部是不是空了个主管？让我去试试吧。”

金嘉瑞霎时怔住，好几秒才找回思路，干笑着开口道：“窈窕，你都快结婚了，怎么突然想工作？启明那么有钱，难道还能养不起你吗？”

金父也不太赞同：“你一个女孩子，没事上什么班？公司里事情多得很，累死累活的，你去自找苦吃个什么？”

金嘉瑞赶忙附和：“是啊是啊。”

跟自家亲爹说什么女儿当自强、女性也要独立那完全是说不通的，不过金窈窕也没打算这时候提什么人生观，只丢下餐巾沉声道：“还不是沈启明，他那天跟我吵架，嫌弃我，骂我什么都不懂，以后结了婚也没法帮他管理公司。”

金父听得一愣，随即脸色不好看地说：“小沈这也太不像话了！”

大男人不想着承担家庭重任，居然还对未来妻子有这么不合理的要求！

金窈窕认同地点点头。

第4章

金窈窕理直气壮地提要求："爸，你让我进公司学点东西吧，不然沈启明老说我跟他没话题聊。"

金父还没说话，对面的金嘉瑞就急了。来之前他跟父亲把大伯可能有的反应全都梳理了一遍，却万万没想到半路会杀出金窈窕这么个程咬金："窈窕啊，你就为了这个理由去公司，是不是有点太胡闹了？"

他却不知道，在一个观念传统的老男人眼中，女孩子的出发点但凡是维系家庭幸福，那不论做什么样的事情都是可以理解的。金窈窕的理由于他而言或许是胡闹，于金父而言，却比什么理想、抱负、野心都有力量得多。

金窈窕看着金嘉瑞，仿佛真的是在为自己的婚姻而不安："那我不去上班，万一以后启明真的甩了我，嘉瑞哥你能负责吗？"

金嘉瑞哪敢做这种承诺，只能尴尬道："你乱说什么呢……"

金父也跟着沉默起来。

金嘉瑞有点不知所措地看向妻子，何美灵抿了抿嘴，温温软软地换了个策略：

“我倒觉得去上班也没什么不好，只不过……窈窕一点工作经验也没有，直接进管理层会不会吃不消？不如先挑个轻松的岗位，嘉瑞进公司以后也能照应到。”

金窈窕却不顺着她的思路走，针锋相对道：“怎么会吃不消，嫂子你忘了我是哪个学校毕业的吗？到时候进了公司，说不定还是我照顾嘉瑞哥呢。”

何美灵脸色一白。

金窈窕当初为了能跟成绩优异的沈启明同校，学习一直十分拼命，最后甚至追随对方一起考入了斯坦福大学，虽只读到本科，却也比金嘉瑞这个玩回来的研究生履历漂亮得多。

早年经济比较落后，金家又是靠手艺吃饭，便不太注重晚辈的学业。等社会发展日新月异后，再想重新补小时候落下的基础却为时已晚。倘若身边都是跟自己差不多水平的倒还好说，偏偏金窈窕一枝独秀，这就很让金嘉瑞意难平了。

金窈窕像没看到堂哥阴沉下来的气场似的，步步紧逼：“更何况，吃不消我可以找我爸帮我，难道我还会坑我爸吗？还是嫂子你信不过我啊？”

何美灵被她激得溃不成军：“怎、怎么会……”

金窈窕转向自家父亲：“爸，那是你信不过我吗？”

金父瞪了她一眼：“胡说八道什么，我就你这么一个女儿，信不过你，还能信谁？”

金窈窕眉头微挑。她过去在家里向来乖巧懂事，第一次对严肃的父亲不讲道理，却不料这个方法还挺好用，因此更来劲了：“那你就让我去，别讲那些大道理了，我才不管。”

金父看着她的眼神果然无奈起来，旁边的金嘉瑞仿佛预料到了什么，脸色发青，就听自家大伯叹了口气：“好！好！让你去！行了吧？”

哄完女儿，他才有空留意侄子：“哦，对了，还有嘉瑞。”皱眉思索了一会儿，金父沉声道，“这样，管理部最近新成立的那个项目组，是铭德未来打算重点做的，很有前景，你跟窈窕一起进去。”

对侄子，他自然端起了平日常见的长辈架子，叮嘱道：“这个组里有经验的老人很多，你进去以后要虚心，好好跟他们学习，知道吗？”

金嘉瑞想说些什么，半晌却只能僵硬地点头。

饭后金嘉瑞找了个借口出去吹风，站在金家的院子里一根接一根地抽烟。

何美灵的情绪也很糟糕，却不敢表现出来，只能小声劝他："你别这样，不就是从基层做起吗？窈窕那个人，你又不是不知道，从小除了沈启明她知道什么？她那么没脑子，进公司能不能待够三天都不好说，等她走了，主管的位置不还是你的？"

她以为这话能安慰丈夫，却不知金嘉瑞听了更不自在了。

他从小被父亲以继承人的标准严苛要求，路都走不稳就学拿刀，字尚且认不全就背菜谱，学习不好，家族二话不说就送他去澳大利亚。

以前他觉得辛苦，后来知道的多了，才明白自己其实是被家族资源倾斜的幸运儿。他身边的同辈，别说女孩，就是许多跟本家关系不够近的男孩，得到的都未必有他多。

他顶着那些艳羡的目光长大，虽然父亲只是集团董事，比不得大伯有管理权，但他从未将金窈窕这个女孩放在眼里，加之金窈窕从未跟他产生过利益冲突，他理所当然地将铭德视作了囊中之物。

毕竟他在同辈里是当之无愧的佼佼者，金窈窕一个未来注定要仰人鼻息的花瓶，又能对他有什么威胁呢？

但偏偏就是这个花瓶，让他头一次在索要资源这件事上遭遇了滑铁卢。

金嘉瑞捧着自己被撕成粉碎的计划，头一次清晰地意识到，金窈窕才是金家主事人大伯亲生的，哪怕只是个女孩，在大伯眼里，也比他这个饱受器重的侄子分量大得多。而金窈窕之所以不曾跟他产生利益冲突，也只是因为不想要而已，并不是因为抢不到。

金嘉瑞倒没觉得对方这是在故意跟自己争权，毕竟他这个堂妹对沈启明的执着他早就看在眼里，那么难考的大学都能考进去，为了能让沈启明刮目相看而主动要求工作也不算多么出格的事。而且她刚毕业就匆匆订婚，明显是无心事业，一心回归家庭。

可金嘉瑞就是不爽，对方用那种可笑的理由就能轻易抢走他垂涎已久的东西，就因为她命好，是大伯的亲生女儿。

但这种隐秘到卑劣的小心思，他又怎么能说得出口？金嘉瑞只能冷声回应妻子的安抚："你不懂。"

一道笑声从背后传来，微哑，带着倒钩似的听得人脊骨发痒："看不出来，嘉瑞哥你现在烟瘾这么大。"

金嘉瑞一个激灵，回头便看到了金窈窕，也不知怎么，他原本翻腾着的不忿情绪竟猛地心虚了下，下意识掐灭了烟："你怎么出来了？"

金窈窕示意了下房门："我妈说外面冷，让你们进去。"

金嘉瑞匆匆进屋，何美灵跟在后头，瞄了眼金窈窕，想到被对方影响的切身利益就忍不住来气。她瞄了眼门里离得挺远的其他人，想想还是开口道："窈窕啊，嫂子今天真得说你一句。"

金窈窕本来都想回屋了，闻言停下了脚步："哦？"

何美灵压着嗓子，看着不像在金家父母面前那么温柔，长辈的架子倒拿得挺足："你说你，在家有爸妈养着，以后结了婚，又有沈启明养，外头的人羡慕都羡慕不来，你还自找苦吃地要去工作，真是身在福中不知福，我要是你——"

"就每天逛街购物乖乖当宠物。"金窈窕打断她，"你羡慕得要死对吧？"

这是什么话！太没礼貌了！

何美灵被戳中痛处，怒气横生地看过去，随即就是一愣——金窈窕比她高些，看她时得微微低头，白瓷般的面孔似有笑意，却又不达眼底，这让金窈窕整个人的气质都跟往常大相径庭起来。

何美灵忽然发现金窈窕长的不是杏仁眼。以往不知道是不是为了装可爱，她总是把眼睛睁得很大，瞳孔澄澈又水润，看着颇有些不知世事的天真。如今微微眯起，这双眼忽然就变长了，眼尾上翘，似笑非笑的样子，多出了些让人招架不住的幽深，像个局势尽在掌握的上位者。

何美灵瞠目结舌："你……"

金窈窕偏头，那双眼睛像把她整个人都看透了："你看，我说中了。"

这是金窈窕？何美灵有一瞬间甚至以为自己面对的是个陌生人，嘴唇都抖了起来：“你胡说八道什么！”

“嫂子呀，我今天也告诉你一句话。”金窈窕看她惊慌，不由得勾唇一笑，抬手为她整理了下鬓边的碎发，动作慢条斯理的，“叫你一声嫂子，你别真当自己是长辈了。我想不想工作，要不要被养着，都是我自己的事情，轮不到你来教我。所以，以后对我说话客气点，知道了吗？”

凉凉的手指缓慢划过侧脸，何美灵浑身僵硬，动弹不得，金窈窕为她拢好头发，满意地捏了把她的脸，毫不留恋地扭身走了。

“你说嘉瑞这孩子，这么大了心里还没数，这么冷的天还带美灵出来吹风，她还怀着孕呢，可不就肚子疼了？”

金母坐在沙发上一边拆包装袋一边跟丈夫絮叨着。

刚才何美灵突然白着脸进屋，说自己肚子不舒服，要回家休息，金嘉瑞立刻就带着妻子匆匆告辞了。

金父也拧着眉点头：“还是年轻了点，办事不牢靠。”

金母拿出袋子里的衣服，笑眯眯地在自己身上比画了下：“好看吗？”

金窈窕偏头端详了一会儿，认真地摇了摇头：“人好看，衣服不行，款式太土了。”

金母被她明贬实褒，乐得合不拢嘴：“就你最有品位。”

但听完再看，还真觉得手上的外套花得有些过了头，不由得兴致缺缺地丢回了购物袋里。

夜里，金母辗转反侧，怎么都睡不着，翻了个身，才发现丈夫居然也醒着。

她打开灯，问：“你怎么还没睡？”

金父和妻子对视片刻，沉着脸坐了起来：“还能为什么？”

金母望了眼女儿房间的方向，半晌后长长地叹了口气：“窈窕怕是在小沈那儿受委屈了。这孩子，什么都不跟我们说。”

金父的表情难看得好像要滴出水来。

金窈窕打开手机，发现有四通未接来电，都是沈启明打来的，每通电话间隔一个小时，精确得分秒不差。收件箱里静静地躺着一条对方发来的短信："你怎么了？"

望着这沈启明风格十足的四个字，几乎能由此联想到对方如水般清冷地敲打屏幕的样子。金窈窕皱眉思索了一会儿，考虑该怎么回复他。

不论对于金家还是沈家，退婚都是件大事，不是靠短信简简单单说两句话就能解决的。

正措辞间，手机铃声忽然响了起来，金窈窕吓了一跳，随即看向屏幕正上方，才发现原来距离上一通未接来电刚好过去了一个小时。

这是什么奇葩的强迫症？她无语地按下接听键，那边停顿片刻，传来沈启明平静的声音："窈窕？"

可能是该出的气都出了，金窈窕发现自己这会儿情绪非常稳定，甚至心态平和地在心里赞赏了一下对方好听的声音，然后回答道："是我。"

沈启明就像个复读机，还是那个问题："你什么时候回家？"

这人几十年如一日的言简意赅、目的明确，即便在商场上，每次直中要点的效率也常常能让对手招架不住。金窈窕不打算与他纠结，明确地给出回答："我不回去。"

沈启明的声音迟了两秒才重新响起："为什么？"

金窈窕没回答，只问道："沈启明，你什么时候有空？我有事情要跟你谈。"

此时突然有道含糊的问话从听筒里传了出来："沈总，这个地方……"

声音又细又小，带着点甜味的腔调，很耳熟，金窈窕回忆了一下——是宁萌。

这都几点了？啧啧啧。

金窈窕摇头惊叹，沈启明冷冷地斥了句"安静"，随即才恢复通话："我明天要飞伦敦，周二下午能回来，你现在也可以跟我说。"

一个漂亮姑娘大半夜陪在身边，你居然让人家闭嘴，你个不懂怜香惜玉的大渣男哦。金窈窕都想笑了，但因为一个良好前任的道德准则，她还是努力没笑出声来，知情识趣地缩短了对话时间，不打扰对方的私生活："太晚了，我准备睡觉了，电话里讲不清楚，那就周二下午见。”

沈启明那边沉默了片刻，才简短地回了声：“好。”

金窈窕满意道别，挂断电话后揉了揉自己脸上从母亲那儿蹭来的贵妇面膜，感叹自己现在一条皱纹都没有的好皮肤。

这么漂亮的一张脸，当初怎么就便宜了臭男人哟？

楼下，小区路边一辆漆黑的车里，沈启明放下手机，神情如常。

刚才被他要求安静的宁萌脸色发白，声音微微颤抖：“沈总……我刚才是想说这个地方不好停车。”

“以后我打电话的时候记得保持安静。”沈启明平静地对她说完，然后吩咐司机回去。

“这就走了？”旁边的蒋森等了半天，没想到会是这个结果，捶胸顿足地指责道，“我大老远陪你从明珠山来这儿一趟，车都还没停稳呢，你连门都不进就走了？”

“嗯。”沈启明收起手机，仍旧是那副理所当然的语气，“她已经准备睡了。”

第5章

金窈窕嗅着蓬松床品里母亲最爱的熏香气味，睡得比以往任何一个夜晚都要安稳。

更深露重，月上柳梢，这座城市的许多角落，却有着更多彻夜难眠的人。

临江市，位处商圈的高层公寓，宁萌坐在落地窗边，神情恍惚地遥望天幕。她觉得自己整个人似乎都已经被掏空了。

旁边的地毯上乱丢着几个药瓶，都是医生开给她叮嘱每天都要记得吃的药，可她现在连动弹一下的兴致都没有。

门铃响了两遍，她也不想起身去开。

客人似乎是不耐烦了，自己按密码进了门，她先是听到多年好闺密乔语丝的声音："你快劝劝你堂姐吧，她好像又病发了。"

随即才响起另一道脚步声，宁萌转过头，眼神发木。

来人停在离她不远处，是个利剑般锐利的少年。他揣着兜，五官精致到近乎艳丽，耳垂的锁链耳钉反射出灯光的锋芒，桀骜得像头凶猛不逊的狼崽。

露娜找到沙龙时，金窈窕正在做头发的最后一道护理。

对方人未到声先至："你今天怎么好好的突然……"

没说完的话紧接着消失无踪，化作了瞪大到几乎要掉出来的眼珠。

耳畔的轰响声停下，衣着发型尽显浮夸的理发师杰森收起吹风机，满意地整理了自己精心打造出来的作品，低头道："金小姐，好了。"

"谢谢。"金窈窕朝他点头，随即转向门口哑然失声的好友，"露娜，你来了。"

露娜后仰着身体，似乎是在分辨她的长相，好一会儿才确认自己没认错人，心惊胆战地靠近过来："窈窕？真是你啊？你、你让我看看……"

金窈窕看着对方一如记忆里的模样，笑了一声，眼角余光波澜不惊地扫过梳妆镜。

镜子里的她满头乌发被灯光照得油润黑亮，蓬松如云状散在肩膀，衬得皮肤雪白生辉。米色的针织上衣，款式宽松，质感却很好，露出修长颈项和若隐若现的精致锁骨，再往下，简简单单的牛仔裤搭一双手工中跟马丁靴。

金窈窕看着这更适合自己的形象，扯了扯嘴角，又懒怠地松开。真是奇怪，同样是年轻时的自己，只因为头发和衣着的些许变动，整个人的气质竟然能变得和多年后同样具有侵略性。

好像也不对。

金窈窕片刻后才发现，其实是自己的眼神不一样了。

"窈窕，你今天看起来……看起来……"词穷的露娜好半天才找到合适的形容，怔怔道，"好贵哦。"紧接着又反应过来，摆手补充道，"没有说你以前便宜的意思，你以前穿的那些裙子也不像便宜货，哎呀！我的意思是……"

金窈窕打断她，看她就像看一个小妹妹："不用解释，我知道你的意思。"

露娜对上她的眼神，忽然觉得闺密现在的样子让人有点招架不住，捂着脸傻笑了一声："天哪，你是要泡我吗？今天怎么那么帅哦？可惜我有男朋友了，简文会找你麻烦的。"

金窈窕"啧"了一声，果然还是那个张嘴就智商尽显的傻大姐，随即她又觉得可惜——其实这样也没什么不好，至少比起多年后那个憔悴而成熟，说每句话之前都会再三斟酌的好友，她更情愿看到对方现在无忧无虑的样子。

露娜跟她不愧是难姐难妹，都爱吃臭男人的亏。不过，她找的好歹是沈启明，多金又有颜，即便最后分开，也有无数人羡慕她能嫁给那么罕见的大帅哥。露娜的眼光就差得多，直接被简文这个野心勃勃的“凤凰男”骗走了大半身家。

思及此，金窈窕忽然开口道：“露娜，你有多少流动资金？”

她记得露娜曾经跟她哭诉，简文第一次“吸血”就借走了她将近一千万，当时他说想用这笔钱创业，让露娜的父亲刮目相看，结果创业的事情不了了之，钱也没还。紧接着露娜怀孕，简文顺理成章地求婚，露娜的父亲当然不愿意把女儿嫁给自家公司的小职员，但耐不住女儿哭求，后来想想，简文的家境虽然不殷实，却好歹算清白人家，工作也十分努力，看得出是个潜力股，被软磨硬泡的，最后也就随他去了。

很久以后，露娜才知道，简文当初借的那笔钱居然是用来还家里赌债的。可那个时候，对已经坐上高管职位的简文来说，她知不知道这件事已经不重要了。

露娜对金窈窕突如其来的发问表示疑惑：“我平常都刷卡，不太存钱，流动资金最多一千万吧？你问这个干什么？”

金窈窕道：“借我。”

露娜惊讶道：“你还要跟我借钱？你借钱干什么？”

金窈窕：“别问那么多，借不借我？”

“你要就拿去用呗，跟我还客气什么？”露娜也不多想，但答应之后又有点担忧，“不过你别去学人家干坏事哦。”

沙龙护肤区，金窈窕起来洗面膜，露娜的声音追在背后——

“你还记得上周那谁的生日派对上跟我撞了裙子的那个胡晚月吗？真是太好笑了。我都没把她当回事，她倒抖起来了，这两天在微博发品牌方寄给她的新款包，装得跟自己是品牌方挚友似的，谁看不出来她那点小心思……”

露娜口中上周的生日宴对金窈窕而言像隔了一个世纪那么远，派对上发生的小矛盾更加是模糊得找不到一点踪影。她想不起来这件事，只能敷衍地回应着，好在此时玩手机的露娜忽然转移了注意力，短促地尖叫了一声：“天哪！”她爬起来把手机展示给金窈窕，“有人说在邻北区偶遇了宁瞬哎！”

见金窈窕对此没有反应，露娜露出谴责的表情：“你不至于吧？有了个沈启明，现在连帅哥都不关注了？该不会连宁瞬是谁你都不知道吧？”

金窈窕失笑道：“怎么会？”

好歹是当红明星，火得家喻户晓，金窈窕不至于不认得，更何况露娜口中的这位明星，上辈子跟她的生活圈子交集并不少。

说来也很神奇，宁瞬竟然是宁萌的亲戚，家境相当优渥，以至于多年来媒体竟从未挖出过他的私生活。金窈窕知道他，还是因为他某次找沈启明麻烦，那一次闹得场面很难看，金窈窕也因此听到了许多天方夜谭般的内情。

比如宁萌的抑郁症，再比如宁萌几次偷偷自杀未果，更奇葩的是，她还把家境和自杀这事瞒得连沈启明都不知道。

这么一看，这姑娘真的比她蠢多了，蠢到她如今想起都忍不住怜爱的地步，明明也是个富裕人家的姑娘，没日没夜地当助理这么多年，还什么都没捞到。

不过宁瞬当初对她的敌意也不小，可能是觉得她没有管好沈启明吧，总之对方不友善在先，金窈窕如今回忆，也只剩下对方极具侵略性的戾气，没有什么好印象。

露娜捧着脸花痴她的宁瞬宝宝，金窈窕不感兴趣，找了个由头出去接电话，私立医院安嘉服务部的接待员告诉她，她预约的VIP体检套餐已经安排妥当。

金窈窕确认了时间，回来后，露娜这头的气氛却有些剑拔弩张。

K沙龙是临江很著名的私家沙龙，对外营业得少，在这里碰到熟人的概率实在不小。

刚才还出现在聊天内容里的胡晚月这会儿跟露娜一起出现在了休息区，旁边还坐了个男的，大概是胡晚月的男朋友。

胡晚月说话很嗲：“亲爱的，没想到你也在这儿，那么久没联络了，我好想你哦！”

露娜：“我也是啊，每天都能看到好多你发的微博。”

胡晚月顿了下，笑道：“是吗？可能最近收到的礼物太多，反馈得频繁了点。

对了，你听说了吗？沈启明前几天又带着他的那个女助理去参加宴会了，好多人都说那是他女朋友，你说他俩会不会私下有一腿啊？窈窕好可怜哦。”

露娜脸上的假笑一下子消失了，那么大的新闻她怎么可能不知道，但她刚才跟金窈窕聊了那么多，刻意不去提起这件事，胡晚月突然这么说绝对是故意的。这女人老早就喜欢沈启明，明里暗里找机会不说，有次还当众向沈启明邀舞，结果被对方婉拒，从那以后私底下就老说金窈窕的坏话。

“沈启明的眼光你又不是不知道，看不上庸脂俗粉的。”露娜怼了她一句，目光转向靠近的金窈窕，笑眯眯道，“你说是吧，窈窕？”

金窈窕也在？

被戳到痛处的胡晚月还来不及生气就听到了这个名字，不由得战意盎然地回头，定睛一看，却愣住了。

金窈窕云淡风轻地扫了她一眼，被人背后说闲话，她也不发怒，只忽然朝坐在胡晚月身边的男人道：“你是月月的男朋友吗？你好。”

她亭亭站着，双眼微眯，眼神跟微哑的嗓音就像带了钩子，被盯住的男人当即后背麻了一片，竟忘情地站起身来，殷切回应：“你好你好，你就是窈窕？”

金窈窕也不答，朝他一笑，就转回好友：“露娜，走吧，司机在门口等了。”

没得到回答的男人跟被勾走了魂似的目送她离开，眼神死死地粘在那两条被牛仔裤包裹得又细又直的长腿上，直到胳膊一痛，才听到胡晚月的恼怒骂声：“看看看！有什么好看的！把你眼珠子挖出来算了！”

街边，一辆安静的保姆车内，乔语丝魂不守舍地看着坐在对面的俊美少年。

少年穿着一件黑色卫衣，没注意她，偏头扫了眼窗外正前方的黑色商务车：“就是那一辆？”

乔语丝这才回神，赶忙低头掩饰自己微红的脸颊：“是……是的，金窈窕昨天回了爸妈家，她爸妈给她用的车就是那个车牌号。”

少年应了一声就要去开车门，乔语丝突然开口叫住他：“宁瞬，你、你真要去……去那什么……勾搭她吗？宁萌会不高兴的，万一你被记者拍到，而且——”

她也不知道是羡是妒，厌恶道：“而且金窈窕那个人，真的很假，老是装模作样，很讨厌的。”

“要不是她成天寻死觅活，我才懒得管这种破事。”宁瞬的神情一瞬间有遮掩不住的戾气，随即恢复平常，拿出手机，“你确定是她没错？”

乔语丝瞥了眼屏幕上自己前不久才拍到的金窈窕，点了点头。宁瞬便不再理会她，径自兜上帽子戴好口罩下车，留她在车里痴痴望着走远的背影发愣。

露娜乘车离开后，金窈窕坐在后座无聊地看着街景。

车已经发动，另一边的车门却突然被拉开，钻进一道黑影来。

金窈窕吓了一跳，朝对方看去，随即镇静下来，缓缓挑起眉头。

五官精致的少年一边关门一边朝外打量，同时将口罩摘了下来：“不好意思，能不能麻烦带我一段？随便哪里都好，我被粉丝认出来了。”

他一面说着，一面回头朝金窈窕看过来，与记忆中总是强势冰冷的模样不同，他的脸上带着充满营业感的微笑。

这要是巧合，金窈窕现在就下去把车轮胎吃了。

看不出来，屏幕上演技那么差，私底下却是个祖师爷赏饭吃的妙人。

但下一秒，这位妙人就看清了金窈窕的模样，明显愣了愣，然后迅速掏出手机看了一眼。

金窈窕偏头玩味地看着他，黑发滑落肩膀，略短的几根搭在嘴角。

宁瞬扫了眼把手，似乎想下车的样子，可手都搭在上头了，瞄了眼金窈窕，却又不知道为什么没动。

金窈窕收回目光，微微一笑，朝请示自己的司机开口道：“没事，走吧。”

第6章

车缓缓启动，汇入拥堵的晚高峰。

宁瞬想到自己本来要做的事情，心头有些懊恼，刚才上错车的时候其实就该下车才对，真是鬼迷心窍。

不过，车上的这位陌生女孩性格倒挺善良，自己贸然出现，她也不质问什么，还毫不犹豫地提供帮助。

这么想着，他又不禁皱起眉头，一个女孩子这么好说话，实在是太没戒心了。不过，也有可能是她认出了自己？

宁瞬等了一会儿，除了发动机几不可闻的轰鸣声，车里再没响起任何声音。

他不禁朝旁边瞥了一眼，只有司机警惕地不住从后视镜朝他扫视，旁边那陌生的姑娘连看都没看他，坐姿很闲适，只偏头注视着窗外的车流。

他一眼就能看出对方对他的忽视不是假的，这些年，他身边不乏想通过特立独行的行为来吸引注意的异性，不论何种表现，都不会像对方这样，连余光都不给自己一个，好像他的存在只是空气里一颗微不足道的尘埃。

自出道起，宁瞬少有被这样对待的时候，他没来由地有些不自在，下意识开口道："不好意思，请问你认识我吗？"

金窈窕看了他一眼："宁瞬。"

宁瞬："是我。"

金窈窕："我还要回家，不能耽误太久，你到前面的会展中心下车好了，可以叫朋友或者经纪人来接你。"

宁瞬顿了顿："谢谢。"

司机娴熟地将车停在一个相对偏僻的角落，然后礼貌地下来开门，金窈窕用目光示意不速之客下车。

宁瞬颇觉荒诞，下车后，实在是难以忍受，他索性拐到金窈窕那边，敲了敲车窗，掏出手机："留个联系方式，你叫什么名字？有机会再见，我还你一个人情。"

他很少主动跟人要联系方式，毕竟他的私人号码藏匿得十分不易，一旦被人发现，在网络上轻易可以卖出几位数高价。但车里那位陌生姑娘注视了他一会儿，忽然笑了，用令人印象深刻的微哑嗓音低声答道："小弟弟，姐姐对比自己年纪小的男人没有兴趣。"

宁瞬听得一愣，就见那车窗毫不留情地重新升起，剩下的半句话如同柔滑的丝绸一般从渐小的缝隙里飘出来——

"我叫金窈窕，人情就算了，以后还是不要再见的好。"

黑色商务车消失得很快，只留下经久不散的尾气，宁瞬站在满地烟尘里，神情怔愣，好半天没动。

车里没了外人，司机黄叔终于开口，不赞同地朝金窈窕道："窈窕小姐，你怎么能随便让陌生人搭车，万一是个对你不怀好意的坏人呢？这也太危险了。"

金窈窕望着窗外笑道："黄叔，你知道我这些年悟出了个什么道理吗？"

黄叔觉得这小姑娘说话老气横秋，怪好玩的，顺着话逗她："什么道理？也说给我听听。"

金窈窕自言自语一般道："其实坏人一点也不可怕，可怕的是没有利用价值的坏人。”

黄叔怔了怔，握着方向盘忍不住看了后视镜一眼。

不知道为什么，他觉得这一刻车后座的人陡然陌生起来，仿佛是个跟金董一样运筹帷幄的主事者。

临江市商圈，铭德餐饮所在的大楼，金窈窕与金嘉瑞一同下车，人事部前来接应。

来的是人事部的小领导，脸上挂着客气的微笑，自我介绍过后就隐晦地打量起车上下来的两个年轻人。

人事变更的指令是上头直接下达的，通常这种情况就意味着来人是空降关系。铭德是比较典型的老派企业，金家又人丁兴旺，以往的空降兵着实不少，人事部早已处变不惊，反正大多都只是进公司混个办公桌。

今天来的这两个嘛……小领导细细打量，发现非常普通，坐的车只是大众普通型号，看不出究竟是哪个级别的关系户。唯独那个女孩长得高调了些，实在漂亮得有点过头，是生活中很少能看到的那种亮眼美女，往车旁一站，大众都被衬得跟超跑似的。

因此，他虽然猜测对方可能是个背景不那么厉害的金家小辈，但态度还是比平常更温和可亲一些。

金窈窕翻看着自己的工作证件，金嘉瑞亦步亦趋地走在旁边，一步都不肯落后。

今早她本来都快出发了，金嘉瑞却自说自话地开车来接她，还对她说了一大通诸如要靠着实力赢得同事们尊重的话。

说的再冠冕堂皇，金窈窕一眼就能看出来，他其实是怕会被自己抢走风头。

心里那股气还没出，金嘉瑞这会儿不忘教育她：“窈窕，工作是工作，家里是家里，进了公司，你可就不能再当自己是小妹妹了，也不可以仗势欺人，给大伯脸上抹黑，记得低调一些。”

说着就开始热情地跟遇到的所有人点头示意，一副王子微服出巡与民同乐的表现。

金窈窕看马戏似的:“还是你懂得多。”

金嘉瑞听她顺从自己，终于舒服了一点，想到妻子这两天叮嘱自己对方心机深沉的那些话，越发不放在心上。

女人就是小肚鸡肠，闹点小矛盾而已，就能把对方形容得跟灭霸似的，果然头发长见识短。

项目组的办公区正是工作时间，气氛安静而严肃，项目组负责人跟人事做好交接，带着他俩入内介绍组员。

金嘉瑞抢在前头，谦逊到近乎刻意地说:“大家好，从今天开始……”

他在那儿喋喋不休，金窈窕手机叮了一声，拿起来一看，发现是父亲发来的短信:“在公司还习惯吗？”

真是，以前也没见这么体贴，结果自己一主动，父亲居然也跟母亲学着唠叨了起来。

金窈窕笑着回复了几个字。

等了好几分钟，金嘉瑞终于讲完，轮到她时，金窈窕只笑着说:“我就不耽误大家时间了,反正以后相处多了大家自然会了解。今天办公室的下午茶我请客。”

被金嘉瑞长篇大论的上岗感言弄得头昏脑涨的同事听到这话又是一愣。

金嘉瑞皱了皱眉头，小声指责道:“你怎么回事？这也太高调了。”

金窈窕笑而不语，这就高调了？还有更高调的呢。

外头忽然传来一阵喧闹，负责人转头朝门外看去，吓了一跳:“金董？”

玻璃门打开，金父挺着大肚子，领着两个助理进来，他神情严肃地扫视办公区一圈，待看见女儿的笑脸，才终于忍不住扯了扯嘴角，又朝她招招手。

“爸。”金窈窕喊了他一声，又笑着朝负责人道,“我马上回来。”

金嘉瑞看着屋内众人的神情，张了张嘴，意识到有点不妙，他跟了几步，也想上前，金父却连半个眼神都没落在他身上，径直被金窈窕拉走了。

待到金窈窕回来，办公区的气氛已经跟刚才大不一样，职员们交头接耳，负责人也谨慎地站在旁边，她一出现，顿时成了全场焦点。

金窈窕不以为意，神情跟离开前如出一辙的自然，上前拍了拍手："OK，下午茶要吃什么？举手表决，Lady M的千层蛋糕？还是ROSE的毛巾卷？"

刚才还气氛僵硬的办公室几乎随着这句话同时松懈下来，好些人下意识都笑开了，负责人见她是真不端着，也觉得有趣："我觉得千层蛋糕不错，下午大家休息一个小时好了。"

这是为她热场呢。金窈窕点头承情，并不管旁边另一位新人难看的脸色。

都当关系户了，还搞什么靠实力赢得尊重，玩呢？有实力又背景硬的关系户才是最受尊重的。

想想过去的自己，白手起家，每一步走得满地荆棘，要多不容易有多不容易，如今有一个现成的铭德躺在脚边，这是她的东西，谁都别想抢走。

突如其来的新闻在下午茶的时间响彻了铭德所有的内部消息群。

"警报！警报！太子殿下驾到！"

"啥？哪个太子殿下？"

"还有哪个？金董不就一个独生女儿，除了这位，剩下那些乱七八糟的亲戚能算得上太子殿下吗？"

下午茶后，金窈窕离开自己的办公区，路上编辑短信提醒父亲赶紧下班跟自己去体检，迎面碰到人事部的领导带着行政人员，人事领导朝她和颜悦色地解释："小金啊，忘了跟你说，你这个管理层是有办公室的，不过你入职太快，早上行政没来得及收拾出来，今天下班之前就能弄好了。"

金窈窕仿佛一点也没怀疑对方之前没打算给自己提供办公室似的，笑着点头道："谢谢，麻烦你了。"

告别人事领导后，她下意识放轻了脚步，茶水间里，几个在泡咖啡的职员正压着声音闲聊。

"哎我说，看不出来，太子性格还挺好的，一点架子也没有。"

"是啊，我以为这种有钱人家的娇小姐都很矫情呢，没想到人那么爽快。"

"这才是真千金呢，哪像今天跟她一起来的那个，假模假式的。"

“那男的是谁？讲话跟皇上微服私访似的，我刚开始还以为他是什么凤子龙孙呢。”

“金董就一个女儿，哪来的凤子龙孙，充其量就是个亲戚。那人是有点没数，太子的风头都敢抢，真够把自己当回事的。”

金窈窕遥望了办公区一眼，办公区角落，堂哥坐在格子间里，脸拉得跟老黄瓜似的长。

伦敦。

正值上午，沈启明走进办公室，随手放下拿在手上的报告书。

刚开完一场股市预测会，蒋森精疲力竭地倒在沙发里，望着窗外阴沉沉的天色，憋屈得不行，再看沈启明还有力气正襟危坐地看本地大盘，他颇受打击，忍不住给对方捣乱：“哥们儿，你能歇一歇吗？也得好好想想怎么跟窈窕道歉啊。”

沈启明回头看了他一眼：“道歉？”

蒋森：“她不是说要跟你聊聊吗？肯定是要质问你跟宁萌的事情了，我告诉你兄弟，到时候绝对是一场硬仗。”

沈启明平静道：“我跟宁萌什么事都没有，她只是我的下属。”

蒋森：“你跟我说没用，关键是窈窕她不高兴啊！”

沈启明听到这里，终于放下工作，疲惫地抬手揉了揉额头：“到底为什么？”

蒋森：“什么为什么？”

沈启明：“为什么她会不高兴？”

蒋森沉默地看了他几秒，一个鲤鱼打挺坐起来，难以置信：“你到现在还不知道她为什么不高兴？我说哥们儿，脑子呢？这种照片——”

他说着上前抢过桌上的鼠标，搜索之前晚宴新闻的网站，找出那张沈启明跟宁萌被记者拍到的红毯合照，示意道：“你再看看，你再看看这张照片，再看看下面的报道，你说为啥呢？”

他转头看向沈启明，沈启明扫了眼屏幕，突地一顿。

“是吧，终于想明白了吧？”

蒋森正说着，手中的鼠标被另一只手夺走，沈启明滑动滚轮，点击这条新闻右侧的一张小图。

“你看什么呢？我让你看照片……”蒋森莫名其妙，目光扫过被打开的页面，下意识念出了标题，“‘新生代当红小生宁瞬现身临江市会展中心，疑似与美女车内幽会’……什么玩意儿，你追星啊？”

沈启明没理他，只是看着屏幕上的那张照片，穿黑卫衣的少年站在车外，正俯身朝车后座打开的车窗说话，车窗里黑洞洞的，看不清坐了什么人，车牌号也被打了马赛克，但站在那黑衣少年身边的司机他认的。

是窈窕家里的。

沈启明盯着那张照片看了好一会儿，眼神逐渐深邃起来。

蒋森跟着看了半天，没研究出看点，想要询问，沈启明已经起身出去了。

第7章

金窈窕接到露娜的电话哭诉:“呜呜呜呜，我刚才看到微博上说我们宁瞬宝宝不知道跟哪个女的在车里约会，顺着链接点进去结果新闻被删了。你说这是真的还是假的？我宝宝来临江市不会真的是来谈恋爱的吧？不可以啊,他才二十岁，妈妈不允许他找女朋友……”

一连串话说得连标点符号都无处立足，金窈窕左耳进右耳出，对这一八卦不感兴趣,“嗯嗯”地应付着。

她拿着一个长柄勺,准确地捞出锅里过了水的火腿肉。这火腿陈过五年以上，从外皮到骨骼无处不散发着时间的亮泽，被水炖过后原本坚硬的肉质瞬间充盈了许多，瘦肉紧致鲜艳，肥肉颤颤巍巍的。

油润的汁水不甘寂寞地渗透出来，金窈窕尝了一口，不由得点头。

当下美食界流行追捧海外火腿，例如西班牙来的，品质特别好，在国内轻易可卖出几倍高价。其实在她看来，本国腌制的火腿味道明明不输给它们分毫。

她取了把刀，把电话按成免提，轻车熟路地切起肉来。

露娜还在愤愤不平着："不知道是哪个女人运气这么好，臭女人……好想看看是谁啊，我宝公司的公关要不要这么快？居然一张照片都找不到，哎，等等……"她紧接着惊讶道，"窈窕，你家沈启明那天参加慈善晚宴的照片也被删了哎。"

金窈窕："嗯，是吗？"

露娜："哎呀，你在干什么啊，怎么心不在焉的？"

金窈窕把肥瘦相间的火腿切成大小等同的肉丁："做个焖饭。"

等露娜哭诉结束，她挂了电话，朝等在厨房门口看热闹的岑阿姨说："阿姨，一会儿晚饭你做几个清淡的蔬菜就行。"

岑阿姨专心地看她把火腿丁跟之前切好的土豆碎以及一小把水嫩的青豆跟米饭拌匀，应了一声，又反应过来："就做几个蔬菜吗？会不会太少？金董平时比较喜欢吃肉的。"

金窈窕摇摇头，想到即将到来的体检，含糊解释道："晚上我爸妈可能比较没胃口。"

岑阿姨似懂非懂，但注意力很快转移到了别处，望着饭锅面露疑惑："这是弄什么呢？焯个火腿都能这么香，窈窕你手艺真不错，上次带回来的那锅粥就很好吃。"

粥？金窈窕几秒后才反应过来，付之一笑——那锅粥其实只是她非常初级的水平而已。

安嘉私立医院，是临海市乃至在周边地区都非常著名的大医院，主要以服务态度和高收费闻名。大厅里来就诊的患者不多，服务部的接待人员专程等在大门口，看到下车的一行人，笑得热情而不失亲切："金小姐，你们好，体检中心已经准备完毕了。"

金父脑子里想着工作，被金窈窕挽着，脸上露出几分不情愿："我跟你妈是陪你来的，你自己检查不就好了，折腾我跟你妈干什么？"

金窈窕四两拨千斤，直击他的死穴："我朋友送的是三个体检套餐，每个单价五万六千八，放着不做可就浪费了。"

金父生性节俭，果然一听这价格就心疼了，抱怨了几句现在的孩子花钱大手大脚后，便不再排斥护士给他抽血、拍片。金母本来就没什么主意，自然是随波逐流，只是他俩的心思到底没放在自己身上，金父进CT室之前还不忘叮嘱医生："大夫，您给我闺女拍仔细点，这孩子说自己这儿疼那儿疼的，估计身上毛病不少。"

医生一边戴白口罩一边笑道："金先生您放心，我们医院体检中心是全临江最有保障的，看您的样子，平常身体不错？"

金父底气十足："那当然，我一只手能掂动几十斤重的大铁锅。对了，你们这设备辐射大不大？"

安嘉的服务里有一条就是当天能出检查结果，拍完片抽完血后，一家人被指引到休息室等候。

金窈窕其实心里已经有数，因此无心医院提供的瓜果，只沉默地站在医院高层的落地窗边眺望远方的城市。

看她情绪低落的样子，唠叨了她好几天的金父金母心里又不落忍了。

金母安慰她："窈窕，你还年轻，会腰酸背痛最多也就是受了寒，以后妈给你好好调理，很快就好了。"

金父也"嗯"了一声："听你妈的，以后大冷天少穿那些不像话的裙子，还有减肥，我看你就是吃饱了撑的。"

金窈窕垂眸苦笑，此时接待处的工作人员终于推门进来："金小姐，您和家人的检查结果出来了。"

她平静地点点头，金父金母先是一喜，随即看清楚来人凝重的神色，脸色又僵了僵。

金母有点发慌："窈窕出什么问题了？"

金父一同盯紧对方。

对方摇了摇头："金小姐除了肠胃功能有点弱，身体非常健康。"还不等两人放心，他很快话锋一转，"请问金先生，您是否有吸烟史？最近是否出现胸闷干咳之类的症状？"

金父听出话外音，神情微动：“怎么回事？”

对方沉默片刻，说道：“是这样的，您的胸部CT报告显示您的肺部有阴影，我们需要取您的活体样本再做进一步检测。”

他的话每个字都咬词清晰，但组合起来，偏偏就怎么都让人听不懂。室内陷入漫长的沉默，本能抗拒信息的金父和金母很久之后才找到呼吸。金母扶着额头，难以站稳，就连随后提到的她的乳腺增生需要控制都没能听见。

金窈窕上前扶住她，不知该喜还是该悲。

提早检查果然是有效果的，至少母亲的症状目前还是不大严重的增生，至于父亲……

她看了眼发怔的父亲，开口问道：“我爸的症状很严重？”

对方朝她一笑：“别那么紧张，其实您运气很好，您父亲的其他指标都很乐观，如果不是这次的体检项目足够详细，就连我们医院大概率都是检查不出来的。这种情况，即便确诊，只要后续配合手术，麻烦也不会很大，只是金先生以后一定要注意休息，不可以再继续操劳了。”

回去的时候金母一路都在哭，金父从听到体检结果起就一直沉默着，此时盯着窗外一辆一辆错身而过的车，长叹一声：“幸好是我，不是你跟窈窕，我这一把老骨头也没什么可惜……”

金母几乎是在尖叫：“你胡说八道什么！”说完又好像是在自我安慰，“医生说了，只要做手术就能好，我们赶紧准备，尽快做手术。”

金父沉默了一下，皱起眉头：“最近我没有时间，铭德的新项目还在筹建，过段时间新店就得试营业。还有铭德的老品牌线，周年日就快到了，这次是个大活动，总店邀请了很多贵宾，临江的几个大领导也要来，我得一起设计菜单和新菜色……”

金母第一次听丈夫跟自己提到工作，竟不知该作何反应，声音都忍不住发起抖来：“你、你要不要命了？医生都说你不能操劳，你还惦记着下厨房？难道铭德没了你就不行吗？”

金父苦笑："我怎么放得下心？"

金家老一辈除他之外几乎没几个坚持钻研手艺的，新一代又都太年轻，在公司那些排资论辈只看实力说话的老伙计面前只怕很难服众。数来数去，他也没法在子侄里挑出个立即就能顶用的。

此时，他忽然听到旁边传来一道熟悉的声音："爸，让我去，我可以去。"

金父看向女儿，叹了口气，只当她在说笑。

这闺女从小被自己锦衣玉食地娇惯大，哪里搞得定生意场上的复杂？别的不说，就总店的活动，那么多人和事，她一个小姑娘，怎么镇得住哦？

不过，女儿有为自己分忧的这个心，他已经很欣慰了。

金父因为患病的惆怅因此消减了几分，随即踏出车门，才嗅到从自家大门飘散而出，满溢了整个院子的香气。

院墙外还徘徊着几个散步的邻居，眼睛直勾勾地朝着屋里瞅，看到他立刻出声打招呼："老金，可以啊你！不愧是知名大厨，家里今天烧了什么？香得有点太过分了吧！"

金父愣了愣，他一下班就被女儿从公司拉去了医院，不记得自己有回家做过饭。

岑阿姨听到动静，三步并作两步出来迎接，一见他就笑："哎哟！先生，太太，你们可算回来了，窈窕焖的那锅饭早就好了，香得我们都不敢在屋里多待，快快快，吃饭吃饭。"

金父其实这会儿什么都不想吃，被岑阿姨催进屋，又见今天餐桌上只零星摆了几道蔬菜。他现在脑子很乱，本想上楼独处一会儿，岑阿姨却忙不迭地从厨房里端出一口铜锅，吸引了他的注意。岑阿姨掀开盖子，锅里厚重的浓香并着蒸汽一同涌出，霎时间充盈了所有人的鼻腔。

她边盛饭边解释："窈窕说让我七点钟关火，我一秒钟都没耽搁。"

金父站在那儿，本来情绪很糟糕，被香气一冲，还真有点饿了，想了想便沉默地落座。

他低头扒了口饭，发现原来是用火腿焖的，咸鲜的火腿夹杂着粉糯的土豆碎，间或还能嚼到清甜的青豆粒，米饭也蒸得软糯湿润，简简单单的材料混杂在一起，竟比什么山珍海味的搭配都来得惊艳。

再搭配一筷青菜，这青菜是岑阿姨做的，其实炒得火候不太行，他嗜肉，又心情不好，不该爱吃的，可此时搭配上浓烈的火腿饭，青菜竟被激出了格外出众的爽脆口感。

一路都没出现的饥饿感来势骤然又凶猛，金父提着筷子，回头看向站在客厅的女儿。

金窈窕正在打电话，一口外国话流利得让他听不懂，对上他的目光，又说了几句才挂断。

金父正要问这锅饭的详情，却见女儿已经开口，神情和往常不太一样："医生已经定好了，梅奥诊所的外科医生，顺利的话，确诊之后一个月对方就能给你安排手术。"

这话让金父一愣，首先不是责怪女儿的自作主张，而是注意到她口中提到的名词。

梅奥？

这医院他再怎么讳疾忌医也是知道的，前些年，他生意上认识的一位老朋友因为心脏手术就找的这家医院，当时那位老朋友为此费了不少功夫，他才知道世界上竟然还有高傲到挑剔病人的医院，不是有钱就能去治病的。

可他从体检结束到现在才多久，女儿只是打了个电话而已，就搞定了？

他有些恍惚，看着女儿收起手机，大步走来，双手撑在桌子上，不容置喙地朝他开口："所以，你，准备做手术，厨房，从今天起交给我，不管是公司的还是家里的，听懂了吗？"

金窈窕挑起眉头："嗯？"

金父看看碗又看看女儿，高壮老男人这一瞬间竟觉得有点怕怕的。

第8章

女儿如此果断地处理好了丈夫的手术事宜，彷徨的金母突然发现自己好像找到了主心骨。她上网搜索了一下女儿提到的诊所和医生姓名，不出意料地被各种名誉和奖项淹没。金窈窕找的那位医生极其擅长肺癌手术，收诊的患者哪怕病情已经很不乐观了，术后的生存率依旧十分喜人，金母越看越满意，自然无可挑剔。

满意的同时，她又有点好奇："窈窕，网上说这个医生不是一般的难约，不是有钱就行的，他怎么会那么轻松就答应给你爸做手术？"

金窈窕安排完亲爹，又给母亲找了个靠谱的乳腺治疗机构，随口糊弄道："留学的时候认识了几个熟人，让他们帮了下忙。"

事实上，她找的其实是她当初在父亲重病时费了很多关系才打听到的海外中介。前些天她突然回忆起来，赶在体检前就联系了对方，方才不过是再确认一次手术时间而已。

金母却不知道内情，听到这样的答复，只觉得印象里女儿一直以来娇滴滴的形象竟骤然变得高大起来，像个可以独当一面的顶梁柱。

晚上，她坐在床沿，低头不住地抹眼泪："老金，我发现闺女真的是长大了。"

金父想起自己被训话的样子，有些出神，半晌后欣慰地笑了一声："咱这小棉袄凶起来，比别人家的儿子还有气魄哪。"

飞机上，沈启明连着WiFi片刻不歇地办公，蒋森要到了漂亮空乘的手机号，喝着香槟无所事事，只能探头跟坐在后头的沈启明的男助理聊天："这次可把我累惨了，回国非得休息一个星期不可。"

男助理笑道："蒋总，晚上还有一场会要开。"

蒋森表情一僵："搞什么，还让不让人有点感情生活了？沈启明，能给你的合作伙伴一条活路吗？"

沈启明仿佛没听见似的敲击键盘，蒋森气得起身打开行李架，扯出好几个包装袋拍了拍："哥们儿，我也是需要感情生活的好吗？至少给我一点去送礼物的时间。"

男助理为沈启明分忧，替他问道："蒋总您买了什么？怎么这么多？"

蒋森打开袋子，拿给他看，原来是几个名牌手袋："能不买吗？小红、小美、小娟，一人一个，出趟差可愁死我了。"

男助理嘴角微抽，蒋森不以为意，还白了另一边始终不理会自己的好友一眼，嗤笑道："算了，跟你说你也不理解，你们家这位领导没给女人买过东西吧？估计都不知道爱马仕大门朝哪边开。"

男助理张了张嘴，不知该从何解释，直到飞机落地，上了等候在停机坪处的车，他才掏出一个深红色的丝绒盒子，问道："沈总，这次还是我先替您送回家吗？"

沈启明略一思索，摊开手："她不在家，下午我们要见面，给我就行。"

蒋森一脸狐疑，抢在沈启明之前接下盒子："什么玩意儿啊这是……"

打开盒子的一瞬间他被眼前璀璨的亮光闪得没了声音。

深黑色的底托上，一颗足有指肚大的粉色钻石专横地放肆着，周围攒了一圈细密的小钻，也是粉色，宛如众星捧月一般，将它衬托得抢眼而浮夸。

蒋森两眼发直，六神无主："我还是单着吧，平时买几个包就能交差，娶老婆太费钱了。"

铭德公司办公大楼右转，相距不到三百米的位置，有一处骤然拉低了周边高楼视角的矮院，就是金家在临江历史最久的老店"寻香宴"。寻香宴这个名字，传说是金家祖上某一代的当朝皇帝亲口起的，当然，具体是真是假已经无法考证。不过金家早年确实风光过一阵，金窈窕的爷爷几次被专程请去掌勺国宴，若非如此，金家的这间老店也断然不可能在城建日新月异的临江市市中心屹立不倒。

金窈窕还记得自己刚记事那会儿，当时爷爷还在世，老店真是非一般的热闹。店门口每天都停满了各式各样的车，无数饕客和同行慕名而来，或是为尝一口爷爷亲手做的红烧膏蟹，或是登门请求拜爷爷为师。在临江，乃至范围更加广阔的周边地区，金这个姓氏被人提起，仿佛是"名厨"两个字的代言，但凡腰包里有点钱的人来到临江，不吃一口寻香宴的菜就走，说出去都是要被嘲笑的。后来时代变了，爷爷也去世了，人们的日子开始变得越来越好。世界在变小，城市跟城市之间的距离在缩短，好像一夜之间，无数外来的美食雨后春笋似的冒了出来。人们开始更愿意讨论哪里新开了一家日料店、法餐厅，外来的名厨也开起了更有格调的会馆式私房菜。寻香宴好像忽然成了临江市土生土长的土孩子，不够漂亮，不够时尚，拿不出手，只剩少得可怜的情怀，让念旧的人时不时来光顾一二。

当时金家差点就倒了，幸好金父当机立断，推出了全新的连锁餐厅"铭德大院"，走大众路线，铺遍了临江人流密集的各大商圈，靠着这一举措救活了整个公司。时至今日，铭德大院也算得上临江市挺有名的连锁餐厅之一，甚至许多年轻人提起铭德公司，还以为这家公司就是以铭德大院起家的。

这倒也没什么不好，只是寻香宴往昔的风光，终究成了包括金父在内所有金家后辈的意难平，公司有什么重要活动，他们都喜欢挑在总店进行，或许是那种热闹的场面能让他们回忆起金家世代名厨的滋味吧。

金窈窕被父亲带着跨过门槛。

寻香宴的总店很老，最开始是旧宅改建的，后来几经修葺，填进了小桥流水，看着倒挺雅致，只是作为餐厅，气氛不免显得冷清。店里只有两桌客人，都是熟面孔，看到金父还出声打招呼：“老金，好久没见啊。”

金父朝他们拱拱手：“哥几个吃好喝好，周年庆那天欢迎来捧场啊，这是小女金窈窕。”说完又转向窈窕，“窈窕，这是你高叔叔、王叔叔，你爷爷还在时就经常光顾咱们家生意，是爸爸的老朋友了。”

金窈窕朝他们微笑：“叔叔们好。”

她亭亭玉立地往那儿一站，一眯眼，一勾唇，整个院子好像都辉煌了许多。几个客人大惊：“老金，看不出来啊，你还藏着个这么漂亮的女儿！”

金父被夸得直到进了厨房都美滋滋的，肚皮挺得溜圆。

后厨跟前院是截然不同的忙碌景象。寻香宴的周年庆对金家人来说是件大事，从菜单到食材都要许多人参与制定，金窈窕一进门就看到了好几个熟面孔的老厨，都是爷爷带出来的徒弟，放到现在，他们已然是金家资格最老的员工，包括铭德大院在内的铭德其余品牌的餐厅里的主厨，基本上都是他们一手带出来的。

老手艺人脾气多少都有点古怪，这会儿一个姓屠的师傅就在训人：“是不是傻？教你的都记到狗肚子里了？谁教你这么切竹荪的？”

戴着厨师帽的小徒弟被骂得不敢出声。

金父笑道：“老屠啊，你凶起来真是跟我师傅一模一样。”

屠师傅瞧见他来，翻了个白眼：“你爸当初也是这么骂我的，我当时还觉得他脾气坏，现在开始带徒弟，才知道什么叫气不打一处来。”他瞥了眼金窈窕，眯着眼辨认，“这谁？”

金窈窕笑道：“屠叔叔，连我你都不认识了？”

她对这几个老叔叔印象都很不错，当初父亲病重，金嘉瑞带着人搞事，就是这位屠叔叔领着几个老厨子直接冲到医院把金嘉瑞一行人骂得狗血淋头。

屠师傅一乐：“哟，窈窕，你怎么变这样了？不穿粉裙子我还真没认出来。”

金窈窕知道，粉色大概就是自己无法摆脱的黑历史了。

屠师傅有点迷茫：“不过你来后厨干什么？”

现场安静片刻，金窈窕目光平静地转向父亲，金父沉默几秒，被女儿逼得不得不开口道："这不马上周年庆了，我带她来熟悉熟悉环境，看看菜单，定定菜色。"

屠师傅花了大概五秒钟消化这句话，紧接着眉头皱起："老金，你开玩笑的？"

金父揉了揉鼻梁，不知该从何解释，金窈窕替他开口："我爸最近身体不太舒服，把厨房的事情交给我了。"

生病的事情她已经叮嘱过所有人不许往外瞎说，现在提起，就只用身体不舒服来概括。屠师傅倒没深究，注意力全放在她后半部分的内容上了："胡闹！"

他的脸皱得像棵发愁的泡菜："窈窕啊，你听叔的，周年庆是大事，厨房也不是给你一个女孩子玩的地方，别开这种玩笑了。"

金窈窕摇了摇头："我没有开玩笑，也不是来玩的。"

屠师傅沉默地看向金父，明显是生气了，发火的样子让平常以威严示人的金父都忍不住有点怵。金窈窕却丝毫不惧，还闲庭信步地走到料理台处，把玩起了磨得锃光瓦亮的菜刀。

屠师傅见多了畏畏缩缩的徒弟，还是头一次碰上不怕自己发火的年轻人，气得简直不知该如何是好，只能拍着桌子试图说服这个牝鸡司晨的小姑娘："窈窕！你听叔叔的，后厨不缺人，有你爸，有你叔叔伯伯，还有那么多能顶用的徒弟呢。"

金窈窕拿着菜刀漫不经心地拨了下案板上那些被切得细细的竹荪丝："是吗？那么多人，居然还做不好一道八宝山珍？"

屠师傅顿时一愣："你怎么知道……"她怎么知道自己要做八宝山珍？

"竹荪切得太细，松茸片得太厚，竹笋丁怎么回事？都快有我脑袋大了。"金窈窕慢条斯理地挑剔了一圈材料的毛病，最后指着灶台上一口沸腾的小铜锅笑道，"还有这个蟹膏芡，勾得那么厚，是寻香宴批的淀粉用不完吗？"

屠师傅听她说一个字，头发就竖起来一根，听完最后那句话，脑门整个炸了："去去去去，你懂什么！"

别的可以挑剔，那锅芡汤可是他亲手勾的！

金窈窕理都不理他，径直取了一根新笋自己切了起来。

屠师傅本来想上前哄赶，一看她利落的手法就愣住了，这刀工……没个十几二十年刻苦，怕是练不出来。

金窈窕切完几个材料，又换了一柄贝母制的小刀，将松茸片成薄如蝉翼的厚度，紧接着另起一口锅，将新鲜的蟹膏并灶上常年沸腾的高汤一起冲好。

金家的高汤是从爷爷那时起就留着的，每天都更换新材料熬煮，年复一年，滋味历久弥新，这可能是整个寻香宴里最有过去风光的一口情怀。

将各种山珍依次丢进蟹膏汤里熬煮，金窈窕看了眼表，在众人的注目下，突然问："有没有鸡油？"

"你要鸡油干什么……"

屠师傅口中念叨着，他那个被骂的小徒弟却本能地给突然出现的美人跑腿了，屁颠颠送来鸡油的时候还被师傅瞪了一眼，怯怯地缩了下。

金窈窕朝他一笑，随即又用一口新锅熬起了这团鸡腹油。

金黄色的油脂被一点点榨出，时候正好，金窈窕朝蟹膏汤里勾进芡粉，捻上些许研磨得粉碎的姜末，滴入几滴香醋，最后淋上一勺沸腾的鸡油。

"刺啦"一声，香气应声而起，丝毫不懂得看眼色地开始在后厨横行霸道。

金窈窕直起腰，做完菜后不见半点狼狈，慢条斯理地拿出纸巾擦手："哪一桌的？上菜去吧。"

"等……等等！"

屠师傅僵着脸叫住了上前端锅的徒弟，取了个干净的试菜小勺，轻轻在芡汤边划一道，送进口中。

蟹膏浓厚的鲜味混合着本不该出现的鸡油香气，无孔不入地渗透进每一样食材当中。新笋的甜、松茸的韧、竹荪的滑脆、姜末的辛辣，甚至连那一点点少得可怜的香醋都成了不可或缺的配角。这一锅食材当中，不见一个抢戏的。

他第一个念头就是，这玩意儿盖在饭上，吃五碗都不带费劲的，随后便陷入了长久的沉默。

金窈窕擦着手，慢悠悠靠在料理台上："屠叔叔，现在听谁的？"

第9章

寻香宴前院。

餐桌上的老高看了眼门口，回首叹息："这个店的客流量真是越来越少了，咱们待在这儿半天，就来了隔壁一桌。"

对面的老王笑道："金老先生去世那么多年，这店还能开着就不错了，更何况铭德的其他饭店生意也挺好，老金愿意花心思把寻香宴维持下来，你还要什么自行车？"

老高哂道："我知道，可我这不是可惜吗？"

他配着桌上美味但称不上惊艳的菜闷了口酒，闭着眼睛靠在椅背上，摇头道："想想当初金老爷子还在的那会儿，咱俩才多大，每次一听说家里爹妈要来寻香宴谈生意，那家伙，一下课游戏厅都不去就往家跑，就为了能跟来蹭一口。"

老王听得感伤起来，也跟着他喝了一杯："是啊，那个滋味啊……"他隐隐嗅到一股浓烈扑鼻的鲜味，不禁点头道，"嗯，不错，就是这个滋味。"

说完包厢里安静了十秒钟。

老王疑惑地睁开眼，只见对面的老高一个挺身，朝外伸长了鹅颈似的脖子：“什么味道？”

服务员端了个锃亮的铜锅走进来，跟端了个宝贝似的，小心翼翼地放在圆桌的最中心：“您好，您点的八宝山珍，请慢用。”

他一掀盖子，浓香霎时间充满厢房，退出去的时候服务员都忍不住咽了口唾沫。桌边的几个老饕面面相觑，片刻后老高率先拿勺子给自己舀了一碗。

“怎么样？”其余几人问他。

老高眯着眼享受了一会儿，赶在被打之前嚷嚷起来：“快快快，叫服务员盛盆饭来！天爷哟，我今天就靠这锅羹吃饭了！”

说话间，包厢大门外挤了几个人，大伙回头一看，发现原来是隔壁房间的。

来人朝着桌子扬扬下巴，表情中带着老饕们都懂的心照不宣：“哥们儿，你们点的什么菜，这么香？好吃吗？”

老高想饭想得抓耳挠腮：“八宝山珍，神了！跟你说这味道神了！”

“不至于吧……”隔壁客人面露疑惑，“我们以前也点过八宝山珍，哪有这么香的味道？”

老高兴奋得跟过年似的：“刚才我看金老板来总店了，说不准这道菜是他做的。妈呀，今天真没白来，这么多年老金做的总是差个几分，现在可算是开窍了。”

听他这么说，隔壁客人赶忙招呼服务员加菜，然后就看见老高话里提到的金老板领着个漂亮得不像话的姑娘从后厨走了出来。

金父脑子里还晃荡着著名倔驴屠师傅刚才被闺女三下五除二弄没了脾气的奇幻现场，发现自己被老主顾盯着，心不在焉地客气了一句：“各位，小女今天做的八宝山珍还过得去吧？今年的周年宴这丫头也会来寻香宴搭手，她还年轻，有什么不周到的，劳各位多多包涵，多多照顾。”

“啥？这菜是窈窕做的？”

老高错愕得勺子都险些脱手，半晌，盯着金父身后含笑颔首的金窈窕真心实意地感叹道：“老金，能生个这么有能耐的接班人，你真的运气好，金老先生的手艺总算后继有人了。这次周年宴你不给我留个位置，我非上铭德找你麻烦去。”

接班人？

金父被这个词砸得怔住，愣愣回头，身后的女儿朝他挑眉微笑，气定神闲的，让他一瞬间感觉自己好像打开了某扇从未发现的大门。

他踏出寻香宴大门，进入自己的办公室，一路无话，也不知道在想什么。很久之后，他忽然打开抽屉，抽出一张烫金的请柬，转向正在参观办公室置物架上那些父亲得到的荣誉的女儿："窈窕，过几天临江市商会有个晚宴，爸带你去吧。"

这张请柬非常庄重，不同于平常各家千金名媛过家家似的各种派对，封面遒劲有力地写着"铭德餐饮管理有限公司董事长金文诚先生亲启"。

露娜看得双眼圆睁，大气都不敢出："天哪，天哪，天哪！这么重要的场合你爸真让你替他去应酬？他自己呢？"

金窈窕正在举铁，她仰面朝上，半躺在哑铃凳上，咬牙稳稳地推起私教为她虚扶着的杠铃，纤瘦到一把就能握住的胳膊上绷出几不可见的弧线。

她推完最后一组，抖着因为从不锻炼而酸痛难忍的胳膊翻身坐起："他身体不舒服，宴会上要喝酒，我没让他去。"

露娜觉得自家姐妹受了委屈，颇为不平："你那么多堂哥干吗使的？他们天天吃白饭，哦，轮到应酬就叫你去？凭什么啊？气死我了！"

金窈窕俯身撑着膝盖擦汗，闻言低头笑了一声："你气什么？我求之不得呢。"

对权势斗争一无所知的"白痴美人"露娜迷茫地看向她，瞥见金窈窕一双桃花眼目光如炬地盯着地面的样子，她没来由地晃了下神。

露娜心虚地发愁，小脸蛋皱得紧巴巴的，闺密最近怎么回事，怎么气势越来越有侵略性了？

金窈窕兴奋地舔了舔口腔内壁，感受到血液沸腾翻滚，这让她在剧烈的运动之后都丝毫不显疲倦，反倒越发精神奕奕："走，陪我再做一组卷腹。"

露娜踩着小碎步跟随金窈窕进入电梯："窈窕，你已经够瘦了，还做什么运动？我的腿要是有你那么细，每天躺床上吃薯片都不会有罪恶感的。"

金窈窕洗过澡，脸还有点潮红，微湿的黑发散发着若隐若现的精油香气，她按下楼层键，摇头道："我不是为了减肥在运动。"

露娜："那是为什么？"

金窈窕目光微动："为了工作。"

名厨可不是那么好当的，和平常在自家厨房里琢磨晚餐该做什么不同，只靠以前节食出来的那风一吹就倒的体魄，她只怕不出三天就要病倒。

"真是的，我存款全转给你了，你又不缺钱花，没事上什么班？不行，今天你得陪我，你不是要去参加商会活动吗？我们去买礼服好不好？"露娜嘟嘟囔囔地撒娇，电梯门突然打开，她停下声音，警惕地看着外头的那几个陌生人。

站在中间的一个高个子口罩、眼镜全副武装，恨不能把头发丝都包得不见天日。发现电梯里有外人，他身后的几个男女表情一变，似乎在迟疑要不要进去。

金窈窕感觉中间那个蒙面人似乎在盯着自己，见他们不进来，索性按下关门键，那蒙面人顿了顿，突然抬手一边挡住电梯门，一边摘下口罩，露出瘦削精致的下半张脸。

"金……窈窕。"他对上金窈窕审视的锐利眼神，迟疑了一下，甩开身后几人阻挡的手走进电梯，"好巧，又见面了。"

露娜一看见他露出的脸就震惊地倒退了好几步："宁、宁、宁瞬！天哪，天哪，你怎么会在凯悦？天哪，天哪——"

宁瞬这才发现金窈窕不是独自一人，迅速回神道："我来临江拍摄，剧组安排住在这里，你是……窈窕的朋友？你们怎么会在这里？"

"我们来这里健身的，我是你的粉丝啊！给我签个名好不好？"露娜开始寻找自己身上有没有可以留下签名的东西，慢了半拍才理解对方话里的内容，动作一顿，"你，你们认识？"

金窈窕没说话，宁瞬复杂地看了似乎不想理会自己的她一眼，解释道："窈窕上次帮了我一个忙，算是那次认识的，没想到还能遇见。"

金窈窕笑了一声："是啊，真不巧。"

宁瞬背后的胖男人狐疑地看她一眼，似乎对她不可思议的态度颇为不理解。

宁瞬拧眉："窈……"金窈窕回头看了他一眼，他静了静，墨镜后的眼神闪动了一下,“姐姐。”

电梯到达底层，大门打开，金窈窕毫不犹豫地迈开腿走了。要到签名的露娜犹豫了一下，还是跟在闺密后面离开了。

剩下的一行人陷入沉默，好久之后，胖嘟嘟的男经纪人才开口道:“那女的是金窈窕？乔语丝说的那个沈夫人？跟她形容的不太一样啊，漂亮得有点过分了吧？”他随即反应过来，警戒地看向自家桀骜不驯的祖宗,“宁瞬，我跟你说，你可不许再去接触她了，这女的一看就不吃你那套，小心反过来把你吞得骨头都不剩。”

宁瞬安静了一下，突然有点烦躁:“她不是沈夫人，沈启明还没娶到她呢。”又意识到经纪人的重点警告，他不爽地嗤笑一声,“怎么可能？我对情情爱爱一点兴趣都没有。”

他戴上口罩，脑子却忽然想到刚才金窈窕在电梯里跟朋友聊什么来着？商会活动？买礼服？

她腿那么长，皮肤还白，穿红色的长裙肯定很好看吧。

临江市商圈，晶茂总部在这寸土寸金的位置坐拥一整栋醒目的大楼，下班时间，打卡完毕的职员们从内部鱼贯而出，几辆深黑色的商务车缓缓从远处驶来，人们下意识地投去视线。

车门被司机打开，沈启明迈步下来，蒋森和一众助理跟随在他身后。

沈启明身形清隽修长，五官英俊到让人移不开目光，只是气质太过锐利，像凝了层霜，照片里看着还好，真正出现在面前时总是让人不敢多看。

人群里掀起了小幅度的骚动，随即安静下来，如同摩西分海，大厅正门中间的区域瞬间被空置，待他脚步如风地踏进电梯，压抑的讨论声才骤然变大。

“是沈总！沈总回国了！”

“今天烧香了吗？平常很少能看见他的。”

“天哪，沈总今天这件西装好好看。”

“沈总穿什么不好看，哪里是西装好看？呜呜，这么个大帅哥，也不知道以后会便宜哪个女人，哎，沈总有没有女朋友啊？”

“不都说他已经订婚了吗？他手上老戴着个戒指。”

“戴戒指怎么了？你怎么知道就是订婚戒指？他又没对外宣布过。而且，不都说助理部的那个谁，宁萌，跟他有暧昧吗？上次沈总还带她去了慈善晚会，公司里都在猜她要上位。”

“你真信啊？我助理部的朋友告诉我，宁萌为了抢沈总身边的活每天拼命到连觉都恨不得不睡。沈总嘛，除了公事之外都不搭理她的。”

顶层，电梯门打开，宁萌已经等候在门口，她脸色有点苍白，但工作丝毫不乱，利落地跟上沈启明一行人毫不停顿的脚步。

她递上一张请柬：“沈总，这是临江商会送来的邀请函，请您务必到场。”

沈启明的父亲是临江市商会的现任名誉会长，如今他长居海外，担子自然就落到了晶茂的现任负责人沈启明身上。

沈启明随手接过，“嗯”了一声。宁萌瞥了他一眼，小心问道：“那……我去准备了？”

沈启明脑子里在想工作，不太在意地点点头。身后的蒋森瞠目结舌，当着宁萌的面开口道：“你还带宁萌去？是嫌窈窕不够生气吗？”

沈启明被他的话拉回神，想想也对：“那换一个，助理部看着安排吧。”

宁萌猛地咬住下唇，一众助理朝她投去似笑非笑的视线，沈启明也没注意，径直走进被打开门的办公室。蒋森满脑子问号地跟在后面：“不是，你还打算带谁？就不能带着窈窕去吗？”

沈启明看了他一眼，不甚理解道：“为什么带窈窕？”

蒋森：“你就不打算带她出门？”

沈启明：“下个月郑老太太的寿宴我会带她去的。”

蒋森听得快晕了：“你是不是有病，等下个月干吗？你这次就带她去啊！”

沈启明：“这是商业活动，为什么带她？”

蒋森费解：“你先告诉我你为什么不带她，还有上次的慈善晚宴，你带她去不就什么事都没了？”

沈启明："这些都是应酬，要喝酒。"

蒋森："嗯？"

沈启明："窈窕不喝酒。"

蒋森跟不上他的节奏，沈启明给了他一个"你这个人怎么听不懂人话"的眼神，拿着助理交给自己的首饰盒往外走："准备一下，三十分钟以后开会。"

蒋森头晕目眩："你去哪里？"

沈启明："窈窕说在公司附近的咖啡店碰面，我跟她解释清楚就回来。"

晶茂大楼不远处的咖啡厅，金窈窕踏进大门，不出意外地顺着店内所有顾客的目光看到了那个自己要找的人。

沈启明坐在窗边的沙发上，扭头看着窗外的街道，西装笔挺合身，一丝褶皱都没有，脸上看不出表情，只那么安静地坐着，就本能地散发着雍贵的风度，让这间普通的咖啡馆似乎都高不可攀了起来。

金窈窕挑眉欣赏了片刻这张久违的脸蛋。

沈启明的英俊程度毋庸置疑。他从小到大都是人群中最惹眼的那道风景线。如今金窈窕见多识广，再看到对方，依然不得不承认他是她此生所见的最英俊的人之一。早年，晶茂集团的年会上，当时某个旗下产品的代言人、以美颜盛世著称的当红男星就有到场参加，结果与集团总裁沈启明一同出现在会场，竟然生生被比得逊色一筹，搞得年会现场这位男星的粉丝们都不知道该看哪里才好。

金窈窕这么一想，忽然就觉得自己不太惨了，喜欢上这么个帅哥，最后即便分手，整个临江也都流传着她人生赢家的传说。

以前之所以觉得受伤，归根结底是因为想要的太多，但现在再看这番经历，又不一样了。

金窈窕颔首，觉得自己并不亏本。

她走近沈启明，开口道："久等了。"

沈启明回头，看清她的模样先是一愣："窈窕？"

金窈窕落座，朝问单的服务员点了杯冰美式，面带微笑地询问沈启明："没认出来？”

沈启明摇了摇头：“不会。”

金窈窕挑眉：“你不觉得我现在这个样子比以前好看吗？”

沈启明想了想，平静道：“好看，以前也很好看。”

金窈窕“呵呵”笑了一声，好在她已经习惯了，毕竟以往她穿得跟鬼一样问对方好不好看时，他都是这样的回答。

白长了一张好脸，眼睛挂在脸上却是喘气用的。

金窈窕懒得再啰唆，喝了口冰凉的咖啡，刚要说话，服务员忽然俯身捡起个什么东西，放在了桌上，大气也不敢喘地说：“先生，您东西掉了。”

沈启明道谢，接过后直接放在了桌面上。

金窈窕瞥了一眼熟悉的请柬封面，挑了挑眉，沈启明却似乎不打算跟她聊这个宴会，只随手掏出个盒子放在桌上：“给你的。”

她愣了愣，打开看了一眼，目光在盒子里璀璨的粉钻上停留了两秒。

这颗钻石，记忆里好像是突然出现在衣帽间的，她的衣帽间经常会突然出现一些粉色的东西，比如粉色的大珍珠，她还以为是自己记性不好买完就忘了，搞了半天原来是沈启明买的？买完不当面送她，过后也不提起，这算什么？工资结算吗？

金窈窕扬起下巴审视了几眼这颗浮夸的鸽子蛋，好笑地合上盖子：“谢谢你的好意，不过还是算了，我不喜欢粉色。”

沈启明似乎有几分不解，金窈窕对上他的视线，公事公办地开口道：“沈总，不说这个了，今天我有正事找你。”

沈启明因为她的称呼皱起眉头：“正事？你在生气？因为宁萌？”

金窈窕摇摇头：“我没有生气，这件事也跟宁萌没有关系。”

蒋森果然是胡说八道的。

沈启明这么想着，就见对面的未婚妻轻描淡写地从兜里取出一枚戒指推了过来：“我们解除婚约吧，沈总。”

第10章

金窈窕说：“我们解除婚约吧，沈总。”

沈启明花了长达几分钟的时间去试着理解这句话，但他表面依然看不出任何表情，只是坐在那儿，一动不动地看着金窈窕，像一尊好看的雕塑。

金窈窕觉得这家伙果然是半点没把感情放在心上，听到这种要求却面无表情的样子果然跟她来之前预估得分毫不差。不过算了，她也并不为此矫情，主要是沈启明其实也没欠她什么。人是自己看上的，倒追对方的也是自己，不是有句话说得好吗？喜欢是一个人的事情，不能强求对方给出回应。

其实沈启明算脾气好的，换位思考一下，倘若有个不感兴趣的人十几年如一日地围在自己身边转悠，金窈窕必然是没法给出好脸色的。可这么多年沈启明没因为嫌她烦对她说过重话，后来自己提出结婚，对方也没多犹豫就同意了。

那时候她是真喜欢沈启明，跟沈启明在一起的每一秒钟都高兴得像个傻子，哪怕付出再多，心里也是甜的。

现在虽然思想变了，当初的愉快却不能磨灭，沈启明终究慷慨地给过她一段快乐的时光，直到她选择离开，他俩之间也没什么深仇大恨可言，沈启明的存在甚至直接激励她蜕变成了一个更好的自己。

金窈窕理智地认为，自己如今人在江湖，背后已经有人虎视眈眈，想要拿下家业，那势必不应该再主动树敌。沈启明的人脉、权势、财富，哪一样都不是好对付的，说不准以后在生意场上自己还要跟他打交道。

即便现在谈的是退婚的话题，金窈窕也希望双方能心平气和，保持冷静。她又不是个怨妇，大家都是成年人，好聚好散是最起码的。

见沈启明不作反应，她就继续把话说了下去，首先是考虑过很久的方案："我知道可能有点突然，毕竟解除婚约是件大事，不过好在我们一来还没开始筹备婚礼，二来之前保密工作做得好，外头也没什么人知道我们俩的关系，现在退婚，双方的损失都不是很大。"

沈启明盯着她。

金窈窕继续说道："明珠山那幢房子是你的婚前财产，跟我没有关系。属于我的东西前段时间我已经拿走了，可能会有一些遗漏，我会挑个时间去收拾然后搬走。"

沈启明盯着她。

金窈窕喝了口咖啡，用买卖不成仁义在的口吻道："还有，退婚以后我绝对不会再像以前那样打扰你了，以后在其他场合见面，大家也还是朋友。沈总意向如何？"

沈启明盯着她。

金窈窕等了一会儿，当他是默认了，心头松了口气，起身告辞："那就这样，耽误你时间了，沈总继续工作，我也该回去了。"

她绕出咖啡桌，刚要离开，胳膊却忽然一紧。

金窈窕低头，发现原来是沈启明捏住了自己的手腕，力气大得让她怀疑对方的副业可能是个健身教练。

沈启明终于开口说出了自她推出戒指以后的第一句话："我不同意。"

金窈窕拽了拽自己的胳膊："如果对我刚才提出的细节有什么要补充的可以

提出来，你先松手。”

沈启明修长的指骨一点一点收紧，目光一动不动地注视着她的眼睛：“我不同意。”

金窈窕顿了顿，环顾一圈周围注意到这边的动静偷偷竖起耳朵的顾客，压低声音道：“沈总，你这就不体面了啊，是要跟我在大庭广众之下吵一架吗？这方案你又不吃亏，到底有什么不同意的？”

沈启明丝毫不理会她的话和周围投来的视线，一字一顿，咬字清晰：“我不同意退婚，窈窕，把戒指收回去。”

金窈窕看着他，眉头逐渐皱起：“如果是因为担心双方父母的意见，我可以出面……”

“窈窕！”沈启明站起身，第一次用这么高的语调打断她的话，“不要再胡闹了！跟我回家！”大概是意识到了自己的失态，他想了想，沉声说，“如果你介意的是那天的慈善晚宴……”

金窈窕终于有点不耐烦了，开口打断他：“沈启明，你非要弄得大家都不痛快吗？”

沈启明猛地停住，用一种金窈窕从未见过的眼神看着她。

金窈窕缓了缓，又抽了下胳膊：“松开，你抓疼我了。”

沈启明下意识照做，低头看着那只被自己捏到微红的手腕，眉头紧皱。

金窈窕转了转自己的手腕，扭头就走，背后传来沈启明的声音：“为什么？你到底怎么了？”

金窈窕嗤笑：“我累了，不想跟你在一块了，就这么简单，行不行？”

大门关闭的铃铛声响彻在寂静的咖啡厅里。

沈启明站在桌边，凝视金窈窕纤瘦的背影消失，桌上的手机振动起来，他看都没看一眼。

晶茂大楼会议室，七八个管理层人员端坐等候。

蒋森打了第三个电话，依旧没人接，他拿着显示通话结束的电话，表情迷茫。

“蒋总。”一位管理人员安慰他，“您不是说沈总去和未婚妻见面吗？说不定是在聊什么重要的事情，忘记看手机了。”

“不可能，不可能。”蒋森道，“你什么时候见沈总为了私事耽误过工作？这种可能性太小了。”他说着，眼神从一开始的迷茫慢慢变得惊恐起来，“他该不会是死了吧？”

咖啡厅内一场大戏落下帷幕，店里的气氛却明显躁动起来。

距离不远的一张餐桌上，几个下了班相约来吃甜品的女白领在沉默中互相交换着震撼的视线，不知道是谁第一个掏出了手机——

几分钟之后，晶茂总部的所有私人聊天群全炸开了锅。

“震撼！大震撼！就在刚才！公司楼下的一度咖啡厅！我偶遇了沈总和他的未婚妻！”

“等一下，沈总有未婚妻？”

“他未婚妻超好看的，但这不是重点！重点是沈总被他的未婚妻甩了！你敢信？沈总！本世纪第一高帅富总裁！他被甩了！”

“这是什么奇幻剧情？”

“羡慕了，这是什么铁石心肠的小姐姐？竟让我流出了柠檬味的眼泪。”

沈启明回到公司时，会议室里已经有人消息灵通地听到了风声。

他踏出电梯就看到了等候在外的蒋森，蒋森平常没个正行，关键时候却很懂得进退，小心翼翼地看眼色，一句话也没有多问。

反倒是快到办公室的时候，坐在外面助理台的宁萌噌地站了起来。

宁萌脸色苍白，她已经记不起来刚才看到聊天群里的消息时那一瞬间的心情。望着那个从远处走来笔挺而冷漠的英俊男人，她的心脏跳得几乎要破胸而出，联系近期的一系列事件，她的内心隐隐有一个不真切的念头。

是……是因为自己吗？

她被这种念头鼓噪着，一时忘情，竟然不自觉开口叫住了沈启明：“沈、沈总！您和金小姐分手了？”

沈启明的脚步应声停住，扭头朝她看去。

宁萌被他看得手脚都不知该往哪里放，下一秒，却听对方冷冷斥道："我们很好。管住你的嘴，再不懂分寸，可以收拾东西走人了。"

那不真切的念头骤然破裂，幻影一般消失了。

宁萌怔怔地站在原地，沈启明已经走没了影，蒋森跟在后面，不禁啧啧两声，哥们儿，你也有今天啊。

虽然过程不甚顺利，但好在问题算是解决了。

金窈窕一边切着葱蒜，一边思索着该如何跟父母解释这件事情。

金父、金母在她的印象中绝对是最传统的那种老人，金父即便膝下只有她一个孩子，也从没想过要把她培养成公司的接班人。这两位老人对她最大的期望，就是她能嫁给一个好男人相夫教子。

沈启明无疑是他们的概念中好男人的佼佼者，他英俊、富有、聪明，年少有为，即便沉默寡言了些，但在他们看来也是可靠务实的表现。这些年来，金父最常说的话就是叮嘱她好好跟沈启明过日子，在金窈窕看来，父亲说不准连他俩孩子的名字都已经起好了。

冷油下葱姜，煸炒过一遍后捞出，金窈窕取来处理好的河豚，一整条滑进锅里。

医生说父母现在的身体应该尽量摄入优质蛋白，她准备以后每天给爸妈做一条鱼。

刺啦的油炸声让她纷乱的脑子出现片刻的安宁。

河豚是个娇贵东西，过去很少有餐厅会做，甚至还有不少处理不好导致食客中毒的新闻出现。但有一句话说"拼死吃河豚"，能让爱好者这样铤而走险的食材，总有它让人魂牵梦萦的美味之处，交到会料理的人手中，美味轻易就能被激发到极致。

鱼肉两面煎至金黄后，金窈窕浇进一小杯高纯度的白酒，等香气并着浓雾一拥而上的时候，再迅速倒进一旁准备好的烧开的矿泉水。

金父自从知道自己生病后，时不时就神情恹恹，此时下楼嗅到香气，情绪才拔高起来。

锅已经滚了，奶白色的鱼汤在锅盖下咕嘟嘟地冒着泡，金父探头一看，兴致就来了："白汁河豚？"

金窈窕"嗯"了一声，看了他一眼，最终还是决定直说。毕竟退婚的消息早晚瞒不住，万一父母从别人口中听到，那受的打击可就大了。

"爸，妈。"金窈窕开口道，"我有事告诉你们。"

金父拿了个汤勺尝汤，奶白的河豚汤色如牛乳，都不用再加过多的调料，鱼肉的鲜甜就已经足够让人回味无穷。

金父点头道："你说。"

让出位置给岑阿姨和金母熄火，金窈窕取了块隔热布，将整锅汤端上了餐桌，看着他们的背影，几秒后才开口道："是我跟沈启明的事情。"

金母回头看了她一眼。

金父抿了抿嘴，沉默地掀开锅盖，拿勺子拨弄鱼肉："嗯。"

金窈窕索性一鼓作气："我今天把订婚戒指退给他，跟他退婚了。"

金母张张嘴，看看她又看看丈夫，金父跟没听到似的闷头喝汤，一句话也不说。

餐桌上很沉默，金窈窕心知必然会有这一战，且这一战可能还要打很久，她早有准备，只是看着爸妈吃完饭后一语不发地上楼，心里多少还是有点不好受。

这扇门之外，她谁都可以不理会，然而现在被她伤害的，偏偏是她最割舍不下的亲人。

金窈窕一个人待在客厅，望着没打开的电视也不知道在想什么，一片昏暗中她听到楼梯口传来一声呼唤："窈窕，你爸叫你呢。"

金窈窕抬头，母亲在朝她招手。

二楼房间，金窈窕坐在床边，父亲站在阳台看着一包没拆封的烟，眼馋又不敢动作。

父女俩四目相对，金窈窕站起身："爸……"

“你别说了。”金父挺着肚子在床边坐下，打开抽屉把烟盒往里一丢，叹息道，“你这次回来，还住了这么多天，我跟你妈一早就猜到你跟小沈估计出问题了。”

金窈窕发现自己竟没想到这茬，愣了一下：“爸，那你们——”

那这么多天，怎么都不问呢？

金父没好气地瞪了她一眼：“我跟你妈什么时候能管得住你！”

他舒了口气，半躺在床上，手搭着啤酒肚拍了拍，又叹了一声：“你爸真的老啦，肺癌都得了，说不准什么时候就要走。”

金窈窕皱眉，立马又强势起来：“不要胡说！”

金父朝她露出无奈的笑：“怕什么？我这一病啊，真的什么都想明白了。窈窕，死一点都不可怕，我跟你妈就你这么一个闺女，最怕的就是你过得不好。我们什么都不求，就盼你能平平安安的，开开心心的。不管你以后做什么，跟谁在一起，你只要记住，是你想要的就好。”

金窈窕忽然发现自己可能一点都不了解父母，至少她从不知道父亲也是能说出这种话的。

她一直以为自己坚强至今，已经不会再轻易掉眼泪了。但这一晚，她将自己关在房间里放肆痛哭了一场。

第11章

明珠山，八号别墅，屋内气氛犹如冰窖。

踏进家门的沈启明脸色太冷，平常总要嘘寒问暖几句的王阿姨今天一句话也没敢说，接过外套就跟同事躲起来了。因为不放心跟回来的蒋森追在沈启明后头一起进了书房，沉重地说：“真没想到她不鸣则已，一鸣就是跟你退婚，啧，退婚这么大的事情，你想好怎么跟家里说了吗？”

沈启明没回答，在书桌后坐下，想了想忽然说：“没有退婚，等她气消，再照常办婚礼。”

蒋森一脸问号：“你逗我呢？订婚戒指都给你退回来了，你还想着婚礼？哥们儿，醒醒！她对你啥样你心里没点数吗？懂不懂女人啊？能做到这个地步，大概率就是不打算再回来了好吗？”

沈启明不说话了。

蒋森觉得好累，翻着白眼恢复了平静，倒进沙发里想了想，开口安慰道：“算了，现在说这些也没用，你也别太窝火。我跟你说，分手其实没什么大不了，我三不五时就得经历一次，不还是好好的？就那么回事，窈窕这么个好老婆……可惜了，好在你也没喜欢她喜欢得你死我活——”

他说着忽然对上沈启明盯过来的视线，声音戛然而止。

几秒钟后，蒋森大惊失色地跳了起来，不可思议地发出尖叫：“你真的喜欢窈窕？”

沈启明一个人坐在书房里，灯光昏暗，他手中无意识地摩挲着一根笔。

蒋森的话好像还在重播。

喜欢金窈窕吗？

他发现自己似乎从来没有想过这个问题。或者说，从小到大，他都没有想过任何跟感情相关的问题。他甚至没有爱好。所做的事情，读的书，打的球，骑的马，接触的人，全都是因为需要，他天生就需要去做这些，没有人告诉他该去喜欢什么。这当中，金窈窕则是一个特别的存在，他发现的时候，她就一直在那里，好像永远都不会消失一样。

现在这个永远都不会消失的人离开了，这幢他每天都在生活的房子忽然变得空荡荡的，刚才有那么一瞬间，他甚至不想踏进这扇大门。

可他又怎么知道自己喜不喜欢呢？

沈启明拨通了一个很少会打的号码，电话响了好几声才被接起，那头传来父亲苍老而锋利的声音：“有事吗？”

沈启明顿了一秒，问：“妈呢？”

“我不知道。”父亲说，也并没有寒暄的打算，迅速聊起了正事，“正好，我刚要去开会，上次晶茂准备的那个海外并购案……”

沈启明挂断电话，去了金窈窕的房间，打开灯，一片粉红。

房间里整整齐齐，纤尘不染，好像什么都没缺的样子，唯独少了应该在这里的主人。

金嘉瑞最近也过得不怎么顺心。

进公司之前，他本来跟父亲商量了一大堆坐上管理位后御下的手段，谁知出师不利，他看中的职位被金窈窕胡闹一般抢走，进公司当天又被对方大肆张扬地抢光了风头，明明是一起入的职，他却硬生生被衬成了个透明人。

这段时间，他在项目组里开始似有若无地透露自己有背景的事情，但铭德关系户太多，同事们对此都不太有兴趣。毕竟他父亲只是董事会成员之一，再怎么厉害，也风光不过亲爹是董事长的金窈窕。

这也就算了，以往有各家兄弟做对比，他老觉得自己学历高，结果项目组里的职员动辄就是硕士博士，好不容易找出个本科，也是从甩他几条街的知名大学毕业。

背景比不过金窈窕，实力比不上同事，他坐在自己的小职员格子间里，什么都不懂，也接触不到重要工作，别提多憋屈了。

他什么都不懂，又没什么优势，只好努力刷存在感，得空就找人聊天。可他明明已经自降身份表现得那么亲和了，同事却还是只把他当普通关系户，项目组也不重视他，给他的工作都是打打文件、发发邮件这种阿猫阿狗都能做的零碎小事，他迫切地想接触铭德的核心，可项目组里就连开会都没他的名额。

他找父亲诉苦，想让父亲出面给自己调个至少能使得上力气的职位，父亲却说大伯还在管事，不好那么明显地越权，毕竟金家的祖训就是不争不抢，要听当家老大的安排。

午休时间，他扫了眼格子间不远处的办公室，发现金窈窕今天没来公司上班，气得连饭都不想吃了。

那间办公室本来应该是属于他的，结果他渴望了那么久的东西被金窈窕抢走，抢到后又不当回事地丢到脑后，真是占着茅坑不拉屎。

几个管理层人员匆匆走过，留下讨论声——

“核心人员都到了吗？午休结束之前尽量把会开好。”

核心人员！

金嘉瑞只一秒就捕捉到了关键词，核心人员的会议，讨论的必然是项目的重点内容！他想融入核心圈子都想疯了，偏偏坐在这个不起眼的位置上，连打入内部展现实力的机会都找不到，此时听见便赶忙叫住对方。

几个人停下，看到是他，客气地打了个招呼:“嘉瑞，是你啊。”

态度客气但不失尊重，毕竟大家都知道他是个关系户。

金嘉瑞觉得有门，厚着脸皮提议道:“是要去开会吗？我可不可以也去旁听一下？”

他觉得以自己的背景应该不至于被拒绝，可那几个管理层人员互相对视一眼，竟然毫不留情地推脱道:“这次的会议比较重要，有些内容需要保密，等下次吧。”

大概是看出了他的不愉快，其中一人笑着拍了拍他的肩膀:“嘉瑞，你刚进公司，去了也听不懂，等以后对公司熟悉了再去不迟，好好工作，别多想。”

正说着，大门被一把推开，久不现身的金窈窕走了进来，立刻被职员们注意到。

“金主管！”

“金主管您来啦！”

“金主管今天的鞋子真好看！”

金窈窕朝众人一笑，整个工作区似乎都亮了，她微哑的嗓音滑如丝绸:“你今天也很漂亮。我买了几箱车厘子，一会儿会有人送到茶水间，大家休息的时候记得去吃。”

一听车厘子，职员们当即振奋起来，此起彼伏的道谢声之外，还有私底下的交头接耳声——

“太子一来项目组，咱们的生活水平真是直线上升，车厘子自由都实现了。”

“是啊，堂堂太子，居然那么贴心，每次来都记得给我们发福利。”

“她以后要是当了老总，咱们可就是御前老臣，啧，发达了。”

金窈窕转向几个管理人员，摇了摇手机:“去哪个会议室？”

“就咱们几个内部人员，本层的小会议室就行。”刚才拒绝了金嘉瑞的那位管理人员态度一变，笑着上前迎接道，“没想到您那么忙还跑来，真是辛苦了，我们争取早点结束。”

一行人离开以后，留在原地的金嘉瑞脸都是青色的。

刚才那个人说“就咱们几个内部人员”，即便是傻子都能听出来，与他同时入职的金窈窕已经顺理成章被核心管理圈接纳了。

她凭什么？要能力没有能力，态度也不端正，进公司这么多天，来上班的次数一只手都能数过来，凭什么自己想去去不了的会议，还专程打电话通知她来参加？还说她辛苦？辛苦什么？辛苦逛街购物吗？他作为金家男丁都知道每天打卡工作，哪里不比这个花瓶强百倍？

金嘉瑞幻想着自己将来上位后一系列打脸管理层的操作，可还是郁气难消，于是忍不住在众人拥向茶水间吃车厘子时旁敲侧击：“窈窕怎么这个点才来上班？昨天和前天好像也没来，真是有点不像话，万一延误了项目组的进度可怎么办？”

他觉得自己说得很在理，谁知听到的同事看向他的眼神却有些奇怪。

见他不明所以，有人似笑非笑地开口道：“除了我们项目组，金主管还要管寻香宴的周年宴，怎么可能天天来打卡上班？能专程赶来开会已经很好了。”

寻香宴！

周年宴！

金嘉瑞听到这两个词，整个人都快不好了，这工作比项目组主管的位置重要何止百倍？连自己的父亲都不能随便插手，竟然落到了金窈窕手里！简直岂有此理！

他恍惚地离开后，茶水间里的人开始吐槽——

“这个金嘉瑞脑子有病吧？说谁不好说皇太子，人家是要继承‘皇位’的，他以为谁都跟他似的没事做可以每天打卡上班吗？”

“是啊，还一口一个窈窕，怕谁不知道他跟金主管是亲戚似的，金主管刚才来公司时有看他一眼吗？”

寻香宴的工作一直是金父负责，公司里的其他人基本不插手，以至于金窈窕去了那么久，金家的其他人竟然半点消息都没听到，被气得呕血的金嘉瑞回去一说，他爸立刻也跟着炸了。

“岂有此理！”

寻香宴的生意虽然不好，但它是整个铭德的根。之前嘉瑞抱怨被老大家的女儿抢走职位他还没当一回事，以为只是小姑娘闹着玩，现在一看这操作，他立刻发现不妙了。这哪是闹着玩，分明是意在掌权！

大哥的位置是父亲去世前指定的，他再不服也只能憋着，这么多年悉心培养儿子，就是为了日后能靠他扬眉吐气，现在大哥老了，眼看就要熬出头了，难不成日后还得看个小丫头片子的脸色？

金文至一想到此，气得直接砸了茶杯，领着儿子就朝大哥家去要说法。

金窈窕正烤着饼，就见三伯领着堂哥登门，跟自己打了个招呼后就笑呵呵地叫父亲一起到书房喝茶。

他们上楼后，母亲有点疑惑，跟岑阿姨说：“老三怎么也不打个招呼就突然来了？”

金窈窕一笑，将烤炉的门合上：“估计是来叙旧的吧。”

打从进入寻香宴后厨那天起，她就知道早晚要来这一遭，三伯那个心性，看到她有出头的势头，能坐得住才怪。

楼上，金父挺高兴弟弟来找自己喝茶，还特意拿出了珍藏很久的普洱饼，打算好好露一手，谁知还没说几句，对方的话题就转向了女儿。

“大哥，我听说你让窈窕去寻香宴管周年庆的事了？”

金父再怎么信任亲人，在商场上练就的斗争经验还是有的，几乎瞬间就察觉到了对方的来意，心里一沉。

“她说想帮我，我就让她去了。”金父笑着问，“谁告诉你的？”

“外面听的。”金老三含糊过去，“大哥啊，你简直乱来，公司也就算了，寻香宴那么重要的事情，你怎么也能放心交给窈窕？万一捅出娄子来怎么办？”

金父一副不放在心上的样子：“窈窕能捅出什么娄子？我对她还是放心的，而且她这不是为了帮我分忧吗？来喝茶喝茶，不说这个了。”

金老三听大哥这样解释，放心了两分，但依然觉得危机不小，旁敲侧击地提议：“我知道她很乖，但大哥，窈窕毕竟是个女孩，老往厨房里钻，怪不像话的。”

金父哐的一声将茶杯搁在茶几上："老三，可以了。"

老三因为他突然的怒火安静下来："大哥？"

金父脸上的笑容变浅，注视着自己弟弟的双眼："你老婆也是女人，每天钻厨房给你烧饭，你也觉得不像话吗？"

老三结巴了一下："这……这能一样吗……"

金父摇了摇头，起身道："老三啊，你记得窈窕是个女孩，但也别忘了她是我女儿，她做什么事情，我这个当爸的都还没开口，你就别插话了。还有，"金父接着道，"你也别忘了，铭德如今管事的人，是我。"

前段时间他查出肺癌的时候，还想过要跟几个弟弟商量一下这件事，以后自己万一出个什么意外，留下的妻女也好有人帮衬。现在想来，幸好他没说。

金父看着弟弟，忽然有点伤心。他怎么变成这个样子了？

金父沉着脸下楼，金窈窕烤制的酥饼刚出炉，见他过来，就塞给他了一个。

刚上市的冬笋，嫩得一掐就能出水，再加上金父下班时拎回来几斤正宗的两头乌，化冻后也十分新鲜。剁成肉糜的五花肉肥瘦相间，混合冬笋丁和小葱碎，满满当当地挤进面皮里，面皮上刷了蛋黄，再烤成诱人的金色。

金母抓着饼问丈夫："老三跟你聊什么了？"

金父心中百般滋味，思绪万千，没胃口地摇了摇头："一点小事。"

金窈窕瞥了父亲一眼，心里跟明镜似的，但她也不拆穿，只笑吟吟地说："新调的馅，感觉能放进宴会菜单里，味道怎么样？"

金父回过神，一口咬下，酥脆饼皮下的肉汁争先溢出，烫得人龇牙咧嘴，也香得人欲罢不能。

他原本难受的胸口顿时舒坦了，三两口将剩余的饼塞进嘴里，一边哈着气一边朝女儿摊手："没吃出味道来，再给我一个。"

第12章

果然没什么烦恼是美食不能解决的，金家的小厨房因为一烤盘肉酥饼立刻和乐融融，与之相比，楼梯那边的气氛堪称阴云密布。金文至从楼上下来时听到大嫂招呼自己吃饼，只能尴尬地微笑，借口有事要忙匆匆离开。

从金家出来他就气蒙了，当然，也有一半是被吓的。

大哥是金家这一代的领头羊，自从掌管公司后就很照顾亲朋好友，他是个慷慨的人，虽然性格严肃，但弟弟妹妹们有需要朝他伸手时，他通常都不会有二话，否则金文至也不会那么笃定地提前教儿子入职管理层后该如何操作了。

金老三一直觉得自己很了解大哥，按照大哥的脾气，是绝不会介意退休以后让兄弟家的有能力的孩子管理集团的。在财富和权力上，他明显非常信任亲戚们，今天这种近乎警告的话，他是第一次从自己大哥嘴里听到。

他坐在车里捂着心口，回想着大哥下楼前递来的眼神，慌得后背一层冷汗。毕竟再贪心，他也知道自己这些年琢磨的念头是上不了台面的，是坏金家规矩的，一旦被提前抖搂出来，别说他的图谋了，只怕现在拥有的一切都未必能保住。

金嘉瑞见这趟好像没有收获，急着询问他：“爸，你到底有没有跟大伯说清重点？”

金老三气得差点一口气上不来，抬手就打他：“你个没用的东西！连个小丫头片子都比不过！”打完，他略作思索，只能咬牙安慰自己，“算了，反正寻香宴那半死不活的样子，她一时半会也做不出什么成绩来。”

他这么说给自己放松时，就听到一声提示音，见自家儿子委屈地捂着后脑勺掏出手机，他又来气了：“什么时候了你还只知道玩手机？”

“谁玩手机了？是哥们儿给我发的微信……”

金嘉瑞说着打开一看，神情却骤然僵住。

消息是一个酒肉朋友发来的：“哥们儿，好久没聚了，刚才听朋友说有个叫寻香宴的店最近生意很好，怎么着？撮一顿去呗。”

寻香宴？生意好？

“金主管。”门外进来一个屠师傅的小徒弟，戴着厨师帽，捧着个快递盒走向金窈窕，“您有个快递寄到了铭德，前台打电话来咱们这儿，我去帮您取来了。”

这小徒弟名叫汪盛，二十出头，白白瘦瘦的，可能是因为天赋好，在一群师兄弟里格外受屠师傅青眼，因此个性也外向几分，敢于主动跟金窈窕说话，但金窈窕真的抬眼看他时，他不免还是害羞，递出快递盒的时候头埋得老低。

金窈窕放下拟了一半的材料清单，伸手接过盒子摇了摇，她没买东西，也不知道里面是什么，不过还是道了句谢，顺手给他夹了个照着那天在家里的配方做的肉酥饼：“麻烦你跑一趟了，吃个饼，刚出炉的，有点烫。”

她拆开包装，发现盒子里是一件酒红色的长礼裙，收腰开衩，裁剪精良。金窈窕不记得自己有买过裙子，翻找片刻后，发现盒子的角落有一张卡片，上面是手写的字迹——

“姐姐，还你的人情。”

呵。

金窈窕立刻知道是谁了，嗤笑一声将卡片丢了回去。

汪盛捧着盘子大气都不敢出，红着脸走了，没走几步就被其他眼红的师兄弟拽住一阵蹂躏。

“好啊你小子。”

“我说你出去干吗了呢，你个心机男，居然偷偷讨好女神？”

他腼腆地抿嘴笑着，师兄弟们闹腾一阵也停了动作，悄悄拿余光打量金窈窕。

金窈窕正站在窗边拿着裁纸刀拆快递，纤尘不染的落地窗外，阳光穿透树叶打进来，落在她身上，光斑就像是绚丽的虹影。

真好看啊。

有人压低声音说：“我这辈子都没见过比金主管还漂亮的人。”

漂亮到甚至让人不敢主动去搭话，能动手帮她做点事情，都像赚到了似的。

身后传来一声咳嗽，男孩们回头看去，才发现屠师傅正站在后面臭着脸瞪人，吓得立马作鸟兽散。

屠师傅脾气本来就坏，金窈窕来寻香宴后，他的脸比以前更臭了，像个腌过头的老茄子似的。吓走徒弟们后，他背着手没好气地找了个凳子坐下，汪盛不太怕他，捧着饼劝他：“师傅，您别生金主管的气了，她来的那天明明是您先找她麻烦的，她也不是故意下您面子的。”

屠师傅骂他：“臭小子，别来烦我啊你。”

汪盛后退一步，还是说道：“这都什么时代了，您还搞性别歧视啊？金主管虽然是女的，可我看她厨艺比您还好呢。”

屠师傅噌地一下站起来，吓得他掉头就跑，结果没跑成被一把抓住了肩膀。

汪盛差点要哭了，结果发现师傅也没揍他，只“哼”了一声，抢走他手里的盘子，晃晃悠悠地越过他出去了。

寻香宴前院，气氛非同寻常的热闹，好几个厢房都坐满了人，这在前些年是根本就不敢想的。

屠师傅靠在树干上，慢悠悠地拿起饼吃了一口，肉汁淌得满嘴都是，他美滋滋地晃了下头。

这小丫头片子，嘴上不饶人，但手底是真有点本事。

正吃着，食客老王带着几个生面孔踏进院门，看见他就打招呼道："哟，屠师傅吃什么呢？闻着真香。"

屠师傅老脸仰起，得意地哼哼一声："可不，我们小老板亲自研究的肉酥饼，要上周年宴菜单的，您今天算是来巧了，刚出炉。"

老王连声说："小老板在啊？好好好，你先别跟其他人说，给我们留几份饼，再来个八宝山珍，我今天带朋友来尝鲜了，其他菜我们坐下再点。"他说完环顾院子一圈，啧啧称奇，"多长时间没见寻香宴这么热闹了，我看再过段时间，掐着饭点来该没位置了吧？"

屠师傅更嘚瑟了，笑得像棵泡菜："哪用过段时间，今天就没位置了！哈哈！"

老王看着那张面目可憎的橘皮老脸，沉默了一会儿："那……我要不去排会儿队？"

屠师傅眼含笑意，摆摆手，道："开玩笑的，咱们这儿平常有个备用包厢，一般是给老板家用的，我让人安排您到那儿坐。小老板说了，您这种十几年来一直支持咱们店的老客人算是VVIP，要感谢您的念旧。"

老王心里一酸，眼泪都快下来了，又颇觉得有面子，在朋友面前挺胸抬头的。

如同屠师傅得意的那样，寻香宴在半死不活地亏损了十几年后，竟忽然梅开二度，火爆到了包间都不够用。

临江的老饕多，老饕之间的圈子也小，像老王这样吃到哪家味道好就带着朋友一起去探店的人不在少数，这样老客带新客，生意一下就起来了。

幕后功臣金窈窕站在后头指点屠师傅的一个小徒弟做八宝山珍。她工作时比较冷静，没有屠师傅那么暴躁，手下人出了错，她也很少生气，都是心平气和地加以指点。

骂人有什么用呢？出错的时候被骂，有时候只会让人更慌乱。

然而被她这么平平静静地指出错误，小徒弟们倒是不心慌了，羞耻感却比以前被师傅臭骂的时候还要强烈，越发铆足了劲想比师兄弟们做得更好，学习进度快得让屠师傅每次看到都翻白眼。

这群混账，以往他拿着菜刀站在旁边都没见他们有这么认真的时候，到底是谁的徒弟啊？拿去喂狗好了。

露娜打来电话，跟金窈窕说："窈窕，你干吗呢？怎么不回微信啊？"

金窈窕打开锅盖看了眼里头正在炖的牛排，这是她过去的招牌菜之一，跟西式牛排不同，牛肋骨用完全中式的方式烹煮，成品是完全酥烂水嫩的口感。牛排香味倏地散发开来，盖过了周围弥漫的八宝山珍的气息，几个小徒弟都循着味道偷看。

金窈窕说："我在工作，怎么了？"

露娜说："没事，我逛街呢，看到一件礼服特别漂亮，就发照片给你了。你不是要去参加宴会吗？"

金窈窕笑了："你真是……我一会儿就看，谢了。"

露娜道："没事，我家亲爱的突然约我吃晚饭，我也是顺路逛到的。"

她家亲爱的？那个骗钱的凤凰男？金窈窕愣了愣："简文约你吃晚饭？"

"是啊，突然约的，好着急的样子，说找我有事情呢。"露娜傻乎乎地笑了几声，"你说他不会突然跟我求婚吧？"

金窈窕眼神一下冷了，声音却不变地问："你们约在哪儿见？"

临江商业区的一处法餐厅，露娜愣了一下，看着对面英俊的男朋友："你要创业？"

简文伸手抓住她的手，满脸都是激动："我好不容易才找到的这个新项目，只要参与进去，肯定是要一飞冲天的。露娜，你相信我，我一定会做出让你爸爸对我刮目相看的成绩，让他心甘情愿地把你嫁给我。"

露娜有点感动："你真是……那么辛苦干什么？累到自己怎么办？创业可不容易了。"

简文眼中闪过一丝阴霾，脸上笑着说："为了你，再辛苦我也没关系。"

露娜抿着嘴有点想哭，就听男友开口道："就是我启动资金好像还差一点，露娜，你可以借给我吗？"

露娜不是个吝啬的人，放在平常肯定会借给他的，可刚要答应时她就想起自己把存款借给了金窈窕，她捂着嘴慌张道:“啊，你需要多少，三十万够用吗？”

简文愣了一下，朝她笑道:“怎么可能？那么好的地皮，我的股份至少也得出八百万啊。”

露娜愣愣地说:“可是我现在没有那么多。”

简文有点不高兴了:“你是不想借给我吗？”

露娜摇头:“怎么可能！我真的就剩三十万了，全都借给你吧。”

简文听到后沉默了，片刻后，他的笑容消失了:“露娜，你别骗我，你银行里至少有一千万的。”

露娜再单纯也知道不对劲了，怔了怔，问:“你怎么知道的？”

简文有些懊恼说了不该说的话，恼羞成怒道:“你别问那么多，我还要问你呢，为什么有钱也不肯借给我！”

露娜说:“这些钱我已经借给朋友了啊。”

“哪个朋友？”简文完全不信，“你告诉我。”

露娜张开嘴又迅速合拢，总觉得说出来以后可能会给闺密惹麻烦，只好摇摇头:“我不想告诉你。”又问道，“简文，你怎么知道我有多少存款的？”

从来对她温和体贴的男友噌地一下站起身来，眉宇间满是让她陌生的焦躁和暴戾:“露娜，我现在真的很需要钱，没时间跟你解释那么多，你到底怎么样才肯借给我？”

露娜有些被吓到了，仰着头看他，片刻后拎着包起身道:“简文，你不创业也没事的，我从来没有要求你——啊！你干什么！”

她被男友一把抓住拽了过去，慌乱中看到对方凶恶的表情，吓得一声尖叫。

“你到底……”

家里的赌债越积越多，现在债主找上门闹事，女友有钱还不肯借给自己，简文气得有些失去理智，正要威逼胁迫，胳膊却忽然被一把抓住，旁边传来一道丝绸般的女声:“松手。”

简文一抬头，先是被入目的美貌惊到，随即才意识到对方在阻止自己，沉着脸警告道:“这是我女朋友，你少多管闲事。”

谁知这女的非但没被他吓退，还一把拧住了他的小指，朝后掰去："我让你松手你听不见吗？"

简文吃痛地倒退两步，露娜哭着扑进金窈窕的怀里："窈窕！呜呜呜，你怎么来了？"

简文捂着手怒不可遏，扑上去就要找麻烦，金窈窕搂着闺密，美目一瞪，单手抡起餐桌上的花瓶就要跟他对打，谁知简文还没到她近前就一声痛呼横飞了出去。

金窈窕一手闺密一手花瓶，气势汹汹，抬眸一看："沈启明？你怎么在这儿？"

沈启明站在几步开外的地方，穿了件灰色的长风衣，波澜不惊地收回刚刚踢人的腿。他看了金窈窕现在的样子一眼，眸光微闪，不知道为什么有些气弱。

他最近经常去寻香宴，停车待在门口，但又不知道自己想做什么，刚才他看金窈窕怒气冲冲地上了司机的车，觉得可能有事，就跟过来了。

沈启明低声回答："路过。"

金窈窕刚要道谢，怀里的露娜就痛哭起来："窈窕！窈窕！简文他居然对我动手！我要跟他分手！"

金窈窕赶紧拍拍闺密的后脑勺，安慰道："别怕，他敢打你，我就把他脑袋拧下来。男人都不是好东西，分手了我放鞭炮给你庆祝。"

沈启明："……"

第13章

简文被踢得好一会儿才缓过来，爬起来后气得差点发疯，但一转身，见沈启明高了他将近半个头，此时面无表情地站在两个女孩旁边，他又不敢轻举妄动了，只好捂着被踢得直不起来的后腰威胁说要报警，控告他人身伤害。

沈启明根本就不带给他眼神的，金窈窕忙着安慰露娜，更加懒得搭理他。

简文还真的掏手机作势要打电话，店里的其他顾客看不下去了，纷纷出言嘲讽——

“这男的怎么回事啊？自己先跟女朋友动手，被打了还好意思报警？”

“真恶心，我刚才就听到了，他跟他女朋友借钱没借到才发的火。”

“搞半天还是个吃软饭的，软饭硬吃啊！”

“他敢叫警察来，我就敢留下作证。真是，好好出来约个会都能碰到渣男，晦气死了。”

周围的人七嘴八舌，不时投来鄙夷的眼光，简文听清内容后，气得脑子一昏，拿着手机打也不是，不打也不是。餐厅的服务人员找来商场保安围住了他:“先生，请您现在立刻离开，不要影响我们的正常营业。”

奇耻大辱！奇耻大辱！简文的嘴唇都哆嗦了起来：“明明是他们动手打人！”

服务员嫌恶地看着他。

金窈窕站在几步开外，嗤笑了一声：“那你报警啊？等我帮你吗？”

简文牙齿咬得咯咯直响，他是个自尊心比天高的人，这种被千夫所指的境况比杀了他还让他难受。僵持了一会儿，他终于没能待下去，扶着腰一瘸一拐地离开了。

露娜吓得不轻，再加上伤心，哭得一路直打嗝：“窈窕，简文怎么会这样对我？他明明是个脾气很好的人……”

这些年来简文对她简直千依百顺，以至于露娜一直觉得，男友没钱没关系，只要对她足够好就可以了。

金窈窕搂着她摇头：“别想了。”

露娜的脑中一团乱麻：“我该怎么办？”

金窈窕摸摸她的头：“我不会让你被欺负的，把你爸电话给我。”

露娜本来不想把这件事情告诉她父亲的，害怕被骂，但闺密坚持要这么做，她最终还是妥协了。

露娜的父亲一听女儿受了欺负，直接从公司赶回家，见女儿没事，才终于松了口气。

金窈窕把前因后果说清楚，最后劝道：“叔叔，您别责怪她，她因为善良被欺负不是她的错。”

露娜的父亲脸上的愠色退去，叹着气朝她道谢：“窈窕啊，多亏了你，我们露娜真的……要不是有你这么个朋友，骨头都能被人吞干净，叔叔真的不知道该怎么谢你。”

金窈窕笑道：“这有什么，她对我也很好，那笔钱就是借给了我。不过我最后没用上，过几天就能转回来。”

露娜的父亲正色道：“别说这些借啊还啊的外道话，窈窕啊，叔叔没什么可说的，将来但凡有需要帮助的事情你尽管开口，叔叔绝没有二话。”

金窈窕让露娜的母亲送她回房间休息，临走的时候才单独跟叔叔提示道："叔叔，简文突然开口要那么多钱，虽然说是想创业让您刮目相看，我还是觉得挺可疑的，您最好提防一些，别让他以后找机会纠缠露娜。"

对方听到这个名字就脸色难看，冷哼一声："你放心，他就在我公司里上班，以前是露娜喜欢他，我才念着情分没给他难堪，现在……哼，他要还能占到便宜，叔叔这几十年就白活了。"

金窈窕听完后只有一声长叹，真是可怜天下父母心。

她离开后，露娜的父母相携站在门口目送，冷风里摇头感叹——

"好孩子啊，咱家闺女那脑子，能有这么个愿意护她的朋友，算咱俩这些年积德了。"

"也是个能办大事的人，露娜但凡有她三分聪明……算了，上午你不是收到了程家的请柬？就是他家沐合公馆宴会那事，听说就是跟这闺女家里打擂台。推了吧，咱别去了。"

金窈窕上车前余光一扫，发现了什么，把包丢进车里，朝后走了几步："你还没回去？"

沈启明从停在后面的车里出来，手插在外套兜里，低头看着她，长长的睫毛覆下一片阴影："嗯，你朋友没事？"

"没事。"金窈窕发现自己忘了道谢，于是说道，"今天谢谢你了，沈总。"

沈启明低头看着她，两人之间安静了片刻，他才出声："窈窕，你为什么……要跟我退婚？"

金窈窕听得有点百味杂陈，她以为沈启明是不会问这种问题的，沈启明这样的人，即便是被分手，也绝不至于对此耿耿于怀。

不过现在的气氛还不错，比前些天在咖啡馆里要好得多，他俩刚刚同仇敌忾地打倒了另一个敌人，虽然名义上是前任，立场却也能称之为战友。

金窈窕笑了笑："我提得有点突然，那天的态度也不太好，是该跟你道个歉。不过，我那天也没骗你，其实就是累了，沈总，你可能不知道，每天等待一个人也是很辛苦的。”尤其是在那个人还不懂得体贴的时候。

沈启明张了张嘴，似乎想说什么，金窈窕摇头道：“没有指责你的意思，那是我自己选的。沈总，你今天愿意帮我，真的很谢谢，虽然不能在一起，但我希望我们以后也不要互相怨恨。”

沈启明看着她缓慢地摇头：“我没有怨恨你。”

终于说开了，金窈窕伸出右手：“那就好，希望以后还能做朋友。”

当然，别有太多来往就更好了。

沈启明过了几秒钟才从兜里抽出手，握了上去，金窈窕的手很小，也很凉，很轻松就能被他的手掌包裹住。

他低头看着，也不知道自己在想什么。她原来这么怕冷的吗？

司机见金窈窕打开门后不上车，下来朝这边张望，金窈窕抽出手摆了摆：“黄叔催我了，沈总也快回去吧，慢点开车，还有，今天谢谢你，以前……也谢谢你。祝你生意兴隆。”

金窈窕钻进车里，黄叔跟她说：“窈窕，刚才你包里的手机响了。”

她打开包一看，才发现原来是寻香宴打来的，拨回去后，接电话的是屠师傅的小徒弟汪盛。汪盛说：“金主管，我打电话是想跟你说让你先别回来，师傅在后厨发脾气呢。”

金窈窕一愣：“谁又惹他生气了？你们把八宝山珍做砸了？”

“没有！”汪盛道，“是有个姓李的客人，给师傅看了一张请柬，好像是沐合公馆送的，师傅看完就生气了。”

沐合公馆？程家？金窈窕对这个名字可太有印象了，程家是从外地来的，起先还名不见经传，后来忽然就起来了，一路做到了现在能跟金家分庭抗礼的地步。她索性拿手机搜索了一下，结果跳出来的新闻令她眉头直接挑起了半边。

沐合公馆搞活动？哟，日期还跟寻香宴周年是同一天？

网络上铺天盖地的通稿，说沐合公馆研究出了一套分子料理宴席，高端精致程度国内罕见，有望成为店内的未来主推。为此他们专门搞了个店庆，邀请大批社会名流参与，届时更有某某美食评论家专程从海外飞回来品尝。

网上不少人都在讨论这个。沐合公馆的知名度一直不低，虽然这个品牌线做的是面向少数人的高端餐饮，但这些年程家从不吝啬在营销上花钱。他家营销很有一套，旗下的中端餐厅云鼎就是临江非常受欢迎的网红店，其实味道跟其他餐厅区别也不大，只是样式精致，又有宣传加持，一些网红小明星都爱去打卡，仿佛在那儿吃饭要显得格外有品质些。

跟风成潮，云鼎每家店门口排队的顾客都相当可观，金家的铭德大院与之相比，无疑要略逊一筹，金父也正是因此，才组织了另一个想与之对垒的品牌线，也就是金窈窕如今所在的项目组“隐宴”。

程家现在声势很猛，如果非要说有什么地方是拼不过金家的，那无疑只有业内地位了。

临江市的餐饮市场近些年竞争激烈，寻香宴虽然势衰，可毕竟是老品牌，底蕴在那里，如同老王那样的老饕就很吃这一套。前几年沐合公馆做不起来，程家也没少买宣传，靠打败本地老牌来设立自己“餐厅中的奢侈品”的称谓，如今本地的年轻食客提起寻香宴总会有门庭冷落的印象，程家功不可没。

这次程家搞这么大的阵仗，敢情是想彻底坐实这个“奢侈品”的地位啊。寻香宴的周年庆，外头却只能听到沐合公馆的名字，是挺可笑的。

金窈窕给父亲打了个电话，问起这事，金父沉默了一会儿，让她不用操心，明显是早就知道了却不打算告诉她，只是自己忍着被挑衅却无法还击的苦闷。

金窈窕以前根本不插手家里的生意，因此是真不知道还有过这茬纠纷，但现在回忆起来，她回国以后，寻香宴确实是没再开了。

她叹了口气：“爸，你应该告诉我的。”

金父还是那副装出来的不在意：“又不是什么大不了的事情，告诉你干吗？除了让你心烦。”

“我心烦什么？”金窈窕这会儿才是真的气定神闲。

她回到寻香宴，屠师傅果然在骂徒弟，扒拉着案板上的蓑衣黄瓜来回挑剔。

金窈窕洗干净手后把那遭人嫌的黄瓜拎去丢掉，示意快哭的徒弟们哪儿安全躲哪儿去，小徒弟们一哄而散，屠师傅泡菜似的老脸黑漆漆的：“嘿！”

金窈窕也不理他，打开还在用小火慢炖着的大汤锅，隔着蒸汽闻味道就知道肉炖好了，她取了个大钩子从里头捞出一块牛排骨来。香味冲得满屋子都是，牛排骨已经炖到酥烂，在钩子上颤颤巍巍的，骨头随手一抽，就整根取了出来。金窈窕挑了把刀，三两下将肉切好，递给屠师傅："尝尝。"

屠师傅气得够呛，本想不搭理她，可肉香钻进鼻腔，他终究没忍住夹了一筷。

炖肉的卤料是金窈窕精心调配的，上好的牛排骨，被浸煮成丰盈的棕黄色，瘦肉纤维松散，肥肉剔透晶莹，包着骨头的筋膜软糯可人，一口咬下，混着卤汤的浓郁，肉质丰盈，既不过软也不干柴，美味到简直无可挑剔。

金窈窕问："怎么样？"

好吃，从没吃过比这更好吃的牛肉了。

屠师傅一边嚼一边气消了："哼！"

金窈窕抱臂看着他："叔叔，我不是在跟您过不去，您骂他们也解决不了问题，力气留着对付程家不好吗？"

屠师傅眉头一竖："我倒是想对付呢！我上哪儿对付去？他们家搞事情阴招一套套的，谁搞得过他们！"

金窈窕笑了一声，抬手打了个电话："喂，爸，你通知一下，店庆那天铭德大院所有分店都准备好足够的炖锅，除了优惠酬宾，我们现场卤牛排赠送顾客，以寻香宴周年庆子品牌庆祝的名义。还有，"她问，"我记着有一家铭德大院开在沐合公馆附近是吗？"

得到肯定的回复，金窈窕越发满意："很好，就那家店，阵仗搞得再大一点，反正铭德大院是平价品牌线，就做个户外烹饪区，您找人跟管理部门打好招呼，做好安保，能吸引多少人就吸引多少人。"

她挂断电话，看向屠师傅："这招够阴吗？"

屠师傅已然听呆了。

金窈窕挑了块牛肉，慢条斯理地夹进嘴里："姓程的这一家暴发户，也不看看寻香宴现在是谁在管？坏我的事情，找不自在呢。"

第14章

程家。

刚被金父敲打过的金家老三金文至怒不可遏地登门，进门就把请柬砸在茶几上："程总，这是你的意思还是程老先生的意思？"

程家如今掌事的是程老爷子的大儿子程琛，面对指责他只是不甚在意地一笑："金叔叔，您这话是什么意思？"

"你们搞的这个活动，早不弄晚不弄，非得挑在我们铭德周年庆的同一天？"金文至想起自己看到这张请柬时晴天霹雳的心情，情绪根本没法控制，"你让你爸出来见我，我倒要问问他到底想不想好好合作了。"

程琛让保姆给他倒茶，脸上笑眯眯的："您找我爸有什么用呢？程家现在说话的是我，跟您合作的也是我啊。"

金文至意识到什么，难以置信地问："你爸就随你这么胡闹？！"

"您这话说的。"程琛说，"金叔叔，能让您这么生气，就证明我不是胡闹了。"

金文至怔怔地看着他："你爸当初可不是这么跟我保证的，当初明明说的是我帮你们把云鼎在临江做起来……”

“云鼎有现在的生意，靠的是我们自己经营。”程琛笑道，“您看，现在业绩比铭德大院还好呢。”

金文至怒道：“你这是要过河拆桥？别忘了你们最开始那几家店是怎么在临江立的足！是我走路子让给你们铭德大院看中的店面！是我提供给你们的项目组计划内容！”

“所以我们也给了您股份啊。”程琛提壶泡茶，“金叔叔，这些年您拿的分红，金家人可都不知道吧？”

金文至被噎得哑然，哆嗦着嘴皮子：“你威胁我？”

程琛给他端茶，姿态做得到位，笑眯眯地说：“怎么会？金叔叔，您的恩情我们记在心里呢。但是，”他话锋一转，“在商言商，公司那么多张嘴等着吃饭，我们总不能因为这个就不继续发展了吧？”

他见金文至被气得脸色苍白，摇摇欲坠，又换了个口吻安抚起来：“金叔叔，程家的下一步计划是发展高端餐饮市场，总有这么一天的，您说呢？而且您没必要生气啊，现在铭德做主的人又不是您，寻香宴开了那么多年，对您一点帮助都没有，生意也冷清，给我们沐合公馆腾个位置出来，有什么损失呢？”

金文至眼泪都快下来了：“什么叫腾个位置？寻香宴是我父亲一点点做起来的！那是我们金家的根！”

程琛不为所动地摇头：“这都什么年代了，还根不根的，金叔叔，您这老一套现在可不吃香了。更何况，咱们说好的，等令公子有需要的时候还要合作为他在铭德拿出成绩呢，我们的诚意难道还不够？”

金文至上门要说法，反倒被将了一军，毫无所获地出来以后，站在寒风里老泪纵横。他想掌权金家，想为儿子铺路，这么多年来背着大哥做了不少缺德事，却一点也不想败坏祖辈积攒的名声。

“与虎谋皮！与虎谋皮啊！”

他一瞬间仿佛老了十岁，路都险些走不稳了。

屋里，送走他的程琛一声冷笑，询问助理：“请柬送得怎么样？”

助理答："都到位了。"

程琛："铭德有什么动作？"

助理摇摇头，又点点头："也没什么大动作，就是最近几天各家铭德大院的分店突然搬进了很多炖锅，说是周年庆当天要赠送到店顾客新菜。"

程琛嗤笑："搞这一套，以为当初那位上国宴的金老先生还在世呢？"他不甚在意地摆摆手，"蒙老先生那边安排好了没？"

提起这茬，助理的态度变得慎重起来："我们已经跟蒙老先生的助手确认了回国航班，这几天会随时跟进。"说着说着，他内心有些得意，"蒙老先生这么有名的美食家，国内多少人给钱都请不动他出山，还是程总您有办法。"

程琛摇摇头，只叮嘱道："他回国的动静不会小，别掉以轻心，仔细点。到时候提前半天等在机场，航班落地直接从停机坪接人，别出任何差错，也别被人钻了空子。"

为了请出蒙老先生这位傲得恨不能用鼻孔看人的老牌美食家，他花费的心血何止一点半点，若非胆子不够大，他恨不能直接拿个铁笼子蒙上黑布把对方运回家。但风险与机遇向来是并存的。蒙老先生是出名的不为名利所动，舌尖就是他的良心。沐合公馆准备的那些几乎能累死人的精工细料，届时但凡能得到他一句好，日后在高端餐饮界的地位就再也无可撼动了。

铭德上下为金窈窕的一句指挥前所未有地忙碌了起来。食材跟卤料源源不绝地运进餐厅，金窈窕则负责分配屠师傅和他手下的得意弟子们的工作。

中式炖牛排是她很拿手的招牌菜，想做好很难，卤料的调配差之毫厘，谬以千里。但说简单也很简单，只要有她亲手调配的材料，那别人需要做的就只剩下盯好火候而已了。

以往坏脾气的屠师傅尝过小徒弟的炖牛排，笑得跟刚从地里拔出来的水嫩大白菜似的："可以啊你小子！"

汪盛摸着后脑勺笑得傻乎乎的："我就是照着金主管的要求准时捞出来而已，材料都是金主管自己弄的。"

屠师傅眼馋地看了眼餐台上打包好的材料包，里头有不少东西被磨成了粉末，混在一起不分你我，让他死活也弄不明白里头到底多加了什么，他又不好意思问。

金窈窕瞥了他一眼，套着隔热手套取出烤箱里的烤盘："屠叔叔，您要不拜我为师算了。"

屠师傅没好气地哼了一声，拔出几乎要陷进料包袋里的视线，转向她手中的烤盘，里头放着一个硕大的泥团，他问："叫花鸡？"

金窈窕想了想："改良过的。"

叫花鸡这道菜名头很大，实际吃过的人都知道味道其实也没出奇到哪儿去。屠师傅作为老牌厨师，当然也做过不少，对流程都轻车熟路了，所以不当回事地靠在旁边看。

那泥团被烤得十分结实，敲开的瞬间壮观极了，屠师傅哼哼两声，叫花鸡这东西，最吸引人的也就这一个瞬间了。但随即香气扑面而来，引得他眉头一跳。

怎么是这个味？

碎裂的泥团里，一只被烘烤成金黄色的鸡油汪汪地躺在叶片里，丰富的汤汁四处弥散。金窈窕拿筷子沾了点汤尝了尝，不甚满意道："还行，下次少放一点盐。"她招呼屠师傅，"您来尝尝，看有什么可以改进的。"

屠师傅看了那只鸡两秒才上前，闻着香味，一时竟不敢妄动，打量半天才套上手套扯下一边鸡腿。这一扯他就发现有门道，好些材料从鸡腹里散落出来，他眯着眼辨别："葱段、口蘑、笋干、瘦火腿……这是什么？香菇？"

金窈窕看了眼他指的东西："牛肝菌和草芽，云南产的，咱们这边很少见。"

屠师傅捏了一片丢进嘴里，顿时被这种蘑菇奇异柔韧的口感惊艳了，又吃了根草芽，竟然比鲜笋更加脆甜，让他险些舍不得下咽。但当着金窈窕这个小辈的面表演欲罢不能可不行，他强忍着找蘑菇的冲动，转而咬向鸡腿分散注意力，随即思维竟真就全被鸡肉抢走了。

想把普通的食材做出新意不是简单的事情，鸡肉嘛，能做到滑嫩弹牙就是最大的功夫。但这口肉一入嘴，他最先注意到的竟不是无可挑剔的口感，而是那充满攻击性的调味。鸡皮软糯，入口即化，葱香、火腿香、笋香……各种材料的香气分门别类又融为一体，渗透进鸡肉每一根细腻的纤维里，咀嚼的每一下，都好像有肉汁在朝外蔓延。

屠师傅错愕地看着这只鸡，脑子里忽然想到金窈窕的那句话，“您要不拜我为师得了”。

屠师傅这颗水灵灵的大白菜又成了腌过头的状态：“我觉得可以考虑。”

金窈窕：“什么？”

屠师傅回过神，咳嗽一声：“我说这个鸡。”

金窈窕一边解围裙一边说：“是有点咸了吧？”

屠师傅心说可好吃了，没觉得咸啊？嘴里嚼着鸡肉也不知该怎么回答，只能愣愣地看着金窈窕：“你去哪里？”

金窈窕洗干净手，望着水流微笑，去哪里？

铭德公司顶楼，金父有些犹豫：“真的不用爸陪你去？”

金窈窕收拾停当，将商会请柬放进手包，转头盯着父亲：“不用，我说过了，您好好休息。不许偷偷抽烟知道了吗？”

女儿干脆利落地出了门，金父坐回办公位里发了会儿怔，哑然失笑。

真是……这丫头，越来越厉害了，刚才那一瞪眼，把他这个当爹的都吓得不敢回嘴。

电梯一路下行，金窈窕回了办公室一趟，取名片。

从办公室出来，沿途无数员工跟她问好——

“金主管您来啦？”

“金主管您今天好漂亮啊，是要参加活动吗？”

金窈窕扫了远处低头办公不说话的金嘉瑞一眼，捋发微笑：“是啊。”

她要去告诉临江商圈的所有人，她金窈窕，是铭德板上钉钉的太子。

临江商会一年一度，规模不小，今年的举办地点选在了副会长旗下的一处酒店。

金窈窕到的时候，人已经来了不少，停车坪上一眼望去尽是豪车。

黄叔下车为她开门，她一脚踏入名利场，举目望去，纸醉金迷。

金窈窕站在原地，像个局外人那样清醒地旁观着。

旁边的一辆车里下来两位西装革履的年轻男人，挽着美女，目光瞟到她，皆是一亮，心猿意马地开口："这位美女，请问你是……"

金窈窕看向他们，脊背挺直，勾唇一笑："我是金窈窕，代替铭德和我父亲金文诚参加商会，两位是……"

一听她的介绍，那两个年轻男人立刻收起了轻佻的眼神。

铭德金家的名号在临江还是挺响亮的，这女孩能代替公司来，而不是被父亲带来参加，足以证明一些什么了。即便是在二代们的圈子里，可能接手家业的人跟注定在家当米虫的人，地位也是有所区别的。

那两个男孩对视一眼，态度客气了许多："您好，金小姐，初次见面，没想到铭德的未来老板会这么漂亮，刚才失礼了。"

沈启明来得很早，会场里时不时有人上前寒暄。他一手酒杯，很少会喝，但只需要这么简单地站着，就能轻松成为人群里的最中心。

会场里的男人们多少要来跟这位下任名誉会长搭句话，女人则不论身处何处，时不时都要朝他的方向瞥，极少数胆大的，会小心翼翼上前试图跟他说话，只是最后陪聊的都会变成跟在他身边的蒋森。

蒋森知道自家发小不喜欢喝酒聊天，否则也不至于参加聚会都得带个专门代他喝酒的助理。但这次不知道为什么，公司里酒量好的女助理他都没带，来的那个男助理嘛，可能低估了自家老板作为未来商会会长需要面对的应酬，才开场没多久就告罪跑卫生间狂吐了。

蒋森为此人叹息，又站得实在无聊，开口提议："咱们到处走走吧，待在这儿没意思。"

沈启明不感兴趣："有什么可走的？"

蒋森："外头美女才多啊。"

沈启明更不感兴趣了："你自己去。"

"你说的啊。"蒋森心动地迈开脚步，"哇，那儿有个穿墨绿裙子的，身材真好！你快看看你快看看！"

沈启明被他烦得象征性瞥了一眼，随即顿住——金窈窕站在很远的门边，面前站着一男一女。

"好看吧？"蒋森摩拳擦掌地回头说，"怎么有点眼熟啊？算了，老沈你在这儿稍候，我……"

他刚想说我去一探究竟，要个联系方式，再定睛一看——哥哥你去哪儿了？

商会圈子不大，金窈窕虽然认识的人不多，但这种晚会，总会碰见一两个熟人。

她被叫出名字，回头看去，一个年轻男人面带惊喜地上前："真是你啊？"

金窈窕想不起他是谁："你好？"

对方晃动的视线上下打量她，眼中的惊艳藏都藏不住："你忘了，我们之前在K沙龙见过面的，你当时和朋友在一起。你今天……一个人吗？"

金窈窕这下想起来了："你是胡晚月的男朋友。"

不久前，胡晚月还跟露娜在K沙龙唇枪舌剑呢。

对方僵了僵，随即尴尬笑道："你今天真漂亮，我刚才都看呆了。"

"漂亮也跟你没关系吧？"金窈窕对他举了举杯，"有女朋友就不要随便跟女孩子搭讪了。"

她说话这样不客气，偏偏漂亮得让人生不起气来，对方怔了怔，还有点不死心，此时胡晚月的声音从远处传来："晟瑞！你干吗突然走掉啊？"

胡晚月跑到近前，还不等抱怨就看到了金窈窕，顿时双眼圆睁："金窈窕！你怎么在这儿？"

"我怎么不能在这儿？"金窈窕好笑地看着她生怕被抢似的挽住男友胳膊的动作，实在觉得对方想得太多，她怎么会对垃圾感兴趣呢？"我今天是代表铭德来的。”

胡晚月听得一呆，等意识到金窈窕这句话的意思，内心顿时有点不是滋味，今天她父亲带来的是她的哥哥，她则是跟男朋友一起来的，转念又想到刚才男友盯着对方转不开眼的样子，胡晚月抿了抿嘴，忽然笑开："是吗？我还以为你是跟沈总来的呢。哦不对！"她捂了下嘴，一副失言的样子，"我听说你跟他好像分手了呢，真的假的啊？"

金窈窕眉头微挑，笑了笑："消息传得还挺快。"

胡晚月盯着她，以为她被自己戳中伤心处，满眼的幸灾乐祸："你是被沈总甩了吗？"她乐颠颠地拿了两个酒杯，一杯朝金窈窕递去，"对不起啊，我不该提起的，来来来，我陪你喝一杯。"

还不等金窈窕说话，旁边忽然伸出一只手，接过了她递来的杯子。

金窈窕下意识回头，沈启明站在她旁边，拿着酒杯的手上银色腕表闪过辉芒。

他开口，声音低沉而清冷："她不会喝酒，我替她陪你。"

说罢将杯里的酒一饮而尽。

胡晚月盯着他英俊的脸，呼吸都险些停滞，片刻后才呆呆地开口："沈，沈，沈启……沈总？"

沈启明放下杯子："你好。"

她身边的男友显然是认识沈启明的，也十分错愕对方过来挡酒的举动，迷茫开口道："沈，沈总，您和窈窕……你们俩？"

沈启明和金窈窕同时开口——

"我是她未婚夫。"

"我们是朋友。"

沈启明看了她一眼，垂眸盯着地面，不说话了。

金窈窕沉默了一阵，也不知道该说什么，索性问："沈总，你怎么过来了？"

不是应该有应酬的吗？

沈启明人高马大地站着，低头看着地板，过了一会儿才说："路过。"

第15章

“又路过？”

会不会太巧了点？上次在法餐厅踹露娜男朋友的时候是路过，现在又路过。虽说冤家路窄，可有窄到这个地步的吗？不过，金窈窕本能地没有去怀疑，沈启明这么一板一眼的个性，不像是个会说假话的人。

沈启明“嗯”了一声，忽然问她：“冷不冷？”

金窈窕有点没跟上这跳跃的思维。她今天穿的是条墨绿色的裙子，不露，但作为礼服，肯定也厚不到哪儿去，临江已经快要入冬，夜里的气温最低能降到八九摄氏度。好在室内开着暖气，没有户外那么磨人。

沈启明也没等她回答，自顾自脱下西装外套披在了她身上。

这外套有些过于宽大，带着鲜明的体温和若隐若现的木质冷香。金窈窕对这个味道很熟悉，是她上学时送给沈启明的超级雪松，那时她觉得这种如同踏入雪地松林里呼吸的清冷质感很符合对方的气质。不知道沈启明是懒得换还是怎样，反正从那以后他再没尝试过别的香水，带着这个气味一晃就是十几年。

金窈窕愣了一下，拢着外套说了句谢谢。

这样是暖和了一点。

沈启明又伸手过来，想帮她整理被外套压住的头发，金窈窕想想觉得有点不合适，避开说："我自己来就好。"

沈启明见她躲开自己的手，瞳孔晃动了一下，睫毛又垂了下来。明明修长英俊，还衣着光鲜，却不知为什么看着有些可怜。

可惜金窈窕忙着侧首整理长发，并没瞧见。

一旁的胡晚月瞧见这番互动，已然是呆滞状态。这些年来，圈内明里暗里对沈启明表达过爱慕的名媛不知凡几，就连她自己，都冲动地鼓起勇气上前搭讪过几次。但沈启明这个人和他的气质一样，对谁都淡淡的，看不出特别热情，要是懂股票，他还能跟你说上几句，倘若换成别的，那还是算了吧。

因此上次邀请对方跳舞被当众婉拒之后，她也不觉得羞恼，毕竟结果并不意外，谁去都是这个待遇，有什么可丢脸的？

过去，她只听说金窈窕追了沈启明十几年，却很少能遇上两人同时出现在公众场合，这还是她头一次见到这对传说中的未婚夫妻互动的样子。跟她想象中的，完全不一样。

金窈窕竟然是处于上风的那一个，至于沈启明，从刚才出现在这个角落帮金窈窕挡酒开始，他的注意力就完全没从金窈窕身上离开过。

胡晚月说不清是嫉妒还是震惊，她甚至不敢猜测沈启明跟自己只说"你好"是不是因为没能记起自己的名字，金窈窕却站在面前，披着沈启明主动送上去的外套。

她盯着那件外套，想到金窈窕不久前面对自己敬酒时似笑非笑的表情，羞耻得一分钟都难以待下去，拖着还想跟沈启明套近乎的男朋友走了。

金窈窕一抬头："人呢？"

沈启明看着她散落在自己银色西装外套上的蓬松黑发，两秒后才发现旁边少了人："他们出去了。"

金窈窕对那两人不大在意，记起沈启明刚才的介绍，她迟疑了一下，觉得自己是不是应该提醒一下对方她已经不再是他的未婚妻了。但沈启明未必有那个意思，说不定只是顺嘴说错而已，她专程指出似乎又有点自作多情。

正思索间，蒋森找了过来，一脸揶揄地看着突然消失的伙伴：“哟，沈总，你原来跑这儿来了啊？”

平常表现得对女人毫无兴趣，看到漂亮姑娘都不带给个正眼，今天居然主动成这样，哇，外套都脱了，哥哥你可以啊！

蒋森给了沈启明一个心照不宣的眼神，这美女刚才还是他先看见的呢。随即他转向金窈窕，笑容满面：“请问你是……”

他有些困惑，这美女怎么越看越眼熟了？

金窈窕朝他挑眉，伸出右手：“蒋总，你不是吧？连我都认不出来了？”

蒋森愣了一下，忽然间意识到了什么，震惊的视线上下打量着她：“金、金、金、金、金……”

沈启明瞥了蒋森一眼，忽然想起对方刚才似乎打算来跟金窈窕搭讪，眉头微不可察地一皱：“窈窕。”他脚步一动，站在两人之间，示意了一下远处，“商会的人都在那里。”

金窈窕目光看去，果然如此，立刻脱下外套还给沈启明：“那我过去了，沈总你呢？”

沈启明平静地说：“我刚好也要过去。”

金窈窕倒不觉得有什么，客气地转向明显是与他同行的蒋森：“蒋总他……”

“他还有其他事要忙。”沈启明道，“走吧。”

被留在原地的蒋森一脸问号。

金窈窕是商会的生面孔，以往金父从来没带女儿来过这种场合，此番初次露面，竟直接就做了铭德的代表，这其中包含的意味让不少曾经跟金父打过交道的人都感到惊讶，更让他们惊讶的是这位小辈本身的能力。

初出茅庐，独自上这种大场合，周围都是跟自己父亲差不多社会地位的人，任谁家的年轻人都肯定会感到紧张，说错话做错事是常有的。可她竟然丝毫看不出露怯的样子，说话做事不卑不亢，滴水不漏，比不少人家精心培养历练的继承人还显得稳重。

快散场的时候，金窈窕发完名片，也差不多混了个脸熟，出来的时候碰到几位之前不认识的老总，如今都一副仿佛跟她十分熟稔的样子打招呼：“小金总，这么早就走啦？”

金窈窕笑着接下这个称谓：“寻香宴马上快到了，公司还攒着不少事要处理，我只能先告辞了，您见谅。”

“这有什么？”对方称赞道，“能负责寻香宴那么重要的活动，小金总年少有为啊。”

金窈窕笑道：“那您到时候可要来捧场。”

“一定，一定。”

话音落地，金窈窕就感觉到似乎有人在打量自己，那目光跟普通的视线不同，格外锐利。

金窈窕循着视线看去，发现一个戴金丝眼镜的男人正侧头打量着自己，被发现后也不以为意，反倒还笑眯眯地走了过来。

“铭德来的……金窈窕。”对方手上玩着不知道从谁那儿拿到的金窈窕的名片，读出上面的名字，语气有些轻佻，又或者是挑衅，“金董事长的女儿？以前好像没听说过。不过今天一见，倒是挺漂亮的。”

金窈窕站直身体，并不为此动怒：“谢谢，程总的大名我也久仰了。”

“你认识我？”程琛有些惊讶。

金窈窕笑道：“程总家的沐合公馆和云鼎餐厅这些年一掷千金，买了那么多广告，连公共厕所都能看到，谁不认识您，那肯定是孤陋寡闻了。”

程家对餐厅的过分营销在餐饮圈子里一直深受诟病，程琛听到这话，戏谑的眼神猛然一沉。

他听人提到这次金家派来参加商会的人是金董事长的女儿，刚好没事，他就过来凑个热闹。听说这位金家大小姐是头一次上大场面，金程两家是竞争关系，眼看着要老死不相往来，能提前戏弄一下对手，也是挺有意思的事情，只是没想到这位传闻中不事生产的娇小姐竟然是这么牙尖嘴利的一个人。

程琛看着金窈窕，金窈窕勾唇朝他微笑，眼神相对，分毫不惧。

他看了几秒钟，才忽然笑开："金小姐今天怎么一个人来？是不是寻香宴不太顺利，把金董事长给累病了？"

金窈窕瞬间眯了下眼睛。

不管是有意还是无意，程琛的这句话，真的惹到她了，但她早懂得不能将弱点展示给对手的真理，于是脸上笑得分毫不错："程总这么关心我父亲，真是谢谢，不过您这么有爱心，不如多操心操心沐合公馆的店庆。花了那么多心思搞的店庆，程总最近怕是紧张得连觉都睡不好吧？"

程琛发现她又说对了，就跟长在自己脑子里似的。

他初任公司管理层，反对他的人不在少数，沐合公馆的这场店庆他动用了无数人力物力，就为了最后能拿出漂亮的成绩。他表面装得越不在意，私底下就越谨小慎微，只看之前他跟助理反复确认那位蒙老先生的行程就知道了，他背负的压力岂止一点半点，最近每天能睡四个小时都是老天恩赐。

金窈窕看他的笑容终于维持不住，满意地点点头，功成身退。

程琛站在原地冷冷地看着她纤瘦的背影，片刻后想到自己必胜的布局，嗤笑着转过了头。

金窈窕知道对方在看自己，走得头都不回。趁着现在能睡几个小时，还是多睡睡吧，再过几天，恐怕连几个小时都睡不着了。

电话里黄叔说已经将车开出了停车坪，马上就到，让她稍等。

金窈窕也不想再回会场，索性站在外面等待，同时想着寻香宴的事情。

肩上一暖，不用回头，她闻到气味就知道是沈启明的外套，她回头问："沈总，又是你？"

"路过。"沈启明穿着黑色的薄衬衫站在寒风里，脱口而出后又补充道，"正准备走。"

金窈窕点点头："原来如此。"

钻上车之前她看了车尾一眼，没发现别的车子，于是问："沈总的车还没来？"

沈启明："再过一会儿。"

她上车后，沈启明站了一会儿，拎着外套转身返回会场，正撞上蒋森无语的视线。

蒋森看他的眼神就像在看一个谜："哥哥，你这是要干吗？"

沈启明被问得一顿，旋即回头看向车开走的方向。他想干吗呢？好像只是，想多看看她而已。

车内，黄叔握着方向盘问："窈窕，回家休息？"

金窈窕从包里掏出个小镜子，看了看自己分毫不乱的妆容，啪的一声盖上，扭头看向窗外："不，去公司。"

她要给人添堵去了。

铭德的周年庆是全公司最大的盛典，以往各家分店十分上心，往往提前很久就会开始准备，但今年，所有员工都嗅到了比往年更加隆重的气味。

无数炖锅和原材料被运进后厨，分量多到冷库都放不下，位于江滨景区的铭德大院六店，甚至大张旗鼓地摆开了一处户外烹饪区。

这烹饪区建得有些稀奇，江滨附近是景区，早起闲逛的人很多，路过都要多看一眼，有本地人瞥见烹饪区外挂的招牌，才恍然大悟："哦，原来是铭德的寻香宴在搞周年庆。"

但也就仅此而已。毕竟只是路人，谁会因为一家公司在搞周年庆而给予太多关注呢？

从寻香宴派来的小徒弟汪盛戴着厨师帽，跟六店的搬运工和厨师们一起吭哧吭哧将数个炖锅搬上户外烹饪区的灶台，大冷的天，他累得额头上汗津津的。

六店店长跟一群保安忙着给烹饪区外围加护栏，这活干得他莫名其妙，他看了眼周围走过时最多回头张望几眼的人群，再看看今天公司派到六店来的十多个保安。

"真没这个必要……"店长说，"店庆生意是比平常要好点，可哪儿用得上保安啊？”

更何况……他看了眼远处络绎不绝开往同一个方向的货车。

今天沐合公馆也要搞店庆，那边邀请了无数名流赴宴，光花篮就准备了上百个，那才叫热闹非凡，有人家做对比，谁还有心思搭理这边啊？

今天早起的不少人都是去围观沐合公馆的壮观花篮的，听说中午一过，那边就要封路了，真叫个气派。

汪盛没理他，径直擦了把汗，看了眼时间，确定一切材料都准备无误后，终于打开了烹饪区的火。灶台的火焰轰然作响，包围了整片锅底。

店长拿手机刷微博，果然发现已经有路人在发拍摄的沐合公馆的花篮照片，再一翻找，提到铭德周年庆的人少之又少。他斗志低迷，长长地叹了口气，直到他皱了皱鼻子，放下手机："什么味道？”

“好香！”

“哪里来的香味？”

江滨来往的游人们也发现了些许不寻常，像他一样，开始转头四处寻找。

烹饪区里，汪盛正在拾掇的那几口锅已经沸腾，浓浓的水蒸气扑腾出锅盖，云雾一般四处缭绕，扩散开来。

第16章

临江市铭德大院二店所在的商场，一对小情侣正在逛街，快到饭点的时候，那男孩看着商场里悬挂的铭德周年庆铭德大院折扣酬宾的横幅，有些心动："中午吃铭德大院怎么样？"

"铭德大院有什么好吃的？"那女孩撒娇道，"我们去吃云鼎吧，好不好？"

男生有些迟疑："云鼎太多人排队了，更何况我觉得云鼎也没什么好吃的啊，除了装修漂亮点，味道跟铭德大院没什么区别嘛。"

女孩不依："云鼎的菜拍出来比较好看，我要发朋友圈的。"

男孩无语了一阵，拗不过女朋友，只好同意，结果一到六楼，电梯门打开就瞧见大片黑压压的人在排队。

"妈呀！"这少说得有几百个人吧？闹着要吃云鼎的女朋友也被吓住了，"云鼎今天怎么这么多人排队？这比平常还要吓人啊。"

结果定睛一看，队伍聚集的地方竟然不是电梯左手边的云鼎餐厅，她这下好奇心起来了，拽着男友过去一看——

“铭德大院？！”

铭德大院什么时候能耐到可以吸引几百个人排队等桌了？难不成周年庆吃饭不要钱了？

这些等位的人表现还很不一样，其他诸如云鼎之类的餐厅，大家取号之后都大致知道自己得过多久才能吃上，一般拿完号都会继续去逛商场消磨等待的时间，但今天这些顾客却齐刷刷聚在铭德大院门口，等位的同时还个个朝餐厅大门方向探头，也不知道在看什么。

远处隐约传来顾客和大门口的服务员的对话——

“店里没座，那我打包行不行？打包也送你们的那个炖肉吗？”

“当然，不过打包您也需要稍等片刻，前面目前还有二十五桌正在等待打包的顾客。”

“这是托儿吧……”那女孩听得难以置信，铭德大院能有生意这么好的时候？

不知道后头的谁推了她一把，她一个趔趄挤进了人群内围。

“谁啊这是？”她站稳后气得回头就想骂人，结果还不等开口，就嗅到了铭德大院店内传出的浓浓香气，她猛地一怔。

这香气她刚才出电梯的时候就闻到了，但当时离得太远，气味不太真切，她还以为是自己肚子太饿出现的幻觉，现在骤然靠近，竟被冲击得说不出话来。

此时后方忽然传来一波骚动——

“来了来了！”

“终于炖好了！”

她定睛一看，餐厅里一阵车轮滚地的声响，一个白袍厨师并两位服务生推着一个小推车出现，推车上硕大的不锈钢炖锅足有半人高，锅盖附近蒸汽袅袅，明显刚从灶台上拿下来。

伴随着这口锅的出现，原本就十分浓郁的香味顿时更加明显，那厨师把推车停在餐厅大门右边的一个被玻璃挡着的空桌台后，戴着手套掀开锅盖，拿起个铁钩子朝锅里一钩，硕大一块牛排骨被他从汤里钩了出来，蒸汽带着香味轰然炸开，人群骚动得更热闹了。

牛排肉被炖得色泽丰盈，汤汁不要钱似的蔓延在砧板上，小厨师抽出骨头，手起刀落，几下就将一块肥瘦相间带着筋膜的牛肉切成大小合适的块状。那肉在他的刀尖颤颤巍巍，几乎用肉眼就能推测出口感会有多么软糯，连着油润的汁水一起被码进在旁边等候的打包盒里。

“036号！”一旁的服务生默契地将盒子盖好，然后连着其他菜品一起递给门口某位望眼欲穿的顾客，“久等了，这是您打包的菜，这是我们周年庆赠送的炖牛排，祝您用餐愉快。”

那边交接的同时，白衣厨师已经开始切起了下一块牛排，刀光闪动，如同黑洞一般吸走等位顾客们的视线。

女孩的肚子咕噜一声，盯着那被铁钩一块接着一块从炖锅里钩出来的热腾腾的牛排，腿顿时迈不开了。她口水泛滥地分泌起来，终于意识到这群取到号码的客人为什么聚集在铭德大院门口不走了。

身后传来男友失神的感叹：“铭德大院……这是开挂了吗？以前没见菜单上有这道菜啊。”

“这不是我们铭德大院自己的菜。”听到他的感叹的取号员笑眯眯地解释，“是我们铭德公司高端餐厅寻香宴才有的招牌菜之一，今天因为公司周年庆，老板为了感谢各位一直以来的支持，才特意放在铭德大院赠送顾客的。不过老板说了，后期如果条件允许的话，可能会考虑在铭德大院菜单上加进这道菜。毕竟寻香宴是我们铭德历史最悠久的老牌餐厅，虽然出于价格原因，不可能将全线菜品都大众化，但老板也希望能通过自己的让利，尽量让更多人品尝到它的魅力。”

“寻香宴？”

这对于许多年轻人来说是个相当陌生的名字。但这一刻，看着眼前厨师手里颤颤巍巍的多汁牛排，嗅着那光闻到就能让人饥肠辘辘的浑厚香味，在场的所有人都下意识对这个名字充满了憧憬。

这样香的味道，竟然只是招牌菜之一……吗？那寻香宴的其他招牌菜，又该是什么样令人难以想象的味道？

男孩回过神来，扯了扯女友，小声道：“走吧，我们去云鼎，再晚今天该吃不上了。”

女生直勾勾地看着厨师正在料理的牛排，眼珠也不挪地开口道：“云鼎也就拍照片好看而已，有什么可吃的？你愣着干吗？赶紧取号啊！一会儿牛排送完了怎么办？”

男生心道，我刚才就说来铭德大院，是你说要去云鼎拍照的好吗？我好难啊。

类似的场面在数家铭德大院分店上演着。

六店，户外烹饪区。

汪盛从来没有过这么忙碌的时候。

临江的初冬冷得刺骨，他却一丝寒意都没感受到，前方的灶台内烈火轰鸣，环绕排开的大炖锅蒸汽缭绕，保安镇守的烹饪区围栏之外，里三层外三层地挤满了人。

有专程来江滨旅游的游客，也有居住在附近路过的本地人，他们被香味吸引着聚集在烹饪区外，拍照的拍照，录像的录像，当然也有好事者纯粹围观，但相当一部分都顺手领了一张等位的号码牌。反正都要吃饭，去哪儿吃不是吃，干吗不吃这家味道最香的呢？

汪盛掐着火候带人取肉，六店十几个厨师手起刀落，一刻都不得闲，牛排滚烫的香气让寒风都变得炽热，六店包括店长在内的所有人，此时都不再有精力去关注沐合公馆的活动了，他们忙到走路都像在飞。

一辆采访车绕过街角，车内的记者检查着手上的设备，头也不抬地跟摄影师闲聊：“咱们领导真是，铭德周年庆有什么可采访的？大冷天给咱们派这么个任务。”

摄影师笑道：“领导直接发话，肯定是铭德那边打点过了呗，反正都是工作，拍什么不一样。”

“关键这新闻一点亮点都没有，拍出去谁看啊？到时候关注度不够还得咱们来背锅。”记者叹了口气，“铭德这公司真的太不擅长宣传了，看看人家沐合公馆，又封路又请著名美食家，阵仗一个比一个大，噱头足才吸引人啊。”

正说着，旁边几辆警车鸣笛而过，他探头看了一眼：“嚯，出什么大事了？”

紧接着车头一拐，他的目光不待转开，就被出现在前方的黑压压的人群惊得目瞪口呆。

那几辆警车停下，十来位警员匆匆下车，正在维持铭德大院门口围观群众秩序的保安队长连忙上前迎接："辛苦同志们了，人太多，还麻烦你们过来帮忙。"

"这有什么？"警员们先是被店门口比他们预想得更多的人潮吓了一跳，听到他的话，赶忙摆摆手，"人群太密集容易导致踩踏事故，为了群众的安全，这都是我们应该做的。"

铭德对这次的活动备过案，因此警员没有驱赶人群，只是迅速投身维序工作，避免出现意外。

踏出采访车的记者拿着话筒呆呆地看着前方水泄不通的人潮，片刻之后，才如梦初醒地拍了发呆的摄像师一把："别愣着了，快开机器啊，我的天，这场面咱们好好拍，估计跟去沐合公馆的三组抢下头条都不成问题。"

临江市机场，一架飞机在轰鸣声中落地，舱门打开，提前等候在停机坪的程琛的助理急忙迎了上去。

他天刚亮就从市区出发，已经在机场外等了足足五个小时，此时巴巴地看着舱门方向，眼珠都不敢乱挪。等了不知道多久，他骤然一喜，开口喊道："蒙老先生！"

舱门处，一位有些肥硕的老人缓缓踱步出现，被身边一对年轻男女搀扶着，不紧不慢地走下悬梯。

助理连忙想上去搭手，那对男女却没有给他近身的机会，他只好亦步亦趋地跟在蒙老先生附近，指引对方走向来接人的专车："老先生您可算来了，我们程总久仰您的大名，叮嘱我一定要好好把您接上车，您一路飞得累了吧？"

蒙老先生的脾气果然如同传说中那样高傲，他只清嗓子一般应了声，搀着他右手的年轻男孩笑着应付助理道："温哥华来这儿的路程有点远，爷爷在飞机上睡了一道，现在刚醒，就等着程先生准备的分子料理宴了。"

助理连忙点头："您二位就是蒙老先生的家人吧？快请上车。我们沐合公馆对这场宴会诚意十足，一定会让各位尽兴而归。”

车上，助理将做成精美杂志形式的宴会菜单送上，蒙老先生这才来了兴趣，接过翻看起来，还跟他闲聊：“我在美食界这么多年，吃了不少高端料理，现在生活在国外，最想念的还是国内几位大厨的中餐。敢打出国内第一高端料理的名号，你们老板看来野心不小啊。”

他之所以专程回国一趟，就是被这充满自信的“第一”吸引来的，但翻开菜单仔细一看，他眉头不禁微微挑了起来：“松露黄金炖海参，白琼鱼子酱捞鱼翅，鹅肝金箔神户牛……这材料……”

简直是什么贵就往上堆什么，把明晃晃的奢侈二字顶在了脑门上。

在他看来，有些材料实在没有必要，好比金箔这东西，除了使菜品售价更高，就是个对口味不会有任何提升作用的装饰品。

助理没察觉他的迟疑，还为此颇为自傲，滔滔不绝地介绍道：“是的，您没看错，今天的宴会上每一道菜我们都诚意满满，比如这道松露黄金炖海参，每一盅上面都会覆盖整整一大片的金箔。我敢说除了我们沐合公馆，国内没有任何一家高端餐厅能有这么大的手笔……”

蒙老先生叹了口气，将菜单合拢，看向车外。

这位助理的话他听懂了，沐合公馆的老板明显是把无必要的装饰品当作了主要的卖点。这么多珍稀食材组合的菜品，想做得不好吃都难。只是这种无须技术，单用钱就能堆出来的美味，未免太不出所料，让他这个见多识广的老美食家长途跋涉了一路的期待感顿时黯淡了下来。

蒙老先生摇摇头，降下车窗，吹着风感慨了一下日渐浮躁的餐饮业，结果余光一瞥，忽然看到远处一片黑压压的人影，热闹得仿佛跨年现场一般。

这是……他还没来得及浮起这些人是干什么的念头，紧接着就嗅到了扑面而来的风。

车拐上一条已经被封的路，路两边摆放了无数精美的花篮，刚才热闹的人群转瞬就看不到了。

沐合公馆门口有不少记者在等待采访蒙老先生，助理想起老板的叮嘱，不敢让蒙老先生提前知道，只好让司机把车停在了一段距离开外，然后下车去找保安来护送蒙老先生。

等带着保安再回来的时候，助理脚步一顿，人呢？

沐合公馆，程琛西装革履地迎接赴宴宾客，发现几位下车的贵客正不断回头张望不知名的方向，同时窃窃私语，他笑着上前寒暄：“各位在聊什么呢？”

几位临江本地有名的美食从业者立刻停下对刚才路过时看到的壮观人潮的讨论，各自交换了一下饱含深意的眼神，笑着朝他说：“没什么，没什么，还要恭喜程总啊，亲手促成了这么盛大的活动，连蒙老先生也被您请出山了。”

不得不说，程琛能出其不意地搬出蒙老先生来对付寻香宴，这一招真的够狠够毒。他们这些业内人士之所以推掉寻香宴来沐合公馆，基本都是为了来跟这位蒙老先生见一面。其实不少人之前跟金家交情也算不错，但眼看着能搭上蒙老先生这块金字招牌，谁还顾得上交情呢？

程琛眼中的得意之色一闪而过，微笑道：“这不算什么。”

临江美食协会的会长今天是奔着跟蒙老先生约访谈来的，他手下经营着一本美食杂志,《朝食》，近期正跟对手《香满人间》竞争，急需一个强有力的嘉宾造势，于是态度就显得有些急切，甚至到了有些不体面的地步，连忙吹捧程琛道：“怎么会不算什么？程总就不要谦虚了，今天这场宴会，我们《朝食》打算用一整个版面来介绍呢，程总，蒙老先生那边，还需要您帮忙引荐了。”

“好说。”程琛点头，“我的助理已经接到了蒙老先生，估计快到了。”

其他几人听到他这样肯定，内心顿时安定下来，相携落座。

程琛安置好他们，倒退到门口，眯眼欣赏着沐合公馆门口严阵以待的媒体团队。他当然没有告诉蒙老先生此番需要接受采访和应付这些闻风而来的投机者，毕竟以对方的倔脾气，知道有这些麻烦事，肯定是不会来的。但他也并不需要蒙老先生多么配合，只要对方露面，能被拍下照片，他想要的目的就可以达到了。

今天之后，轰炸性的新闻会铺遍社交媒体，寻香宴将悄无声息地被他踩在脚下，这场宴会如流水一般天价的花费，他数个月来昼夜不安的殚精竭虑，终于到了收获回报的时候。

程琛气定神闲地整理了一下西装纽扣，站直身体，这时助手忽然出现："程总，您的手机响了。"

程琛看了一眼，发现是派出去接人的助理的电话，他迅速接听："你们到了？"

"程，程总……"电话那头的助理慌得几乎要哭出来，"蒙老先生不见了！"

户外烹饪区，两个警员无奈地拦住三个人，苦口婆心地劝这位胖墩墩的老先生："老人家，您这么大年纪了，怎么还能朝中间挤，万一受伤了怎么办？"

那胖老头挺着肚子，双眼一瞪，圆溜溜的："我身体好着呢。"

他身边的一男一女颇有些不好意思地对警员道歉："对不起啊，我爷爷是个美食家，对美食一向比较感兴趣，所以想进去看看里面做的是什么，给你们添麻烦了。"

美食家啊……那警员想了想，看中间这胖老头倔得跟驴似的，只好妥协道："那行吧，你们一定要注意安全，照顾好老人家，千万不要受伤。"

汪盛正要指挥一个六店厨师关火，忽然听到旁边瓮声瓮气的问话："这排骨是你炖的？"

他魂都差点吓飞了，回头一看，才发现一个胖墩墩的老人正目光如炬地盯着自己，错愕道："您、您、您……怎么进来了？"

老人上下打量他，开口道："该关火了。"

"哦哦哦！"汪盛回过神来，赶忙关火。那老头也不走，看着他起锅捞肉，审视了一下他捞出来的牛排，朝身边的年轻人开口点评道："料放得讲究，炖得也可以，色和香是足了，就是食材太普通，不知道味道如何。"

"嘿你这人……"旁边有个小厨师不高兴了，上前想说几句，汪盛赶忙拦住："周年庆这么好的日子，又是个老人家，你别计较。"

汪盛拦下小厨师，想了想金窈窕的嘱咐，分出半扇牛排骨，切片端给这位看起来很不好说话的老人，温声劝道："老人家，今天我们周年庆，请您吃的，您别嫌弃。外头人多，烹饪区也危险，您不能在这儿多待，我让保安保护您出去。"

蒙老先生向来走哪儿都前呼后拥，何时被人这样打发过？他眉头一皱，但看到盘子里颤颤巍巍的牛肉，还是拿手捻了一片塞进嘴里。

软糯的牛肉肥瘦相间，带着浓郁的汁水铺遍口腔，他紧皱的眉心顿时一跳。少顷，他凝视着汪盛稚嫩的面孔："年轻人，这道菜是你研究的？"

"哪能呢？"汪盛叫来保安，闻言一笑，推着他往外走，"我哪有这么大本事啊，料都是我们铭德的小老板金主管亲自调的，她这会儿在忙寻香宴的周年宴，让我替她来铭德大院六店看火候。您老注意安全，王哥，帮忙照顾一下，出去的时候别让人挤着他了。"

蒙老先生端着盘子被护送出来，搀扶着他的孙子小声问："爷爷，我们回沐合公馆吗？"

"你们尝尝这个。"他把盘子递给孙子孙女，两人依言吃了一口，目露惊讶地对视一眼。

蒙老先生若有所思地重复着刚才小厨师说的话："金主管……寻香宴……"

此时孙子的手机忽然响起，接起一听，那边传来程琛的声音："蒙先生，你们去哪儿了？"

孙子看了爷爷一眼，了然地开口："程先生，我爷爷暂时有点别的事情，可能要晚点才到。试吃会您可以先开着，我们忙完就过去。"

"这！这、这怎么行？"程琛的声音顿时拔高了两分，"我们这边都已经准备好了！"

孙子眉头微皱："什么东西准备好了？"

程琛看向满场宾客和外头的记者，一时不知该说什么，但蒙老先生的孙子瞬间明白过来："程先生，您是不是请了记者？"

程琛哑然。

蒙老先生听到孙子的话，摇了摇头，摆手示意孙子挂断电话。这些年，想用类似的手段利用他的人太多了，他已经见怪不怪。

程琛看着自己被挂断的手机，瞠目结舌，万万没想到千防万防，竟然会在临门一脚时出现变故。

外头的记者在寒风里等了好几个小时，已经有些着急了，开始有人上前询问他蒙老先生到底什么时候到。屋里的宾客也表现得心不在焉，三三两两聚在一起，看着是在聊天，但除了少部分真正为吃而来的嘉宾，大多数人目光都时不时扫向门口，那些暗含期盼的眼神，不用说都能明白是在等待什么。

程琛脑子一昏，竟不知该如何应对。

寻香宴，金窈窕示意屠师傅的几个徒弟把刚出炉的叫花鸡从烤箱里端出来。

金父往常就是负责寻香宴的那个人，今天自然也在现场，看着手持请柬登门的众多宾客，内心颇有些安慰。他这些年的人情终究没白交，程家费了那么大的劲，依然还是有不少人选择了来自己这边。

《香满人间》的刘主编带着摄影师到场，看见他后乐呵呵地打了个招呼："金总，来给您贺喜了。"

"您能来就是大喜事。"金父笑着迎他入座。

路上对方小声朝他道："沐合公馆那边，声势不小啊。"

金父跟他说了几句后，转身回到后厨，就见女儿正专注地翻搅着一口锅，她像是丝毫不受周围忙碌人群的影响，专心致志着指尖的食材，那冷静的模样让他有些焦躁的内心也跟着平静下来。

身后忽然有人问："请问金主管在哪里？"

金父汗毛一竖，回头看去，见是个胖墩墩的老头，被一男一女两人搀着，视线在自己身上停留了两秒，然后扫向后厨，落在了正在做饭的金窈窕身上。

"您是……"金父觉得对方有些眼熟，但一时想不起来究竟是谁，本能地笑着招呼，"您是来参加周年宴的吧？"

"你们没有请我。"那胖老头说，"我自己来的。"

这是什么奇葩？

金父一时想不起这位眼熟的究竟是谁，屋里金窈窕朝他道："爸，你去忙吧，这里交给我就好。"打发走父亲，她又朝那老人道："我就是金主管，您找我有事？"

那老人听到这话，目光一下锐利了不少，上下扫视她几眼，最终落在了她正在炖的那口锅上。

老头背着手问："你在做泡饭？"

金窈窕挑眉，看出对方来意不太寻常，大概不是父亲邀请来的客人。不过不速之客也是客，对方那么大年纪，虽然不太礼貌，但也不到令她生气的地步。

她不太在意地笑了笑，问："您是饿了吗？"

老头被她这么一问，微微愣住，金窈窕索性给对方盛了一碗泡饭，还不忘撒上一小把细碎的葱末，递上前，道："这是我煮来自己吃的，宴会食材剩了不少龙虾头，丢掉可惜，就拿来做了泡饭。"

剩……剩下的食材……老头身边的那位年轻男孩听到这句话，似乎有些欲言又止，那胖老头却不太在意，接过就吃。

一入口他就吃出了门道。

龙虾头显然是处理过的，半点腥味都没有，虾脑醇厚的鲜味和鸡汤各自为政，又相辅相成，配上恰到好处的小葱末，浓郁中略带清爽，简简单单的一口泡饭，竟也炖出了不弱于荟萃珍稀食材的美味。

金窈窕看那老头吃了口泡饭后直发呆，觉得大喜的日子，总不好把人赶出门，想到金父这次请来的客人似乎有许多没能赴约的，便索性叫人来领这老头出去："肚子饿的话，您就留下吃点吧，我让人安排个位置，您乖乖坐在外头吃饭，不要随便跑到厨房来了，好不好？"

她此言一出，那老头身边的两个年轻人瞬间站直了，同时小心翼翼地看向搀扶着的老人。

牛。蒙老先生的孙子心想。

出乎他的预料，爷爷并没有生气，反倒端着碗愣愣地看着那说话的漂亮姑娘，然后点了点头："好。"

金窈窕见他听话，满意地点了点头，顺手给对方取了个烤酥饼，送对方出来："您先吃着，等会儿就能开饭了。"

外头，落座的客人们正在闲谈。

《香满人间》的主编环顾会场一圈，朝一旁认识的人摇头道："《朝食》的陈会长果然没来，还有几个美食协会的，这孙子，真是翻脸就不认人啊。"

"唉，说实在的，我要不是要脸，我都想去那边。"

"金总以前对咱们挺厚道的。"《香满人间》的主编叹息道，"这种关头，我也做不出那种事。"

对方认同地点点头，但依旧有些惋惜："可叫我说，铭德这次怕是得栽，那边请来的可是蒙老先生，程家那新上位的年轻人这回下死力气了。"

主编："你说得也对，那可是蒙老先生，我有个朋友早年采访过他，听说脾气坏得不得了，问的问题让他不满意，他当场就要骂人的。"

两人说着，忽然见旁边的空位坐下个人，那人块头还格外肥硕，硬是让他本能地朝另一边避开半寸。

哪儿来的胖子？主编无意识地抬头扫了一眼，随即陷入漫长的沉默。

坏脾气的蒙老先生正仔细地吃着一块酥饼，显然听见了他们刚才的讨论，坐在那儿一边咀嚼，一边目光静静地看着他。

沐合公馆，宴会时间已经到了，众人翘首以盼的嘉宾久等不来，终于有人按捺不住，上前质问程琛："程总，您不是说蒙老先生已经快到了吗？怎么到现在还不来？"

程琛一时也不知该如何是好，只能尽量拖延："快了，快了，估计在路上耽搁了一会儿。"

他一边说着，一边示意助理为记者的事情赶紧给蒙老先生的孙子发信息道歉，那边却迟迟没有给出回应。

明明一切都计划得完美无缺，到底是哪里出了差错？他死活都没法想明白到底是哪个环节出现的问题。

好在来询问的客人相信了他的托词，被他敷衍地重新坐了回去，程琛一转身，眼神阴鸷得吓人，正焦头烂额，忽然听身后响起几道惊呼。

"程总！"他听到有人叫自己，回头一看，原来是《朝食》的陈会长。他努力调整了一下表情，问道："有什么事吗？"

陈会长拿着手机："您确定您请蒙老先生来了吗？"

程琛面不改色地笑道:“当然。”

从入场开始就不停吹捧他的陈会长听到回答，眼神竟变得有些咄咄逼人，他亮出手机:“那您解释一下，这是怎么回事？”

旁边的人闻言赶忙凑上去看，顿时大惊:“蒙老先生在寻香宴？！”

此话落地，满场哗然，奔着蒙老先生而来的一群投机者全不知所措地站起身来。

程琛用了好几秒钟才反应过来这句话的意思，他缓慢上前，陈会长的手机屏幕上，赫然是《香满人间》的主编跟蒙老先生在寻香宴的合影。

这怎么可能？！

陈会长死死地盯着他，没能等来他的回答，陈会长神色阴沉道:“程总，耍我们好玩吗？”

程琛头重脚轻地看着那张照片，脸都是绿色的。

有句话说得好，福无双至，祸不单行。被闹腾着要说法的客人弄得不敢上前的助理们躲在角落里一脸的欲言又止，好一会儿后，才有个胆子大的小心翼翼上前提示道:“程，程总，您要不要……看一下这个？”

程琛觉得到了这会儿，情况已经坏到不能更坏了，但接到对方递来的手机，他还是眼前一黑。

手机上放着的是某新闻频道的现场直播，主持人被人群挤得东倒西歪，仍在努力朝镜头陈述:“铭德公司餐厅的周年庆典，现场的人实在太多了！甚至动用了警力来维持秩序……”

他像触电似的关掉直播画面，目光如同爆发的火焰，手指却控制不住地发起抖来。

第17章

浓烈的香气在寻香宴上空盘绕，这一天的商圈员工们感觉自己置身于水深火热之中。下班时间本来就是最饥肠辘辘的时候，结果刚出公司就嗅到这么具有冲击性的浓香，围绕着寻香宴老店的几条大街，不少人闻着味道险些被饿哭。

众人四处搜寻，才发现味道是从那个已经开了多年、平日却总很冷清的院子里传出来的。

今天这家店热闹得有些不同寻常，门口车位停满了豪车也就罢了，竟还有媒体出没，好几辆采访车不知从哪儿呼啸而来，记者们端着长枪短炮，挤挤挨挨，对着门脸拍个没完，嘴上说着“蒙老先生”之类让人听不懂的话，空气里飘散着快活的气息。

真的是很快活啊，里面的客人看起来快活极了。

几个下班路过的白领闻着味道眼馋极了，隔着外头的人潮往里张望，听见此起彼伏的声浪，不禁饶有兴致地讨论起来——

“咱们CBD啥时候开了这么一家店啊？”

“一直开在这儿啊，你是真不知道还是假不知道？”

“真不知道，平常这儿都没动静，我还以为是市政办公点呢，谁能想到会是餐厅？”

“这是临江最老牌的餐厅之一，要不怎么能在一堆写字楼里留着一座老院？不过说起来，好像很少听人在这儿吃饭，我还以为他家东西不好吃呢才没人来。”

“太香了简直，我的天，他家肯定是因为太贵才没客人的，月底发奖金了一定要来撮一顿。”

“我看也别等月底了，咱们项目组不是马上要聚餐吗？这个月大家绩效那么好，老大还说要请大家吃最贵的日料店呢。”

“吃什么日料？明天咱一起给老大写血书去。”

金文至姗姗来迟。

金老三其实是有点不想来的，或者说是不敢来。他私下勾结的合伙人突然调转枪头给了自家祖产狠狠一刀，他亏心到晚上都睡不着觉，眼睛一闭，脑子里就浮现出威严的父亲声色俱厉斥责他不肖子孙的画面。他憋屈极了，偏偏苦闷无处诉说，作为铭德股东，金姓子孙，还必须掩藏着心虚出席公司的大活动。

其他亲戚对他内心的煎熬一无所知，路上还拉着他一起骂程琛和沐合公馆，什么难听的话都往外说。他压抑着难堪还得附和，脸上火辣辣的，恨不能找处地缝钻进去。好在大家骂程家只是为了泄愤，最后话头转开，到底落在了自家的生意上。

“唉。”有人叹气，“寻香宴这些年是做得越来越不行了，要放在咱爸在的那会儿，借他几个胆，程琛那孙子也不敢把鬼主意打咱们金家头上来。”

其他亲戚跟着摇头：“听说好几个之前跟咱们家合作过的，这次也站队到了程家，那个什么《朝食》的老板就是，当初临江美食协会刚成立的时候，咱爸帮了他多少忙，现在可好，翻脸就不认人。”

“大哥也苦啊，这么些年撑着寻香宴不倒，咱爸的心血现在变成这样，他不知道该多难过。”

“哼。”金老三听到这话，顿时想起自己被金父的敲打，轻哼一声，“大哥有什么可难过的？寻香宴那么重要的地方，他直接就交给窈窕那丫头负责了，我看他也没把咱爸的心血放在心上。”

说来也奇怪，这话一出口，他觉得自己的心虚顿时消失了不少，仿佛他的不肖并非特立独行，他是给金家造成了不小的损失，可大哥把寻香宴交给一个丫头片子，也强不到哪儿去。

几位金家人显然也是才知道这事，果然十分吃惊：“窈窕？大哥家的闺女？”

“可不是。”金老三沉着脸道，“就连这次的周年庆大哥都交给她管了，我知道之后上门去劝，还被大哥说越权，你们说说，大哥是不是老糊涂了？一个小丫头能成什么事！寻香宴交到她手里，我看没多久就要关门了。”

亲戚们被他说得十分心惊，仿佛已经能预见未来寻香宴一塌糊涂的困境，话题正转向一片悲观时，车身停稳，众人落地一抬头，这热闹得好像在过年的地方是哪里？

金父见亲戚们到店，一边聊着电话一边过来接人。

“谢谢，谢谢。”

“陈会长言重了，一个周年宴而已，您去沐合公馆，我能理解。”

“有什么可道歉的？我没往心里去，您别多想。”

“蒙老先生？啊，他是在这儿，我也不知道他怎么来的，哈哈，不瞒您说，我刚开始都没认出他，还是《香满人间》的高编辑告诉我，我才知道他来了。”

“高编辑？哦，他跟蒙老先生一桌，两人现在正聊着呢。”

“什么？您要过来？不用不用，心意我领了，您就不用特意跑一趟了，更何况寻香宴现在座位也不够，万一招待不周，岂不是怠慢了您？”

“头条版面吗？那怎么好意思？”

“谢谢您给我们铭德做宣传，那我就却之不恭了。”

他挂断电话，嘴角的笑容瞬间退去，金家众人在旁边听得一头雾水，有人忍不住问：“这是谁要给咱们宣传呢？”

“《朝食》的陈会长。”金父轻哼一声，有些不屑，“两面三刀，还想过来，真当我好糊弄。”

金家人面面相觑，什么情况？那位去了沐合公馆的陈会长居然专程打电话来道歉？他们金家的面子有这么大？

金父知道他们摸不着头脑，摆摆手解释道：“他哪是为了我们？是想过来认识蒙老先生。”

“蒙老先生？”金家人开始没反应过来他说的是谁，等走进寻香宴，看到那众星捧月的大胖老头，都是一惊，“大哥！您居然把这位大佛请来了？”

“我哪有那么大的本事，我刚开始都没认出他来，毕竟谁能想到蒙老先生会突然来参加咱们周年庆？”金父立马得意了，近乎嘚瑟地朝亲人们炫耀，“他是奔着我们窈窕来的，哈哈。”

金家人听得错愕，随即悄悄瞥向刚才一路不满金窈窕的金家老三。

金家老三的脸一阵青一阵白，只能僵硬地夸了几句，把话题转开：“大哥，说起窈窕，我听说她跟晶茂的沈总退婚了？”

金父扫了他一眼，对自己的三弟很不客气：“以前也没见你那么爱打听，现在是转行搞情报了？”

金老三被大哥讽刺得有点慌，但还是不死心，尴尬地笑着想挽回颜面：“大哥啊，您说您，怎么能随她胡闹呢？”

金父哼了一声：“我闺女，我乐意宠着，你有意见，自己生一个嫁过去得了。”

自家大哥以前不是最盼望女儿结婚生子的吗？金老三觉得面前的哥哥陌生极了，但当着这么多亲戚的面，总不能放弃给大哥施压的机会：“话不是这么说，晶茂那么大的集团，沈总这种对象打着灯笼都找不到第二个，结婚以后对金家的帮助不会小，窈窕这一任性，把沈总得罪惨了，对咱们家没好处啊。”

这问题金父其实也想过，但事情已经发生了，再去想坏处又有什么用？三弟当着亲戚们的面揪着这问题不放，金父有点生气，也担心未来沈家报复，女儿会成为众矢之的。他眉头皱起瞪向金老三，张嘴就想呵斥，此时忽听身后传来一道低沉舒朗的问候：“金叔叔，您怎么站在门口？”

金父错愕地看向来人：“沈……小沈？你怎么来了？”

沈启明说："我每一年都会来。"

金父暗道，可你现在已经跟金家没关系了啊？他一时不知该说什么，目光越过对方的肩膀朝后看去，又是一惊。

不知道什么时候开来的花店卡车上，大批工作人员正朝下卸货，转瞬间花篮就堆满了寻香宴大门。

金窈窕在后厨忙碌，她大概是店里最后一个知道那位不请自来的客人是蒙老先生的人，不过知道以后，她也意外得有限。

毕竟当初在国内的时候她忙于谈恋爱，对美食界的大人物们知之甚少，后来自食其力，人又去了海外，跟蒙老先生这种影响力在国内更大的华人美食家很少会产生交集。

普通年轻厨师可能会因为被著名美食家青睐而激动难安，但她奖项满贯，早过了需要外界肯定来确认自信的心态。因此于她而言，蒙老先生是食客，也只是食客。只要是食客，就该得到她诚挚的招待，但绝不该因为身份区别就跟其他顾客划分出三六九等，那是违反她从业道德的。

后厨的年轻人们为蒙老先生这个名字激动难安，就连屠师傅都偷偷出去看了一眼，金窈窕拍了下几个忘形的小年轻的后背："行了，在这儿干激动可不能帮你们被蒙老先生看见，把菜做好才是重点，米泡得差不多了，去把做煲仔饭的锅拿出来。"

男孩子们被她碰到，脸红地跑去干活了，金窈窕回头就见金父神色奇怪地走了进来。

"窈窕……"金父欲言又止，"你跟小沈，不是分手了吗？"

金窈窕把准备好的蟹膏和蟹肉从冰箱里拿出来，头也不抬地说道："是啊，怎么了？"

金父错开身子，让出了门口的客人，金窈窕余光一扫，沈启明乖乖站在门口，睫毛长长的大眼睛转动了下，非常自然地躲开了她的视线。

"没事爸，你出去忙吧。"金窈窕沉默了几秒后说。

金父一步三回头地走了，金窈窕看了沈启明一会儿，问:“沈总，你路过？”

沈启明:“嗯，下班刚好经过这里。”

“行吧，谢谢您来捧场。”金窈窕也不想追究，想了想后，委婉道,“但沈总，我俩已经分手了，您在这儿是不是……”

因为两人退婚的原因，这次周年宴并没有给沈启明准备位置，而且谁都没想到他会不请自来，金窈窕有点不知该怎么招待对方。

沈启明却没有要走的意思，目光扫过后厨，入眼全是洋溢着青春气息的男孩子，个个一脸好奇地朝这边张望。

屠师傅可能有点颜控，找的徒弟都挺好看的。

沈启明收回目光，睫毛晃动了一下:“周年庆很忙？”

当然忙，金窈窕有点好笑对方这样问:“干吗？你要给我帮忙吗？”

沈启明看了她一眼，挽起西装外套去洗手池洗手了。

金家亲戚们一脸呆滞地看着沈启明从后厨出来，他西装革履，样貌出众，举手投足无处不矜贵，他矜贵地……端着一盘菜。

被他上菜的那桌客人回头看到是他，差点被吓死，噌噌噌站起来好几个。

沈启明看着自己放下的那碗八宝山珍，淡淡地说:“慢用。”

“大、大、大……大哥。”金父听到二弟结结巴巴的声音,“这、这、这样怎么行……”

金父回过神就进厨房找闺女:“窈窕！你怎么能让小沈帮忙端菜？”

金窈窕很头痛:“那不然怎么办？你看看他切的东西。”

金父循着女儿的示意看了一眼，砧板上一根广式腊肠被切成了大小不一的条状，有的像月亮，有的像星星。

“切得也太差了。”金父下意识评价了下刀工，随即才反应过来,“不是，我的意思是，你怎么能让小沈帮忙干活？这也太失礼了，人家哪儿干过这些？”

金窈窕简直不知该怎么解释，沈启明的声音乍然出现:“举手之劳而已，金叔叔，您去忙就好。”

金父一转身，沈启明高他快一个头，垂眸静静地看着他，话说得很礼貌，气势却显然不容置喙。

金窈窕谁都不理，不紧不慢地切她的腊肠，周年宴的主食她打算做煲仔饭，这是个看似简单实则颇需手艺的菜色。

金父看看女儿又看看沈启明，一头雾水。金家在沈家面前不怎么说得上话，否则金老三也不会指望能得沈家帮衬了，因为金窈窕跟沈启明的关系，他得以托大叫对方一句小沈，但事实上，沈启明坚持要做什么事情，他是没办法约束的。

金父打门口回头，沈启明正低着头认真看女儿切菜，嘴上慢吞吞地说："不要切到手。"

金窈窕却只是没好气地说："沈总，您快歇着去吧。"

金父若有所思，转身后，金家的几个亲戚都有些措手不及："大哥，沈总他什么情况？"

金父想了想，哑然失笑，摆手道："咱们别管了，年轻人的事情，让他们自己拿主意。"

金老三错愕地看着说完这句话后就果然甩手去招待客人的大哥，半晌回不过神。

身边的二嫂和几个女眷交头接耳，脸上的表情说不清是惊叹还是羡慕。

"看不出来，窈窕这么厉害呢。"

"不是听说这丫头倒追的沈总吗？我看倒像是沈总被她管得服服帖帖。"

形制统一的煲锅在炉火上小声扑腾着，米饭和烧腊的香气混合着些许鲜甜在厨房蔓延开来。

几个小厨师站在旁边盯火候，又不敢掀锅盖，直到金窈窕擦着手上前宣布："可以了，关火让人来端吧。"

沈启明跟在后头，闻言就想动手，被金窈窕一掌拍开："这个你端不了。"

沈启明垂着头看看她，又看看动作熟稔地用各色隔热设备将煲仔锅滑进大托盘里的专业上菜人士，想了想，端起了旁边的一个小碗。

小碗里盛的是蟹，仔细剔出的蟹肉和蟹膏被金窈窕亲手炒制成金黄色的蟹糊，金窈窕抬手揉了揉眉心，无语地说："行吧，随你。"

得到许可，沈启明就端着那个小碗跟服务生们一起出去了，修长笔挺的高大背影缀在最后，活像一只牧羊犬，吓得前面的服务生噤若寒蝉。

外头酒宴正酣，《香满人间》的高主编忙于称赞刚刚上桌的那只叫花鸡，夹着从鸡腹里好不容易找到的第二块牛肝菌，一时间竟有些不舍得放进嘴里。

他对一旁的蒙老先生说："这真的是我吃过味道最好的叫花鸡。"

蒙老先生比起牛肝菌似乎更青睐嫩笋，脆嫩鲜甜的笋条吸饱肉汁的同时竟丝毫没影响脆甜的口感，让他食髓知味地吃了一根又一根，桌上谁都不敢跟他抢。

他一连吃了好几根才停下，点头赞同高主编的话："我曾吃过号称叫花鸡发明人后代田家当家主厨做的叫花鸡，味道确实非常不错，但比起今天这只，还是要略逊一筹，能把简单的叫花鸡做到这个地步，需要相当厉害的功夫。"

他以往评价很多餐厅，通常只说"好吃"或是"不好吃"，很少会有这样具体的表达，明显是真的吃嗨了，而不是单纯出于职业习惯在评价。

高主编十分激动，捅了捅身边的摄影师，示意对方好好拍，别错过任何劲爆的瞬间。这可是蒙老先生的"彩虹屁"，该给他们杂志社带来多么可观的销量啊。

他时刻关注着蒙老爷子，却见蒙老爷子忽然抬头看向某个方向，在他反应过来之前，浓郁的米香便钻进了鼻腔。

大米似乎一直都被认作是菜色的陪衬，很难说有什么特殊可言，但这波香气却硬生生在一堆争奇斗艳的菜品中脱颖而出，让人无意识地对它生出期待。

服务员把巨大的煲仔锅放上餐桌，浓郁的米香混合着烧腊肉类的香气恨不能飘散出十里地。

高主编这一顿吃了不少东西，此时望着主食，竟咽了下唾沫，起身一看，莹润的米饭里嵌了只蟹，外围错落地码放着薄而油亮的切片烧腊，似乎也没什么特别出奇的地方。

蒙老先生却瞬间看出了门道："这锅饭用的不只是丝苗米吧？"

跟出来的厨师小心翼翼地点头："是的，金主管还加了珍珠新米，从北方空运来的，据说十月刚刚收割。"

他说着，顶着被蒙老先生观看的压力端来酱汁，仔仔细细地倒在米上。锅还热着，底部传来刺啦刺啦的声响，被炙烤着的米香混合着酱汁的气息，简直妙不可言。

高主编有些坐不住，探头看他拌饭，雪白的米饭被他慢慢搅拌成包裹酱汁的棕黄色，底部薄而精致的锅巴轻轻一铲，就酥脆地被他敲碎。

高主编端着碗想请服务生帮忙盛一碗，却被对方拒绝了："您别急，还没弄完呢。"

这不已经齐活了吗？他正不解，就见小厨师回首战战兢兢地请求："沈，沈先生，您可以把蟹糊给我了。"

身后伸出一只手，精致的西装外套衣袖随着动作露出手腕，从指尖到腕骨无处不带着养尊处优的味道，手腕上还戴了只银色的表，眼熟，瑞士机械，价值不菲，至少高主编奋斗到退休之前应该都是买不起的。

这戴着不菲腕表又养尊处优的手上……端了个碗？高主编抬头一看，差点没昏过去，兔子似的跳了起来："沈、沈、沈总！"

沈启明看着被小厨师接去的小碗，里面的蟹糊金灿灿油亮亮，他又看着小厨师将蟹糊倒进煲仔锅里，软糯的米饭混合着酥脆锅巴，拌得香气四溢，粒粒分明。

沈启明平静地看着说："慢用。"

高主编不知怎么哆嗦了下，不敢动作。蒙老先生眼睛里却只有吃的，立即不客气地吃了一口。

负责口感的珍珠米和负责香味的丝苗香米合作得亲密无间，烧腊历久弥新，咸香的酱汁和鲜甜的蟹糊包裹着它们，为本就无可挑剔的一切蒙上了更加美妙的滋味。

蒙老爷子脸颊上嘟嘟的肉嚼得直颤，严肃地点评："好！火候好，味道也好！"

沈启明沉默地将视线从煲仔锅转移到他肥硕的身体上，打量片刻，垂首看向坐在老爷子身边的年轻男孩："他血糖正常？"

那年轻男孩愣了愣，立刻想起什么，跳起来开始劝蒙老先生："爷爷，您别忘了自己的三高，控制一下，吃半碗就够了！"

沈启明回到后厨，厨房里还弥漫着煲仔饭绕梁不散的香气。

上完主食宴会差不多也就快要结束了，金窈窕踱着步检查剩余的食材，看到他，问道："回来了？"

沈启明点了点头，乖乖站着看她，眼睛大而专注，像是在等活干。

金窈窕叹了口气："没活干了，沈总。"说完又问，"你吃饭了没？"

沈启明摇摇头："没有。"他一下班就过来了。

他今天过来帮忙，怎么着也得招待一下，金窈窕拨弄了下料理台上的材料，问："煲仔饭吃不吃？"

沈启明点点头："吃。"

金窈窕刚拿起腊肠，金父就看不下去地跑进厨房，边走边说："小沈忙活一晚上了，哪能就给他做个煲仔饭？"他觉得这样失礼，却又心疼女儿，思考片刻后索性自己挽袖道，"还是我来做吧。"

对上女儿的眼神，他笑着比画："就一次，我吃得消，你今天也累了，跟小沈一起歇着吧。"

金窈窕对上父亲明显带着心疼的眼神，片刻后无奈地点点头："好吧，少做几个，我下午吃过龙虾泡饭了，不太饿，您做沈总吃的分量就可以了。"

金父点点头，一时技痒，转向沈启明："小沈，叔叔今天给你露一手。"

沈启明："谢谢。"

金父："端了那么多菜，哪能就让你吃煲仔饭呢？"

沈启明："……"

这一年的铭德周年庆宴会结束得堪称完美，场面盛大，宾主尽欢，受尽瞩目的蒙老先生全程没有吝惜夸奖，各大媒体心满意足地带着拍摄的照片收工返程，可想而知后续的报道将会来得多么密集。

金窈窕站在自家阳台朝外眺望，临江市的深夜，星群模糊而稀少，附近还亮着灯的屋子已经很少了。她像是一个刚下战场的将军，回忆着今天酣畅淋漓的战斗。

手机上，媒体的新闻还没来得及出，但临江市民们自发的宣传已经颇为可观。搜索“铭德”这两个字，无数人都在热切讨论着各家铭德大院顾客盈门的盛况，至于沐合公馆……

除了前期的那些宣传外并没有多出更多的消息，安静得就像已经死去。

这一战她赢了。

不光对程家这个对手，也是在自家阵营中获得了胜利，寻香宴的翻身仗，就是她给整个铭德的定心丸。

父亲突然给她发了条短信，让她去书房，金窈窕找过去，推开门就见父亲坐在书桌后头打量自己。她笑了笑，问：“爸，你有事要跟我说吗？”

父亲看着她的目光带着罕见的严峻的审视。

金窈窕等了一会儿，他终于开口。

出乎意料的，父亲竟然问的不是今天突然去寻香宴帮忙的沈启明，而是——

“窈窕，如果我把铭德大院的项目组交给你，你能做好吗？”

金窈窕吃惊地看着父亲，随后发现父亲正在用一种跟从前截然不同的眼神打量自己。不是宠溺，而是器重，将她视作可以独当一面的继承人的平等的眼神。

铭德大院是目前铭德最重要的品牌线，能参与管理的，无一不是铭德中层以上的实权领导，至少金家上下那么多子侄辈，目前还没有一个能混进去的。

金窈窕和父亲对视了几秒钟，嘴角逐渐勾起：“你敢给我，我就能做。”

金父望着女儿，好一会儿之后才欣慰地放松表情，点点头，道：“好，爸相信你。”

父女俩相视而笑。

金父朝女儿招了招手：“你过来。”

金窈窕靠近书桌，就见父亲从抽屉里取出一叠东西，摊在她的面前，她只瞄了一眼就脸色大变：“爸，这是什么？”

金父眼神温柔地看着她："我的遗嘱。我这次手术，也不知道最后结果会怎么样，你妈妈不是能扛大事的人，万一术后出了什么问题，你不要害怕……"

金窈窕捏紧拳头，眼神凌厉地扫向他："爸爸，闭嘴。"

金父笑了一下，依言咽声，看她的眼神又变成了像看不懂事的孩子一般。

第18章

临江市本地微博，一条新闻被刷上了热门。

网友们刷过时，看到是本地电视台熟悉的民生栏目，本能都留意了一眼，却见新闻标题写着："铭德餐饮管理有限公司周年庆典，大批食客围聚旗下餐厅，民警维持秩序……"

这啥玩意儿？居然也能上热门？

铭德在大众认知里并不算非常有名的公司，一来管理层不懂宣传，导致在信息时代它的存在感被其他网红餐厅尽数掩盖；二来旗下主推的铭德大院品牌线走的是平价路线，也没什么吸引人的亮点，以至于不少本地人听到这个名字都没什么深刻的印象，甚至直到周年庆过去，才知道原来他们还有这么个喜事呢。

这样的餐厅搞活动还能闹到让民警来维持秩序？民生栏目的编辑写文案真是为了博眼球越来越不知所谓了。

本地网友好笑地点开，想留下几句揶揄电视台如今不容易的调侃，谁知视频画面一晃，下一秒炸耳的喧闹就从扬声器里冲了出来，吓得人险些拿不稳手机。

视频里的主持人被前后人海挤得东倒西歪，连话都差点说不利索，十来个警察在现场拿着扩音喇叭满头大汗地指挥："大家请后退！小心不要踩踏！"

这是铭德餐厅的周年庆？确定不是什么大明星到临江来做宣传引来的围观粉丝？

在这个奶茶店开业有时甚至能雇佣上千托儿排队上新闻的时代，很多摸不着头脑的本地人几乎瞬间就想到了炒作二字，自觉身为对铭德大院底细比较了解的本地人，认为自己很有必要帮助看到这条新闻的外地人不被人蒙蔽，于是正义凛然地打开评论区，想跟其他本地人一起吐槽这种浮躁的行为。谁知评论区的其他本地人的留言竟完全是另一番光景，点赞最多的那一条赫然是——

"我在里面！第2分45秒的时候摄像拍到了我的鸡窝头！妆都被挤脱了，为了吃口肉我真的不容易！"

此人还附加了一张照片，拍的是一盘色泽油亮的牛肉，隔着屏幕都能看出柔软的质地，仿佛有香气凭空而来。

底下全是羡慕的跟帖——

"想吃。"

"昨天我跟我妈在江滨散步，差点没被铭德大院那几口锅香晕过去，可是排队太晚，小姐姐跟我们说号已经取完了，我妈拉着我围观半天，饿得没办法只好回家了，念叨了一晚上，做梦都是那个味。"

"举手！我昨天在港越大厦的铭德大院四店，也是被香去的，四店排队没有江滨那么吓人，最后吃到了！"

"楼上的，好吃吗？我昨天看朋友圈好多人都在刷，一个炖牛排而已，真有那么神奇？"

"好吃啊！真的好吃啊！你信我，我这辈子没吃过这么好吃的牛肉，真的！"

"什么叫炖牛排而已？那可不是普通的炖牛排，是寻香宴才有的招牌菜，寻香宴知道是什么地方吗？"

"外地人没听过这个店，求科普。"

"没听过就对了，寻香宴是我们临江最有底蕴的老牌高端餐厅，门槛特高，不是一般人能吃的。”

“楼上那个临江本地人别吹牛，高端餐厅那么多，我就不拿我们这儿的欺负人了，就说临江，沐合公馆就比寻香宴出名好吗？寻香宴拿不出手就拿不出手呗，还门槛特高，糊弄谁？”

“呵呵，拿不出手？建议你去搜一搜人家周年宴到场嘉宾都有谁。”

“我搜了一下，蒙老先生？这位的大名我听说过啊，寻香宴有点厉害。”

“人家低调有底蕴，根本不惜得向普通人炒作而已，结果有些人孤陋寡闻，还好意思拿网红餐厅出来拉踩？也就这点眼界了。”

那准备留评论的本地人都看愣了，低调有底蕴？我们临江还有这么厉害的餐厅哪？别说外地网友，他一个从小在临江长大的居然都不清楚。

然而那位网友讽刺得太过扎心，仿佛不知道寻香宴这家店就是low，让他忍不住心虚起是否真的是自己见识不够，于是切换到搜索页面一通搜索，循着关键词，点开了一条名叫《朝食》的美食杂志刚刚发表的电子版主页。

满眼望去，尽是“彩虹屁”，他看着看着才乍然惊觉。寻香宴居然那么牛的吗？老板一家居然是美食世家，过世的老主厨还曾是临江的御用大厨，负责过好几次历史性的活动！自己作为临江人，竟不知道本地有那么值得吹嘘的人物！

一时间虚荣心大起，他忘了一开始看到新闻时自己对于炒作的猜测，回到微博，开始照着刚刚搜索到的内容给外地网友科普起来：“谢邀，刚下飞机，关于寻香宴这家，我说说我这些年从父辈那里听说的……”

其实金窈窕原本的计划不是这么发展的。

毕竟刚开始，她手上的资源有限，父亲这些年又不注重公司宣传，铭德几乎没有合作宣传的渠道。她本来的打算，是先用几家铭德大院的人海战术作为噱头，尽量多地让铭德和寻香宴被人看见。

普通顾客跟美食圈的人着重点是不一样的，程琛请来那么多美食从业者，更多是为了提升沐合公馆在高端餐饮界的地位，圈外人却未必会对某某美食杂志主编这种头衔感兴趣，相比起来，食客更在乎的是食物的口味。那趁着程琛一门心思讨好美食圈的工夫，她可以另辟蹊径，用其他手段抢走对方的公众关注度。只是没想到蒙老先生竟会突然出现，将后续发展推向始料未及的结尾。

倘若自己当时没有为了恶心程琛去大搞活动呢？这念头只是一闪而过，金窈窕摇摇头，不打算思考如此矫情的问题。

周年庆的热闹似乎还没过去，寻香宴餐厅里坐满了慕名而来的客人，她做着临行前的准备工作，将大堆炖牛肉的卤料按照配比分类好，同时叮嘱屠师傅："屠叔叔，卤牛排的酱汁你记得一定不能熄火，每天添新汤的时候，都要加放新的调料包。叫花鸡烘烤之前腌渍的酱汁我提前准备好放在冷库里了，你注意我说的火候，还有八宝山珍……"

屠师傅作为铭德最老资历的主厨，当了那么多年主事的师傅，最近跟金窈窕这位小辈相处，却恍惚觉得自己回到了当年跟已经过世的金老先生学艺的时光。他一张脸团得像颗蒜，没个好气，竖着耳朵将每个叮嘱都仔细记下，表面却一副不耐烦的样子："知道了知道了，这还要你提醒，当我一把年纪白活的吗？"

金窈窕也不在意，屠师傅的坏脾气在金家很出名，平常把徒弟们骂哭的都有，在她面前虽然老表现得很不服气，却从没说过真正难听的话，做菜学得快，安排的事情也从没出过纰漏。

她坐在发号施令的位置上，手底下的人只要能力足够，桀骜不驯又有什么关系？有本事的人不桀骜才是少数。

屠师傅在厨房晃来晃去，憋了很久，还是没忍住来问她："你……留那么多东西下来，是要出远门？去哪里？"

金窈窕笑着搪塞："有点事，办完就回来。"

父亲手术的事情，她暂时不想让任何无关的人知道。

屠师傅见她含糊其词，哼哼了两声，倒也不追问，却见小徒弟汪盛匆匆从外面进来，说："金主管，师傅，蒙老先生又来了。"

金窈窕眉头微挑，屠师傅也探头张望，蒙老先生胖墩墩的身形果然很快出现在了视野里，往门口一站，堵得其他人都没余地进出。

"小金主管。"蒙老先生张口点菜，"今天给我来只叫花鸡，上次那样的。"

“好。”金窈窕点点头，朝屠师傅说，“屠叔叔，叫花鸡您去做，注意我之前说的内容。”

屠师傅立刻挽袖洗手，蒙老先生却眼睛一瞪：“小金主管，怎么不是你做？”

金窈窕平静地回答：“我忙完这些马上要走了，您放心，料是我亲自调的，屠师傅手艺也很好，味道不会差的。”

蒙老先生身边的两个年轻人张张嘴，又是那副熟悉的欲言又止的样子，蒙老先生也有些错愕，站在那儿老半天后才闷声闷气地说：“不行，我就要吃你做的。”

金窈窕没有卖他面子的意思：“蒙老先生，我今天没空。还有，您去外头坐着等吧，后厨不能进人。”

“金……金小姐……”蒙老先生的孙子终于忍不住开口道，“我爷爷他……很难得会主动提请求，要不您还是受累……”

金窈窕瞄了他一眼，问：“您是信不过我们寻香宴的品控？”

她瘦瘦高高地站着，漂亮的桃花眼大而长，微微上翘的眼尾带着不容置喙的味道。

蒙老先生的孙子被问得立刻哑了，内心一阵不可思议，他爷爷这些年在国内走到哪儿不被人前呼后拥地捧着，偏偏这次回国在寻香宴老碰钉子，让他不习惯极了。

他好几次都觉得爷爷肯定要生气了，但这一回爷爷却还是没发怒，只要赖道：“不行，我就要吃你做的。”

他那么胖，站在厨房门口，来往的服务生都要侧着走。金窈窕“啧”了声，放下手中干完的活，叫来汪盛把料包收好，挽着袖子去洗手。

蒙老先生的孙子松了口气，对方果然还是买自家爷爷面子的。

然而下一秒，金窈窕却没有去做叫花鸡，只从冰箱里取出一碗肉糜和一叠面皮，手指翻飞地包了起来。她动作很快，几十秒就包了一堆，随即下锅，捞进碗里，打开旁边灶台的一口锅盖，舀了一勺汤冲进碗中，撒了把现成的葱末，制作全程可能都没耗时五分钟，金窈窕端着碗交给等候的服务生，示意蒙老先生跟对方出去落座。

“这……”蒙老先生的孙子瞠目结舌地看着碗，“金小姐，您这是做的什么？”

太糊弄了吧！

“馄饨。”金窈窕礼貌中带着疏离，“听说蒙老先生三高，还是吃清淡点好，祝各位用餐愉快，也希望各位能相信我们寻香宴其他厨师的技术。”她说着看了眼时间，朝几人微笑点了点头，“我还有事，先走一步。”

说完果然匆匆离开，留下三个人目送她的背影离去。蒙老先生的孙子眉头皱起，不快道：“什么意思？明明知道爷爷的身份，您让她亲自下厨，她居然就这么走了？！”

他已经做好搀扶爷爷拂袖而去的准备，谁知蒙老爷子竟真的跟在那端碗的服务员后头落座，还拿勺子仔细地吃起那碗馄饨来。

馄饨皮薄得像纸，飘在澄澈的猪骨汤里，像鱼尾那样松散浮沉。馅是鸡汁调的，不大不小的一团，味道好得不得了，浓郁的滋味里混进清爽的小葱，蒙老先生捧着碗转眼就干掉了小半碗，嚼得认真极了。

他的孙子错愕地看着他：“爷爷，咱们不走吗？”

“走什么？”蒙老先生道，“菜都点好了，我尝尝他们店里其他人的手艺。”

他孙子余怒未消，不自在地说：“您脾气也太好了，她那样对您……”

蒙老先生眉头一皱：“人家怎么了？不一直客客气气的吗？”

他孙子不平道：“不是，您亲口让她做菜，她给您做了一碗馄饨就走，也太不把您放在眼里了，您是什么身份，换成其他人……”

“其他人那是其他人，其他人请我去吃我还懒得去呢，一碗馄饨怎么了？只要能做得好吃，馄饨也不比山珍海味差！”蒙老先生忽然觉得自家孙子这些年似乎被人捧得飘了，他点着桌面，严肃说道，“还有，我是什么身份？我就是个吃东西的客人！你要记住，这世上没能耐又有求于人的人才会低三下四地捧你，人家不叫不把我放在眼里，人家那叫站着挣钱。有本事的人，就是挺直腰杆也能把钱挣了！”

他说着，吸溜一声把最后一颗馄饨滑进嘴里。

呜呜呜，吃完了。

金家，客厅里到处都是摊开的行李箱。

金母楼上楼下地跑，焦虑得一刻都歇不下，时不时拉着岑阿姨琢磨："再带件厚外套吧，听说罗切斯特那边早晚温差很大，万一再给冻着。"

金窈窕知道母亲在借着忙碌安抚自己，也不阻止，只问道："妈，你今天的治疗做完没有？"

她指的是给母亲约的乳腺治疗。

金母靠着治疗，加上药物和饮食辅助，短短一段时间，之前还挺严重的乳腺问题已经得到了很大缓解，前几天的体检报告一切指标都趋于正常了。

靠着医生的解释，她渐渐明白自己靠着那场女儿安排的体检躲过了一场本要来临的灾祸，如今她对金窈窕的一些要求几乎是言听计从，这会儿被问到后立刻点头："去了去了，我每天都按时去。"说完后，又忧心忡忡地拉着女儿问，"窈窕，你找的那个医生，真的说你爸的病情可以手术？不会出变故吧？"

金窈窕笑道："妈，你放心，我都安排好了。"

她镇定得仿佛丝毫不受影响，让金母六神无主的情绪也渐渐安定下来。

晶茂顶层，沈启明在散会后一马当先地走出会议室。

他个高腿长，走得也快，后头好几个助理跟得艰难，他也没有放慢等待的意思，只平静询问："机票订好没有？"

"订好了。"宁萌抢在所有助理之前开口道，"司机和车也已经准备好了，现在在停车场，我让他开到门口接您？"

沈启明"嗯"了一声，也没看她，转向蒋森："飞机上信号不好，我落地之后会跟你联系，到时候再安排下两场预测会的时间。"

蒋森："视频吗？"

沈启明："嗯。"

蒋森算了一下："你要飞将近二十个小时，落地好歹休息一下吧？"

沈启明沉声说："周一早上开市，周六之前要把投资书敲定。"

"铁人啊你。"蒋森咋舌地耸了下肩膀，想到对方排列得几乎毫无间隙的时间表，忍不住问，“你到底去罗切斯特干吗？要不带上几个助理吧？”

宁萌眼神一下发亮了。

沈启明平静地回答：“去接窈窕，她要去罗切斯特。”

蒋森震惊了，你从国内出发去美国，接另一个从国内出发去美国的人？哥哥你在雷我吗？

沈启明没有跟他解释内情，脚步如飞地进了办公室。

蒋森跟进去前回头扫了一眼，宁萌已经停下脚步，被疾行的队伍甩开，站在远处，脸白得像纸。他“啧”了一声，进屋后看着收拾文件的沈启明：“哥们儿，你跟窈窕到底什么情况？她明明已经不是你未婚妻了。”

沈启明收拾文件的手一顿，片刻后看着他说：“她说了，分手也能当朋友。”

真是“哥言哥语”，蒋森又被雷得酥了酥：“哥哥，我没见有人会专程去美国接朋友的，你给我条活路。”

沈启明也觉得他莫名其妙：“这只是举手之劳。”

举手……举手之劳……蒋森焦土化地凝视他：“哥哥，你知道你现在在干什么吗？”

沈启明收拾好文件和证件起身就走，瞥了他一眼，蒋森说：“你在追女人。”

沈启明因这个陌生的词汇脚步顿住：“你不知道情况。”

只有他知道金窈窕这一次是带父亲去手术的，她一定需要人帮忙，上一次寻香宴周年庆也是，金窈窕那时负责寻香宴的工作，需要人去捧场。他提供帮助，都是事出有因。

“我不知道什么？”蒋森说，“哥哥你人设崩了，你人设崩了。”

真是“森言森语”，沈启明越过他错身离开，蒋森忍不住跟在后头吐槽：“怪不得你订婚之后每天都要准时下班回家，我还当你有强迫症……你完蛋了真的，你完蛋了。”

沈启明不耐烦地说：“闭嘴。”

蒋森：“那不然你干吗追着金窈窕去美国？外头喜欢你的女人一大堆，你别说你不知道。”

他说着余光一扫，正见宁萌站在工位上看向这边，显然是听到了他说的话，神情慌了下，片刻后又难掩期待地看向沈启明，似乎想知道对方的回答。

沈启明却连看都没看那边一眼，只皱眉反问："关我什么事？"

追求他的人确实很多，他以前甚至觉得困扰，等后来晓事，才学会不去理会，真去在意那些人，那他索性别出门了，连工作都不用做了。

宁萌怔怔地看着他走进电梯，很久之后才缓缓落座，牙关紧咬。

先前出会议室时被她抢话的几个助理相互对视，交换了一下讥诮的眼神，在没有宁萌的微信群里快乐吐槽——

"天天抢活干，争表现，不知道的还以为她是老板娘呢。"

"她以前不还老跟咱们说老板娘倒追老板的事吗？跟住在人家床底下似的。"

"酸得我都不忍心听，结果是老板娘把老板甩了，老板眼巴巴飞美国去讨好。"

"怪不得名字叫宁萌，柠檬，太好笑了，真是我的开心果。"

临江机场，金窈窕陪司机一起推行李车，远处山呼海啸般的一群人，让金母频频侧目："那边什么情况？"

金窈窕不太在意地扫了一眼，听到嘈杂的尖叫，说："可能有什么明星来了。"

头等舱候机厅，终于逃开了粉丝围绕的宁瞬放松紧皱的眉头。他马上要飞澳大利亚拍一个MV，空中飞行的路程可能是他难得可以休息的时间了。

他躺进座椅里，拿出手机解闷，鬼使神差地输入"临江商会"四个字，滑动翻看起来。

临江商会每届都非常隆重，不过很少邀请媒体拍摄，因此流出的照片很少，这次也只发出来几张合照，因为人数太多，每个人占比有限，面孔便都有些模糊，但他甚至无须费力就迅速锁定了站在中间的那个。

休息间里，这次很不容易才拜托宁萌让宁瞬请自己出演MV角色的乔语丝远远地看着他专注凝视手机的样子，一时竟不忍心上前打扰，过了很久，她才起身去服务台要了一碗牛肉面，亲手端过去："宁瞬，你……"

门口传来有人说话的声音："爸，你慢点走，妈，你注意台阶。"

乔语丝的话还没来得及说完，就见眼前的宁瞬跟被电了下似的抬起头看向门口。

乔语丝怔了怔，花了好几秒工夫才认出那穿着一身休闲服进来的高挑女孩是谁。她还来不及吃惊，再眨眼，宁瞬的背影已经瞬间靠近了对方。

“姐姐。”金窈窕安顿好爸妈，起身去取水，就听到有人叫自己，回头看到那张脸，她眉头微挑：“是你。”

宁瞬戴着渔夫帽，黑口罩搭在脸颊侧边，笑得很像他这个年纪的味道，换句话说，很营业。

他上下打量金窈窕几眼，笑着说：“好巧，在这里都能碰到，姐姐你去哪里？”

金窈窕都懒得敷衍他：“出国。”

国际出发的人哪个不是出国？宁瞬被噎得顿了两秒，才转开话题：“姐姐，我上次送的裙子，你收到了吗？”

金窈窕“嗯”了一声。

宁瞬愣了下：“那你怎么没穿？”

哟，还挺关注后续？金窈窕斜睨他，搞不清他到底想做什么，玩暧昧？那你还嫩点，小弟弟。

她轻笑一声，微哑的嗓音带着点戏弄：“我不喜欢红色，所以丢掉了。”

可能是没想到会得到这么不客气的回答，宁瞬的笑容僵了僵，看了她片刻，忽然问：“姐姐，你是不是不喜欢我？”

“我说过了，”金窈窕说，“我对比自己小的男人不感兴趣。”

说完她拎着三瓶水离开，留下宁瞬站在原地，渔夫帽下的面孔晦暗不明。

他转身回到自己的座位区，乔语丝一动不动地盯着他，看得他有些烦躁，戴上口罩，脸上刚才伪装的笑容已然消失得干干净净，冷冷问：“你看我干吗？”

乔语丝被他的戾气激得心脏一颤，想到刚才的画面：“宁，宁瞬，刚才那个，是金窈窕？”

宁瞬睨她一眼，嗤笑道：“怎么，又要去跟我经纪人打小报告？”

乔语丝白了脸，片刻后才小声说：“我不是这个意思。”

宁瞬看回手机，也不理她。

她看着他，不知为什么内心忽然一阵不妙，忍不住小声问："宁，宁瞬，你是想要利用她的，对吗？"

宁瞬顿了顿，压低帽檐不耐烦地说："当然，不然你以为我吃饱了撑的吗？"

他说完这话，目光转回手机，漫无目的地刷了一阵。

年纪小……他捏着手机的指节微微泛白。

微博界面大概是根据他的搜索关键词，给他推送了一条临江市铭德公司周年庆的内容。

这好像是金窈窕家的公司。他看了很久，切到大号，专程搜索出来，给这条新闻点了个赞。

铭德办公大楼，此时一片哗然。

今天早晨，人事部接到了一条直接由最高层下达的调动指令。

隐宴项目组的第三组主管金窈窕，即日起同时接手铭德公司目前最为重要的项目组——铭德大院。

这次不是小组主管这种轻描淡写的小职位了，她一跃成了铭德大院项目组的副总监，这是正正经经的，举足轻重的，直接可以影响到一个项目组生死的角色。

"什么情况？"

接到通知的好些公司中层管理都是一脸茫然，仔细确认几遍，才敢相信这真的是董事长下达的指令。

他们为这突如其来的命令摸不着头脑的时候，铭德的无数职工私人聊天群已经热闹得沸反盈天，无数条雷同的消息在数秒钟内如同雪花般刷屏——

"报！"

"太子殿下开始摄政了！"

"千岁千岁千千岁！"

金嘉瑞在项目组一片欢腾的氛围里面色煞白地盯着屏幕，很久之后才起身，头脑空白，跌跌撞撞地跑了出去。

机场，金窈窕拿起手机，原项目组里结识的管理层和职员源源不断地发来贺喜的消息，她垂眸思索，片刻后笑着打开项目群，大方地发起了红包。

她跟项目组的职工本来就相处得不错，此时众人抢红包抢得开心，“彩虹屁”不断，不免有人说漏嘴，将私下的调侃也发了出来。

金窈窕看着对方发出后又迅速撤回的字眼，微微一愣。

摄政？

她喜欢这个说法。

十几个小时后，她带着父母和行李箱，站在机场出口，跟另一双眼睛陷入对视。

数秒之后，她揉了揉额头，问：“沈总，您什么情况？”

沈启明的睫毛在风中晃动，精致的面孔上平静得看不出半点心虚：“我出差，路过。”

第19章

罗切斯特气温不高，沈启明穿了件黑色的长羽绒服，很简单的打扮，可站在车边，看着总跟别人不同。他长得好看，即便放在到处都是轮廓分明的西方人里，也是鹤立鸡群的精致，无须说话就能引来很多人的瞩目，金窈窕甚至听到了快门的声音，身后还有人用外语讨论他是不是哪个国家来的明星，有点即便不知道这位明星是谁但也想来要个签名的意思。

金窈窕给中介安排的接送司机打电话告知了他们的所在位置，挂断后淡淡一笑："真巧。"

沈启明也没说废话，上前替她拿起行李车上的箱子。

他个头高，也瘦，穿着蓬松的羽绒服都不显得臃肿，可金母收拾来的那些满满当当的沉重无比的箱子落在他的手中，就好像没有了重量似的。

车上，金母数次惊叹："来罗切斯特都能碰到小沈，真是巧。就是给人家添麻烦了，那么多行李搬上搬下，早知道我就少带点东西了。"

金家在海外没什么帮衬，这次来罗切斯特金父半点力气都使不上，全靠金窈窕和中介沟通安排。金母人生地不熟，落地后放眼望去全是不同人种的面孔，他们又是来治病的，就有些慌张无措。出海关后她语言不通，反应总慢半拍，只能看着自己瘦得风一吹好像就能刮走的女儿跑前跑后，却使不上力气。虽然女儿全程都表现得镇定可靠，还安慰她别紧张，她依然惭愧得好几次都差点掉眼泪。

闺女再怎么厉害，也是她含在嘴里呵护大的宝贝，家里出了这么大的事情，她心理压力不会比自己这个当妈的小，却还要顶着痛苦照顾他们，是她这个当母亲的太没用。

金父坐在后座，望着窗外笑而不语。

金窈窕没有参与他们的对话，接到中介打来的电话，负责住宿的对接人告诉她，距离医院很近的地方刚好空出了一幢房子，位置和设施都比原本预订的好，可以安排他们一家到那里落脚。

登记、拍片、化验、住院……金窈窕很快忙碌起来，上一次跟这家医院打交道的时候，父亲的病情已经严重到了甚至不能坐飞机，她那时候守在父亲床前，什么都不懂，找医院跟医生沟通之类的琐事都不是她亲自做的。这一回换成亲力亲为，虽然麻烦，但也不失为一种治愈。恍惚间，她有时候会突然回忆起一些绝望的片段，但回过神来，父亲却在眼前精神奕奕乐呵呵地参观病房，让她确信自己真正在经历着不一样的历史。

医生很忙，也有点傲慢，给她的却都是好消息，比如父亲的现场检查结果显示他的病情比之前预估的还要乐观，所以手术无须改期，方案也无须变动，可以按照原计划进行治疗。

母亲听完她的翻译，不知怎么，哭得蹲在地上停都停不下来。

金父去给老婆擦眼泪，皱着眉头有点嫌弃又有点无奈的样子："你看看你，医生都说了没什么大问题，怎么还哭成这样？老大把年纪的人了，还不如小孩子能扛事，你看看咱闺女，就不能跟着学学吗？"

金窈窕签完各项同意书，平静地站在旁边，只是看着他们微笑。

中介安排的那幢房子果然很不错，宽敞明亮，相比起酒店，还多出了可供客人烹饪的厨房。

金窈窕在厨房煲汤，香气顺着敞开的窗户朝外飘散，引得沿街许多晨跑的路人翘首张望。

龙虾吊的汤底，炖得澄澈鲜香，海参切成细块，跟海鱼和虾肉打出的肉糜搅拌成团，嫩生生地滑进滚汤里，像漂浮了一锅硕大的粉圆珍珠。

金母一晚没睡好，精神有些恍惚，在旁边搭手的时候总出错，金窈窕看到她又红又肿的双眼，索性把她按在餐桌边，让她吃饭。

米是自己带的，寻香宴特地从北方空运来的新收稻米，煮得白白润润，软糯喷香，辅以一盘菌菇芦笋和红烧牛腩，因为这里能买到的食材有限，所以都是很简单的菜色。

但菜色简单，味道却不简单。

肥瘦相间的牛腩被煸炒过，逼出不少油脂，又在砂锅里被慢炖数个小时，浑厚的汤汁渗进焦香的外皮里，充满每一根纤维。一口咬下，柔软多汁，肥瘦相间，竟半点尝不到肥腻，只觉得开胃。

芦笋只取最嫩的部分，掐一把似乎都能出汁，快火滑炒，熟透后依然泛着新鲜的翠绿色，口感却脆得近乎酥松，清爽回甘，搭配浓墨重彩的红烧牛腩，堪称绝配。

菜色可口，金母一点胃口都没有也吃下了一大碗饭，她见金窈窕穿得单薄，又收敛起一脸的凄惶，凑过去絮絮叨叨地给女儿披衣裳。

金窈窕进病房的时候，金父做完检查，刚把捋到胸口的病号服松开。

金窈窕一进屋他就闻到了香味，目光迅疾如电地锁定跟女儿一起来的妻子手里提着的保温盒。

他禁食禁水了一晚，闻到香味的一瞬间，饿得差点把口水从嘴里喷出来。

来检查的医护皱起眉头朝金窈窕说："病人不可以吃饭。"

金母期期艾艾地提着保温盒，看着这些似乎脾气不太好的外国人，金窈窕默契地代为传达了母亲的意思："这是我炖的汤，我母亲专程带给各位的。"

说话的医护愣了下，他们确实还没来得及吃饭，不过这还是第一次碰上给他们带食物的病患家属。

金母麻利地把保温盒摆放开，香气充盈了整个病房。几个神情冷漠的医护看了看饭菜又看了看她，过了一会儿才有人点头："谢谢。"

接下汤碗的医生盯着汤里圆润蓬松的鱼丸眼神闪过迷惑，估计是很少看见这样的食物，但食物的美味就像动听的音乐一样不分国界，香醇的虾汤入口后，他们迟疑的表情瞬间放松了下来。

一个从金父入院起就少言寡语的医生甚至忍不住点头称赞了一句，金母不安地问："这次手术应该不会很难吧？肯定能顺顺利利的吧？"

那医生听完金窈窕的翻译，看向手上的检查报告，想到那口汤，叹了口气："成功率不低，但您父亲要做的毕竟是困难的癌症手术，我不能给你百分之百的保证，但我们会尽最大的全力。"

金窈窕听到回答顿了顿，几秒后脸上才露出笑容，平静而礼貌地点头："谢谢，那就辛苦你们了。"

那医生看她如此坚强，面露赞赏，转向金父，语气不那么生疏地夸奖道："您女儿真是个了不起的人。"

金父听不太懂，但大拇指是能看懂的，顿时也不那么眼馋被别人喝掉的汤了，骄傲地笑了起来："这是我女儿！她很厉害的！一级棒！good！"

等候处，金母手指微微颤抖着，不时掉几颗眼泪。她坐不住，时不时起来晃悠，眼巴巴朝着某个区域张望，脆弱得好像一碰就能碎开。

金窈窕始终冷静地安慰她，还给她要了杯咖啡，见母亲冷静不下来，她索性推着她去外头听人弹钢琴，自己则独自留在等候处，望着脚下平滑的大理石地板发呆。

鼻尖忽然嗅到淡而熟悉的雪松香气，她没抬头，任凭来人在身边落座，只平静地问："沈总又路过吗？"

沈启明看着她，把一杯热牛奶递过来："嗯。"

金窈窕闻到奶味，才突然想起自己已经快一天没吃东西了。她看着杯子里的牛奶，忽然有种似曾相识的感觉。

好像很久之前，父亲在手术室抢救的时候，沈启明也是这样陪她坐在门口的。

不过当时的她被三叔金文至一家突如其来的变脸震惊得无以复加，加上父亲迅速恶化的身体，让她陷入了对以往认定的很多事情的怀疑，神经脆弱得像一根纤细的头发，以至于时至今日，她已经无法具体地回忆起当时的情形。

金窈窕笑了笑，说："沈总，谢谢你。"

沈启明看着她，睫毛垂下："我没有帮到你什么。"

金窈窕摇摇头："这也不是你能帮得了的。"

不论以前还是现在，生老病死，哪里是人可以扭转的呢？

两人沉默了一阵，金窈窕到底没接那杯奶，只平静地说："沈总，我们已经分手了，你对我没有责任，以后不用这样了。"

沈启明看着她，忽然间有些无措："窈窕……"

金窈窕说："我知道你可能有点不习惯，但我现在只想好好工作，发展事业。对不起，就算你这样，我也不会再回家照顾你了。"

沈启明感觉自己的呼吸都停顿了一秒钟，他很久以后才缓慢地摇头："我来这儿，不是想让你回家，照顾我。"他垂眼看着手中被拒绝的杯子，放轻声音，"不能结婚，我们也是朋友。"

金窈窕被提醒，回忆了一下："也对。"

以后同在商界，两人免不了要打交道，她因为过去的关系总拒人于千里之外是有点感情用事。不过，沈启明这个人……没想到他对朋友还挺有耐心的？

这么看来，自己跟他在一起的时候，享受的就是朋友的待遇了，如果现在坐在这里的换成蒋森，他也会端一杯奶过来陪坐吧？

金窈窕想到蒋森坐在手术室门口一边小声说话一边哭一边喝牛奶的样子，忽然有点想笑，她终于接过了沈启明的杯子："那就谢谢了。"

沈启明手上一空，看着金窈窕笑，心情不知为什么也明朗了起来，问："你笑什么？"

金窈窕把杯子放到旁边，顺口回答："没什么，想到蒋总了。"

沈启明笑容一僵。

手术室方向忽然有了动静，不等沈启明询问，金窈窕已经迅速起身，看向来人。

金母恰巧回来，一见有人，就抹着眼泪奔上前，也不管对方能不能听懂，嘴里不停地问："怎么样了？怎么样了？顺利吗？"

金窈窕相较于她，显得冷静很多，只是看着来人不说话。

来人摘下口罩，扫了在场的家属们一眼，笑了："手术很顺利，患者很快就可以出来了。"

金母看到他的笑容，眼泪一瞬间夺眶而出。

金窈窕张了张嘴，照旧是缓慢地朝对方点头："谢谢你们，辛苦了。"

"不客气。"对方看着金窈窕，似乎有些欣赏她的冷静，"病人心态很好，病情也控制得很好，手术比我们预想的还要顺利，接下来只要配合治疗，就可以像以前那样正常生活了。"

推车滚轮碾压地面的声音传来，像跨越了无尽时空。金窈窕站得笔直，看着那辆推车上载着的人缓缓靠近。

满身药管的父亲躺在床上，有那么一秒钟，甚至跟她记忆里那不愿想起的枯瘦形象重合了。

母亲立刻哭着上前，她却僵在原地，看着这一幕，不敢靠近。但下一秒，病床上的父亲的手指忽然动了动，眼珠也不安地滚动起来，有了从麻醉里苏醒的迹象。

金窈窕看着他费力地把眼睛睁开一条缝，无法聚焦的瞳孔到处晃动，最后停在了自己的方向。

对视的一瞬间，金窈窕终于缓慢上前，她发现自己这些天时刻挺直的脊梁忽然变得酸涩无比："爸。"

父亲插着针管的右手哆嗦着收拢反握住她伸来的手。凉凉的，软软的，扎着针，有点肿，却很鲜活。

“窈窕……”金父的嘴唇艰难地扯开，努力地望着女儿，朝她露出一个很丑的微笑，声音轻得几不可闻。

他说：“你不要哭。”

始终没有出现迹象的泪水终于夺眶而出，金窈窕抓着父亲的手，这一刻哭得泣不成声：“爸，谢谢，谢谢你。”

谢谢你还活着。谢谢你愿意活着。

沈启明站在几步开外，怔怔地看着痛哭失声的金窈窕。他忽然很慌，想让她不要哭，可扯开脚步，又不敢上前触碰，只能远远地跟在队伍最后，像一只挨了打又对主人亦步亦趋的大狗。

金家人和医生们一齐涌进病房，里头是另一个世界，将他排除在门口。

他站在病房外，看着蹲在金父病床边说着什么的金窈窕，很久之后，他转身靠在了门边的墙壁上。墙壁很凉，沈启明抬起头，望着病房外走廊顶部晃眼的白炽灯，摸了摸自己像被细针扎穿那样刺痛的胸口，不知怎么的，脑子里腾地闪过蒋森说的两句话——

“哥哥，你在追女人。”

“你完蛋了。”

第20章

金窈窕觉得自己从没有这么开心的时候，好像笼罩在眼前的所有乌云被瞬间揭开，朝阳肆无忌惮地洒落进来，充满了她的世界。

父亲躺在病床上，监护仪的心跳曲线规律有力，母亲陪伴在身边，汗津津的手与她紧紧相握。

包里的手机几番振动，她不舍地收回望向病床的目光，掏出来一看，是露娜打来的。金窈窕清了下酸涩的嗓子，按下接听："露娜？"

那头的露娜发出一声哭腔，小心翼翼地问："窈窕，你爸爸真的生病了吗？"

金窈窕一怔："你怎么知道？"

"我爸从外面听说的，外面都在传叔叔得了癌症，他让我打电话问你要不要我们帮忙。"露娜见金窈窕没否认，立刻哇的一声哭了起来，"我刚刚还跟我爸爸吵架，让他不要乱讲。你怎么不告诉我？你在哪儿啊？我现在就去找你，窈窕你不要害怕！"

鞋跟敲打地板的声音清脆有力地传来，沈启明一回头，发现金窈窕从病房里出来了。她眼眶还带着微红，视线却锐利得像一把出鞘的利刃。

沈启明从未见过这样的她，怔愣片刻，他立即意识到不对："怎么了？"

金窈窕上一秒还脆弱得好像一把就能捏碎，现在踏在安静悠长的病房走廊里，却已然像个披上了甲胄的将军。

"回国打人。"她拿出手机拨打电话，眼神都没有朝旁边错一下，嗓音微哑，干脆利落，"所以可能要失陪一下了，沈总。"

金老三收到微信，是程琛发来的照片，他放大仔仔细细地看，终于确定照片里的确实是自己大哥一家。

他的手指像抽搐那样颤抖起来。

程琛的电话打过来，金老三过了很久才找到自己的声音："程总，这也说明不了什么。"

程琛的声音带着笑意，甚至都没有掩饰他幸灾乐祸的意图："你确定？金总一家这次飞的可是罗切斯特，那里最有名的是哪家医院不用我告诉你了吧？他去那里，你们这些亲戚之前听到半点风声了吗？"

金老三沉默着。

程琛："所以他为什么瞒着你们呢？"

金老三不说话，程琛就自顾自地笑起来："我说呢，好端端为什么突然拼命扶女儿上位，还要阴招搞我，原来是知道自己时日无多啊。"

金老三打断他："程总，慎言，就算我大哥真的去了梅奥，也不能代表什么。"

程琛哈哈大笑："金叔叔，你在我面前还装什么？我又不是你的敌人，我是在告诉你好消息。而且你一定猜不到我还查到了什么。金总前段时间在临江做了一场体检，虽然我没搞到体检报告，但你知道他从医院开的药单是治什么的吗？"

金老三心脏一紧："什么？"

程琛像是在揭开一个莫大的惊喜那样，一字一顿地回答他："肺癌。"

"金叔叔，肺癌这种病可不得了，刚开始的时候不疼不痒，一般能被查出来的时候，基本都是晚期了。"他压低的声音里充满了蛊惑，"机不可失，过时不候。"

程琛挂断电话，乐不可支地笑了起来。

“找人把消息传出去。”他停下笑声，望着虚空的眼神就像一只埋伏已久终于成功找到了敌人弱点的豺狼，“越多人知道越好。”

他这些天过得不顺心极了，花了大力气搞的沐合公馆的活动出师不利。他上位不久，根基也不稳，身边群狼环伺，每一脚都踩得步步为营，好不容易才积攒下一些声望，万万没料到居然会在寻香宴上栽跟头。

这些天来，他憋屈得晚上都睡不着，只要一闭眼睛，脑子里就充斥着程家人背后的议论纷纷。就连他的父亲都被挑拨得对他颇有微词，责怪他年轻气盛，想发展品牌线也该循序渐进，不该这么激进地把金家得罪狠了。

“金家，呵。”程琛靠在沙发里，轻蔑一笑。真是老天都在帮他，让姓金的那个老不死的得了癌症。

金董事长这些年把持着集团权利半点都不撒手，显然是身边没有能用的人，他这么突然一走，剩下个娇生惯养的女儿，再牙尖嘴利有什么用？就金家那一盘散沙，届时天下大乱，金老三不趁机活吞了她都算好的。

金嘉瑞被父亲叫到跟前，发现父亲的双眼像是燃烧了火焰那样炽热。印象中，他从没见过父亲这样神采奕奕的时候，好像把勃勃的野心尽数聚集在了瞳孔。

他不明所以地问：“爸，出什么事了？”

金老三盯着自己刚刚给大哥和大嫂拨打过去，均显示关机的电话，很久之后才如梦初醒地抬头，表情似哭似笑：“没什么。”

那座横在眼前多年的巨峰终于要倒了。他看到了那片被巨峰遮住的，过去可望而不可即的天空。

消息很快被传得人尽皆知，有亲戚直接冲到金窈窕家，逼问被留在家的司机和保姆。岑阿姨嘴巴再严实，也经不住被这样逼问，慌乱之中不免露出马脚。

黄叔气得抄起扫把，把这些不速之客赶出了门，岑阿姨六神无主地给老板一家打电话，这才想起金父和金母出发前告诉过她，为了避免泄露消息，手术期间他们会尽量不跟外界联系。岑阿姨转而给金窈窕打电话，金窈窕的手机也显示不在服务区。

岑阿姨快急哭了，又觉得愤怒："这些人跑来打听金总的病是什么意思？枉费金总以前对他们那么好，我看他们根本就是没安好心！"

金家人也慌得跟天塌了差不多。

大家都有股权，虽然不多，但这些年金父管理公司，他们在家靠分红吃饭也生活得闲适优渥，早习惯了这样规律稳定的日子。如今上头的顶梁柱疑似要塌，虽然公司暂时还没出乱子，可消息传得满城风雨，人心惶惶，不是闹着玩的。

"大哥不会真的有事吧？"一直安安分分的老二一家抱着侥幸的念头，"他家保姆也没承认，是外头的人在乱传话也说不定，咱们不要中了外人的圈套。"

"我看悬。"也有人不太乐观地猜测，"他家保姆是没承认，但话里的漏洞也太多了，而且现在想想，大哥最近一段时间确实是有点奇怪，听说他都不太管公司了，不会是因为身体不好吃不消吧？"

有人认同地点头："窈窕也是，以前一直老老实实在家里待着，最近却突然跑到公司上班，大哥还把重要的工作交给她做。寻香宴就不说了，铭德大院那么大的项目组，说给她就给她，看起来简直就像是……"

就像是知道自己时日无多，所以争分夺秒地想把手上的实权全部交给女儿。

众人面面相觑，一时都不知道该如何是好，金老三冷哼一声："大哥这是信不过我们啊，咱们这么多亲戚，在他眼里都不顶一个小丫头片子管用。"

这话说的。

方才侥幸的金家老二有些听不下去了，他生的也是女儿，又没什么野心，此时就有些想帮金窈窕说话："其实窈窕能力还可以，寻香宴被她管得挺好的，更何况大哥就这么一个女儿，花心思培养也很正常……"

金老三打断他，气势很足："大哥是就这么一个女儿，可公司又不是他一个人的公司，他这么做，把我们这些兄弟放到什么位置上？生病都瞒着不说，明显是信不过我们！怎么？我们这些当叔叔的，难不成还会趁机害他女儿吗？那么着急把公司命脉交给一个二十出头的小姑娘，简直就是老糊涂了！她能懂什么？她这个年纪，又才开始工作，连人都压不住，到时候把公司搞得乱七八糟，我们这些股东陪她一起喝西北风吗？”

老二听他这样声色俱厉的指责，眼中闪过错愕，感觉自己好像第一次认识这个弟弟似的。他迟疑地问：“老三……你这话是什么意思？”

金老三抿了抿嘴，在诸位金家股东的注视里坦然自若地开口：“我没什么意思，我就是有点看不下去他胡闹。大哥万一真出了事情，咱们这些做长辈的，难不成还要眼睁睁看着一个小辈去糟蹋咱爸留下的心血吗？”

他说的这样冠冕堂皇，众人一时竟不知该如何反驳，相互对视一眼，都有些迟疑。

老三明显是想夺权，按理说这坏了金家的规矩，大家都该骂他几句。可如今大哥也不知道具体是什么情况，外头都说他得了肺癌，要真是这病，那说不好啥时候就得撒手。留下来的孤儿寡母，大嫂不管用，女儿又那么年轻，没了他做靠山，说真的，最后未必是三房的对手。这种时候，旗帜分明地出来得罪金老三未免不够聪明。

只有不懂变通的金家老二，在老婆的拉拽阻止下出声指责：“老三，你别忘了，铭德能有今天的成绩是大哥一手打拼出来的，爸可没给咱留下那么多钱，你白拿了这么多年分红，现在转过头这样说大哥，不觉得自己亏心吗？”

一行人又浩浩荡荡地开车前往寻香宴，车上，金家老二的老婆责怪自家丈夫：“你说你，大家都不出声，你跳出来当什么英雄？你在公司又不管事，骂老三，他也不少块肉，弟妹刚才看我的眼神跟刀子剐来似的，以后少不了给你脸色。”

金家老二金文所不屑地哼了一声：“老三以前也没把我这个二哥放在眼里，我还怕他的脸色？做人得有良心，大哥这些年对咱们这些亲戚不薄，现在他刚出事，老三就惦记着欺负窈窕。你想想，要是换成咱家女儿被这么针对，你心里能好受？”

他老婆叹了口气，突遭大变的惶恐也逐渐被难过取代：“唉，窈窕这丫头……确实可怜，可惜咱们也帮不了她什么。”

这辆车里阴云密布，另一辆车里的气氛却全然不同。

金嘉瑞激动得眼睛都在发亮："爸，我真能去寻香宴吗？以前有人跟大伯提过，大伯都没同意的！"

"那是他知道寻香宴有多重要，才把在手里不肯松。"金家老三轻哼道，"你看现在不就交给自己女儿了？"他给儿子分析，"寻香宴是你爷爷留下来的店，咱们铭德的根，里头管事的老屠是你爷爷的亲传弟子，咱们铭德其他餐厅里的主厨都是从他手底下出来的，他说话的分量可不轻，连你大伯对他都得笑呵呵的。他把金窈窕送到寻香宴，就是镀金去的，要不然也不敢突然把铭德大院的项目组交到一个小丫头片子手里，她哪能服众？"分析完又叮嘱道，"寻香宴现在生意回暖，在铭德就更能说得上话了，你一定要趁着这个机会把它牢牢抓在手里，知道吗？"

金嘉瑞有点紧张："我能行吗？窈窕都已经跟他们认识了。"

金老三不屑地嗤道："我打听过了，她跟老屠的关系可不怎么好，说是刚去寻香宴的时候给了老屠难堪。仗着你大伯撑腰，她飘得不知道自己几斤几两了，老屠那脾气，也是她敢得罪的？所以说女人头发长见识短，你现在在公司里没有根基，可不能跟她学。"

金嘉瑞记下了："我知道了，我以后就捧着屠师傅。"

寻香宴里正是一番忙碌的盛景，比起过往密集了不知多少的客流看得到场的金老三心头火热。他领着儿子往里走，果然见屠师傅领着小徒弟们在忙碌。

厨房里轰隆隆燃着火，香气四处弥漫，屠师傅不知道哪里又被惹毛了，板着生姜似的脸，训斥徒弟的声音跟开水烧滚了似的："让你去拿鸡，不是让你在这儿玩手机，信不信我把你当叫花鸡塞烤箱里？"

他对面的小徒弟哭丧着脸说："师傅，我看网上有人说金总他……"

金老三一笑，上前打招呼："老屠啊，忙着哪？"

屠师傅看到他，脸色倒是好转了些："哟，老三怎么来了？"

金老三给儿子使了个眼色，金嘉瑞赶忙客客气气地鞠躬："屠叔叔您好。"

屠师傅果然是传说中的臭脾气，眼神都没给他一个，只问道："你把你儿子带来干吗？”

“听说最近寻香宴忙。”金老三道，“反正他在公司也没什么重要的事情，我让他来寻香宴给你帮帮忙，学点东西。”

屠师傅扫了眼金嘉瑞，这小子站在对面，给他鞠躬后就一直低着头，乖顺得像只绵羊。他呵呵一笑：“你儿子挺有礼貌。”

比窈窕那臭丫头看起来乖多了。

但还不等金嘉瑞高兴，屠师傅就话锋一转地拒绝道：”不过我这儿人够用，犯不着叫个小少爷来吃苦头。“

金老三笑脸一僵，不死心道：“男孩子家，怕什么吃苦头，再说窈窕这会儿不在，你不正好缺个使唤的人吗？”

屠师傅赶紧摆了摆手：“别，你可别说这话，我哪里使唤得动窈窕，她使唤我还差不多。”

金老三听到这番毫不掩饰的酸话，内心一喜，心道金窈窕果然把这驴脾气得罪狠了，却听屠师傅接着道：“赶紧把人领回去吧，别给我添乱了。”

金老三怔了怔，竟不知对方为什么这么坚决。金嘉瑞被连番拒绝，也着急起来，开口自荐道：“屠叔叔，您让我留在这儿吧，我一直特别崇拜您，肯定会好好听您的话的。”

他这样放低姿态地吹捧对方，屠师傅竟还是不为所动的样子，只是哼笑道：“崇拜我？那可真稀奇嘿。”

金老三脸上有点挂不住，压低声音说：“老屠，话说到这份上了，你给我个面子。”

屠师傅悠闲地往旁边一靠，朝嘴里丢了颗花生米：“我倒想给你面子，可我问你一句，你大哥知道你这会儿把儿子送过来吗？”

金老三被当面戳穿，再厚的脸皮也有点尴尬：“你管那么多干吗？反正留在你跟前，听话好用不就得了。”

“我这里听话好用的人多了去了，不差他一个。”屠师傅嗤道，“金老三，你平常闷不吭声的，看不出来还是个狠角色，我师傅这会儿要是还在，一巴掌就能给你扇铁锅里炖了。”

金老三脸色一变，看他的眼神也变冷了：“老屠，你少拿我爸来压我，我就问你，你同不同意吧？”

屠师傅斜睨着他，抬起下巴示意他看看周围：“你甭问我，问问我徒弟们呗。”

金老三怔了怔，转头一看，脸上顿时显出错愕的神情。只见寻香宴后厨原本还在忙碌的那些年轻人全都围拢了过来，面色不善地看着他们父子。

“师傅！”刚才还因为看手机上关于金父生病的传言而被骂了的小徒弟汪盛提着菜刀上前问，“他们想干吗？趁着金总生病来欺负金主管吗？”

其他徒弟也目光灼灼，一副但凡师傅点头就要一起上来揍人的态度。

屠师傅看自己这群不肖徒弟跟被戳了肺管子似的模样，忍不住翻了个大白眼，对金老三父子俩的态度更加不耐烦了：“看清楚了没？这儿没他位置，所以趁着我还没骂人，麻溜地赶紧滚吧。”

金嘉瑞看着一群大高个儿气势汹汹地拎着菜刀逼近，尿差点没被吓出来，金老三也是脸色煞白，但更多的是感到难以置信：“你，你！我大哥给你什么好处了，你至于带着一帮徒弟这么护着一个丫头片子？”

“我带他们？”屠师傅一张蒜头脸差点气出蒜苗来，他根本懒得解释，摆手驱赶道，“滚滚滚，少跟我扯皮，我懒得跟你说话，赶紧带你儿子滚。”

金嘉瑞还是第一次被人这样当面给难堪，自尊心碎得一塌糊涂，眼睛都气得发红了，他实在想不通：“屠叔叔，我到底哪里比不上金窈窕，你这么看不上我？”

屠师傅之前提起金窈窕的时候很没好气，现在看他的眼神却又充满了嫌弃：“就你？还想跟人金窈窕比呢？”

金嘉瑞对上他写满了“撒泡尿照照自己”的眼神，瞬间如遭雷击，金老三也被气得目眦尽裂，手脚发抖。

两边的气氛一触即发，金老三几十年没这么被人下过面子，外头一堆亲戚看着，他恨不能找个地缝钻进去，指着屠师傅的手指都哆嗦了起来：“老屠，你现在这么绝，以后可别后悔！”

屠师傅冷哼：“怎么着？金老三，你算哪根葱，就你还想威胁我哪？”

金老三已经恨极了，咬牙点点他："好，你记着你的话，等到有朝一日……"

"有朝一日什么？"

金老三听到这句话，下意识想到了大哥去世后自己掌权铭德报复这一屋子不给他面子的人的光景，数秒钟后他才意识到这道微哑的声音不是屠师傅发出的。

他愣了愣，噌地扭头看向门口。

门口一群亲戚噤若寒蝉，齐齐地让开一条缝隙，缝隙尽头，一道细瘦纤长的身影缓缓踏了进来。她腿很长，马丁靴的鞋跟敲打在地上，一下一下，就像敲打在现场所有人的心头。

拎着菜刀的汪盛第一个认出人来，难掩喜色地喊出声："金主管！"

金窈窕朝他一笑，双眼微微眯起，随即漫不经心的视线落在金老三身上："三叔，您怎么不说话了？有朝一日什么？让我也听听啊。"

她这样笑着，眉眼漂亮到近乎带着攻击性，霎时间镇压了周围所有人的气场。

金老三没想到会在这时候看到她，也愣住了，口中下意识问："你，窈窕……你怎么？你不是去了……"

"去了罗切斯特。"金窈窕直截了当地代他说完了未尽的话，语气带着嘲弄，"感觉有人非常想念，所以我就提前回来了。"

她这话一出，全场哗然，任谁也没想到她会直接承认自己去了罗切斯特，这等于间接承认了她父亲去做手术的事情。原本还不敢完全相信传言的金家股东们顿时都慌了，有人忍不住开口问："窈窕！你爸他真的得了……癌症？"

金窈窕点头，轻描淡写地说："是肺癌。"

众人瞠目结舌，忍不住看向屋里的金老三，金老三即便知道消息是真的，此时得到当事人的答案，眼中仍然控制不住地闪过亢奋的情绪。但还不等他想明白金窈窕为什么能这么轻松地提起这个话题，金窈窕盯着他，笑靥如花地拍了下手："不过托大家的福，我爸爸的手术很顺利，再过几天就可以回国了。他现在生龙活虎，要是知道大家都这么想念他，一定会感动得不得了。"

在场众人听着这意有所指的感谢，瞬间脸色大变，原本摇摆不定的墙头草们恨不能立刻跟金老三扯开距离。

金老三怔怔的，过了半分钟才意识到她的笑容和话里的内容，老脸顿时煞白：“生龙活虎……肺癌这种病……”

他得知消息后还专程询问过医生，连医生都说肺癌十分可怕，因为前期症状很难让人心生警惕，诊断方式也有限，通常被发现的时候，都已经距离病入膏肓不远了。病人撒手人寰，几乎只是早晚的时间。

金窈窕看着他难以置信的神情，更加愉悦了：“是啊，好在发现得及时，早期就被诊断出来了，您说巧不巧？”

这简直巧到不真实！金老三本能地怀疑她在故弄玄虚，然而下一秒，金窈窕竟掏出手机，拨通了一个视频电话，跟电话那头的护士说了几句后，对方镜头一转，拍向了病床。

那边已经是夜晚，亮着灯的病房里，金父正醒着，穿着病号服靠在病床上，看起来有些虚弱，扫向镜头的目光却一如既往的威严，任谁都能看出来，他的气色不错。

在场的股东们隔着屏幕都感受到了那宛如泰山压顶的重量，唯独金家老二哈哈一笑：“大哥，我就说你没事，真是老天保佑，有些人这下怕不是要被气死了。”

金窈窕没有多让父亲应付这边，很快挂断电话，随即笑容渐渐收敛，盯着前方那对父子煞白的脸：“是啊，老天保佑。”

金老三说不出话来。

金窈窕没再理他，转身就朝外走，给在场众人丢下一句：“跟我回公司，开会。”

她一个排不上名号的小辈，话音落地后，一群长辈竟下意识都跟在了后头。

路上，金窈窕一一回复了飞行期间错过的电话和消息，想了想，又给屠师傅拨过去一个。

屠师傅接得很快：“干吗？”

金窈窕望着窗外笑了一声：“多谢啊，屠叔叔。”

屠师傅没个好气：“忙着哪，我没空理你。”

铭德，闹得人尽皆知的金父的病情自然躲不开本公司职工的耳朵，事实上铭德职员们都讨论疯了，都在猜测上面顶头的老大位置最后会落到谁的手里。

下班时间，正往外走的两个女白领忧心忡忡地讨论着——

“你说公司不会出事吧？金董突然生病，也没培养个继承人什么的。”

“谁跟你说没培养继承人，太子殿下不是继承人啊？”

“可太子现在都不在公司，而且她那么年轻，又才进公司没多久，这种家族企业，到时候一堆股东出来抢，谁知道她能不能抢过那些老油条哦。”

正说着，外头忽然传来些许骚动，紧接着数辆黑车从远处驶来，停在大堂外的门口。

众人正吃惊，当中的车门被司机打开，一条笔直修长的小腿踏着黑色马丁靴踩在地面上，紧接着从车里露出一张艳冠群芳的脸，肃杀的气息迅速蔓延开来。

金窈窕扫视周围一圈，朝不远处看着自己的几个职员微微一笑，随即转头看了眼其他车里跟出来的长辈们。

心虚的股东们下意识跟在她的身后，亦步亦趋。

露娜接到她报平安的电话，早早等在了铭德楼下，此时看到闺密，立刻抹着眼泪跑上前来：“窈窕！”

金窈窕拍拍她，让她不要担心：“我没事，你不要担心，你先去外面玩一玩，我忙好以后带你去寻香宴吃东西。”

露娜抽着鼻子看看她身后那群股东，意识到金窈窕有正事，“嗯”了一声，乖乖退到了旁边。

金窈窕转开目光，沉下脸色，率领大批股东，一马当先地迈步走进了电梯。

她离开许久，一些被她出于怒火而散发出的罕见锋利气场震慑住的在场员工才终于回过神来，随即捂着心口，相互对视，不约而同地发出努力克制却依然亢奋不已的声音——

“殿下班师回朝了！”

“太子殿下朝我笑了！她好美！好飒！我可以！我真的可以！”

“扶我一把！我腿有点软！”

“果然殿下一出马，魑魅魍魉就被镇得无所遁形了！”

一起回国的沈启明出于不放心，一直跟在金窈窕身边，然而因为心情不好，金窈窕一路都没怎么跟他说话。他也不生气，只觉得担心，此时见金窈窕顺利进了公司，才下车出来透气，顺便找人去查金父病情被泄露的源头。

周围不少人都频频打量他，不过他走到哪里都会被看，早已经习惯了被人瞩目，并不将此放在心上，只垂眸看着手中的手机，直到附近那些打量他的铭德职工传来的讨论声钻进耳朵，他才觉得似乎跟以往常听的有所区别——

“哇，那边有个大帅哥！好帅！”

“他好像是跟殿下一起回来的！”

“天哪！难道是太子妃？太子妃有点好看！”

“等等等等！这个气场太强了，我觉得可能不是殿下的菜哎，相比起来，那一个更像太子妃！你看她，好可爱的！”

说话的那个小白领扬起下巴，示意身边的同事看向某个方位，沈启明下意识也跟着看了过去。

大堂门廊，刚才跟金窈窕说过话的露娜拎着个小包包并没有走，正眼巴巴地朝大堂里金窈窕消失的方向张望，因为刚刚哭过，她抿着嘴，红着眼睛，看起来有些望眼欲穿的可怜。

“哎呀！这个小姐姐是很可爱！软绵绵的，而且刚刚殿下好像还摸她头发了，还对她笑，殿下好宠她的！”

“呜呜呜呜，这个小姐姐可以，为什么我不可以？我也很可爱啊，殿下什么时候看看我？”

“但是比起来，我还是觉得那个超级无敌大帅哥比较像太子妃，他真的很帅。”

“我倒是觉得这个小姐姐比较像一点，她刚刚跟殿下说话的时候，看起来真的很甜。”

“呜呜呜，不然都收了吧，刚好颜值高的做正妃，统帅后宫，软绵绵的当侧妃，撒娇宠爱。”

“殿下真的艳福不浅。”

第21章

目击铭德大批股东来到公司，各个部门尽数震动。

金家是家族企业，有股份的成员不少，然而这些年公司事务基本是金父一手打理，其他股东除了每年的例行大会，基本不太来这儿，此次在如此不合常理的时间聚集到公司，想也知道是出了大事。

五楼，铭德大院项目组，听到风声的一群中层领导感到有些慌张。

“他们不会是因为金总身体出了问题，跑来夺权的吧？”

“我看悬。”早前得知金父患病的一位主管心有戚戚，“这下完蛋了，老虎不在家，他们闹起来咱们项目组肯定是必争之地。”

先前那人瞪大了眼：“他们怎么抢？人事前段时间不是说了让金总他女儿来咱们项目组吗？何主管你那天还拉我喝闷酒呢，说金总瞎搞事。”

何主管听他说起这个话题，赶忙四下看了一眼：“你小声点，万一被人听见。”聊起这个，他又有些幸灾乐祸，“你说咱们这些管理层，哪个不是一点一点从基层爬起来的？结果那么多年的努力坐到这个位置，没人家拼爹来得管用。金总想哄女儿，放到其他项目组玩玩也就差不多了，居然直接空降到咱们全公司最重要的铭德大院项目组，还给那么高的职位。这下可好，金总身体出了问题，她靠山不稳，那些股东可不是吃素的，我看啊，这次就是奔着拉她下马来的。”

何主管说到这里，眼神似羡似妒，抬手抹了把自己中年微秃的脑门，酸溜溜地笑了一声：“我还真就不服了，她一个小女孩，不好好在家结婚嫁人，非跑咱们脑袋上作威作福。”

对方劝他：“你也别这么想，到底以后是咱们领导。”

“我可不买金总的面子，别说她能不能顺利入职，哪怕真成了我们的领导，我也不会给她好脸色看的。”何主管轻哼一声，兴致勃勃地拎起自己的中老年公文包，“走，看看去。”

铭德最大的会议室跟各楼层项目组的小会议室不同，这里通常用于公司真正的高层讨论公务，金窈窕是第一次踏足此地，然而却看不出分毫畏缩，甚至还无比自然地指挥不知道哪个高管办公室外的几个助理过来帮忙。她的态度太过理所当然，那些从没跟她打过交道的助理们甚至连困惑都没有表现出来就来了，替她打理好会议室后，还轻手轻脚地关门出去了。

金窈窕将包往桌上一丢，泰然自若地坐进会议桌首位，抬手示意其他站着的人：“坐。”

金老三脸色发青，其他股东也面面相觑，她一个小辈如此做派，未免有些不把人放在眼里，但刚才相遇的情形实在过于尴尬，大伙此时都有些心虚，也想不出发作的由头。

金窈窕哪里不懂他们的意思？她内心冷笑，此时倘若还跟长辈讲尊老爱幼，那她一辈子都别想让这些老油条服气。时至今日，他们也该开始学习怎么顺从自己了。

第一个坐下的是二叔，落座在她右侧后还递来一个安抚的眼神，意思是过一会儿倘若有其他亲戚发难，他会站在她这边帮忙的。

这是个信号，其他股东本来就是墙头草，哪边风向强就朝哪边倒，见状也纷纷服软落座，最后只剩金家老三一家梗着脖子站在旁边，仿佛在用行动指责她的以下犯上。

他想站着就站着，金窈窕嗤笑一声，根本不搭理他们，直接开口道：“很好，大家都准备好了，那我就进入主题。”

金老三难以置信她竟然连台阶都不给自己一个，大庭广众，老脸丢尽，他直接眼冒金星，差点喘不上气。其他股东见他在金窈窕面前居然半点面子都捞不到，纷纷咋舌地缩起脖子，庆幸自己没像他似的自找没趣。

大哥家的这个宝贝闺女，以前乖乖巧巧的看不出来，没想到竟是这么雷厉风行的强硬做派。

众人的长辈气焰霎时间被压低了几分，金窈窕接下来的一句话，直接把他们最后的火苗熄干净了：“首先，我得先谢谢大家的关心，听说大家因为担心我爸的身体，直接跑到了我家里去。虽然岑阿姨他们没见过这么大的阵仗，告诉我这件事的时候话说得不太好听，不过我理解大家都是出于好意。我爸爸听说以后也感动得不得了，叮嘱我回来以后，一定要代他好好感谢大家的情谊。”

这话说的，众人一下就被砸蒙了，随即又惶恐起来，悄悄拿眼神剜向还站在那儿不动的金老三。都怪他！要不是他牵头，大家也不至于做出这么得罪大房的事情。还感谢呢，大哥不给他们一顿痛骂算好的了。

“我爸刚做完手术，当然，非常成功，他本来想立刻回来工作的，只不过医生建议他多养几天伤口，我就没让他回国，自己先回来替他处理工作。”金窈窕笑了笑，“我年轻气盛，脾气也不太好，做事可能会没分寸，万一有什么地方觉得我过激，希望各位叔叔可以多多包涵，不跟我这个小辈计较。”

这时候你又是小辈了？众人无言地看着端坐在上首那细细瘦瘦的小姑娘，心中暗道我可没看出来你是小辈。

金窈窕把话说到这个地步，他们本就心虚，自然无从反驳。右首的二叔见状帮腔道：“年轻气盛有什么，年轻人就该有冲劲。铭德现在死气沉沉，就缺少果断爱拼的年轻人。窈窕，你好好做，你爸愿意把担子交给你，就代表他信任你，二叔也信任你爸的决定！大家说是吧？”

众人被问到头上，只好尴尬地笑着点头："那是当然，那是当然。"

金窈窕颔首，率先将矛头对准了金老三，她瞥了眼站在金老三旁边的金嘉瑞："嘉瑞哥，今天不是休息日，刚才又是上班时间，你怎么不好好工作，跑寻香宴去了？"

金嘉瑞怔了怔："我……"

"哦，也对，你想去寻香宴工作，是觉得公司现在的工作挺没意思对吧？"金窈窕不听他解释，直接点了点桌子，"一会儿散会以后，你回办公室收拾好东西，我叫人通知人事，让你明天离职。"

金嘉瑞一听，当即大惊，金家那么多关系户小辈，从来没听说过谁是被开除的："你什么意思？！"

金窈窕："既然你不喜欢这个工作，那就干脆别做了，何必委屈自己。"

金嘉瑞瞠目："你开除我？你敢开除我？我是你哥！"

金窈窕蹙眉："你自己说的，在公司里不搞亲朋好友那一套，怎么又忘了呢？"

金嘉瑞差点被她气晕了："那你也不能开除我！连大伯都没有开除过自己家的人！"

金窈窕笑道："所以说我年轻气盛啊，肯定没有我爸那么有包容心。"

这下别说金嘉瑞父子俩了，就连其他股东都替他们感到难堪，金老三被众人看得身体晃了晃，几乎站不稳："你，你这是，要把我们这些亲戚从公司里赶出去？"

唇亡齿寒，他不信其他股东感受到这样的信号还能坐得下去！

其余股东一听，心果然也提了起来，金窈窕笑了笑，看了眼这间会议室。所有股东，无一例外都是男的。铭德最开始由她爷爷创立，爷爷去世的时候，没有分给任何女孩股份，包括他的亲生女儿。若不是有此先例，金老三也不敢在大哥已有血脉的前提下理所当然地昭示野心。

铭德的中高层管理也是这样的情况，基本上找不出女性员工。

她突然为此感到怅然，想到了过去从不被当作继承人的自己。她转向右首，问："二叔，堂姐是不是还在家？您回去问问她，想不想来公司给我帮忙。"

金二叔听到这话一怔，他跟金父的情况很像，膝下就一个独生女。他女儿成绩还行，虽比不上金窈窕和金嘉瑞，但也考了国内不错的大学，毕业以后提出过想好好发展事业，只是他个性死板，觉得这样会叫人说闲话，才一直没为女儿去跟大哥要资源。如今金窈窕这番话竟让他恍惚了一下，他垂眸想到女儿这些年被催促结婚时双眼放光地试图说服自己，想趁着年轻好好工作，以后才能挺直腰杆过想过的人生。

金二叔张了张嘴："她，她肯定想来的。"一时间他百味杂陈，叹息道，"你堂姐知道你愿意提拔她，肯定很高兴。"

其余股东见是这么个发展，纷纷暗暗对视。三房吃亏的同时，二房却占了便宜，金窈窕明显不是要搞他们所有人，而是在杀鸡儆猴，示意他们站队。

她刚才好像谁的面子都不给，现在打完巴掌又来个甜枣，手段之毒辣，把大伙都弄得没了脾气，一时间竟然谁都没有出来替金老三说话的意思。

金老三见其他股东竟然默认了金窈窕不将股东们放在眼里的决定，气得心跳如鼓，却偏偏拿金窈窕一点办法都没有，只能放狠话道："窈窕！我是你长辈！你别忘了，我手里还有铭德百分之五的股权！我是堂堂正正的铭德董事会成员！你没权利这样打压我！"

金窈窕点头："是，您是董事会成员，我记着呢。不过……"她话锋忽然一转，"我突然想起来，听说这次大家上我家打听我爸的消息，一口一个癌症的，外头传我爸得什么病的消息都有，各位怎么就猜得那么准呢？"

众人皆是一愣，随即才意识到什么不对，齐刷刷将脑袋转向金老三。当时大伙去金家，领头的就是金老三，因为金老三一直强调大哥得了癌症，还几次确切地说出了肺癌，众人才默认金父得的就是这个病。

"老……老三……"几个股东发现了大问题，"你怎么知道……"

他们原以为金老三只是听到了风言风语，可现在一看，他竟还有特殊的门路，在座的都是老油条，哪里看不出这一细节底下的危机？金家人自己闹闹矛盾可以，任谁最后占据上风，终究肥水不流外人田，股东们做墙头草也做得心安理得。但倘若牵扯到外人，大家族一致对外起来，凝聚力可不是一般的可怕。

“三叔，居然是您。”金窈窕笑着问，“敢问，谁告诉您的消息？您可别说是花钱请人打听的，能把我爸瞒得滴水不漏的事情研究得这么细致，您的队友可不是一般的小角色，就算您说谎，查一查，也总能查出端倪。”

失算！金老三张了张嘴，万万没想到自己这么多年小心翼翼，竟会在这种细节上露出马脚，慌乱间他想找借口狡辩，竟无从辩起。

“老三！”被触到底限，就连在场的几个墙头草股东都怒了，拍桌站起，“这是怎么回事？你把话说清楚！”

“三叔。”金窈窕往后一靠，倒进首座柔软的椅背里，双手交叉，饶有兴致地看着他，“我看这董事会，您可能待不下去了。”

当头一棒，金老三眼前发黑。一旦他跟程家有来往的事情披露出来，岂止董事会，恐怕连金家，都未必能容下他了。

何主管跟另一位高管上到会议室楼层，恰逢散会，会议室大门打开，就见几个股东怒气冲冲地从会议室里走出来。

果然是不欢而散。

何主管摸着自己秃掉半边的稀疏脑门，眼中幸灾乐祸的意味更浓，一个小丫头片子，还想在这么多混迹江湖的老男人手里占到便宜？想当他的大领导，差得远呢。但紧接着，那些面色不善的股东们忽然纷纷回头，看向会议室内部，并停下脚步，做出让行的姿态。

这种让行很有意思，通常不会有明文如此规定，却是下属对领导本能做出的行为。

能让董事们这样尊敬的，无疑是公司的最高位，而铭德的最高位领导，无非只有金董事长。可金总他不是不在公司吗？外头传闻他去国外治病了，今天也没听任何人提起他回来的消息。

何主管正疑惑间，董事们让出的那条路尽头，踏出一道纤细亮眼的身影。

金窈窕从会议室出来，旁边给她让行的几位董事客客气气地跟她寒暄——

“飞那么久回国，累了吧？回去好好休息。”

“窈窕啊，你别生气，谁想到他能那么下作呢。”

“回去也跟你爸好好解释，别让他生气。”

“你爸现在不在公司，公司有什么问题和人搞不定了，你就跟四叔说，这点腰四叔还是能给你撑的。”

这是被治得服软了，在示好，表示站队。

金窈窕该软就软，温温柔柔一笑，看不出之前那么杀气腾腾的意思了：“好。”

倘若她一直盛气凌人，股东们再怎么心虚也早晚要忍不下去，可现在她这样的表现，倒让一些之前还因为她太过嚣张而有些逆反心理的股东们心里服气了不少，也终于不觉得自己被小辈压着有多么难以忍受了。

金窈窕气场如风地走向电梯，沿途遇上两个怔怔的中年人，目光扫去，那两人瞬间站得笔直：“金……金……总监！”

总监？被叫多了主管，她听到这个新称呼，愣了愣才意识到原来是自己的新职位，她朝对方点点头：“你们是……”

“我是铭德大院项目组二组的主管，我姓何！”当中那个半秃头的中年男人回过神，立刻自我介绍，腰都微微弯下了，同时右手在裤子上蹭了蹭，小心翼翼地伸了出来，“金总监，以后还请多多照顾。”

金窈窕跟他握了下手，点头道：“原来是铭德大院项目组的，我初来乍到，以后有不懂的，也要请何主管指教。”

何主管听到这话，反应大得不得了，姿态低得恨不能钻到地里似的：“哪里哪里！金总监您年轻有为，我哪敢提指教，有您的领导，我们一定会做出更好的成绩。”

他的马屁拍得太过外显，金窈窕不大喜欢，因此只是笑笑：“那我就先走了，过几天项目组一起开个会，大家到时候再聊。”

何主管连连点头，飞奔上前为她按下电梯键，速度快得脑袋上那为数不多的几根发丝都随风飘摇：“好！好！我这就去通知项目组其他领导！金总监您忙，电梯来了，您慢走。”

金窈窕毫不留恋地离开，电梯门关闭，另一位没插上话的项目组领导朝刚才卑躬屈膝像个大内太监的何主管投去一言难尽的视线，其他留在会议室门口的股东也遥遥目送，各自叹息——

“大哥家这个闺女，以前居然没看出来，手段真的是厉害。”

“虎父无犬女吧？跟大哥简直一个模子刻出来的。我家那个臭小子……怎么就没遗传到半点。”

“今天算是把她得罪惨了，亏她不计较……嗨，这叫什么事？真是被老三害死了。”

诸位董事说到这里，恨恨地回头看向会议室里终于落座却脸色煞白到连站都站不起来的金老三，余光扫到同样望着落地窗出神，却是本场会议的大赢家之一的金家老二，他们的语气又换成了艳羡——

“还是二哥聪明，早知道我也跟他站一边了，当什么墙头草啊？得罪人还一点好捞不着。”

“二哥这叫大智若愚……算了，不说了。”

露娜还等在楼下，见金窈窕一出现她就跑过来了。金窈窕朝她一笑：“你没去玩？”

露娜摇摇头：“我不想玩。”

“带你吃东西去。”金窈窕给司机发了条微信，抬头一看，沈启明居然也没走。

他双手插在黑色羽绒服的兜里，清隽矜贵地站在大堂门口，英俊的面孔上看不出特殊的表情，只注视着自己这边，目光幽深平静。

金窈窕问：“沈总，您怎么没走？”

沈启明看看她又看看跟在她身后的露娜，启唇平静地说：“我查了下透露叔叔病情消息的源头，网上最先开始发布消息的营销号基本属于同一个公司，平常的合作对象包括临江的很多集团，里面近期跟铭德利益冲突最大的，是程家，当然也有可能是其他餐饮企业，我后期让人把名单打出来发给你，你可以拿去排查。”

金窈窕愣了愣，突然意识到这好像是自己第一次跟沈启明聊跟工作有关的内容，立刻点头道：“多谢你了。”

“不用。”沈启明摇摇头，又看着她，金窈窕想了想道：“沈总还有事吗？”

沈启明张张嘴，又摇头。

露娜感觉沈启明好像看了自己一眼，不知道为什么有点害怕，往金窈窕身后退了一步，小声说：“窈窕……”

金窈窕不明所以，随即想起自己的承诺，赶忙跟沈启明开口道别：“沈总这次帮了我大忙，辛苦你了，今天还有事，改天有机会我一定请你吃饭。时候不早了，沈总也早点回去休息吧。”

道别之后点点头，她才带着露娜朝外走：“你想吃什么？”

露娜想了想，说：“我想吃甜的。”

“行吧，我给你弄，舒芙蕾吃吗？”

沈启明目送她俩离开，抿了抿唇，嘴巴悄悄瘪了起来。

寻香宴，下午的混乱仿佛从未出现过，金窈窕低头将打好的舒芙蕾蛋液倒进容器，放入烤箱。

露娜在旁边吃等候期间金窈窕随手做的芝士糯米团子。蒸熟的土豆碾成泥状，混进被打成糍粑状的糯米和奶油，按揉到表面光滑，泛出诱人的浅黄色，包进芝士制成的馅料，短暂烘烤后，糯米团柔软得几乎捏不住，一口咬下，外皮又甜又软，奶香扑鼻，细腻得像是顷刻就要融化，可偏偏咀嚼起来又充满了柔韧的口感，只觉得爽糯，半点都不粘牙。微咸的芝士流淌而出，中和了外皮的甜味，又更多地增加了奶香。

露娜捧着白白软软的糯米团子，被烫得双脚原地反复踱步，却死活也不肯撒开手，一边吹气一边小心翼翼地咬，咬开外皮，又忙不迭地去接里头淌出的芝士，半点都不舍得浪费。

“我在减肥啊！”那么大的团子，露娜吃完一个又拿一个，越吃越饿，满鼻子都是奶香，眼泪都差点香掉下来，“你这双手怎么长的，为什么随随便便弄点东西都这么好吃？我要是有你这么好的手艺，根本就不愁找男朋友了，呜呜呜……简文个王八蛋……”

金窈窕靠在一旁看着这位“白痴美人”吃得抬不起头的模样，微笑着转开目光。

她手指轻轻敲击桌面，规律又轻缓。程家……程琛……是吗?

第22章

烤箱里，烘焙碗内的舒芙蕾在高温的炙烤下飞速生长，很快冒出了碗沿，像一朵在雨季里破土而出的蘑菇，焦黄柔软的顶端蓬松地舒展开，甜蜜的香气开始在周围飘散，嗅得人心情都跟着变好了。

露娜立时将前男友抛诸脑后，捧着糯米团子眼巴巴地朝里看:“窈窕，这舒芙蕾跟我以前吃的不一样啊，那些网红店都是拿锅煎的，你怎么还倒在碗里？”

金窈窕戴上隔热手套，反应了一下才明白她的意思:“你说的那是舒芙蕾松饼，这是传统做法，对火候控制要求比较高，成品味道稍微有些不一样。”

露娜似懂非懂地点头，退开几步，让她上前，想了想又问:“对了，沈启明是怎么回事？你俩不是分手了吗？他怎么还跟以前似的跟你黏一块？”

金窈窕挑眉:“我什么时候跟他黏一块了？”

露娜忍了半天没忍住，又低头咬了一口浓滑的糯米团，声音含含糊糊的:“你俩一直黏在一块啊，从上学的时候就是，反正我每次看到他的时候，他都跟你在一起。”

金窈窕开烤箱门的动作顿了顿，嗤笑道：“你记忆出问题了吧？”

露娜迷茫了一下，有吗？不过，她能碰到沈启明的时候本来就不多，一般都是非工作场合。她也没纠结闺密对自己头脑的质疑，只笑嘻嘻地说：“随便吧。不过沈启明真的是一点没变哦，刚才我都不敢跟他打招呼。讲真的，我跟你认识这么多年，每次看到他都还有点不敢说话，我在我喜欢的明星面前都没这么胆小的，所以我以前就贼佩服你，竟然每次都敢主动去跟他聊天。”

金窈窕没把这话过脑子，随口问道：“他有什么好怕的？”

沈启明确实话不多，但也不至于到让人害怕的程度，就说上学时他俩还没在一起的那会儿，沈启明还是个少年人，气势却已然有了今日的八成，但纵然孤傲，有次被她直接拦下询问大学要报考什么学校，他也只是看了她一会儿就面无表情地据实相告了，怎么看也不至于到令人生畏的地步吧？

露娜想起这些年自己听到的那些试图搭讪却被沈启明的不搭理节节击败的名媛圈的八卦，对闺密明显不似作伪的问题一时竟不知该如何反驳，只能恍惚摇头道：“算、算了。”转念一想，她又窃喜道，“不过胡晚月她们要是知道自己的男神居然被你这么毫不留情地甩掉，肯定气得假体都要歪掉了！”

正说着，她的手机忽然响了，拿出来一看，是胡晚月打来的，露娜顿时瞪大双眼：“我这开了光的破嘴……”

“亲爱的！”那头的胡晚月一副十分焦急的口吻，“我听说窈窕她爸爸出问题了，哎呀，你知不知道情况呀，她还好吧？”

幸灾乐祸的意味简直要冲出屏幕。

露娜顿时神情一变，大眼睛睁得溜圆，像一只尾巴炸了的布偶猫，斗志勃勃地开了口：“哎呀，亲爱的，谢谢你关心，金叔叔就是生了点小病，外面传得也太夸张了，窈窕好得很呢，现在就在我旁边给我做舒芙蕾吃！”

刚在网上看到一条新闻猜测铭德董事长可能突发急症过世的胡晚月无语了。

露娜娇滴滴地扭来扭去：“宝贝，你不在这里好可惜哦，窈窕做的舒芙蕾好香，要是你也能一起吃到就好了。”

“哼！”露娜挂断电话后才对着屏幕大骂，“去死吧！活该你开眼角失败！打水光针都过敏长闭口！”

厨房里的年轻男孩子已然看呆，连屠师傅都被震慑住了，停下手上的工作，露出难以消化的神情。这……这就是女人的真面目吗？

金窈窕咳嗽一声，把舒芙蕾从烤箱里端出来，露娜闻到香味哼唧了一声，又变成了那个甜甜蜜蜜的小乖乖。

金窈窕招呼屠师傅和其他人：“一起尝尝。”

屠师傅看着恢复乖巧的露娜，磨磨蹭蹭地过来，舒芙蕾入口之后，他才将那种莫名生出的害怕抛开。

相比起奶香浓郁的糯米团子，这道甜品的口味明显更加细腻精致，热腾腾的糕体带着并不过分的甜味，融化在舌尖的口感让人宛若置身云端。

露娜也很震惊：“比我那次预约了三天才吃到的舒芙蕾还夸张啊！我以为那已经是最好吃的舒芙蕾了！”说罢又呜呜呜地重复道，“我要减肥了……我要减肥了……”

屠师傅困惑得像一颗刚从地里拔出来的生姜。

一口气吃了三大颗拳头似的糯米团子，现在还在往里塞第二碗舒芙蕾，看这阵势可能第三碗也不在话下。现在的年轻女孩都是这样减肥的吗？

胡晚月刷新了下朋友圈，腾地刷出露娜刚发的动态，照片里烤得焦黄的舒芙蕾胖嘟嘟地歪斜着露出碗沿，几乎隔着画面都能感受到它有多么柔软。

lunanana：“呜呜呜，太好吃了！我闺密是不是神仙下凡啊？”

胡晚月咬牙回复：“亲爱的，那么晚还吃甜品小心发胖哦！”

一分钟不到，露娜的回复来了。

lunanana：“嘻嘻，甜品好吃到这个程度，对我来说就是零卡。”

胡晚月盯着那条回复和照片看了五秒钟，哭着起床给自己找了盒泡面，就着照片，越吃越想哭。呜呜呜，我怎么那么惨？

与此同时，一段视频开始在网络上疯传。

金窈窕知道的时候，这条视频已经热度斐然了，视频里是站在人群偷拍的角度，地点就在铭德大堂，画面里的她从黑色的车里下来，表情很冷，速度很快地穿过人群走向电梯，铭德的股东们亦步亦趋地跟在她身后，噤若寒蝉。

抖动的画面里有人压低声音在惊叹："殿下召集股东来开会了……天啊！"

评论里有人震惊地表示："这谁？马上要上的电视剧拍摄现场吗？总裁文高光场面为什么让漂亮小姐姐来演？"

底下有人回复——

"谁跟你说这是拍戏的，这是铭德老板的独生女好吗？"

"这就是铭德那位传说中的娇小姐？"

"高糊画质都挡不住的美貌……羡慕了，有钱有颜又有气场，我愿意被这位姐姐标记。"

"前几天还听到知乎有人说铭德董事长马上要过世了，留下女儿孤军奋战，什么股东大战、元老夺权，闹得跟公司马上就要易主了似的，我当时还信以为真了……结果他女儿遛股东像遛狗。"

"知乎你也信？铭德董事长也没过世啊，刚还有新闻说他只是去做个小手术而已。"

"被骗了，真是知乎，分享你新编的故事。"

小徒弟汪盛看着那条评论越来越多的视频，有点担心，问金窈窕："金……总监，没关系吗？要不要联系人去删除啊？"

金窈窕略作思索，摇摇头："随他去。"

她正要搞事情呢，有人自发给自家公司做广告，不要钱的热度，有什么不好？

晶茂，顶层，蒋森咋舌地看完视频，去办公室给沈启明报信。

沈启明的目光在他展示出来的手机画面上停顿了一会儿，等那短暂的视频放完，才淡淡说："我之前看过了。"

蒋森问："要不要联系人删除？评论里好多人垂涎你家窈窕哦！"

沈启明摇头："不用。"

蒋森震惊地指着评论："这你都不介意？"

沈启明抿着唇，目光落在好几条被顶到头条的“我可以！”的评论上，眼神明显变深了很多，几秒后才沉声回答：“我问过她，她说留着有用。”

“哇，换成是我，我可不同意我老婆这么抛头露面。”蒋森说，“哥哥你真的没有心！”

沈启明皱着眉头把助理整理好的营销号合作者名单发到金窈窕的邮箱，说：“她说她现在想工作。”

蒋森莫名道：“哥哥，你又不是养不起老婆，老婆当然要养在家里了，干什么还让她工作？”

沈启明没有理会他，眼前却腾地浮现出那天在医院时金窈窕告诉她自己只想好好工作时的画面，思绪又遥遥回到很久之前，那天是金窈窕的毕业典礼，他也在现场。

金窈窕穿着学士服，在人潮中费力地挤到自己面前，瘦瘦的，小小的，低着头，声若蚊蚋地问：“沈启明，我们结婚好不好？”

他那时垂眸看着，只能看到她帽檐垂下的黑穗。

他说：“好。”

不管是想结婚，还是想工作，你想做什么，我都好。

铭德大楼，餐饮研发部宽广的厨房里，金窈窕接到电话，说蹲守在金老三家门口的人跟踪到对方去了程家，金老三在股东大会后病了一场，此番去程家看起来怒气冲冲，显然是去找人算账。

金窈窕嗤笑一声，她就猜到这件事情背后少不了程家的手笔，因此她根本没等到最终结果出来，就已经展开了报复。

程家，程琛的脸色也十分难看，金老三跑来跟他大吵了一架，话里话外地说是被他阴了，不光如此，还当场打电话闹到了他父亲那里。

程家跟金老三的合作由来已久，金老三走后，程琛就接到了父亲的电话，斥骂他太过激进，坑惨了盟友不说，还彻底惹怒金家，引来了金家的反击。

原本预备延迟上线的炖牛排提早送上了铭德大院的餐桌，当然，那么多分店在短时间内同时推出重磅菜色，人手必然不够，最先享受到这一福利的，是铭德大院分店里毗邻程家云鼎餐厅的两家。

托金窈窕那个视频的热度，两家分店推出重磅菜的消息在很短时间内就传遍了临江。毕竟是前不久才掀起相当大新闻热度的炖牛排，许多原本还在可惜寻香宴周年庆当天没能吃到这道菜的食客们听到这一消息都十分心动，纷纷涌向这两家分店，因为这个，那两家倒霉的云鼎餐厅分店这些天的客流量受到了很大的影响。

“金家这明显是在报复你。”程老先生觉得这是个糟糕的信号，对儿子的办事不力感到失望，“你才开始管理公司，就捅出这么大的娄子，大家都很不满，我很怀疑你到底能不能胜任现在的职位。”

程琛挂断电话后差点气炸，父亲口中的大家，说的明显是他的兄弟们，几乎已经把“干不了换人”的意思砸在了他脑门上。他好说歹说，才用金老三手中的铭德股权劝住了父亲，挂电话后他死都想不明白金家的运气为什么能那么好。肺癌在初期就被检查出来的可能性微乎其微，为什么那么小的概率都能被他的对手碰上？但再怎么费解，他依然只能按捺下怒火打电话给金窈窕求和。

“金小姐，最近还好吗？”

研发部的厨房里塞满了来进修的各分店主厨，寻香宴的屠师傅的几个徒弟也来帮手，小徒弟汪盛紧跟在一旁帮忙，金窈窕慢条斯理地煮着一锅鸡汤。

鸡汤的鲜甜飘荡在厨房中，混合着卤牛排十分具有冲击力的浓香，一旁已经大致掌握了炖煮步骤的其余分店主厨拿着自己的作品来请她评价。

卤料都是她配的，各分店主厨只需要控制这道菜的火候，后续操作难度不大，金窈窕面对程琛的试探，边尝边回答：“很好，好得不能再好了，程总最近呢？能睡得好吗？”

程琛的声音隔了几秒才传来：“金小姐，我觉得我们之间有些误会需要解除一下。”

“程总说的误会，是我三叔吗？”金窈窕问。

程琛也没多做辩解，只是笑道：“金小姐，之前是我得罪了，我在这里跟你道歉，好不好？”

哇，真不是一般的不要脸。金窈窕都听乐了：“程总还真是能屈能伸，我太佩服您了。”

程琛被她讽刺得眼前发黑，干笑着说：“冤家宜解不宜结。”

金窈窕：“程总，覆水难收听过没有？”

对方用什么下作的手段都没关系，可拿父亲的病出来做文章，这怨在金窈窕看来，已经解不开了。

程琛沉默了一阵，才回答：“何必呢，金小姐，金叔叔现在也很后悔，大家何必闹得两败俱伤呢？以后未必不能合作。”

“我已经录音了。”金窈窕笑道，“你的金叔叔靠着你这一句话，以后会更后悔的。”

“你录音？！”

“我很卑鄙的。”金窈窕笑着回答，随即转头点了点自己尝过味道的其中一盘，“其他可以，这一盘火候不够。”

被毙掉的那位主厨也不敢争辩，立即嘤嘤嘤地回到位置上继续钻研。他们基本都是屠师傅带出来的徒弟，第一天被选来进修的时候，做惯了发号施令的领导，还对金窈窕这么个年纪轻轻的小女孩给自己教学感到不自在，结果跟着学了几天后就慢慢心服口服了。

厨师这个行当，全凭手艺说话，谁牛谁就是爸爸。

程琛见她跟自己说话的时候居然还在干别的事情，颇有种被当面羞辱的愤怒，咬咬牙说：“金小姐，你何必把话说死呢？其实我来跟你道歉，是出于真心的，您用铭德大院来对付云鼎，只能泄愤一时，两家分店而已，对我们而言不算什么。更何况云鼎餐厅又不是平价餐厅，跟铭德大院面对的客户群不同，你不可能抢走我们的全部生意，大家化干戈为玉帛，才是双赢的结局。这么冲动，闹到最后，小心您脸上也不好看。”

金窈窕指导一位主厨将解冻后的鹅肝去除油脂，对对方的这番威胁付诸一笑：“程总啊，那不如我们打个赌吧。”

程琛怔了怔："赌什么？"

金窈窕融化一块牛油，在滋滋作响的香气里笑着说："赌我能不能抢走云鼎的全部生意。"

程琛听到这话，默然许久："金小姐，好像有点不自量力。"

"对。"金窈窕全盘接受，"您说得太有道理了。"

程琛气绝。这女人到底什么路数？这样心平气和的语气，都能把他气得恨不能厥过去。

牛油的香气在厨房里飘散，金窈窕挂断电话后，一旁安静干活的汪盛才凑过来问："金总监，您这是要做什么啊？"

他刚才被吩咐揉面，烫面的同时加入少许鸡汤，反复揉按到表面光滑后，放置的空当，金窈窕又指挥他将切好的鹅肝拿去煎。

金窈窕说："做鹅肝酱。"

"那这个呢？"他指着在醒的面团。

金窈窕："葱油饼。"

葱油饼配鹅肝酱？好奇怪的搭配，汪盛算了算工价，怎么都觉得这道菜很难在铭德大院这种平价餐厅推广开来，不由得有些担心："金总监，您不会真的要用贵价菜让铭德大院去跟云鼎餐厅打吧？"

云鼎餐厅最有名的菜色就是香煎鹅肝，金窈窕这么做让他瞬间就感觉到了火药味。可铭德大院走的是平价路线，客户群不同，这样搞明显是两败俱伤。

鹅肝的香气很快在周围飘散开来，金窈窕听到他的疑问，将煎好的鹅肝和牛油并香料一起放进料理机打碎："怎么会呢。"

汪盛一愣："那这个菜是……"

这个菜放在寻香宴也不合适啊，寻香宴的竞争对手是沐合公馆，格调虽高，却也有弊端，那就是客流量再大，也终究是小众，绝对没法跟云鼎相提并论，更别提抢走对方的生意了。

"你忘了？"金窈窕道，"咱们的新项目组隐宴的第一家店已经在筹划开业了，刚好，跟云鼎面向的是同一群顾客。"

她将醒好的面揉进葱碎，考虑到有些人不爱吃葱，又另做了一部分不带葱的，卷成形状后，压扁，放入煎锅。混合了鸡汁和油的面皮几乎在接触锅底的一瞬间就开始散发出香气，滋滋的煎烤声音里，柔软的面皮一点点膨胀起来，变得焦黄酥脆。

面饼很小，每个大约有手心大小，滚烫地被盛出来，放在吸油纸上过滤。

汪盛小心翼翼地拿筷子夹了一片，发现果然酥得一碰就能掉渣，他皱了皱鼻子，也顾不上烫，率先咬下一口。

这块小饼其貌不扬，口感却丰富极了，外层焦脆，内里竟是软弹的嚼劲，煎烤过后的面皮散发着浓郁的葱香，半点都不油腻。另一块不带葱的，则散发着类似奶油的甜香，也不知加了什么，口感完全不同，是完全蓬松柔软的那种。

金窈窕敲敲桌子："别光吃饼啊？饼该被你一个人吃完了。"

他这才想起一旁被晾着的鹅肝酱，内心犹豫了一下，他其实不太喜欢吃鹅肝，怕腥，又觉得这样的搭配可能会有些油腻。然而当鹅肝酱抹到饼皮上，一同入口的瞬间，他就发现自己果然还是太年轻了。

现做的鹅肝酱，跟罐头鹅肝酱是完全天壤之别的口感，没有半点腥味不说，融化在舌尖时那种细腻的鲜味，他想破脑袋，都想不出有任何食材可以与之媲美。

金窈窕擦了擦手，示意其他人："做多了，你们把饼煎好，送到我在的项目组去吧，让大家也跟着尝尝，给点意见。"

汪盛捧着烫手的葱油饼，此刻看着金窈窕，脑子里只闪过一个念头——

殿下，你不是我女神了，你是我爸爸。

浓郁的香气伴随着敞开的厨房门，一路朝金窈窕所在的两处项目组飘去。项目组内欢天喜地，任谁隔着门都能猜到，他们又被太子殿下投喂了。

其他部门的员工隔着大门，嗅着那浓厚到挥之不去的香气，不禁落下酸酸的柠檬泪水。

殿下的御前近臣，果然了不起。老天爷睁眼看看吧，让他们吃完就变肥。

第23章

自从股东大会结束，她开始为了隐宴经常到公司研发新菜，金窈窕发现自己的人缘似乎变得更好了。

以前她在公司内的地位基本被默认是“董事长的独生女”，大家私下叫她太子，叫她殿下，猜她是继承人，但当面碰到她，其实很少敢主动跟她打交道，可如今她吩咐下去的事情，除了她所在的项目组成员，不少其他部门的领导得知是她的意思，竟也不需要打点就会为她提供帮助。

以前他们不这么做的时候，她倒也没觉得工作上有不便的地方，但自从感受到自己的每个命令都如同加了润滑油那样顺畅以后，她才真正明白一个“继承者”对公司的威慑力有多大。

很显然，她的地位现在真正稳固了。

最明显的表现就在于，她提出推行铭德大院的新菜和加速隐宴项目组新店上线的命令后，包括她的顶头上司在内，没有任何人出面阻挠。铭德大院整组下属非常积极地响应了她调选各店主厨集中培训的指令，在她提出要求的一周之内，所有主厨都乖乖地来到了公司报道。

当然，她如今在铭德大院的职位很高，这可能是出于官大一级压死人的原因。但在隐宴，事实上她在部门内只是个小组主管而已，但全组比她有话语权的中高层领导竟也非常自然地充当起了她的助手。

仅仅一个“太子”的戏称，是无法拥有这样的凝聚力的。这是个非常非常让人欣慰的兆头。

铭德项目组的同事们被她喂得体重节节攀升的同时，金老三一家正在迅速掉体重。

股东大会结束以后，他大病了一场，这次是真的被吓的。勾结外人的事情被金窈窕披露，倘若夺权顺利倒还好，最糟糕的是暴露的同时他还处于夺权之战的下风，在金家这样排外的大家族里，这把柄无疑是一条毒蛇的七寸，被打中之后，他连还击之力都没有。

金嘉瑞比他爹更惨，他是奔着掌管集团去的，却荣登金家被开除的关系户第一人，这真是史无前例的大羞辱，他收拾完东西回家以后就把自己关在屋里，这么多天，除了人事部发来的离职通知，他的手机里没有收到项目组同事的任何关心。

他再怎么心高气傲，如今也知道自己之前根本没有被人放在眼里了。凭什么呢，那些同事凭什么看不起自己呢？他想不通，怎么想都想不通，明明他才是金家的正统香火，金窈窕一个女孩，早晚得嫁出去，大伯这样任由她掌权，难不成真的是老糊涂了？

但他们一家任谁都没想到金窈窕的动作那么快。

金老三在股东大会之后，原本想避一段时间的风头，等过段时间亲戚们的怒火消散些许再琢磨怎么重新出山，结果没多久他就收到了董事会罢免他董事席位的通知。

那天金窈窕在会议上说的话，他还以为只是在吓唬自己，毕竟金家亲族关系向来浓厚，长幼有序，地位分明，他作为最大的老一辈，怎么也料想不到侄女竟敢真做得这么绝，这是把他的脸放在地上踩啊！他再心虚都坐不下去了。

会议室里，他顶着满屋子股东复杂的视线，终于抛出了最后的杀手锏——

“窈窕，你对你三叔这么斩尽杀绝，不觉得有点过头吗？不要忘了，我手里可还有铭德的股权，也算是铭德除你爸爸之外最大的股东之一，你不要以为铭德的根基很厚，经得起你这样折腾。”

所有人都知道他的意思，铭德是非上市企业，股份都控制在自家人手里，没有其他的投资来源，利润和风险全凭股东们分担，金老三手中的股份虽然说多不多，但也因为金家规矩重，要是换到其他公司，这个等级的股东已经足够有实力搞事情了。

金窈窕听完他的威胁，却依然没有妥协的意思：“三叔要怎么对付我呢？我年轻气盛，没见过世面，难不成您要亲自动手毁掉爷爷留下的基业？”

金老三确实不敢，他敢这么做，以后入土都没脸再见过世的父亲，但是——

“被董事会除名，我这个股东做的也没意思了，铭德跟我还有什么关系？不如把股份转出去落个清静。”

以前程琛折腾寻香宴，他难以接受，除了宗族观念，很大的原因是他将自己视作铭德的主人之一。可如今金窈窕这么打压他，对他而言跟被逐出金家也差不多，被逼上绝路后，他未必还会排斥外人替他报复。

其他股东听不下去了，劝他：“老三啊，你何苦钻牛角尖，拿着股份安安分分吃分红不好吗？”

“呵，铭德这些年的经营状况都在走下坡路，每年给的分红你们真的觉得很多吗？”金老三事到如今也知道隐瞒无用，直接威胁道，“程家人已经提过很多次，愿意出高价收购我手上的股份，要不是看在爸和金家的份上，我拿钱做点什么投资不比吃分红收益高？”

他这话并非作伪，程家想在临江餐饮业一家独大，这些年确实非常觊觎铭德的股份，能坐上铭德的股东席位，对他们而言无疑是个很大的助力。

其他股东终于意识到了危险：“老三，你要把股份转给外人？我们不会同意的，股东会投反对票，没有半数同意，你也没法转出去。”

金老三冷哼道："那就投票好了，你们不同意，就得收我的股权，谁出得起这个价格？"

众人登时哑然。

其实金老三说得不错，铭德这些年的经营状况只能说是一般，公司股东众多，每年的分红落到大家手上，也就够大家过个宽裕的中产生活而已。不过大家以前没什么野心，钱够花也就满足了，要说真多么富裕，能一掷千金地去吞并其他人的股权，绝对是不可能的。

不投反对票就等于默认他转让，投了反对票，又没钱去收购。告上法院，股东会也是没理的那个。金老三真的撕破脸，丢下的大雷果然非同一般，股东们被他这么一炸，确实感到了不知所措。

金老三见吓到他们，还不等放下心，首座就传来一道不合时宜的声音。

金窈窕手撑在桌面上，静静地朝他道："我来收。"

金老三怔了怔，随即嗤笑："你收？窈窕，你真是被宠坏了，小小年纪这种大话都敢放，你有多少钱？你爸知道……"

"我知道。"

门外忽然传来一道低沉威严的声音，打断了金老三的嘲讽。

包括金老三在内，所有人瞬间回头看向门口，金窈窕也惊了惊："爸？你怎么回来了？你现在应该在养病的！"

金父坐在轮椅上，被妻子推着，看起来有点虚弱，但气色不错，面对她的询问只是微微一笑："知道你被人欺负，爸怎么还在医院待得住？"

金窈窕张了张嘴，想告诉父亲自己这些天可厉害了，其实一点亏也没吃着，外头那些货色绑在一起都不够她一只手遛的，但听到父亲的这句话，她的内心却不知怎么腾地酸了下。

她上前替母亲推轮椅，金父安抚地拍了拍她的手背，目光转向金老三，长叹一声："老三啊……"

会议室里大为骚动。

知道金父的身体没问题是一回事，眼睁睁看着他没什么大碍地出现在面前又是另一回事，大批股东上前问候起他的身体来，金老三的脸却白了："大，大哥。"

金家的家风根深蒂固，家主的地位，约等于狼群的狼王，在狼王显露出颓势以前，他从不敢昭示自己的野心，他是真的害怕生龙活虎的大哥。

金父没有搭理他，只摇摇头："投票吧，把你手里的股权分割清楚。"

金老三怔住了，他说要转让股权，更多是在威胁金窈窕这个小辈退步，却万万没想到自家大哥竟会这么决绝地对待自己，他甚至都愣住了，好久之后才确信自己没有听错大哥的话，老大一把年纪，他一时间竟感到彷徨："大、大哥，窈窕这么胡闹，你竟然也由着她？"

金父被推到桌首，拉着女儿的胳膊，示意金窈窕坐回自己以往发号施令的位置上，冷哼一声："我的女儿，我愿意宠着她。"

金老三："她早晚要嫁出去的！"

金父："那又怎么样？嫁人了也是我女儿。"

金老三失魂落魄的："她，她这是要分散咱们金家啊，大哥，爸……"

"你还有脸提爸！"金父一拍桌子，气得咳嗽了两声，被妻子轻拍后背，这才冷静下来，凉凉地开口道，"老三，趁着大家都在，把股权分清楚，从今天开始，我没有你这个弟弟，金家族谱上也没有你们一家人。"

这句话的威力对一个宗亲观念根深蒂固的人而言无疑是巨大的，连那天股东大会上被金窈窕羞辱都没有晕倒的金老三扶了把墙壁，竟没能撑住身体，一个趔趄撞在了桌上。

隐宴项目组的第一家店位于临江某高端商场顶层，店铺的装修已经结束，由于金窈窕的督促，后续工作进展得很快，店内该有的设备一应俱全，只等挑好日子开业了。

店门口有工作人员进进出出地搬东西，基本都是要进冷库和长期储存的食材，金窈窕推着父亲进店，母亲跟在旁边，阳光透过落地窗洒落在他们一家身上。

金父看着四五个人搬着的大箱子被搬进厨房，皱着鼻子问："什么东西？味道那么重。"

“前段时间我在研发部腌了一批肉，差不多熟了，试营业期间可以拿来做特色菜。”金窈窕解释完，有些不赞同地朝父亲说，“爸，你应该好好养身体的，公司的事情对我来说没有那么困难。”

金父清了清嗓子，严肃地说：“我身体哪有那么虚弱。”说完又叹道，“窈窕啊，你再厉害，也是爸的女儿，爸怎么能看着你一个人处理那些问题。”

金窈窕垂下眼，抿嘴笑了笑，又忽然开口：“爸，三叔他……你这么做，很为难吧？”

说实在的，今天父亲坚决的态度令她非常惊讶。

父亲的思想有多么传统，她从小就看在眼里，金家这个家族对父亲而言的重要性毋庸置疑。这些年来，但凡跟金家有关系的亲戚，父亲向来是能帮则帮，从不推诿。因此之前她趁着父亲不在，用尽一切权利打压三叔一家，实际上她已经做好了等父亲回国后被指责的准备，但她万万没想到，刚才父亲竟然会亲口驱赶三叔一家，且态度如此坚决。这怎么看，也不像父亲会做出来的事情。

金父叹了口气，摇头道：“是爸的错，以前没看出你三叔的德行，让你受委屈了。”

“我有什么委屈的。”金窈窕心说三叔那点威胁在她眼中算个屁，笑道，“倒是您，照顾三叔那么多年，我真没想到您会直接赶他走。”

“有什么不能赶的？他跟你过不去，我还要给他留面子吗？”金父提起这事，又显得有点生气，缓了缓才转头朝她说，“窈窕，你记着，你是我亲女儿，你二叔、三叔，整个金家，在爸这里，没有任何人的分量比得上你跟你妈重要。知道吗？”

金母在旁边有点害臊，瞪了丈夫一眼：“说就说，带我干什么？那么大年纪还肉麻。”

金窈窕却眼眶一热，安静了几秒后才沉默点头：“我知道了。”

厨房里，金父好奇地打量金窈窕腌的肉：“这也不是火腿啊，才腌了一个来月，怎么就能吃了？而且也不拿出来风干，就这么堆着。”

硕大的猪后腿被食盐包裹，一条条地叠塞在容器里，和寻常的腌渍手法大不相同，既不熏烤，也不烘干，酒香扑鼻，看起来有些质地湿润的意思。

金窈窕喊人搬出来一条，扫干净猪腿表面的盐粒，露出果然十分水润有弹性的表面，再拿出喷枪烘烤表皮，丰润的表皮在火焰下迅速收缩，泛出油脂和类似火腿的香气。她解释道：“这是用酒和盐腌的，所以不会坏，入味也很快，还不会像火腿那么硬。”

寻常风干的火腿虽然香，但质地实在是比较费牙，不乏喜欢火腿香味却觉得吃起来费劲的食客，因此大多数时候，火腿都是作为菜品调味的配角出现，或者拿来焖炖，总之都是湿漉漉的吃法。金窈窕喜欢吃软的东西，有次她琢磨着腌了一回，阴差阳错地腌出了一味非常特殊的菜品。

猪腿也不是瞎腌的，首先得选择相对比较肥硕的，然后风干几天，时间和温度都要保证恰到好处，既不能留下太多水分，也不能彻底把湿润度给烘没了，然后划开表皮，用酒水浸泡腌渍，再厚敷花椒、八角等各色香料混合的粗盐。

不说腌料，就连浸泡的酒也有讲究，高浓度的纯酿白酒里还得加入适量米酒，米酒很容易坏，这就更考验储存的环境和腌渍的时间了。好在这样一套下来，得出的美味丝毫不亏待复杂的工序。

短短一个多月的腌渍，猪腿已经入味得恰到好处，切开以后，内里依然弹性十足，片成极薄的薄片状以后，铺在厚厚的笋干上，无须调味，只用大火来蒸。腌渍的香气原本就极具侵略性，随着水蒸气无孔不入地弥漫开，手术后一直吃着清汤寡水到现在的金父嗅着那浑厚的气味，口水都差点滴出来。

锅盖内轻薄的肉片开始一点点熟透，肥肉的部分变成近乎透明的状态，蒸气带着肉汁渗透进底部的笋干里，让笋干的质地肉眼可见地柔软起来。

出锅的那一瞬间，肉香满溢，金父几乎坐不稳轮椅，要不是身上有伤，估计他两步就能奔到灶台前。他掏出不知道在哪儿找到的筷子，也不等饭到，直接夹起一片塞进口中。

极薄的腌肉被夹起的时候柔软到微微颤抖，咀嚼的时候，肥肉却一点不油腻，瘦肉也不干柴，反倒有些滑嫩，带着腌渍食材与新鲜食材相比截然不同的风味，口味一点也不逊色多年风干的火腿，实在咸鲜极了。

金父一下饿得不行，端着老婆盛来的饭，立刻想再吃一片，谁知眼前突然伸来一只白嫩的手，将他看中的盘子端起，放到了远处。

金窈窕把盘子放在父亲够不到的地方，端来另一口汤锅，打开锅盖，摘下手套，无情地说："爸，你身体还在恢复，不能吃太咸，一片就行了，那是给我妈做的。"

金父往锅里一瞧，浓浓一锅奶白色的鲫鱼汤，扑面而来的味道也十分鲜美。然而他很清楚，因为身体原因，这锅汤里绝对没有放太多调料，很有可能连油和盐都放得十分有限。

他接过女儿给自己盛的汤喝了一口，果然十分鲜美……也十分清淡。

刚才那口腌肉的美味在脑海里挥之不去，金父端着碗沉吟片刻，神色如同往日那样威严："再给我吃一片。"

金窈窕："不行。"

金父板着脸，拿出董事长做派："笋干也可以。"

金窈窕："不行。"

金父看向妻子，金母吃得正香，扫了他一眼，抬手遮住了自己的碗。

什么温情，都是假的。

金父出面驱逐，金老三到底没撑下去，转出股份后彻底被铭德除名。往大了说，金家也不再有他的位置了。

也不知道是赌气还是怎么，外面很快传出消息，说他用退股的钱转头投了程家，没几天，铭德有几位管理层也提出了辞职，一同离开的还有几位主厨，可想而知他们是为什么走的。

那几位主厨里有屠师傅的徒弟，因为这个，屠师傅暴跳如雷了好些天，拿着电话挨个儿打过去骂人，甚至还跑到其中一位的家里算账，吓得那位徒弟不敢回家，每天辗转在各个酒店下榻。

金窈窕倒是并不意外，她三叔这么多年的野心，在公司不发展亲信是不可能的，这些人离开公司，或许会引发短暂的混乱，但如此容易就被收买的人，留下来早晚要成为定时炸弹。

好在她警惕性一直很强，这段时间培训主厨，教授的内容大多是无关痛痒的火候一类，好比那道炖牛排，真正核心的卤料，从头到尾都是她亲手调配的，连屠师傅都不清楚里头的材料和配比。为了增强保密性，她还刻意将一些香料研磨成粉状，除非开了天眼，其他人休想配出一模一样的东西。

屠师傅特地找上金父道歉，说自己没教好徒弟，给铭德惹下了乱子，只希望铭德内部不会因此出现动荡。

金父说："这怎么能是你的错？徒弟也不可能个个都听话的。"

屠师傅颓丧得像一颗成熟得很好却被遗忘在泥巴里的芋头："那些狗崽子，我以前没提防，老本儿都教出去了，现在一转眼，被他们带去了程家……"

金父安慰他："没事，反正你手艺也没多好。"

屠师傅被安慰得不知道为什么更悲伤了，长长地抽噎一声，转开目光："我那些不肖徒弟就算了，好几个管理层一起离职，公司肯定少不了动荡……你悠着点，人心惶惶的，别惹出什么乱子。"

金父一副不以为意的样子："不至于，他们哪有工夫关注这个。"

一口气跳槽好几个领导，员工不讨论疯了才怪，怎么可能不关注？屠师傅也不知道从哪儿来的底气，只当金父在安慰自己，叹息着点点头："行吧，窈窕呢？"

金父摸了摸下巴："她带着公司食堂的人去研发部了，估计在忙。"

屠师傅："公司食堂？"

"是啊。"金父道，"说是这段时间公司的员工配合她赶工新项目很辛苦，反正要培训厨师，她就把食堂一起整顿了。"

屠师傅望着金父，干瘪的芋头脸上颓废尚未消散，竟不知该做何表情，怪不得这家伙敢说公司里的人没工夫关注高管跳槽。

铭德各大楼层，刚才偷偷跑去研发部楼层打探完毕消息的员工们回到各自的部门奔走相告——

"呜呜呜呜！真的！食堂的王师傅被提到研发部了，现在正在面圣殿下！"

“不只王师傅，整个公司食堂的师傅都在研发部！”

“听说殿下做的菜可好吃可好吃了！可惜寻香宴我去不起，铭德大院最近上了新菜的两个店又排队，我都没吃上，是不是真的有那么厉害啊？”

“大胆，竟敢质疑殿下的水准？翠果，给我打烂她的嘴！”

“我用我上次去隐宴项目组蹭鹅肝酱、葱油饼的死皮赖脸跟你保证，你听说的没有错。”

“呜呜呜呜，殿下怎么这么人美心善？万万没想到她工作这么忙还能惦记着给我们改善伙食。最近主管让我们协助隐宴项目组提早上线计划，我加了两天班，本来还觉得有点累，现在一点都不累了。”

“等一下，群里有消息说市场部的副部长好像离职了……”

“啥副部长？哎呀谁管他，你们说今天中午会吃什么？讲真的，我以前就觉得咱们食堂的品质根本不像一个餐饮公司该有的水准，希望殿下能用雷霆手段激发出大家的潜能，当然愿意纳我为妃就更好了。”

“我看你喝得有点多，来吃点花生米醒醒酒。”

金窈窕效率很高，本来整改公司食堂她没打算做出多么精致的菜，只是恰好来培训的主厨们课后也无事可做，她索性让他们去食堂实践，顺便改良一些原有菜的做法。

新一天的铭德食堂菜单很快制定出来，发往公司官方群。充满期待的职工们在结束了上午的工作后迅速赶往食堂，他们的动作已经很快了，然而却发现，隐宴和铭德大院项目组的职工们跑得比他们还快，甚至连一些平常不会去食堂用餐的中高层管理，这次都出现在了普通职工的队伍里。

很多其他部门的人本来还觉得有些疑惑，电梯门一打开，食堂里的香味扑面而来的瞬间，他们立刻就知道这两个项目组的领导为什么那么不懂矜持了。

网上，铭德多位管理层同时跳槽程家的消息很快被有心人发布出来。

最近一段时间，铭德的热度可不低，网民们吃了一路的瓜，从公司周年庆到铭德股权大战，再到最近一次的“铭德董事长独生女”话题更是颇受瞩目，一看到这个熟悉的名字，不少人都争先恐后地想一探究竟。

铭德居然又出事了，而且这次还是好些高管跳槽，这家公司可真是多事之秋，看起来朝不保夕的样子。

不少人好奇心起，搜索铭德的名字，想看看这家公司现在到底是什么境况，是不是已经天下大乱了，谁知搜索页面跳出来的大批最新动态，竟然是——

“嘻嘻嘻，铭德今日菜单之红烧牛腩，以后只要有这一口，这辈子离开铭德我是狗。”

“我们铭德食堂的盐焗鸡，味道比我在人均三百的餐厅吃到的还好，天哪！”

“@迷惑食堂大赏，看看我们铭德食堂的剁椒鱼尾，没错，我就是来炫耀的！”

“人事部长排在前面打走了最后一颗虎皮蛋，我恨，你扣我绩效就算了，竟还抢走我的虎皮蛋。”

网友们纷纷一头雾水，铭德里没有任何人关注自己公司高管离职的事情吗？但事到如今，他们也忘了自己的原意，转向诸多铭德员工发布的食堂菜色照片，津津有味地讨论起来——

“这牛腩的色泽可真好啊，一看就知道非常软糯。”

“还有红烧鱼，你看这表面煎得多好，汤汁稠稠的，一看就很入味。”

“我们公司今天的主菜是苦瓜烧豆角，我怀疑是大师傅喝多了想出的菜色……看看人家铭德……”

“吃得真好，看着手里的外卖如同看……”

“等一下，我刚才搜铭德是想干啥来着？”

“不知道，我要去投简历了，铭德等我，我以后一定把你们大堂的地板擦得干干净净的。”

第24章

天已经转寒，从窗外望去，商圈沿街匆匆赶路的人们已经换上了御寒的冬装，拢着衣襟踏在每日揾食的路上。金窈窕将透气的小窗抬出最大的缝隙，迎着拂面而来的冷风叹了口气。

桌上堆叠着厚厚的文件，已经阅读过的被摊放在旁边，这是她让人整理出的铭德近些年的财报。以往此类文件全由父亲经手，她是无从接触到的，如今得以过目，才发现数据实在不容乐观。

那天在会议室里，三叔含讥带讽地对她说铭德的经营状态每况愈下，她心中有数，只是没想到会严峻到这个地步。

铭德现在真正上线的品牌只有两个——铭德大院和寻香宴。寻香宴不用说了，从很多年前开始就停滞在亏损状态，这些年入不敷出，全靠铭德大院的营收支撑着。但铭德大院走的是平价路线，利润本就有限，这些年做得虽然还行，却不能算真正多么红火。至少在她经办周年宴之前，这个品牌线的知名度和客户黏着度在临江众多餐厅里是排不上号的，全靠父亲果决，早年在市场处于空白期的时候就将餐厅覆盖式地推出，才让铭德如今还坚强地屹立在商界。

然而这种拆东墙补西墙的经营方式显然进行得并不轻松，否则父亲也不会大费周章地成立隐宴了。

“呼……”金窈窕捋了把长发，倚在窗上，陷入回忆。

事实上，隐宴这个项目组，后来也没成功到哪儿去。托如今经济发展迅速的福，中高端餐厅市场近些年成了餐饮界新的必争之地，隐宴的竞争者有很多，程家的云鼎餐厅就是其中一个。她当初不怎么管家里的生意，只偶尔听到父亲提起堂哥金嘉瑞的工作能力不错，有云鼎餐厅如此强势的对手在旁，竟也让隐宴在临江踩住了一席之地，因为这份漂亮的业绩，父亲才对他另眼相看，在一众金家后辈里挑选他来重点培养。虽然隐宴后来挤下铭德大院成为铭德最重要的项目组，却依然没能打破铭德品牌不温不火的魔咒。

她以前还琢磨过为什么，现在知道三叔竟然早早就跟程家有了来往，那自然不必多说。隐宴居然是程家送给金嘉瑞在铭德站稳脚跟的业绩。既然是馈赠，那一切都能说得通了，程家跟三叔的合作关系再密切，也不可能真的允许出现与自己旗鼓相当的对手。

她想起自己后来的多番报复。

她那时在国内的人脉资源很有限，金嘉瑞却已经掌权铭德，瘦死的骆驼比马大，双方实力虽然称不上云泥之别，也力量悬殊。但在这样的情形下，金嘉瑞却依然节节败退，被搞得焦头烂额，当时的新闻更是密集地曝光对方借酒浇愁，公司人心涣散等丑闻。

是因为那个时候的铭德已经大厦将倾了吗？金窈窕无从知晓，但借由这一征兆，她已经看到了平静洋流下的危险。

这样大的一家公司，每天所需的支出都是天文数字，父亲从未对家里吐露过他的辛苦，给她锦衣玉食，花团锦簇，可金窈窕从这份财报中都能分析出来他的艰难，加上前段时间回购三叔股份的那笔巨大支出，她知道铭德估计距离捉襟见肘也不远了。

钱之一字，重如泰山。铭德不能再这么温吞下去了。

二叔家的堂姐在得到通知后果然很快前来报道。

金窈窕正带着隐宴项目组的人在店内做调研，得知堂姐要来跟自己道谢还有些意外。这些年，金家的后辈走后门进公司工作已然是非常寻常的情况，除了金嘉瑞那种因为想要更好的职位才上门拜访的，很少有亲戚入职之后还会专程提出感谢的，最多也就是家里的父母打电话跟金父说一声而已。

金窈窕一瞬间想过很多可能性，比如堂姐想在自己面前混个脸熟，让以后的工作更加顺利，但见到堂姐本人之后，一切猜想都化作了辛酸。

堂姐的表现太战战兢兢了，相比较那些觉得自己理所当然可以进铭德的金家子侄们，她看起来简直有种意外得到了优待的惶恐，她甚至不敢在隐宴项目组的人面前表露出对金窈窕的熟稔，赶到地点之后只躲在门口偷偷打电话告诉金窈窕自己到了。

金窈窕出来见她，堂姐个子小小的，有点拘谨，身上有种跟她以前极为相似的、属于金家女孩的温婉。她捏着手机小声说："窈窕，谢谢你让我爸爸同意我工作。其实我工作经验不多，大学也考得没有你好，也不知道能不能好好胜任你给我的职位。不过我会虚心跟周围的同事们学习的，如果犯了错误，你也不用因为我爸的关系就忍着，只管跟我直说。我进公司真的不是来混日子的，肯定会努力改正，不给你添麻烦。"

金窈窕点点头："我知道了，你怎么不进去？"

"不了，我就是听说你平时忙，所以趁着今天刚入职没任务，过来跟你说一声而已。"堂姐往里看了一眼，发现都是公司同事，赶紧朝门后避了避，摆手道，"耽误你时间了，你进去忙吧，我先走了。"

"你今天入职？"金窈窕抓住她的胳膊，将她拉进店里，"现在大家在聊项目组的启动工作，你想学习，刚好现在跟着学。"

堂姐被她拽进店里，着实吓了一跳，想躲开却被眼尖的同事发现，一个主管好奇地打量着她的脸，看她被金窈窕拉着，开口问道："殿……总监，这位是……"

金穗对上众人的视线，惊了惊，赶忙站直回答："各位好，我是今天入职隐宴项目组的新人，来跟金总监报道，以后请大家多多教导，你们叫我穗穗就好。"

她没提自己跟金窈窕的关系，金窈窕扫了她一眼，也没多嘴。金家的女孩们太难了，因为没得选择人生的权利，才养出跟金家男孩的自信大相径庭的卑弱。难得堂姐在这种教育下还能保有事业心，既然说想好好工作，那她也没必要强调对方是个关系户。

同事们没多质疑，立刻笑嘻嘻地跟堂姐打起招呼来，堂姐虽在金窈窕跟前没啥底气，但面对其他人却能看出教养良好的落落大方。平常应该也是个善于交际的人，说话温温柔柔却很有分寸，很快就融入了一群陌生人里，竟比金嘉瑞受欢迎许多。

在人前，她也不主动跟金窈窕说话，还是隐宴的项目组经理笑嘻嘻地提议："金总监，大家最近忙飞了，现在有新同事进来，不如晚上聚个餐？"

堂姐还以为自己给金窈窕增加麻烦了，赶忙摆手，金窈窕看了她一眼，却笑道："好啊，大家那么辛苦，带你们聚个大的。"

她那么好说话，众人当即一片欢呼。

虽然他们更想吃金窈窕做的饭，只不过聚餐这种事情，显然没有让上司下厨的道理，那就太不像话了。但能跟太子殿下一起聚餐，已经非常棒了！

虽然不好亲自下厨准备聚餐的菜，但金窈窕中午也没让他们凑合，带着这群加了好几个星期班的股肱之臣一起在厨房做了简易三明治，算是增加团队凝聚力的趣味性互动。

其实这三明治说简易，也不尽然。

新鲜的牛肉压碎成饼状，煎到七分熟，夹在烘烤得恰到好处的厚吐司里，搭配现成的水牛乳芝士和干酪片，她在一旁偶尔帮忙指导，组员们则干得津津有味，时不时询问她某些东西是否能加，气氛高涨，比点现成的外卖还鼓舞士气。

芝麻菜、酸黄瓜、墨西哥辣椒圈，或者最简单的西红柿片，金窈窕只排除了几个明显会影响口味的食材，其余都随他们去，最后的成品三明治带着主人们鲜明的取向出炉，热气腾腾，各有特色。

统一的牛肉饼香气充盈在厨房中，金窈窕从冰箱里拿出前些天练手的甜点给他们搭配。

堂姐虽然刻意隐瞒跟金窈窕的亲属关系，但看到那道甜品，也不免充满好奇：“这是什么？”

这道甜品十分素净，通体乳白，硕大的一块盛在盘子里，简直就像一块新鲜豆腐似的，散发着淡淡的凉气，十分低调，看起来甚至有些寡淡。

“奶冻。”金窈窕用刀利落地将这块其貌不扬的大“豆腐”切成等份的方块，“用水牛奶做的，我准备放在隐宴的甜品菜单里。”

就这跟豆腐如出一辙的东西？众人听得有些蒙，她也不解释，只找出叉子让他们自己吃。

项目经理叉起一块来，举起细看，越看越觉得这玩意儿太过平凡，凑近以后连香味都散发得很淡，要说像布丁吧，偏偏用叉子就能整块叉起，却看不出任何特殊的地方。

他张口试探地咬了一口，眼睛顿时瞪大了几分。

什么情况？这奶冻闻不到多大的香味，入口之后，竟然软糯到瞬间在舌尖融化。浓郁的奶香带着微微的凉意在融化的瞬间包裹住味蕾，丰沛的滋味顺着喉咙霎时间冲得满脑子都是，清淡的甜味恰到好处，并不抢香味的风头，这浓墨重彩的口感，跟看起来太不一样了！

他立时将剩余的奶冻塞到口中，还想再叉一块，结果低头看去，只剩下空空如也的盘子了。

周围的一帮同事比他聪明得多，小口小口地珍惜品尝，像是生怕嘴张得太大会立时把奶冻吃完似的。

金窈窕问：“味道怎么样？”

大伙只剩点头的份了。项目经理咂巴了下嘴，忍不住反复回忆舌尖残留的滋味，摇摇头道：“金总监，你现在把你手上那块丢地上试试。”

金窈窕：“嗯？”

项目经理：“我立马就捡起来吃。”

金窈窕：“……”

项目经理见她没有照做的意思，只能遗憾地拿起自己做的三明治填肚子，结果三明治一入口，他又错愕了下。柔软的牛肉饼夹着丰沛的肉汁从吐司边缘蔓延出来，淌得他满嘴都是，配合上拉丝的水牛乳奶酪和浑厚的干酪味，简直了！

他难以置信地看着自己的手："这是我做的？这居然是我做的？"

一旁有同事看不下去了："吴经理你想啥呢？肉饼是金总监调的味道好吗？"

项目经理恍然大悟似的，边吃边落下泪来："我说呢，我要有这手艺，我老婆也不至于跟我离婚了。"

看不出来，还是个命途多舛的汉子。

金窈窕说请同事聚个大的，聚餐地点就选在了临江相当低调的一处俱乐部。

这地点相对高端，能来的人不多，因为她的要求，项目组近期实在辛苦，带大家来玩一玩，也算是个心意。

大伙果然十分兴奋，进俱乐部后情绪更加高涨，只是十分不巧，刚踏入大堂，金窈窕就迎面撞见了从里头出来的一伙人，当中并排行走的一高一矮的人带来的反差冲击尤其强烈。

身后传来同事压低的笑声："快看前面那两个并排走的人。"

"噗，对比是不是太残忍了，美男和野兽吗？"

"什么美男和野兽？美男和倭瓜还差不多。"

金窈窕瞥了眼那位"倭瓜"，其实就是普通中年发福企业家的形象，挺着啤酒肚，有些矮胖，要放在外头，绝对称不上丑陋。偏偏他身边的那个人高大矜贵，品貌实在过于出众，艳压之下，竟真的衬得他圆头缩脑，有几分像倭瓜。

她本想避开的，那位走在旁边的英俊男人迅疾如电地转头朝她看了过来，随即停下脚步，注视着她。

这次恐怕真的是路过了，目光相对，金窈窕叹了口气："沈总，真是不巧。"

"倭瓜"好奇地打量了一下两边，仰头看着沈启明问："沈总，您认识？"

沈启明颔首，凝视着金窈窕："这是我……朋友。"

"倭瓜"乐了，赶忙叫来旁边的工作人员，严肃叮嘱道："这是沈总的朋友！好好招待知道吗？"

被叫来的那位工作人员赶忙答应着下去。沈启明看了眼金窈窕身后的大部队，顿了顿才问：“来玩？”

“是啊，没想到会在这儿碰上。”金窈窕也笑着扫了他身后一眼，摆手道，“不打扰沈总您玩，我们先走一步。”

说罢，她果真干脆利落地带着人离开，被闻讯赶来的俱乐部工作人员殷切地请去了贵宾楼层。

沈启明站在原地，回首目送她的背影离开，迟迟没动。

他不走，其他人也只能干站着，跟在他身后的一个穿丝质旗袍的女孩踟蹰了半天才小声开口：“沈总，您怎么不走？”

沈启明回过神，眉头微皱，终于迈开脚步，走出几步后，又低头朝“倭瓜”说：“麻烦何总给他们多送点饮料，少上酒。”

何总是隔壁省的地产大佬，在这家俱乐部有不少股份，有个在临江的项目投资敲不下来，才特地邀请沈启明到这里谈生意。

何总听了，赶忙点头，叫来旁边的服务员去落实，笑着跟沈启明道：“没看出来沈总对朋友还挺关心的。”

沈启明没说话，他身边的蒋森憋不住似的笑了一声。

何总疑惑地看着他：“蒋总？”

“没事没事。”蒋森摆摆手，余光瞥向沈启明，沈启明并不搭理他，在何总的指引下进入包厢。

何总此番有事相求，客气极了，刚进门就叫了那旗袍女孩一声：“婉婉。”

女孩愣了下，看了眼沈启明，随即脸红地垂下头，贴近过去：“沈总，我帮您脱外套。”

沈启明避开她的手，自己把大衣脱下来交给旁边的服务员，淡淡回答：“不用，我不喜欢别人碰我。”

女孩缩着手愣了下，有些不知所措地看向何总，何总急了，给她使了个眼色，又笑道：“沈总啊，我介绍您跟婉婉认识，这姑娘真的，又聪明又体贴人，这年头打着灯笼也难找。”

沈启明“嗯”了一声，婉婉犹豫了一下，上前道：“沈总，我给您倒酒。”

沈启明：“不用，我不爱喝酒。”

婉婉站在一旁不知所措。

蒋森忍着笑意招手：“来我这儿坐吧，婉婉是吧？名字怪好听的。沈总不喜欢别人挨得太近，你别忙活了。”

婉婉抿了抿嘴，见沈启明竟连看都没看自己一眼，又看了眼那张英俊得拒人于千里之外的面孔，半晌后只能心有不甘地坐去了蒋森旁边。

有俱乐部股东的叮嘱，隐宴项目组的人吃得开心极了，虽然俱乐部的餐厅肯定比不上金窈窕的手艺，可光凭借此处VIP包厢的奢华，就足以让项目组的员工们大开眼界了。

就是大伙本来约好要喝酒的，俱乐部却免费送来许多果汁，让人觉得浪费了可惜，于是最后不醉不归变成了喝了一肚子维生素。

大伙吃完本来想走，被强调过要好好招待他们的服务员却热情地邀请道：“各位贵宾，饭后要不要去我们的娱乐区转转？我们俱乐部有spa中心、高尔夫球场、保龄球场，还有全临江最大的实弹射击场，是我们老板动用很多关系才组织起来的项目，只有我们俱乐部的VIP贵宾才可以进入哦。”

他这么一说，众人当即来了兴趣，谁不想见世面呢？

金窈窕放下手中调得味道不怎么样的果汁，淡淡道：“走呗。”

一场聚餐下来，项目组的氛围明显比以往更加融洽了，难得有机会，一起玩玩也好。

射击场的位置在俱乐部地下一层，隔着门都能听到里面砰砰的响声。

大门内，程琛沉着脸摘下耳罩，转了转自己被后坐力震到的胳膊，转向坐在旁边的一位穿着红色裙子的卷发女人，脸上这才露出笑容：“怎么样？蕾老师，我的水平。”

蕾秋大方地拍了拍手：“两发七环，两发六环，一发八环，很不错了。”

旁边的人也笑着恭维，既恭维程琛，也恭维蕾秋。

程琛憋闷了多天的心情这才仿佛找到了宣泄的渠道，借着破风的子弹好转了不少。

这位蕾老师是临江电视台的一位高层，手里捏着好些栏目，听说最近她手下的某个节目正准备采访临江本地的知名企业和青年企业家，他想要争取一下这个名额，一是对宣传餐厅有帮助，二是青年企业家这个称谓对程家的企业形象也有官方的助力。

近来他捅出了不少娄子，要真能成功，也算是为他在程家的地位做的补救，因此他今天特地将这位蕾老师约来俱乐部玩耍。

他刚才射击的样子估计挺帅的，蕾老师身边的女孩都眼冒星星地看他，蕾老师脸上的笑意也明显多了很多。程琛觉得有门，招手跟服务员要来一杯水，坐下闲聊。

聊起生意的事情，蕾老师身边的女孩问："程总，最近有家叫铭德的公司话题挺高的，听人说你们两家还有竞争关系，他家有个股东投资了你们家的生意，是真的吗？"

程琛喝了口水，深沉点头道："是啊，那位股东是铭德老板的三弟，现在从铭德退股，投资了我们后续即将开业的三家云鼎餐厅。"

那女孩讶然："居然还是铭德老板的亲戚吗？怎么就退股投资你们了？"

程琛耸耸肩："人都往高处走，铭德现在一塌糊涂，他更看好我们也不奇怪。"

"铭德一塌糊涂吗？"女孩更吃惊了，"不是说铭德老板生重病是假的吗？而且他女儿金窈窕很厉害的样子，说是已经把公司里的股东们管得服服帖帖的了。"

"你说金窈窕？"程琛嗤笑，"不瞒你说，那个退股的股东就是被她逼走的。刚管事就把公司管得四分五裂，外面那些传闻有几分真？"

他说这种不为人知的消息，在场众人都听得津津有味，蕾老师笑了一声："程总，你们两家是竞争关系，你说的话，也未必能尽信吧。"

程琛笑道："不管你信不信，我说的总归是实话，不过她这个人，我承认小手段是挺多的。"

见大家感兴趣，他索性将当初自己请来蒙老先生，对方却闷不吭声半路截和的事情讲了出来，当然内容经过了几分润色，再加上怒然退股投向程家的金老三，直接把铭德金窈窕描述得宛如卑鄙小人一般。

他说的内容半真半假，很容易让人相信，在座的女孩听完后果然蹙眉，露出有些排斥的神色："她怎么这样啊？程总您也太惨了。"

程琛微笑。

他混了这么多年江湖，相当清楚女人对女人有多么容易产生敌意。同样的事情，男人做出来似乎不算什么，可换成女人去做，女人们的包容心就会大大减少。尤其当这位做事的女人还年轻貌美，那可太容易成为众矢之的了。

他擅长利用人类的劣根性，于是只是笑着大度道："我一个大男人，总不好跟个娇滴滴的女孩子计较，让着她一点也没什么。"

现场的女孩果然觉得他十分绅士，露出仰慕的神情。

但这样融洽的氛围，很快被门口的声音打断，那道微微沙哑的特殊女声带着笑意："是吗？这么说我还得谢谢程总了？"

程琛倏地扭头，脸上的笑容紧跟着消失："金窈窕？"

刚才被他哄得一愣一愣的女孩们听到这个名字立即看了过去，按照他话里的表述，她们本以为会看到一个矫揉造作的大小姐，谁知出现在视线里的竟是一道高挑利落的身影。

她一头黑发，穿着些微宽松的黑色毛衣，高领领口挺括地立起，几乎要遮住她瘦削的下巴，黑色牛仔裤下踏了双马丁靴，腿又细又长，踏入靶场大门的时候，带着很难用语言形容的侵略性。

她似笑非笑地扫过来，眼睛微微眯着，长长的眼尾带着上翘的弧度，给人的压迫感越发强烈了。

她说："程总，是我，觉不觉得冤家路窄？难为您每天睡不着觉，还惦记着背后说我坏话了。"

女孩们被金窈窕的目光扫过，看得呆住，程琛噌地一下站起身来，扯出笑容："金小姐，您可能误会了什么。"

金窈窕嗤笑一声，不紧不慢地靠近："是吗？那就当作是我误会了吧。"她扫了眼现场唯一一个用过的枪靶，看到成绩，轻笑一声，"程总枪法不错啊。"

程琛挺直腰，微笑着看她："金小姐看得懂这个？"

金窈窕半掩在高领后的嘴唇翘了翘，踱步上前，低头审视了一下那把被程琛放下的枪，抬手拿起，熟练地换好弹夹，上膛，瞄准。她也不戴耳罩，侧着身，长臂伸直，利落地扣下扳机。

砰的一声巨响，在场众人皆吓了一跳。

金窈窕就打了一发子弹，放下枪后她看了几秒被打中的靶子，转头朝程琛笑道："程总，我在国外考持枪证的时候，你还不知道在哪儿拍皮球呢。"

程琛怔怔地看着靶子，竟然是九环偏向十环的成绩，比他之前打得都好。

金窈窕偏了偏头，眼含讥讽地朝他笑道："程总在，我就不留下妨碍了，免得您心情不好。至于我三叔，虽然他里通外敌跑去您那儿混饭吃，毕竟也是我的长辈，希望程总能抛开跟我的恩怨，好好给他养老。"说罢转身就走。

项目组的职工们知道两人不对付，也不闹着玩了，又因她刚才炫了把枪法，士气大振，十分亢奋。金窈窕神色轻松地踏入他们之中，一抬眼，正撞上匆匆朝这儿走的沈启明，看到她后他立刻停下脚步。

沈启明背后也跟了好几个人，似乎是从酒桌上追出来的，当中那个"倭瓜"一边追还一边叫着"沈总"。

她皱了皱眉，转开目光，没打招呼，带着人错身离开。

缩在袖子里的右手使劲蜷起，她捏了捏掌心，平静地朝身边的下属说："今天玩不了了，下次再带你们来，你们先出去，我去卫生间洗个手。"

卫生间里，金窈窕抿着嘴使劲揉了揉肩膀。后坐力震得她疼死了，好在刚才她拼命忍住，没输了场子，而且老天保佑，她打出的成绩也比想象中的好，让她耍了个比想象中还大的帅。

毕竟输人不输阵，输给谁都不能输给程琛那个瘪犊子。

她对着镜子揉胳膊，又仔细观察自己的脸色，好半天才确认无误离开卫生间，结果刚踏出门，余光就扫到了一道身影。

沈启明靠在卫生间外的墙壁上，转头静静地看着她。

金窈窕沉默片刻，露出若无其事的微笑：“沈总，您这也是路过吗？”

沈启明抿着嘴，没有回答，只是朝她摊开掌心：“手给我。”

金窈窕安静了两秒，没有理会，转头就走，胳膊却被沈启明拉住，力道不大，但刚好让人无法挣脱。

沈启明捏着她的手腕，掰开她刚才握枪的右手手掌，入眼果然是一片不正常的瘀红。他神情莫测地看着，竟鲜明地露出了怒意，指腹磨蹭了一下那片红色，直到金窈窕把手抽回去。

靶场里，被金窈窕狂讽一场后抛弃的程琛脸色一阵青一阵白地看着金窈窕消失的大门口，他呼吸急促，努力了好几秒才让自己镇定下来，不要露出难看的形象。毕竟他不是一个人在这儿，现场还有其他人呢。

结果他一回头，在座的女孩竟然没有一个关注他的，个个捂着嘴在讨论刚才离开的金窈窕，就连整晚面对他的各种试探都不怎么爱说话的蕾老师都若有所思地朝着门口看。

女孩们叽叽喳喳，压低了声音都能听出她们的兴致勃勃——

“哇，那就是金董事长的女儿吗？”

“她好漂亮啊！没想到居然还会玩枪！”

“她换弹夹的时候你看到了吗？动作好熟练啊，也就几秒钟，我刚掏出手机她就换好了，都没拍到。”

“你说她有多高？我感觉有一米七，腿这么长。”那姑娘说着还伸手比画。

“她那件毛衣好好看，你看出来是哪个牌子的了吗？”

“那毛衣很一般啊，她长得好看才穿得好看吧，不过我觉得她的马丁靴也挺不错的。”

“好可惜啊，她走得太快了，不然应该加个微信才对。”

正常女人看到金窈窕那种同性，不是应该充满敌意的吗？这些女人到底什么情况啊？

第25章

卫生间门口，金窈窕抽回被沈启明抓住的手，深吸一口气，说:“沈总，好好说话，不要动手动脚好不好？”

掌心泛着疼痛的热意，刚才那把枪的后坐力太强，她从掌心到后背都被震到，一时半会肯定难以恢复。

她抽回手，沈启明也没再抓，只是看着她。他脸上一贯表情不多，此时眼神却罕见地带着怒意:“你枪用得什么样，自己心里没数吗？”

金窈窕捏着酸胀的手腕，听到这话顿了下。

沈启明几乎没用这种语气跟她说过话，但她也没有为此感到惧怕。不知道为什么，她从以前就不怕沈启明，外头很多人都像露娜说的那样对这个人充满忌惮，但即便再患得患失，金窈窕也从未从对方身上感受到危险。

她想到的是很久之前的事情。其实她刚才骗了程琛，她没考过持枪证，玩枪这件事是沈启明带她入门的。

那时候她刚追着沈启明去国外上学，她入学以后，沈启明已经临近毕业。

他从大一起就开始管理公司的事务，到毕业那会儿，已经忙到很少在学校露面。某次，当地的一个同学说要去定制一把枪，没想好该要粉色还是黄色，就邀请包括她在内的很多玩得好的人一起去选。

留学生们在那个州不允许持枪，大家都没见过世面，自然纷纷响应这个邀请，没想到却在那里见到了沈启明。

沈启明当时在试枪，他面无表情地端着一把不知道叫什么的大枪，冷漠又强大的气场让笑嘻嘻进入靶场的一群学生尽数窒息，不敢靠近。

他打空弹夹之后才发现有人，分明有校友穿了一眼就能认出来的校服，他却不打招呼，只看了盯着他的金窈窕一眼后，就将枪还给了殷切等候在身边的老板，说："就这把。"

他走了以后，大家才回过神来，对刚才所见的画面议论纷纷。

沈启明那时是学校里的风云人物，影响力不仅仅在留学生圈内，几乎所有人都认得他是谁。

后来金窈窕挑了个机会，小心去问对方能不能教她射击，她本来是想找个借口跟他说话的，沈启明竟出乎意料地没有拒绝她。

但那时候金窈窕身体不行，又不锻炼，第一次学习就吃到了苦头，打了几发之后，她的肩膀就疼得像脱臼。

沈启明抿着嘴唇在旁边看着她龇牙咧嘴，也不知道是不是教得不耐烦了，等她打完一夹子弹后，就把枪还给老板，不肯再教她了。

她那时候不死心，追着问他什么时候有时间再一起去靶场，沈启明只是皱着眉头跟她说："你持枪违法，不想被遣送就消停点。"

这事就这么不了了之了，她肩伤好了以后自己去了一趟，老板果然不给她实弹，她只好反复照着沈启明有限的教导玩换子弹和拆卸组装枪身这种不痛不痒的小把戏，玩得多了，拆装速度快得不行。后来她也没那么多时间考证，她所在的州发证还需要担保信，因此她最多也就是机缘巧合的时候去射击场玩玩，但沈启明始终没再教过她。

金窈窕想到那段青涩的时光，忍不住笑了一声，没想到沈启明记性还挺好，就教过一次，居然还有印象。

不过，想跟对手要帅却被知道内情的人戳穿，是够丢脸的，她转开脸，道：“沈总见笑了，我玩得是不怎么行，不过今天运气好，打了个九环。”

沈启明见她这么不当一回事，深呼吸了一下，闭了闭眼才平稳住声音：“你的手……”

“这个啊？”金窈窕摊开掌心看了眼潮红的手心，意识到对方的意思，半晌后她轻笑一声，“这算什么？我吃过的苦头多了，小意思而已。”

伤筋动骨嘛，对现在的她来说算得了什么？过去那种害怕失去一个人的惶恐不安，面对父母相继去世的痛彻心扉，这才是真正能将人痛击到无法入睡的折磨。经历过这些，她已经什么都不再怕了。

沈启明因为她的回答怔了怔：“你……”

金窈窕没有理会，捏了捏掌心：“沈总，谢谢你的关心，不过我下属还在外面等我，我就不多留了。”

沈启明的目光追着她，眉头皱得很紧，金窈窕转身后又笑道：“正巧，您朋友也来了。”

他扫了金窈窕前方一眼，果然见那个今晚被何总带来的女孩站在拐角处，也不知道站在那儿多久了，正看着这边不敢靠近，有些惊慌。

沈启明皱了皱眉，一时想不起对方的名字：“她不是我朋友。”

跟我解释什么？金窈窕露出“随便吧”的表情，径直朝外走，那位站在拐角的旗袍女孩见她靠近，贴在墙边，用一种熟悉的复杂眼神盯着她。

在哪儿见过呢？金窈窕恍然想起，哦，以前宁萌似乎也是这样看着自己的。这眼神太复杂了，她也读不懂，于是只朝对方一笑，点了点头，擦肩而过。

婉婉捏着裙摆，回首注视着那道离开的背影，一时间内心百味杂陈。

刚才喝酒喝到一半，楼上贵宾部的经理下来跟何总邀功，告诉何总他吩咐要好好照顾的贵客已经吃完饭了，于是他让下头的人带他们去玩俱乐部的项目了。

何总夸了经理几句懂眼色，然后随口问贵客们去玩了什么项目，那经理答完之后，整场应酬中都表现得沉稳冷淡的沈总忽然就反应很大。

他跟那位经理确认过贵宾们去了靶场后，竟然连饭也不吃了，告了句罪就直接起身让那经理带路去靶场，速度快得她和何总在后面小跑都追不上。

后来她追着对方来了这里，沈启明终于没再疾行，然而看到他安安静静地站在面前，她又偏偏不敢靠近，紧接着就目睹了出人意料的一幕。

她记得刚才在包厢的时候，沈总毫不留情地对她说他不喜欢被人碰，现在他却主动去抓另一个人的手，还被对方毫不留情地挣脱，而且对方只寥寥说了几句话就走了。

原来拒她于千里之外的沈总站在那儿那么久，只是为了等卫生间里的人出来说几句话而已吗?

她求而不得的，却被另一个人轻而易举地拥有着，婉婉内心泛起酸苦的嫉妒。只是沈总等待了那么久的那个人，竟真的就这么走了，即便视线相对，也没有给她一点点多余的关注。

她看了很久，才终于内心复杂地转头，看见前方的沈启明，怯怯地叫了一声：“沈总。”

沈总好像没有听到，也没有看她，只是掏出手机，拨了出去。

错身而过时，她听到对方低沉的声音：“何总，麻烦您去查一下，刚才除了我……朋友之外，靶场里还有谁在。”

金窈窕摇着手腕出来，同事们都在门口等她，她停下握拳松开的放松动作，若无其事地朝他们露出微笑：“走。”

“金总监您刚才可太酷了！”项目组的一个女孩难掩亢奋地朝她说，“就那样，砰砰砰！”

金窈窕朝她一笑。

项目经理若有所思地朝俱乐部里看了一眼，问：“刚才那个，是云鼎的程总？”

金窈窕“嗯”了一声，项目经理便也激动起来：“真是他啊，嘿，金总监您干得好，对敌人就该如寒冬一样残酷！”

金穗在一众亢奋的同事中露出有些担忧的神色，金窈窕安排下属们打车的打车，互相接送的互相接送，然后示意她跟自己坐一辆车:“上车，我让黄叔载你回去。”

堂姐一愣，赶忙朝其他同事解释:“我跟金总监顺路而已。”

大伙也没怀疑别的，今天聚得开心，又吃又玩还目睹金总监碾压竞争公司的老总，简直快乐得不行，个个心满意足地离开了。

堂姐等大家离开以后才上车，关上车门后终于表露出了自己的不安:“窈窕，你也太逞强了，万一受伤怎么办？”

刚才在靶场门口，她见金窈窕听到程琛的话后要去怼人就试图阻拦，只不过没拉住她。

金窈窕示意黄叔开车，闻言一笑:“担心什么，我心里有数。”

堂姐闻言叹了一声:“你这个脾气……你是个女孩子啊，怎么能跟男人硬碰硬呢……”

“男人又怎么样？”金窈窕睨了她一眼，嗤笑一声，毫不遮掩自己的锋芒，“谁告诉你女人不能跟男人争的？看着吧，我不光要跟程琛争，我还要把他踩在脚底下碾呢。”

堂姐闻言，像被打了一记闷棍，迷茫又恍惚地看着她。

金家的女孩从小受的教育就是乖巧端庄，她自然也不例外，虽然还保有事业心，可仍然认为自己跟家里的男孩不同。她想好好做一份事业的出发点，是希望能靠着自己的实力自力更生，以后可以选择自己想要的生活，无须婚后全看丈夫脸色。但她从没想过，女人也能跟男人一样野心勃勃，锋芒毕露。

她愣了愣，费力地去消化金窈窕的这句话。

是啊，窈窕刚才明明争赢了，不仅仅对于程琛这个外人，就连金家的子侄，三叔的亲生儿子金嘉瑞，也被她灰溜溜地赶出了公司。为什么自己会觉得女人不能跟男人争抢呢?

金窈窕见堂姐仿佛有些醒悟的样子，笑了笑，让黄叔先去堂姐家。

不等车身启动，车窗却忽然被敲了敲，金窈窕转头，看到窗外站着个有些眼熟的女人。

哦，刚才在靶场里见过，坐在程琛对面的那个女人。

对方一头卷发，穿着红色的连衣裙，外罩浅灰色的大衣，手里拎着黑色的风琴包，气质很是干练。

金窈窕降下车窗，询问道："你好？"

"你好。"对方弯腰朝她微笑，"金窈窕小姐是吗？自我介绍一下，我姓蕾，蕾秋。"

目光相对，金窈窕点头："你好，蕾秋小姐，找我有什么事情？"

程琛的朋友，找自己会有什么事情？

蕾秋望着她，笑着开口："我在临江电视台工作，刚才在靶场遇到金小姐，觉得一见如故，有个合作，想跟您聊聊。"

金窈窕愣了愣，目光垂下，看到对方在寒冷的冬夜里红裙下露出的只穿着薄袜的双腿，沉吟两秒，打开车门——

"上车。"

程琛今天被金窈窕一通折磨，合作也谈不下去了，今晚的主角蕾老师对他的请求又表现暧昧，他只好暂时偃旗息鼓，带着一大帮人离开。

出门之后，他指挥联系好的接送司机来门口接人，然后决定亲自送蕾老师回家，发挥一下自己无往不利的男性魅力，怎么着也得让蕾老师把那个宣传名额给自己，结果一转头——

"蕾老师哪儿去了？"

那么大个蕾老师，冷冷淡淡，油盐不进的蕾老师，化成蝴蝶飞走了吗？

蕾秋已经能看出有些年纪了，保养良好，妆容精致，依旧遮掩不住眼尾淡淡的细纹。她上车以后，先将自己的来意说明，语气不紧不慢，带着职业女性特有的冷厉。

"我们台里最近跟临江杂志社合作，想采访一批临江市的青年企业家，我手里也有一个名额，觉得金小姐非常符合，可以的话，想邀请金小姐合作。"

“青年企业家，我吗？”临江电视台虽然是地方台，但在传媒界还是有点地位的，临江杂志社也是有官方背景的，能跟他们合作自然是很多人求之不得的好事，金窈窕前些日子还在琢磨该从哪里入手宣传自家即将上线的隐宴餐厅，毕竟铭德并没有合作的宣传方，没想到机会竟然自己找上门来。

金窈窕没有拒绝的理由，只是觉得有些意外：“我以为蕾老师是程总的朋友。”

以蕾秋报出的职位，称句蕾老师并不过分。

蕾秋平静地笑了笑：“生意上的来往罢了，程总今天约我们台的一群小姑娘来这儿玩，他也在争取这个机会。”

金窈窕问：“那为什么挑中了我？我跟蕾老师您素不相识吧？”

“我虚长你几岁，金小姐也别叫什么老师了，不介意的话，叫我声蕾姐就好。”蕾秋垂眸一笑，神色有几分复杂地看着金窈窕，“我只是，很少看到金小姐这样的人，觉得您比起程总更合适，更有卖点。”

金窈窕点头：“原来如此。”

蕾秋忽然问：“有水吗？”

金窈窕给她找了一瓶，她从包里摸出一盒药来，打开就着水吃了一片。

金窈窕看了眼药盒，发现是生理期吃的止痛药，看到对方在寒风里露出的双腿，她不禁皱起眉来。

蕾秋大概是看出了她的不赞同，收好药后叹息着解释：“在外面为了体面，没办法，总得穿得正式点。”说完又笑道，“女人嘛，想在一群男人里混出头，总要对自己狠一点。不够狠，怎么抢得过他们？”

她为了爬到现在这个位置，甚至忙碌到连家庭都分崩离析，生理上的疼痛，又算得了什么呢？

金窈窕没作声，一旁的堂姐金穗怔怔地来回看着她们，内心深处传来一道既往认知破碎的响声。

临江广电大楼，各处都是奔忙着的人。

化妆间里，乔语丝正跟一个差不多地位的小女星等待着化妆师。

那小女星恭维她道："哇，丝丝，你的流浪包是今年秋冬的新款色哎，我那天看了好久，都没舍得买，你最近片酬很多吧？"

乔语丝矜持地笑了笑："一个包而已，不至于。"

小女星羡慕道："也就是你资源多，才能说这样的话，听说你前段时间刚去拍了宁瞬MV的女主角，天哪，宁瞬哎，这种资源都能抢到，我看你爆红也就是早晚的事情。"

乔语丝没作声，内心隐隐被捧得有些得意，却又努力按捺下来。毕竟对方不知道，她却很清楚，这个MV的资源并不是公司抢来的，而是闺密宁萌为她亲自去跟弟弟宁瞬开口求来的，否则以公司的能力，怎么可能抢得到这个无数人抢破头的角色？

即便她跟宁萌是多年的好闺密，这角色也拿得很不容易，毕竟宁瞬那个脾气，表面看不出来，私底对谁都很不耐烦，搞得她拍摄全程都战战兢兢，生怕出错后被临时换掉。

那小女星难掩羡慕："丝丝，你跟宁瞬合作过，关系很好吧？"

乔语丝笑道："当然。"

对方眼巴巴道："听说宁瞬今天也要来广电大楼录宣传哎。我可喜欢他了，你们关系好，能不能介绍我跟他认识啊？或者要个签名也好。"

乔语丝的表情僵住，几秒后才转开头："再看吧，谁知道能不能碰上他。"

两人等了很久化妆师也没来，乔语丝等得有点窝火，看了眼手表，却只能叹气。不出名的十八线就是这个待遇，况且这里还是大名鼎鼎的临江电视台，即便被冷待，她也没有发作的底气，只能跟小女星一起出门寻找，试图找个工作人员帮忙调个化妆师过来。

但台里忙极了，面对她们的催促，工作人员只是推脱。乔语丝抿着嘴忍耐怒火，心想着等我红了，一旁的小女星心态倒是放得挺好，见化妆师忙不过来，索性在外头一边等一边刷手机，刷到前些天临江本地挺红的新闻，颇有些羡慕："唉，我要是也跟这位金总似的那么厉害就好了。"

"谁？"乔语丝探头看去，猛然一愣，对方看的竟然是金窈窕的视频。那视频她也看过，但只看了几秒就关掉了。

此时一旁的人不合时宜地放着这个视频，还喋喋不休地评论：“看看咱们，同样是女人，咱们为了一个小角色还得到处跟投资方喝酒，人家却那么风光，走哪儿都前呼后拥。”

乔语丝倏地捏起拳头，指甲刺得掌心都在发痛。她抿着嘴，半晌才笑道：“你是没见过不了解才觉得她风光，她可没你想象得那么能耐，没了给她撑腰的男人，她算什么？”

“咦？”小女星愣住，“你认识她吗？”

认识，怎么能不认识呢？金窈窕这个名字，就跟鱼刺似的卡在她喉咙里。

以前宁萌因为金窈窕整日郁郁寡欢的时候，她还不觉得有什么，后来宁瞬跟对方扯上了关系，她终于觉得如鲠在喉。前段时间，她听说金窈窕似乎跟沈启明分手了，家里的公司和家人还出了问题，简直大快人心。

她淡淡道：“我也不太了解，她家里出了不少事情，好像撑腰的男人也没了，现在外头可没人买她的面子，说实在的，她过得还未必比得上你呢。”

小女星一脸难以置信的样子：“真的假的啊？”

两人正说着，旁边一大帮人走过，咋咋呼呼地说：“把皮都绷紧点，灭绝师太从楼上下来了！”

灭绝师太？乔语丝听到这个称呼，眼皮一跳，立刻意识到了指的是谁。

广电大楼的高层里，能获得这个称呼的只有一个人，她身居高位，手段狠辣，六亲不认，别说台里的工作人员，就连她们这些来录节目的小明星，见到对方也得夹着尾巴做人。

乔语丝立马贴墙站好，一旁的小女星也吓坏了，捂着嘴朝那群人的来处看，果然见一个年约四十的女人绷着脸率领大班人马走过去。

蕾秋凶名在外，曾经创下不少战绩，她所到之处，众人无不噤若寒蝉，议论纷纷——

“师太怎么出来了？”

“她下楼干什么？带着这么多人，今天又是谁死？”

乔语丝犹豫了一下，很想上前跟对方攀谈几句，毕竟蕾秋手上资源甚广，能被她看在眼里，肯定少不了好处。她小心翼翼地踏出一步，却立刻被走在身边的一位助理拦住，助理看了她一眼，竟然没认出她是谁，只含糊说道："这位……小姐，请往后退一步。"

乔语丝顿时一阵羞耻，几乎不敢对上此人的目光，咬了咬嘴唇，尴尬地退开了。

一旁的小女星瞥了她一眼，也替她尴尬，转开话题问："是蕾老师哎，我来广电大楼这么多次，还是第一次见到她真人，果然名不虚传。"

乔语丝干笑一声："是啊。"

小女星又说："她这么大的阵仗下楼是干吗啊？是不是有什么大人物来了？"

乔语丝也不知道，但心里也有些好奇，想了想，跟小女星一起跟上队伍朝外走去。倘若真的有大人物来，有机会结识一下也好。

蕾秋果然是下楼接人的样子，风风火火地到了大堂后，就看到提前下楼的助理等在大门口。

一辆深黑色的车在助理的迎接下缓缓停住，助理确认了一下车牌号，上前抢在下车的司机之前为来人打开后座车门。

这待遇，乔语丝都看惊了，这来的怕不是一般二般的小明星吧？她眼巴巴地看着车门，内心腾地升起憧憬。她来广电录节目，连化妆师都要排队等，也不知道什么时候才能混到这个待遇。

车门打开，蕾秋恰好到达，她冷硬的脸上拉出一抹笑容上前迎接。

从车上踏出一条腿，随即露出人脸……乔语丝看到那张面孔，宛若被敲了一记闷棍，整个人都僵住了。旁边的小女星捂着嘴发出一声近乎鸡叫的声音："咦？这不是那个金、金、金……"

金窈窕踏上地面，撞见上前的蕾老师，不禁笑道："蕾姐，你也太客气了，至于下来接我吗？"

蕾老师微笑着说："怎么不至于？你好歹是临江的青年企业家，又不是什么小明星，我怎么能不给面子？更何况，你叫我一声姐呢。"

金窈窕笑了一声，从车里拿出个保温壶塞到对方手里。

蕾老师愣了下："这是什么？"

"给你熬的东西。"金窈窕低头看了一眼，对方今天果然又是高跟鞋露腿的装扮，她摇了摇头，"特殊时期，你多少穿厚点。"

蕾老师怔了怔，一瞬间竟有些恍惚，记不起她已经多久没有被人这样关心过了。

淡淡的甜味从怀里的保温壶钻进鼻腔，她着实没想到金窈窕会给自己带东西来，也没想到当时自己在车上吃点痛经的药，对方居然能牢牢记住，还叮嘱她多穿衣服。

她看中金窈窕，是看中她特殊的卖点，下来迎接她，也是因为她的身份不同于寻常来广电大楼的小明星。

蕾秋沉默了一下，脸上的笑容更加柔软了一些，语气也褪去客套，变得多了几分亲密："知道了知道了，广电里有暖气，穿少点也不怕什么。走吧，蕾姐带你上楼，化妆团队已经等好久了，就等你到呢。"

她想了想，又伸出手，不太熟练地客气地揽了金窈窕一把。

跟下来看热闹的工作人员见状都有些吃惊，等她们离开以后，立刻爆发出热烈的讨论。

"那是谁啊？这么大面子，灭绝师太亲自下楼接？"

"长得挺好看，哪个明星吧？"

"啥呀？明星咱们还能不认识，那是金窈窕，临江铭德老总的女儿。听说师太最近在跟官方搞一个青年企业家的采访，估计是为这个来的。"

"青年企业家！牛气，怪不得。"

乔语丝的余光接收到一旁小女星似有若无的打量，她咬着牙，头脑嗡嗡地响个不停，恨不能找处地缝钻进去。

第26章

广电大楼下的喧闹久不平息，乔语丝半晌缓不过神，想到方才的一幕，内心简直百味杂陈。

蕾老师说什么来着？“化妆师团队已经等了好久，就等你到呢”，自己来录节目，排队等个化妆师能等一个多小时，被催促还不耐烦地推脱，原来是在排队等金窈窕吗？

乔语丝知道沈启明的面子大，放眼整个临江，甚至更远的范围，没人能不买晶茂的面子。倘若对方真是因为沈启明得到这个待遇，她也不会如此惊诧，可据她所知，这两人分明就是分手了！那金窈窕凭的是什么？

一旁的小女星看她的脸一阵青一阵白，捂着嘴想笑，又不好意思笑出来，憋得几乎要翻白眼，此时恰逢另一辆保姆车到了，宁瞬从车里钻出来，又引发了另一波小范围骚动。

这位是当之无愧的人气王，即便是心高气傲的广电也没有敢怠慢，外头等候良久的粉丝尖叫声刚起，立马就有保安和工作人员上前接应。

小女星看看被护在中间请进来的宁瞬，又看看一旁的乔语丝，庆幸自己刚才没笑出声来得罪对方，她赶忙扯了扯乔语丝的袖子："丝丝，丝丝，宁瞬！宁瞬！"

小女星试图通过乔语丝的引荐认识一下这位往日没有机会接触的圈内大佬。

乔语丝被她扯得身子一晃，看到宁瞬，果然眼神发亮地上前。

宁瞬跟粉丝们挥挥手，转头朝接自己的工作人员说道："楼下怎么那么多人？今天有谁要来吗？"

工作人员含糊解释道："是啊，最近有个官方宣传，刚才临江铭德公司的代表金小姐来拍摄，灭……蕾老师下来接她，这些人都是来看热闹的。"说完他又愣了一下，"哦，您应该不认识我说的金小姐……"

宁瞬的表情似乎变了一下，仔细再看，又没有了不对劲的样子。旁边有人靠近，他转头一看，发现是两个年轻女孩，不认识脸，但看样貌和打扮，应该是今天来广电跑通告的小明星。

其中一个表现得很熟稔，上前张口就笑："宁瞬你来啦？没想到能在这儿碰到，拍完MV以后好久不见了吧……"

哦，有合作啊。工作人员一听这话，两人像是认识，就没阻拦对方靠近，还停下脚步，做出愿意等待两人聊完天再走的姿态。谁知被搭话的正主竟然连腿都没停一下，只朝说话的那人扫了一眼，不冷不热地回了句："嗯，我还有拍摄，先走了。"

工作人员一回神发现自己竟被落下几步，赶忙追上，一边追一边懊恼起来，自己这察言观色的眼力见儿看来还有待提高。

外头的粉丝还在尖叫，不过十几秒钟的时间，受关注的人已经尽数消失，看热闹的人一哄而散，乔语丝留在原地，隐隐听到外头有粉丝不满地问——

"这女的谁啊？好好的突然凑上去想跟着一起走，还好被拦下了。"

"脸都不认识，哪儿来的十八线吧？"

她捏紧拳头，害怕自己被拍到，转身就走。

一旁的小女星瞠目结舌，等她走后，憋了好久，终于忍不住掏出手机，找到一个角落跟闺密们疯狂吐槽："我的天哪！哈哈哈！我笑到广电大楼上下十八层、方圆两百里的居民日后要靠助听器生活……”

办公室内，蕾秋打开捧了一路的保温壶，发现里面盛的是一壶稠粥。淡淡的甜味顺着热气飘散开，熏得她有点脸热，太久没被人这样关心过，乍然嗅到这股香气，她竟然有些不知所措。

蕾秋垂眸看着色泽黑红的粥，轻声说：“麻烦你了，这怎么好意思……”

金窈窕取出壶里的碗和勺子，找了片消毒巾擦干净递过去：“麻烦什么，出门之前随便煮的，不知道你的口味，就煮了红糖黑米粥。”

黑米粥……蕾秋最近在减肥，本来不饿的，不知怎的闻到这股甜味竟忽然来了胃口。她接下碗勺，小心翼翼地舀了一口，喂进嘴后忍不住“唔”了一声。

粥的香气闻起来不浓郁，吃进嘴里后，竟比想象中丰富许多。黑米已经被熬开花了，软糯的同时还保有些许脆韧，粥里显然不只添了黑米，嚼着嚼着就能嚼到几颗炖得膨胀甜蜜的枸杞，与此同时，还能尝到一丝红枣的厚重。

蕾秋不爱吃红枣，她嘴挑，平常炖东西放了几颗都觉得红枣的外皮刺舌头，但今天吃到枣味，她竟一点都不排斥，恰到好处的红糖将它们的味道混合得天衣无缝。

临江的温度降得很快，入冬之后，一天比一天冷。上了年纪以后，蕾秋就发现自己的身体大不如年轻时，从进十一月开始，她手脚就终日冰凉，加之最近生理期，身体更受折磨，每次止痛药的药效过去就难受得厉害。

粥是滚烫的，要沿着碗沿一点点刮下来吃，甜热的滋味顺着喉咙一路滑进胃里，吃得额头冒出一层密密的汗珠。蕾秋本来想客气客气吃几口就算了，现在却根本停不下嘴，连吹带哈地喂下去大半碗仍舍不得松手。

“好吃！”她哈着热气，整个人的身体都暖洋洋起来，像是泡进了一池温泉里那样舒坦，连原本有些酸涩的后腰都熨得舒展开了，“你放了红枣吗？”

“放的是枣泥。”金窈窕靠在沙发扶手上看她吃，做饭的人最享受的莫过于食客以身体的本能反馈出对作品的满意，“红枣直接放进去口感不好，最主要的是外皮炖不烂，会让粥吃起来不够柔滑。除了红枣，里面还放了红豆泥，现在这个时候吃，对你身体好。”

也不知道是不是这碗粥太过美味，蕾秋听到她最后半句话，眼眶竟倏地热了下，一时间竟然没顾得上平常时刻保持的礼仪，她仰起头，将碗底最后那点粥干干净净地刮进嘴里。

金窈窕来拍的是个封面，与此同时还有个小访谈，开始之前蕾秋让人把稿子先拿给她看，她仔细审查了一遍，发现确实是非常官方的问题。她又确认了一遍此番接受采访的嘉宾，包括她在内，果然都是临江本地年轻一代的企业家们，当然这个年轻的定义嘛……世界卫生组织规定十四岁到四十四岁都是青年人，因此里头有两位年近四十的国企干部也很正常。

她仔细回想，沈启明很早之前似乎也接受过类似的采访，不过那都是老皇历了，以他现在在晶茂的地位和资本，即便符合年纪，也早已不需要再在青年企业家的圈子里打转了，也不需要主动去示好，临江自然会把无数的橄榄枝投向晶茂这位枝繁叶茂却仍然愿意扎根临江的顶梁柱。

但对不温不火的铭德而言，这却是个非常难得的机会，不管是用于宣传即将上线的隐宴餐厅，还是对于铭德日后的发展路线。

采访团队显然已经久经风雨，主访也是一个在广电蛮有地位的资深记者，看得出来他采访过不少大人物，准备的时候正跟旁边的化妆师聊采访大人物的经历：“年初经济峰会的时候，我在半小时的访谈里被晶茂的沈总点中，问了好几个问题……”

金窈窕充耳不闻地翻过一页采访稿，摄影棚的大门被推开，有人进来找蕾秋：“七号摄影棚是你预约的？”

来人应该在台里颇有地位，蕾秋明显不喜欢他，却也耐心回答：“约了一个小时，怎么？”

“先让给我半钟头。”对方说，“下面的人没检查好，五号棚的设备出了点问题，《小声音》的评委们已经到齐了，其他棚都在用，借你的七号拍一下定妆照。”

蕾秋沉着脸：“搞什么，我这边也要录采访的好吗？嘉宾都已经到了。”

对方的表情也沉了下，朝棚里扫了一眼，对上诸多记者的视线，主访记者立即站起来叫道："年老师。"

年老师朝他一笑："能不能耽误一下你们的时间？"

记者立即为难地看向蕾秋，又看看年老师，明显哪个都不敢得罪。

新青年采访的嘉宾是代表企业来的，确实不同于一般的小明星，可背后的企业规模也没大到哪儿去，《小声音》的那群评委虽然是明星，但这年头，明星红到一定程度，其实也就一脚踩进资本圈了。再加上台里的人都知道蕾秋跟这位年老师针锋相对已久，要不怎么偏偏来借七号摄影棚，谁敢瞎站队呢？

静默中，金窈窕看了一眼蕾秋，啪的一声将采访稿合拢，看向那位年老师："这位先生，意思是让我先出去等着？"

年老师看了她一眼，觉得漂亮，却没认出来，还以为是哪里来跑通告的小明星："你是……"

"铭德餐饮有限公司项目部总监金窈窕。"金窈窕朝他一笑，"你可以叫我金总，或者金总监，都好。"

年老师怔了怔："铭德？"

他想了想才记起这家公司，又记起蕾秋手头跟进的项目，表情一变。

铭德虽然算不得多大，但好歹是个企业。他在广电大楼里肯定有地位，可他到底只是个管理层，还没坐到台长那种位置上，金窈窕既不是普通小明星，又明显表现强势，他还真不敢一点不看在眼里，于是底气一下就小了。但想到手头上台里的重头节目《小声音》里那群个个影响力雄厚的评委，这会儿站在对手蕾秋跟前，他又有点下不来台。

身后忽然传来熟悉的声音："年老师，不要打扰别人拍摄了，我们等一个小时也没什么，反正距离录制还早。"

年老师转头的同时，棚里的几位记者跟着发出惊呼："宁瞬！"

宁瞬朝他们笑笑，道："不好意思了，打扰你们工作。"

这么大的咖来亲自道歉，蕾秋的表情变好了不少。

宁瞬也没理会，目光复杂地看了金窈窕一眼，喊道："姐姐。"

金窈窕睨了他一眼，不咸不淡地“嗯”了声。

年老师看看她又看看宁瞬，更加尴尬了：“你们认识啊？”

宁瞬点点头，见金窈窕跟以往似的不想搭理自己，想到刚才年老师引发的不愉快，也有些烦躁。

金窈窕见他盯着自己，都懒得理，摆了摆手示意他们快走。

宁瞬已经习惯她这样了，甚至还觉得她这回被得罪却没当着别人的面说难听的话，挺给自己面子的，便强行拉着年老师走了。

宁瞬离开摄影棚就一路不说话，年老师没注意到，主要是他也在懊恼。他以为蕾秋今天约摄影棚最多就是拍个明星模特，自己手上的《小声音》是重点节目，嘉宾咖位又大，约好的摄影棚出了问题，就想着正好借机给对手找点不自在，下下蕾秋的面子也好。

他和蕾秋最近在竞争一个职位，战况已经激烈到白热化，两人几乎对面碰见了都不会打招呼。谁知道来的竟然是个商界人士，那做派，跟以往常见的给他面子的小明星可太不一样了。不过人家确实也不需要买他的面子。

年老师这会儿唯一庆幸的就是对方的来头并没有多大，被自己不小心得罪了也不至于有什么大后果，结果他正想着，手里的手机就忽然响了起来。接起来一看，竟然是台里的大领导，问的话也稀里糊涂的：“小年，青年企业家采访那个活是谁在干来着，你还是小蕾啊？”

年老师愣了愣，觉得这话有内容，因此机灵得没有正面回答：“哦，那个活啊，您有什么事要吩咐吗？”

领导估计以为这事在他手里，自然地接话道：“你回去跟采访组交代交代，采访名单里有个铭德来的嘉宾，姓金，到时候人家来了仔细点照顾。”

年老师的脚步当即一顿，脑门的汗立马就下来了：“铭、铭……这位，这位怎么了？”

领导：“上头发话了，投资商刚交代的，你照做就是，别怠慢了人家啊。”

岂止怠慢，他已经得罪人家了！年老师汗如雨下，结结巴巴道：“上头发话？”

临江广电里的台不多，投资人自然有限，能强势到直接发话照顾人的就更少了，他思来想去，想到一个名字，战战兢兢地问："投资商是……"

"你今天怎么回事？"领导不耐烦地喝道，"晶茂啊，能跟咱们发话的投资商很多吗？"

扑通一声，年老师摔了个大马趴。

正烦躁的宁瞬回头一看，也无语了。广电的地面平整成这样，还能平地摔，这老男人是想抢女主角的戏吗？

年老师走后，棚里的记者团队皮也紧了，再看金窈窕，总有几分忌惮。

一开始铭德的名头不响，他们又见多识广，只当采访是例行公事，上心不到哪儿去，谁承想金窈窕看着不难伺候，一发威直接连台里的领导和宁瞬都敢轰。

他们是业内人，可不是外头那些不懂事的，宁瞬私底下难伺候的传闻数不胜数，可人家人气高，没看年老师都得捧着他，谁也不觉得有什么。可刚才金窈窕坐在座位上，不耐烦地摆摆手，宁瞬连屁都没放，悄没声地走了。

主采访这会儿再看金窈窕那张漂亮的脸蛋，不由得紧张地打了个嗝，也不敢瞎跟化妆师聊天了，小心翼翼地拿着稿子上前跟对方做确认。

人的面子都是自己挣出来的，连摄影和灯光都闷不吭声地更加仔细起来，恨不能使出看家功底去伺候。

比较让人纳闷的是年老师，他离开没多久，居然又脸色苍白地折了回来，当着老对手蕾秋的面，他也不拿乔，奔前跑后地帮忙，看得在场众人一脸茫然。

金窈窕刚拍完照片就被塞了一杯菊花茶，刚落座后腰就多了一块枕头，看着年老师去跟摄影师确认照片，她沉默地喝了一口菊花茶，问："蕾姐，你们台里同事还挺互帮互助。"

蕾秋心道你说谁？那条姓年的著名疯狗？她摸了下眼角的鱼尾纹，难得心软地泛起了忧愁，担心地看着对手。

这条疯狗要是真的疯了，她说不定会感到寂寞哦。

青年企业家的采访杂志面世时，金窈窕在隐宴开始忙碌起来。

隐宴中里里外外都是人，忙着将最后的准备做到完整，数不清的材料被搬运进冷库，就连金父也特地来到现场搭手。

试营业的日期已经定好，一切准备就绪，只等东风。

金父伤口养得不错，可以不靠轮椅自己走动了，于是在女儿身边转悠着东摸摸西摸摸。

来帮忙的屠师傅脸沉得像一颗蒸过头的红薯：“老金，你敢掀开盖子试试！”

金父被他喝住动作，不甘不愿地收回手，皱了皱鼻子：“腌的什么啊这是？浓浓的酒味，又是火腿吗？”

金窈窕知道他的意思，倒没有屠师傅那么凶，掀开盖子直接捞出里面的东西放进盘子里给他：“行了，看在你伤口养得好的份上，就准吃半个。”

金父端着盘子板着脸，董事长做派很足，脚下却溜得飞快，生怕被屠师傅逮住。

盘子里是金窈窕亲手醉的膏蟹，酒香扑鼻，能嗅得出鲜鲜的甜味。金父端着盘子撞上妻子，赶忙说：“你去问问窈窕，有没有粥？”

老婆白了他一眼进去了，没一会儿端出两碗熬得稠稠密密的文火白粥，米香顺着空气一路飘来，金父饥肠辘辘地将膏蟹掰开。

腌蟹那会儿，正好是吃蟹的季节，黄满膏肥的螃蟹直接清蒸都是一道无可挑剔的美味，用酒醉腌后，滋味就更加令人难忘了。

金窈窕派好活，擦着手出来，正见父亲用勺子挖出小块的蟹膏往嘴里送。

绵密的醉蟹膏吃起来酒味不重，入口即化，绽放在舌尖，鲜得就像味蕾吞下了整个水族馆似的，金父一尝就咂摸出来了：“放了蜂蜜？不是糖吧？”

“嗯。”糖的滋味比不上最原始的蜂蜜厚重，腌渍东西的时候，金窈窕通常都喜欢用蜂蜜来补充甜味，这瓮醉蟹里的蜂蜜也不是瞎加的，至少混合了五种不同品种的土蜂蜜，才能混着酒味把肥蟹的美味激发到最深。她摊开手：“给我条腿，我尝尝。”

自从手术之后，金父太少能吃到这么浓郁的滋味了。他混着蟹膏喝了口粥，放下碗，看看蟹又看看女儿，还是掰下一条最大的腿递过去。

金窈窕睨了他一眼，笑着咬了蟹腿一口。酒味不浓，但香气明显，很好。

蟹肉醉得恰到好处，蟹黄仍旧保有诱人的黄色，肉却已经呈现出胶质，轻轻一吮，就整条滑进了嘴里，咸鲜得让人胃口大开。

金父配着半块蟹就呼噜下去一大碗粥，见女儿站在桌前笑眯眯地看着自己，他思索片刻，手缓缓伸向另外半边。

女儿的笑容更大了："爸爸。"

金父："我没吃出味道……"

金窈窕："嗯？"

高高壮壮的金父坐在餐桌上，望着女儿，严肃地摸了把后脑勺，心里念叨了几句"在家从父，在家从父"。

金总监似乎听到了父亲的心声，目光看去，金父转向妻子："咳，老婆啊，你尝尝这个。"

他老婆哪儿有空搭理他啊，金母这会儿抱着手机，看得停不下来，粥都顾不上吃，只笑眯眯地翻阅自己刚刚收到的手机推送，关于临江市青年杂志的。

如今纸媒衰败，单纯的纸质新闻已经不再畅销，临江市作为新兴科技城市，在这方面一直走在全国的最前沿，各大官方报刊杂志都早早推出了电子版本，毕竟纸质版根本卖不出去几本。

不过这一次发刊，销售数量竟然比往期增加了不少。

书店报刊栏，店主抽着烟看着刚刚摆放上书架的青年杂志，眯着眼很困惑。这杂志创刊很多年了，每到年底必然响应号召采访各界有为青年，说实在的，他还是第一次看到年末这么重要的尾刊封面上出现女的。这女的还漂亮得有点过头。

封面上她站在C位，周边围绕着一大圈其他受访人士，都是拼上去的，但很奇怪，偏偏她的拍摄角度不一样，好像摄影师拍她的时候突然就水平升华了似的，其他人都是正常水准，就她像在拍国际大片，有些很冲突的喜感。

店主再仔细一看，又觉得可能还是长相的原因，一个年轻漂亮的大美女在好几个秃头的映衬下，可不是格外引人注目吗？

她出现在封面上，这本杂志不知怎么竟多了几分时尚气息，有无聊路过买杂志的人，扫了书堆一圈，可能觉得这个模特最好看，直接挑选这本付账，买完翻开一看，才显露出几分错愕。

“怎么是企业家杂志？”

网络上对此也讨论颇多。

杂志封面上不同人物的冲突感显然自带话题度，兴许是青年杂志有意营销，也有可能真的是好事者无聊，总之电子刊的封面很快被人顶上热搜，群众看得哈哈大笑，热度一时斐然。

唯有程家，程琛表现得与众不同。

他拿着那本杂志，脑海里仿佛自动地响起了背景音乐——

“没有吃没有穿，自有那敌人送上前……没有枪没有炮，敌人给我们造……”

程琛被气得头晕目眩，再一看青年杂志竟然还很给面子地直接在封面上宣传了铭德的隐宴餐厅即将试营业的消息，整个人都快哭了。

怪不得，怪不得那天蕾老师忽然变成蝴蝶飞走了，原来是飞到金窈窕脑门上去了。

我约什么蕾老师？我去什么俱乐部？我打什么枪？我错了，我真的错了。

云鼎餐厅，胡晚月跟一群闺密拿手机把一桌子菜拍了个遍，然后也不吃，发完微博就喝了口果汁。

其中一个闺密发完微博，看到如今首页炒得十分热闹的隐宴开始试营业的消息，目光扫过下方一些人期待的留言，咳嗽了一声，柔柔地说：“真是的，不知道那些人怎么想，连开个餐厅都值得讨论成这样。沁沁，你哥还好吧？”

她们问的那姑娘名叫白沁，是程琛的表妹，平常虽然跟她们来往不多，但也算一个圈子里的名媛。

白沁知道她们想看笑话，淡淡地笑道：“一家餐厅而已，有什么，铭德什么样子你们不知道？我哥有什么可担心的，难不成还怕铭德抢我们生意吗？”

胡晚月立即开口：“怎么可能？听说这个隐宴现在是金窈窕在管，就她，怎么可能对付得了你哥？”

其他人也安慰道："是呀是呀，沁沁你放心，咱们都是好姐妹，我们都站在你这边的。"

白沁请客买单，笑眯眯地跟她们道别，算是一场快乐的姐妹聚会。

胡晚月婀娜多姿地拎着小包包出门上车，给司机报了个地址，说话的时候有点心虚，不忘朝车窗外看了一眼。

到达后，她下了车左顾右盼，跟做贼似的闪进商场里，悄悄上楼，拐了几个弯后，终于到达了最终目的地。她看了眼上方写着大大的"隐宴"二字的招牌，咳嗽一声，捂着嘴准备找服务员取号。

下一秒，旁边忽然传来一道耳熟的声音："小姐姐，前面排队几桌呀？"

胡晚月："……"

对方也看到了她，大惊失色："亲！亲爱的？！"

赫然是刚刚从云鼎餐厅分手，信誓旦旦跟白沁保证同一阵营的好闺密。

二人面面相觑，尴尬得几乎窒息。

胡晚月："哈哈哈，好巧啊。"

对方："哈哈哈，可不是嘛。"

第27章

胡晚月费尽力气回忆，竟找不出自己的人生中有比这一刻更尴尬的时候。

上次在商会晚宴上当面看到男神沈启明对金窈窕关怀备至，她内心也只觉得酸涩，虽然后来每次姐妹聚会大家说金窈窕坏话的时候她都有点底气不足，可毕竟范儿还端着。反正临江的这个圈子里，认识的女孩们大多都对金窈窕情感微妙，即便把被打脸的故事讲出来，被扎心的也不只她一个，大家一起讨厌金窈窕就完事了。

然而眼下……

胡晚月深吸了口气，只能强撑着面子：“我，其实我回家的时候刚好路过，哈哈。”

路过？城南的云鼎餐厅距离城东这家商场开车少说二十分钟，胡晚月家住在城西，回家能路过这里才见鬼了。

不过住城西的也不只她一个，对面的姐妹跟她眼神相撞，声音也发着抖，看了眼手表，说：“是呀是呀，我也是回家的路上收到了一楼一家柜姐发的消息，来商场看看新款而已。”

商场的喇叭里不合时宜地飘出歌词：“冰块还没融化，你在看表，我笑得多尴尬……”

前方刚才被问到取号的服务员看不懂气氛地开口问：“你们几位啊？”

姐妹对视，谁也没戳穿谁，默契开口道：“两位。”

“哦。”服务员打出一张单子，“两位小桌，前面还有七十桌。”

胡晚月瞪大眼，一时忘记了伪装：“什么？这才几点啊？你们现在不是试营业吗？”

服务员只是一笑，内心难掩骄傲。

事实上，连他们这些工作人员都没想到还没正式开业的隐宴能做到如此地步。公司项目部门最开始对试营业的规划，参考了如今生意比过去要好很多的铭德大院，适当拉高了对隐宴的预期值。果然试营业的第一天，不少铭德大院的客人和借由那本青年杂志得知了消息的客人就前来探店，场面的红火程度一如他们的预测。

他们当时还为此欣喜若狂，觉得交出了一份破纪录的好成绩，结果谁知道，那竟然只是个开始，接下来的几天隐宴的客流量竟一天比一天可观，直到今天，已经远远超出了他们所有人的估计。

铭德没有合作的营销渠道，开业之前最大的宣传，只有项目组金总监的那本杂志。

不过，一本杂志的热度有限，怎么可能让临江的所有人都知道隐宴的名字？放眼望去，店门口排队的，竟有大多数是前几天来捧过场的熟面孔。

能让来过的食客在短时间内心甘情愿地排起长龙，这可不是所谓营销能做到的。

胡晚月和闺密都有点郁闷，她们这种人，什么时候吃饭排过队，即便探店外地的米其林餐厅，也是体体面面地预约，然后到时间上门，被工作人员恭恭敬敬地邀请入座，更别提在临江自己的地界了。

云鼎够火了吧？她们最多打个电话，白沁自然会给她们安排景观最好的位置。可现在，难不成要给金窈窕打电话吗？

想到那天深夜露娜发在朋友圈的舒芙蕾，胡晚月拿着号码牌轻哼：“嘁，谁稀罕哪，我还就不吃了。”

闺密一想到七十桌这个数字，也深有同感，此时却听后面来的一对找上服务员取号的小情侣聊天道：“这么多人，我最讨厌排队了，吃别家吧好不好？”

“别呀，试营业第一天的时候我运气好，没排队进去吃了一顿，他家那个醉蟹简直了，我吃完回去做梦都是那个味道。你不是最爱吃醉蟹了吗？也就是试营业，以后人肯定比现在更多，你今天走了以后会后悔的。”

排队到八点钟，胡晚月两人逛了三遍商场，总算被放进了店。两人拎着一大堆购物袋，虽然不说，但心底都有点尴尬，努力化解道：“刚好买完东西就到号，怎么这么巧呢？”

“谁说不是呀？”

反正今晚巧合那么多，也不差这一个两个的，胡晚月放下那堆可买可不买的计划外产品，环顾店里一圈，惊讶地发现，目光所及竟然真的一个空位都没有。

现在的网红餐厅，连奶茶店都知道搞饥饿营销，她还当铭德终于学来了这一套，结果他们家还真就那么多人？

服务员送上菜单，她翻开一看，价格果然不谦虚，定位摆明了跟云鼎差不多。她迅速翻到甜点页，今天她就是为这个来的，指着上头的舒芙蕾矜持道：“给我这个。”

对面的姐妹点了个醉蟹，翻着菜单娇滴滴道：“怎么好多都是荤菜啊？我在减肥哎，晚餐不能吃这些的。”

胡晚月：“谁说不是呢，而且咱们刚才在云鼎……”

话未说完，一旁的服务员端着菜走过，放在了隔壁桌，浓郁的咸香毫无边界意识地侵犯了他人领土，胡晚月觉得自己的眼珠好像有了意识，顺着那股香味骨碌一下转了过去。

放下的那盘菜是用木碗盛放的，碗沿很浅，可以轻易看清楚里头的菜品，湿润膨胀的笋干铺在底部，表面覆盖了一层薄如蝉翼的肉片。肉片肥瘦均匀，还冒着热气，香气跟不要钱似的疯狂挥发，那桌客人看见菜高兴坏了，服务员刚把盘子放稳，他就夹起一片放在对面姑娘的碗里："这个这个，快尝尝这个，这个笋干咸肉，我昨天中午配着它吃了足足两大碗饭！"

肉片在他的筷尖颤颤巍巍，丰润的汁水流淌到米饭上。

胡晚月双眼发直，未说完的话转了个弯："刚才在云鼎没吃饱。"

闺密："嗯，对。"

另一桌的菜此时也被端上桌，葱油饼的香气立刻不甘示弱地隔着桌子跟笋干咸肉打起架来。它的主人是几个打扮光鲜的年轻姑娘，明明是最讲体面的群体，在这道菜面前也没能把持住礼仪，几个人几乎顷刻间将盘子里为数不多的饼瓜分了个干净。那小小的饼被煎得双面金黄，随便一碰就淅沥沥掉渣，简直可以想象有多酥脆。

胡晚月收回偷窥的视线，目光正撞上刚把眼珠从肉眼可见质地细腻的新鲜鹅肝酱容器里拔出来的闺密。四目相对，二人默契地再次翻开菜单。

胡晚月："这个，这个，这个，这个，这个，都来一份。"

闺密："还有这个，这个，这个，这个，这个，也都加上一份。"

拿着点单器的服务员看看她俩保持良好的身材，有点犯难："二位是不是点太多了？连续好几道肉菜……"

"没事。"胡晚月听到自己的姐妹一脸认真地对服务员说，"我最近生酮减肥，多吃点肉才行。"

金窈窕正在厨房里监督汪盛做一道松鼠鳜鱼。

试营业期间，屠师傅把寻香宴那边的活交给几个大徒弟管理，自己也来帮忙，此时正眯着一双仿佛刚从豆荚里剥出来的绿豆眼调酱汁，抿着嘴，脸颊严肃鼓起，表情很臭，宛若刚施过肥的包心菜。

硕大一条鳜鱼被沿着骨头片出来，表面切出花纹。这是个考验刀工的步骤，打花时每一刀都得切得不浅不深，切浅了炸出来美观不够，切深了鱼肉立时就无法挽救。

汪盛的刀工练得很不错，将成品拍匀淀粉后滑入油锅，刺啦一声，煎炸的香气立马散发开来。

他今天做了很多菜，完成得都十分不错，金窈窕看得满意。

她厨艺虽好，却无法看顾铭德旗下的所有店，未来各家分店早晚是要交给自己信得过的手下打理的。屠师傅这人脾气不好，可能正是因此，他手底下带出来的徒弟基本功都非常扎实，稍经训练，日后都是能替她扛起重任的技术帮手。

上次公司几个高管和厨师跟着三叔离开之后，她就想过未来如何留住技术人才的问题。一家餐厅的灵魂无疑凝聚在口味上，她想把铭德做大，不可能一辈子藏私，那么当未来如同汪盛这样的年轻人真正可以独当一面的时候，她又该用什么办法保证这些人在技艺有成后依然甘愿不走呢？把期待寄托在别人的良心上就太天真了，这世上谁不为名利奔忙？

汪盛在她的注视下提着鳜鱼的鱼头和鱼尾小心翼翼煎炸，生怕出错，鱼骨被高温定型出漂亮的形状，他可算松了口气，夹起酥脆的鱼骨装盘。

金窈窕闻着鱼骨的焦香，忽然开口道："做得不错，你进度最快，等隐宴的分店铺开，未来一店就交给你管，公司会给你一店百分之五的股权。"

屠师傅听到这话，一下抬起头来，他的其他几个徒弟也投来打量。

汪盛有点不知所措地拎着筷子："金……金总监？"

金窈窕顶着众人的目光，平静地宣布她跟父亲商议后得出的结论："不只汪盛，大家也是，未来铭德的店会越来越多，每家店都需要有人坐镇。以后铭德各家餐厅的主厨，公司都会拿出这家分店百分之五的股份分红作为酬劳，总不能让你们永远靠工资吃饭。"

后厨一时寂静得落针可闻，但很明显，包括汪盛在内的所有人瞳孔深处都燃起了光。他们还年轻，来跟屠师傅学手艺，早早就做好了未来给师傅当苦力的准备，暂时都没考虑关于未来这个话题，人生好像一眼就能望到头似的。

听说被金老三带去程家的那几个师兄，程家给他们开了远远高过铭德的薪水，说实话，那个数字在场这些没有离开的人得知以后并不是一点都不心动，只是出于道德感，支撑着让他们不去多想而已。现在金总监却告诉他们，未来的他们，说不定个个都有机会成为铭德旗下餐厅的股东！那日后岂不是负责的餐厅经营得越好，他们就能得到越多的酬劳？

这个信号仿佛成了一炷漆黑中亮起的烛火，照出了前方他们以往从未发现的路。

屠师傅的两根眉毛皱得像坛子里刚捞出来的腌豇豆，调汁的勺子往锅沿一敲："谁让你搞这个的？是不是谁又说了什么？跟你说你别替他们藏着掖着，只管告诉我，看我不一巴掌给他扇锅里炖了！"

他唱起白脸，徒弟们全都脖子一缩，但与此同时，想到金窈窕的话，他们依旧心头火热，干活干得更卖力了。

虽然以前他们态度也很端正，但给别人工作和给自己工作，心态能一样吗？

金窈窕看屠师傅怒气冲冲的样子，忍不住笑道："屠叔叔，不至于，我和我爸就是觉得你们工作辛苦，不能让你们心寒而已。不只他们，还有您，前段时间我和我爸不是把三叔的股份收来了吗？我打算分出其中的一部分转给您，您这些年带出这么多徒弟，还管着寻香宴，这是您应得的。"

屠师傅下意识就拒绝："我不要！"

他是金老爷子亲手带出来的徒弟，又是老一辈的观念，觉得一日为师，终身为父，学了手艺，师傅去世后自然而然就要为金家卖命。

平心而论，金父这些年对他挺不错的，从没吝啬过工资，他又没什么野望，觉得生活过得去就行，没巴望过那些自己不该要的。

金窈窕却摇头道："屠叔叔，这是我和我爸的心意，给您，您就收着吧。其实也不是多么重的股份，以后铭德好起来，您拿分红给家里人买买东西也好。"

屠师傅听得愣住，一时口中的推辞竟没能说出来。

他这把年纪了，哪里能没有家室呢？家里老婆孩子儿媳妇孙子七八口人，要说一点也不缺钱，当然是不可能的。前段时间他打电话骂一个跟着金老三走的徒弟欺师灭祖，那徒弟被骂得不敢回家，电话里也哑口无言，过后却又怯生生地打过来，说程家的老板愿意花六位数请他去程家干活。

他当时把这狼心狗肺的东西喷得狗血淋头，挂断电话后回家，老妻却来商量，说儿子儿媳在外地上班，现在孩子大了，想为孩子之后上学买房提前准备，这可是一大笔钱。在后厨的一群徒弟面前骂人都不带卡顿的屠师傅，那天听完之后把自己锁在屋里抽了整整两包烟，拿着手机看了又看，却始终没有给徒弟拨回去。

他知道程琛为什么愿意花这么多钱挖他，金家现在在临江艰难支撑着，他一走，手底下的徒弟们肯定也会跟着离开不少。不管这些人去哪儿，即便不到程家，金家失去了最重要的技术人员，势必要元气大伤。他这辈子活得堂堂正正，干不出捅人刀子的事来。

如今金窈窕提起家人，他脑子里腾地就闪过了那天老妻坐在客厅，拿计算器加减几个存折余额算得一脸忧愁的模样。

屠师傅张了张嘴，往前看去，金窈窕气定神闲地把一盘脆皮乳鸽从烤箱里抽出来，半点不像其他徒弟似的怕他发火。

脆皮乳鸽被烤得油光锃亮，红褐色的外皮跟吹了气似的膨胀光滑，香气一路飘到鼻尖，他哼了一声，老菜帮子似的面孔垂下，拿勺子继续搅和锅里稠厚的汁水，望着芡汁的双眼里，暖洋洋的笑意却掩不住地蔓延出来。

这丫头。

金窈窕把脆皮乳鸽放下，感觉兜里电话在响，脱下隔热手套拿出来一看，居然是蕾秋。

蕾秋领着之前采访过她的那群广电记者等在门口，金窈窕出门去接人，有点意外："蕾姐，你们怎么来了？"

蕾秋笑道："刚好听说他们要来你们店采访，就顺路一起跟来了。"

金窈窕听得一愣。

铭德的面子也就那样，父亲上次为了周年宴请记者到场，已经用过了一次人情，这回隐宴试营业，餐厅在商场里，势必搞不出上回江滨露天区域人满为患的阵仗，她因此就没想过请记者来助阵，结果记者自己来了？而且还是一批广电的老班底，这可跟上次父亲卖人情请来的民生新闻记者不一样。金窈窕看了一下他们手中麦克风的标志，分明是临江本地收视率最高的晚间新闻节目组。

蕾秋也不知道为什么上头忽然给了这么一个命令，不过她对金窈窕的印象十分不错，理所当然地为对方高兴："本来想下了班再过来的，你叫我一声姐，我怎么着也得给你捧捧场。"

金窈窕低头朝蕾秋的腿看去，蕾秋忍不住笑出深深的鱼尾纹："放心吧你，今天我穿的保暖袜。"

一来一往，金窈窕也笑了，抬手往里一招："快进来吧。"

店外等位的客人看到进屋的一群记者摄像机和话筒上的台标，都是一脸惊讶。铭德这么牛的吗？连临江收视率最高的晚间新闻记者都被吸引来了，全临江的餐厅开业，谁家能有这待遇？

先前已经合作过一次，大伙算是熟悉的，记者们对金窈窕十分客气。进店之后，大家都惊讶了，其实来之前他们做过调研，知道隐宴试营业的风评很好，客流量也十分可观，只是亲眼见到人满为患的场面终究还是觉得比想象中要夸张一点。

这可是试营业啊，隐宴这种高端餐厅，消费水平不低，又可能是因为餐厅定位的原因，据说这次试营业也没做多么大的价格促销。一家收费贵的新餐厅初落成，没名没气，到哪儿吸引客源去？

可眼下店内的光景，竟然比很多经营了很久的网红餐厅都不差。这也太反常了，铭德估计花了不少大钱搞营销吧？

但越往里走，他们越觉得有点不对劲，怎么……好好的肚子突然饿了起来？

四面八方的菜香飘来，摄像师扛着肩膀上的机器，目光不由自主地跟随着旁边一个路过的服务生托盘里热气腾腾的松鼠鳜鱼飘远，松鼠鳜鱼撅起漂亮的尾巴，脑袋高高昂起，被炸成金黄色的鱼肉宛若爆开的松球，殷红稠密的汤汁浇在上头，伴随着热气从眼前迅速飘过，混合着炸鱼焦香的酸甜香气却如影随形，经久不散。

咕噜一声，那摄像低头看了眼肚子。

旁边忽然传来动静，蕾秋循声看去，却见角落某个小桌的两位客人迅速起身背对着自己。这两人穿得光鲜亮丽，身上的大牌连衣裙没五位数买不下来，动作却带着一股仓皇的味道，她疑惑了一下，但还不等细想，一股抓人的香气就将她的眼球狠狠拽向了另一个方向。

后厨大门，正有人出来。

金窈窕示意屠师傅的几个徒弟将菜品放在临时应急的小桌上，一时也不知道这群来采访的记者打算走什么流程，问:“你们节目组一般怎么采访这种活动？能吃东西吗？”

临江电视台是官方台，晚间新闻当然也是严肃的新闻频道，采访这种事情，当然是站在隐宴的大门口跟负责人一问一答，接着采访几位食客的体验感，最后主持人总结几句干巴巴的鼓励的话……怎么能吃东西呢？

蕾秋看着被放在正中间的那盘乳鸽。

乳鸽比她的拳头大不到哪儿去，可小小的身体里却不知怎么竟然蕴藏着如此具有力量的香气。它紧紧地团着，油亮的表皮饱满得没有一丝褶皱，鸽腹内的汤汁一点点晕开，蔓延在盘底。

金窈窕顺势解释道:“这是我们餐厅的烤乳鸽，别看它小，工序却复杂得很，烘烤之前先进行腌渍，烘烤的时候，鸽腹也要密封进特制的汤汁，所以烘烤出来的成品会非常入味，蕾姐你要来一只吗？”

蕾秋咳嗽一声，示意摄像师拍摄。

摄像师茫然了，我们是美食节目吗？今天还拍菜的？但说实在的，看到一桌子菜后他也有点挪不动步了，反正领导发了话，拍就拍呗。

金窈窕还以为他们就是这个采访流程，美食节目她没少接触，便照着认知一一介绍起来:“这是松鼠鳜鱼，我们选用最新鲜的鳜鱼，炸成型之前同样要事先经过调味，这样炸出来的鱼肉才足够口味丰富，鳜鱼的芡汁也经过很多次的调整。这是红焖牛尾，选用肥瘦均匀的牛尾，煸炒之后再进行红焖。这是我们餐厅的前菜醉蟹……”

摄像师越听越饿，眼珠都差点栽进屏幕里，拉了好几个近景，越拍越仔细。

负责提问的记者被金窈窕按在椅子上，手上还拿着话筒，正准备问来之前背下的那些正经的问题，金窈窕却给她塞了一双筷子，示意她尝尝。

美食节目嘛，不都有个主持人来尝菜？

晚间新闻记者也茫然了，等一下，这个流程不太对啊？但看着那盘从一上桌就吸引了全部目光的红焖牛尾，他到底没忍住夹起来吃了一筷。

算了，不行的话到时候回台里把这一段剪掉就好，牛尾不吃却是要凉的。

那扛着摄像机的摄像师忍不住问："怎么样？"

记者腾地闭上了眼睛。

热腾腾的牛尾带着浓厚的汤汁包裹住味蕾，已经炖到酥烂，好像随便抿一抿都会融化似的，红焖的汤汁内带着牛尾本身优秀的奶香，他真的从未吃到过这样优秀的美味。

"好吃！牛尾的肉非常肥厚！红焖的味道也跟普通红烧口味不同，非常特别，非常入味！"

金窈窕点头，这记者做美食节目蛮有水平的嘛。

蕾秋站在旁边，多少感觉到了有点不对，金窈窕却背着摄像机给她叉了一只乳鸽："机器拍不到，蕾姐你先吃一只。"

蕾秋正想着采访流程跟台本有出入的事，闻着香味顺势拿着叉子咬了一口。

乳鸽表皮烘烤之后质地几近酥脆，只轻轻一咬，表皮就随着牙齿裂开，皮下的肉汁争先恐后地涌了出来。乳鸽的肉滑嫩得根本难以形容，烘烤时腹部的汤汁已经完全渗进肉里，咀嚼时每一根纤维里都塞满了特有的鲜味。

鸽子跟鸡肉不同，因为小，吃起来特别有滋味。

蕾秋站在机器旁边，直到啃干净了第二条鸽子腿，才想起自己刚才想跟拍摄组说的话……

角落里，胡晚月跟闺密背对着拍摄组，脑袋几乎垂到桌面上。

胡晚月问："走了没？金窈窕走了没？"

闺密迅速地朝后晃了下脑袋："没！"

呜呜呜，真的好丢脸，胡晚月想哭的心都有了。

闺密也坐立难安："咱们，咱们要不先走吧？"

胡晚月保持着背对众人埋头的姿势艰难地夹了一筷松鼠鳜鱼塞进嘴里，酸甜的汤汁十分浓稠，包裹着已经炸到酥脆的鱼皮，鱼皮下方的鱼肉嫩得几乎团成蒜瓣状。她连吃了好几口，又把同样炸过的鱼尾巴折下来咔嚓咔嚓地吃了，满嘴都是挥之不去的香味，又拿起另一个勺子吃了一口旁边还剩一半的蓬松柔软的舒芙蕾。

她感受着舒芙蕾在舌尖融化的滋味，心脏蜷成一团，感受到了什么叫作在刀尖上跳舞，但是——

“不行。”她说，“松鼠鳜鱼和舒芙蕾要趁热吃，打包回去就不好吃了。”

扬言要生酮减肥的闺密闻言略作思索，夹了一筷子热腾腾的咸肉，配合一大口饭塞进嘴里：“也对。”

临江广电大楼。

晚间新闻的领导沉默地看着采访组带回来的片子，与吃得心满意足现在嘴里还能咂摸出滋味的采访记者面面相觑。

这是上头直接发话要拍的……

于是今夜，晚间黄金档，临江晚间新闻栏目的众多忠实观众得知了本地有一个叫隐宴的餐厅开业的消息，与此同时被迫观看了电视上浮现出的清晰的菜品近景。

拍得可真好啊，短短几十秒，简直跟高质量的纪录片似的，那油光水滑的乳鸽，那汁水浓稠的牛尾，那酥脆漂亮的松鼠鳜鱼，那腌得滑嫩软糯的醉蟹，简直隔着屏幕都能想象到它们的香味——

在晚上八点这个晚饭刚好消化得差不多的时间。

第28章

深夜放“毒”最为致命，尤其拍菜色近景的时候，一旁还有个好听的声音生怕他们不知道菜有多好吃似的详细介绍每道菜的制作难度和背景。

这一天的临江，好多电视机前的人们深夜里翻箱倒柜地找泡面，外卖订单数量也大有增加，在外地打拼的年轻人甚至接到了家里老人的电话：“临江有个叫隐宴的餐厅开业了，你啥时候回来？咱们一起去尝一尝。”

一般来说，上了年纪的老人家是不会关注外界哪家店开业这种不符合兴趣的新闻的，奈何晚间新闻的摄像师实在是拍得太过诱人，以至于短短几十秒的播报画面竟给观众留下了比许多社会新闻还要深的印象。当晚，临江不少被馋得破戒吃夜宵的人开始上网讨伐起了这种不人道的行为——自然是调侃的语气。

正在加班的蒋森关掉电脑，想到下午发给沈启明的那封邮件他还没确认，索性去了趟沈启明的办公室。

他也不提前打电话，反正沈启明肯定在办公室里，这人以前只要没应酬不出差，每天必定六点钟之前完成当天的工作回到明珠山别墅。现在嘛，他倒也没搬家，只不过跟住在公司也差不多，经常凌晨一两点办公室的灯还亮着。

今天一进屋他就发现了异常，沈启明办公室会客区的电视机居然开着。

沈启明有点洁癖，其实他的办公室不常用来待客，就连助理们没事都尽量不进屋，因此这台电视机自安装好后几乎就是个摆设。办公室的主人桌子上足足有三个电脑显示器，看股票都用不着开它，今天居然打开了？

蒋森的目光瞄去，随即愣上加愣——他看了眼手表，十点半，电视屏幕上放的居然不是美股大盘，而是……晚间新闻的重播？

还是地方台临江的晚间新闻，不播国际局势，只放本地那些鸡毛蒜皮的消息，小伙子理发被骗啊、小姑娘整容失败啥的。

蒋森望着电视屏幕沉默了足足一分钟，随即才意识到办公桌后的沈启明在等他说话。

办公室里亮着灯，沈启明也没在看电视，放下文件，问："什么事？"

蒋森说完邮件的事，忍不住看了眼对方的脸："你还看晚间新闻哪？"

沈启明把邮件调出来审阅，很快给出回复，然后眉头皱起，看了眼电视方向才舒展开："嗯。"

蒋森有点想不通："那你怎么不坐过去看？"

沈启明瞄了电视一眼，看到画面后又不感兴趣地把注意力转回电脑屏幕上："我喜欢听声音。"

声音？电视里的主持人正在播报临江一个老太太骑车逆行还辱骂交警的事，扬声器里老太太的骂街声吵吵嚷嚷地灌进耳朵里。

蒋森瞠目结舌，喜欢听老太太骂街？哥哥，你到底是什么人设啊你？！

老太太哭天抢地的声音不绝于耳，蒋森面部抽动，半晌后只能干笑："哈，还、还挺特别的。"

广电大楼的节目组在新闻结束后也接到了群众的不少反馈。

台里的领导挺意外，晚间新闻虽然收视率高，可那是因为坐拥黄金档的群众基础。至于新闻嘛，观众看过其实转头就忘了，没想到这次照着上头的吩咐才去拍回来的素材居然意外地博眼球。开会的时候他想到这个，拿来跟下达命令的领导邀功，更引用了不少观众的原话，夸奖队里的摄影师拍摄得好。

大领导没想到晚间新闻居然能把投资商的请托都拍得有声有色，满意地点头："不错，你们很好，我们做新闻嘛，就是要抓住群众的喜好，增强跟群众的互动。"

带去的采访稿一条都没用上的拍摄团队吃了满肚子好东西，本来就心虚，哪里敢居功，只说："没有没有，我们哪里懂观众，都是一起去隐宴的蕾老师带得好。"

当时在隐宴，蕾秋是第一个发话让拍菜的。

大领导闻言，于是又夸蕾秋："小蕾啊，晚间新闻不是你负责的栏目，你还能精准找到合适的定位，你的能力确实不错。"

正坐在会议桌上像往常一样跟自己的宿敌——那条姓年的著名疯狗，于无声处皮笑肉不笑的蕾秋忽然被称赞得一头雾水。

大领导想了想，紧接着说："你们台最近不是空了个位置？我之前就觉得你挺合适，现在看来，能者多劳，交给你确实值得放心。"

对面的年老师一听大领导这话，笑容顿时僵住，他俩竞争这职位足足半个多月，蕾秋现在不声不响地拿到手，到底使了什么阴招？

蕾秋镇定地谢过大领导的提拔，隔着包摸摸手机，犹豫着要不要给神仙姐妹金窈窕发个红包。

"正好，今天开会还有个事要跟你们说。"上头的领导又道，"京城的电视台成立了个美食纪录片的节目组，很受重视，据说出来的成片要投放世界范围。最近他们南下找地方取景，你们提前准备一下接待任务，台里还有个跟组的名额，到时候看看选谁去吧。"说完他又抿着嘴摇头，"你们也别期待太高，这个节目组……水深着呢。"

蕾秋从办公室出来就打电话给了金窈窕。

刚才一听说可以被推荐参与京城的纪录片项目组拍摄，对面那姓年的激动得跟什么似的。也对，临江到底是地方台，能有机会跟京城合作项目，对他们来说自然是天大的好事。只不过蕾秋向来务实，争取机会也不差这一时半会，她眼下最关注的是纪录片的主题和规模，这要是能被选为取景对象，肯定对金窈窕家的生意帮助不小。

“美食纪录片？”金窈窕把电话夹在肩膀和脸颊之间，抬手接下汪盛递给自己的干花椒，不同品种的干花椒盛在不同的容器里，她拿起来挨个儿嗅过一遍，挑选出自己想要的两种。

食物的精妙之处，在于呈现在食客眼前的食材背后，视线无法捕捉到的调味品都有着丝毫不亚于菜品主角的讲究。配角们一丁点细微的变动，可以直接左右主角今晚的礼服是高定还是麻袋布，就连细小的花椒，视品种和产地的区别，都各自拥有截然不同的味道。侧重香味的品种和侧重麻味的品种混合在一起，则又是全新的产品。

桌上堆满了被挑选出来的其他香料，光干辣椒一项就足有六种。金窈窕让人把她选中的东西拿去研磨，挂断电话后若有所思地调配起佐料来。

蕾秋把刚刚得到的第一手消息告诉给她，明显是把她当作了自己人，毕竟她从来没给过蕾秋什么好处。只不过她提到的那个纪录片……金窈窕使劲回忆，还真想起了这个名字，不过嘛……好像都是不太好的新闻。那会儿她没出国，偶尔也上网，这个节目组的话题一度很热，内容全是主创团队的纠纷。大致概括一下，就是节目组里有两个派系，早期团队因为矛盾，背景深的那一帮就把背景浅的一脚踹了，另一帮人自立门户，闹到最后双方不欢而散。

至于最后的成品……金窈窕记得自己当时看了两眼就关了，画面挺好的，不过没什么印象，据说收视率非常一般，倒是自立门户的那一帮有点动静，在一年后拍出了另一个题材的纪录片，于是才有粉丝扒出旧日宿怨帮着掐架。

她没参与过掐架，对这个节目的名字之所以到现在还有印象，一是因为当时双方掐架的规模很大，二是这档节目里掺和了她的挺多老熟人。

比如程家，当时上了这部纪录片，还立了个厉害的人设，把程家包装成了在临江颇有底蕴的名厨世家。后来节目播出，他们就开始拿这个名头做宣传，纪录片倒是不火，没什么人看，他们贴着京城电视台的广告横幅却放得到处都是。他的营销手段强，竟搞得许多人当了真，弄得临江真正的名厨世家——铭德金家，反而更像是沽名钓誉的那个。

金父有一次看到一张踩着金家宣传程家的报纸，气得直接怒骂他们不要脸。奈何这个年头，世人本就容易被信息左右，酒香不怕巷子深的时代早已过去。

金窈窕皱起眉，她最烦那些乱七八糟的纠纷，更喜欢靠着实力说话，奈何总有那么一些不长眼的人要主动找麻烦。

蕾秋消息给得很快，但蕾秋既然知道了，临江广电里的其他人肯定也能听到风声，依照程琛的个性，这会儿他估计已经开始钻营起怎么上节目了。只可惜她并不打算跟程家似的花那么大的代价，去得不偿失地上一个收视率跳水的节目。

她垂下眼，将被送回来的几种辣椒末按照自己的想法调和，色泽不一的干辣椒末带着各自或香气扑鼻或辣味适宜的优点喜人地团在碗底，因为事先经过炒制，它们略带湿润，八角、香叶、花椒末等材料添加进去，煸香的白芝麻和花生碎也投放些许，最后把锅里炸过的大料捞出，将热到恰到好处的油缓缓浇下，搅拌混合。

热油接触食材，发出极为诱人的刺啦一声，随即在碗中混合着香料不甘寂寞地冒起泡泡来。沸腾的滚油在很短的时间内完成了与食材的化学反应，激发的香味随着几次浇注，越发浓郁起来。

屠师傅放下手头的活过来看，脑袋像没长好的甘蔗那样在地里斜着。

“嚯。”他说，“这辣油够香的，比你爷爷做的都带劲。”

金窈窕也没打算谦虚：“我爷爷做的是临江菜，怎么可能研究过辣椒？”

临江本地的口味偏清甜，附近城市也推崇食物本鲜，辣椒这种口味浓重的材料，极少会出现在临近几个菜系的配料表上。也就是近几十年经济发展，城市人口越来越多元化，人们的口味才逐渐得以挣脱藩篱，野蛮生长。但临江当地不少老牌厨师依然对辣椒颇为鄙夷，觉得这种抢戏抢到让菜品口味千篇一律的东西难登大雅之堂。金窈窕倒是觉得辣椒挺有意思，食物嘛，好吃不就可以了，还分什么高低贵贱？

即便昂贵如鲍参翅肚，它们贵的理由也是因为食材稀缺，但真正放上餐桌，红烧鱼翅真的就比红烧猪肉好吃吗？

她就喜欢琢磨那些浓艳的配料，事实上，只要做得好，即便味道浓烈如辣椒，也不会抢走菜品的风头，很多时候反倒还能起到画龙点睛的作用。

沸腾的辣椒油实在太香，屠师傅看来看去，索性从锅里捞出一块原本备作他用的五花肉。五花肉只是用水炖烂了而已，还来不及配上调料，白花花的，看着一点不引人垂涎。屠师傅大刀一挥，直接劈开半截，切片，又挑了颗跟自己长得极像的蒜拍开切末。

金窈窕也不管他开小灶，转头去料理三黄鸡。

屠师傅手速飞快地把五花肉片码好，调上半碗调料，生蒜末直接铺满一层，然后挖了满满一大勺金窈窕刚刚做好的辣椒油浇盖上去。

辣椒油还是滚烫的，他也不等凉，夹起一片肥瘦相间的猪五花包裹住配料送进嘴里。

热乎乎的五花肉其实炖得不太行，毕竟也不是拿来做白切的，肉本身半点味道都没有，但这一点也不影响这道蒜泥白肉的美味程度。

当炖到酥烂的白肉混合着酱汁融化在口腔里的时候，香浓的辣椒油就是这道菜最为灵魂的点缀，不需要更多的元素，哪怕辅佐它的只有未经料理的生蒜末和一点点粗糙的酱油料酒。舌尖感受到些许辣味带来的刺痛，屠师傅忍不住嘶了口气，却还是单独拿筷子挑了一点顶端的辣椒空口品尝。

辣椒并不是打成末状，咀嚼时能吃到碾碎后依然完整的小颗粒，因为金窈窕事先的炒制，每一颗辣椒籽都已经成熟到足够惊艳，咀嚼时爆开的辣椒籽和炒熟的芝麻粒混合得亲密无间，让人欲罢不能。

屠师傅吸了下鼻子：“好吃，就是太辣了。”

他不吃辣，平常也不碰辣，因此金窈窕掐得刚合适的辣味对他来说已经很难承受。

他的口味大家都知道，于是察言观色的徒弟立刻上前，准备把盘子端走，却见师傅拎着筷子，转过那张核桃仁似的面孔：“给我找瓶牛奶去。”

这菜太辣了，怎么吃得下去，还是配上牛奶比较好。要不再来碗饭吧？怪下饭的。

第29章

临江本地的网络上，不知不觉隐宴餐厅这个名字已经创立了自己的话题，不少来探过店的本地网友都带着名字在网上发餐后感想。与此同时，铭德大院的新招牌菜炖牛排终于在旗下的所有分店铺开，一时间铭德公司在临江的美食区域占领了相当大的热度。

这一天，又有人在网上发刚在隐宴吃到的三黄鸡。照片里肥硕的三黄鸡炖到汁水丰盈，肥厚的鸡皮油光发亮，切成大小均匀的块状盛在盘中，盘子旁边放着两碟蘸料，一碟是葱末调和的酱汁，另一碟则是红汪汪的辣椒油。

发照片的那位网友用词十分夸张：“我的天哪！隐宴的新菜简直了！简直了！我真没来错！这个辣椒油我无法形容，喜欢吃辣的人一定要来！真的真的！我来临江那么久，第一次吃到这么够劲的味道！”

刚刚降落机场的拍摄组一行人上了临江广电特地派来的小巴车，车上几人打开手机搜索，其中一人从本地的美食区搜索到这条消息，被那盘红汪汪的辣椒油和盘子里肥硕的三黄鸡闪了下眼，转头将手机展示给后座的同事们：“这家店好像在本地挺火。”

同事们传阅过后，都有些疑惑：“隐宴？之前考察的时候没听说啊。”

那人翻了翻记录，说：“好像是最近才开的一家店，不过这家店的公司叫铭德，在临江好像有很多年历史了，最近新闻特别多。”

“原来是铭德啊，之前查资料的时候看到过，老板姓金对吧？”车里有人道，“那是挺有历史了，听说他家是名厨世家，前些日子搞周年庆，动静不小呢，林导。”

说话那人探头看向坐在前方的一个年轻人，问：“咱们要去接触一下吗？”

姓林的导演瞥了眼最开始带起话题那人手机里的照片，看到照片里那只肥硕的三黄鸡，抿着嘴皱起眉头。

喷枪将砂糖融化，雪白的糖霜在极短时间内变身为黄褐色的焦糖，薄薄一层覆盖在鹅肝上，殷红的红酒酱汁氤氲在雪白的瓷盘底部，干冰蒸腾的雾气如同云朵那样飘散在桌面上。

整洁的料理台上看不到半点杂乱，宛若仪器精密的实验室一般，液氮瓶代替了油壶，让新鲜的水果短时间内变为冻干，却仍留有鲜艳的色泽。如此大费周章地做出来一粒樱桃，也不过只是为了这道菜的配角而存在，诞生以后，在樱桃梗部拂上一片金箔，小心翼翼地放置在焦糖上。

程琛笑眯眯地看着自家的主厨在镜头前行云流水的动作，待到拍摄告一段落，才开口问：“怎么样？出来的效果漂亮吧？”

被问到的年轻导演回看一遍监视器的画面，望着那颗连摆放角度都经过准确计算的樱桃，满意点头：“漂亮极了，简直跟画一样。”

“嘉先生是我花了高价特地挖来的大厨，有在米其林餐厅的从业经历，光是在海外学习的时间就不止十年。”程琛提起这个，无不得意，偌大一个临江，能有几家餐厅请得来在米其林餐厅干过的大神？云鼎这些年的营销路线，多半都是靠这位主厨的身份在炒，为了留住他，程家这些年花了很大的代价。

但这份代价无疑是值得的，嘉先生这些年兢兢业业，为程家的发展立下汗马功劳，别的不说，就上次沐合公馆推出的分子料理宴会，就是对方一道菜一道菜琢磨出的新品。虽然那场宴会中途被金家搅和了，可这并不代表他的水平不优秀。如今有了展示的机会，不是连京城来的这帮导演组都被他折服了？

嘉先生性格有些傲慢，放下用来夹冻干樱桃的镊子，讲究地接过助手递来的温毛巾擦了擦干净的手，身上的衣帽更是干净到纤尘不染。被当面夸奖，他的脸上也不见喜色，只从鼻子里“嗯”了一声，表示自己听到了。

年轻导演也不计较，国外留洋回来的大厨嘛，这份资历，自然有傲慢的资本。再看看人家做的菜，阳春白雪，万里挑一的漂亮，比他在国外吃的高级餐厅半点不差。

他越看越满意，不由得点头：“这才是我要的作品，说实在的，立项以后我一直在犹豫该怎么选材，毕竟这可是未来要放在海外播出的大制作。我们中餐啊，不是我说，真的太油腻了，怎么拿出来给外国人看？看看人家日本料理、法国料理，多精致，多高端，我们的中餐啊，也该跟你们家似的这样改良，才能有立足世界的可能。”

嘉先生薄薄的嘴唇微微翘起，显然对他的这番话很是认同，但目光扫到这位导演身边的团队成员似乎不太赞同的脸色，他的表情又变得冷淡起来。

“林淼。”贾冰洋离开沐合公馆后，忍不住当着团队的面向刚才跟程琛沟通的年轻导演提意见，“你真的觉得这样行吗？我们南下找选材，可刚才那家店，跟我们在京城找到的其他餐厅的菜品有任何区别吗？”

名叫林淼的年轻导演并不理会他的意见，他俩近期因为选材的问题已经争执了许多次，这会儿老调重弹，他已经有些不耐烦了：“你行了啊你，贾冰洋，米其林三星干过的厨师你都不满意，你是真有意见啊还是纯粹在跟我过不去？”

贾冰洋皱着眉：“我没有跟你过不去，可是刚才那道菜，到底哪里能看出中餐的元素？拿出去说它是法国菜都不违和，你……”

“谁规定只有法国菜才能长那样？”林淼说，“就因为它漂亮？因为它高端？”

贾冰洋气得口不择言：“你别以为我不知道你收了多少赞助费……”

二人话不投机，再次大吵一架，不欢而散。贾冰洋气得带着自己的几个亲信转头就走，年轻导演林森领着自己的团队回到大巴车，斜睨了眼窗外越走越远的背影，冷哼一声："毛病，草根出身的人就是这样，去了京城都洗不掉那身穷酸味。真该让他出国开开眼界，看看日料和法国菜地位有多高。不改良，把那些油了吧唧的鸡鸭鹅拍出来给外国人看？说出来都不嫌丢人。"

金窈窕收到堂姐的回复，说是公司发给蕾秋提供的那个节目组的邮箱的邮件，对方已经阅读但没有给出回应，她也不觉得意外，只平静地说："好，我知道了。"

邮件里铭德就是很官方地推荐了一下自家公司的餐厅，对方不给回应她并不意外。堂姐汇报完却觉得有点不死心，毕竟是可以上纪录片这么好的机会，她忍不住建议金窈窕："窈窕，咱们要不要给他们点好处？我打听到这个节目组来头很不一般，未来播放渠道可能要铺到国外呢。"

金窈窕颇为意外地看了堂姐一眼，哟，厉害啊？蕾秋说这个拍摄组的背景临江广电可是下死命令不许朝外乱传的，这她都能打听到？

堂姐被看得咳嗽一声。

她自小受的教育就是女孩子要安分守己，来铭德工作的时候，她抱的念头也只是干好自己手上的活，不给公司和金窈窕添麻烦。只是上次听到金窈窕跟蕾秋的交谈，她琢磨了很多天，忽然觉得自己虽然是女的，但未必不能做出成绩。项目组领导这次给她布置了发邮件这个鸡毛蒜皮的小任务，她发完邮件以后闲下来就想自己怎么样才能帮到金窈窕的忙，这么一琢磨，她忽然发现自己的人脉其实一点也不比家里的那些堂兄弟们少，于是她发动了一大帮同学闺密去查，还真查出来了一些外界不知道的东西，但金窈窕听完之后没有同意的样子，她又有点不好意思："对不起啊，我是不是多嘴了？"

"没。"金窈窕虽然不打算花这个钻营的钱，但对堂姐出乎意料的能力却感到惊喜，她打量堂姐几眼，露出刮目相看的表情，"姐，你很有潜力，继续努力。"

堂姐被她夸奖，走的时候脚下都有点打飘，表情美滋滋的。

金家能说得上话的女孩太少，股东里全是思想传统的男性长辈，看着身边自小顺从的女孩成长，金窈窕也觉得高兴，堂姐这样的人变多，对她而言才是大好的助力。

至于对方说的给好处，金窈窕看了手机一眼，其实蕾秋私底下给了她这个节目组不外传的联系方式，但她从没打算拨过去。

何必呢？导演组要真的有跟铭德接触的打算，哪怕有要钱的心思，也不至于看完邮件连回复一下的礼数都不做。对方不把铭德看在眼里，要想拿下这个机会，铭德卑躬屈膝不说，还至少得给出一笔天文数字。有这走门路的钱，铭德拿去干点什么不好？虽然近来公司各个分店的客流量大有增加，营业额比以前可观了许多，可参考她制定好的公司未来发展计划，这些钱依旧紧张，紧张到每一分都必须得花在刀刃上。

隐宴一店刚刚开业，后续的分店计划已经提上日程，铭德发展这么多年，家底依旧很薄，然而她想要的却不仅仅只是临江这片一亩三分地。

临江是国内近些年发展得最快的新一线城市之一，但仍旧很小。金家的情况跟沈启明家不同，晶茂之所以把总部设立在临江，是临江市政府花了大力气给出优厚的政策支持争取下来的结果。这个总部的意义有一定的政治因素，事实上，沈启明的父亲很早就已经常驻海外公司，晶茂的业务范围也早已辐射全国，不受临江掌控。

然而铭德却不一样，倘若日后的分店永远局限在一个城市，那铭德发展得再努力，最多也只能成为规模中等的小公司。

开局的这一战打得挺漂亮，至少铭德现在在临江称得上小有名气了，不过后续的口子怎么打开，确实需要花点力气。

金父休养了一段时间后，身体好了不少，为此专程出发去了一趟深城。

深城距离临江不远，金父年轻的时候就被金老爷子送去深城拜师学艺，后来才回到临江扛起金家发展铭德。论起城市面积和城市人口，深城是国内经济最发达的几个一线城市之一，餐饮市场之广阔，完全不是临江可以比得上的，好在比起其他的一线城市，这里的市场经济要更加宽松，不管从任何角度看，都是铭德打开外地市场的最好选择。

特殊时刻，金窈窕不放过一点点的宣传机会。

外头天寒地冻，冬至悄然降临，每年的这一天，铭德都会进行一些社会公益活动，今年也不例外。

金窈窕披上羽绒服，驱车前往城南，与在那里等候她的员工们会合。

晶茂，沈启明得到父母回国的消息。

国内总部算是他从父亲手里抢来的，不过分出胜负后他们也没有交恶，父亲理所当然地收拾东西带着母亲去了国外。如今隔着大洋，双方甚少来往，除了工作需要在各地碰面，连过年都不大团聚。今年因为没有需要碰面的业务，仔细算算，他们大约已经有一年多没见了，这次也是因为国内有个会议邀请，父亲才难得回来。

他从父亲的助理那儿得知父亲已经到了临江机场后也不怎么在意，随手派了个助理去接。

不多时，沈父到达总部，跟几个来迎接的老股东寒暄几句。上头发话的人换了，旧臣们的日子都不好过，有几个这些年受了沈启明打压的，说话都带着苦味。沈父一路进电梯，他的鬓角已经花白，却跟沈启明一个模子刻出来似的雷厉风行，听到这些人抱怨，他也没有出头的意思，只是冷冷回应："我现在管不到他，你们一大把年纪，觉得干不了就回家带孙子，既然选择待在公司，就安分守己。"

老股东们听他这么说，心里都沉甸甸的，原本以为对方回国是他们的一线生机，这样的指望也都淡了。

沈启明没下来接父亲，沈父也不觉得有什么不对，双方在顶楼碰面，沈启明第一句话就是："先去会议室。"

沈父"嗯"了一声，跟他并排朝会议室走，一老一少相似的面孔上没有斗争之后的互憎，也看不出久别重逢的欢喜。沈启明想了一下，还是问道："我妈呢？"

沈父眼角已有皱纹，身材却依旧挺拔，闻言思索了两秒后，回答："我忘了跟她说要回来，好多天没见了，她估计还在纽约，不然就是洛杉矶。"

沈启明想到自己接到母亲助理打来的电话，说她已经到临江了，他皱了皱眉，却也习惯了，母亲明显又是知道父亲行踪之后偷偷跟着来的。

但他也懒得告诉父亲这件事，双方开完会议，散会后出来，沈母已经在办公室里等候了，沈父看到沈母后果然愣了一下："你怎么在这儿？"

沈母平静如常地笑笑，望着已显苍老的丈夫，眼神有些复杂："我也很久没见儿子了，听说你回来，就一起回来看看他。"

虽然这样说，但她的目光也没多看儿子几眼，只停留在丈夫身上。沈父却只是点点头："哦，行，那你在这儿跟他多聊聊，我在市政那边还有几个人要见，现在要过去了。"

沈母赶忙问："好久没见你了，你晚上住哪儿？老宅吗？"

沈父道："不知道，看市政那边安排吧。"

沈启明对他俩的对话充耳不闻，回到办公桌旁，拿下衣帽架上的外套就朝外走，沈父见状终于问了一声："你去哪里？"

沈启明道："有点事。"

沈父也没有刨根究底的意思，"哦"了一声算是回答。沈母也留意到了儿子，开口道："启明，你等一下，我听公司里有人说，你跟窈窕退婚了？"

沈启明脚步一顿，看向母亲："谁告诉你的？"

沈父也愣了一下，明显才知道这个消息："退婚？你跟窈窕退婚了？"然后又皱起眉来，"不像话，这么大的事情怎么也不跟家里商量一下？"

沈启明没有理他，不过他也没有等儿子解释的意思，只吩咐妻子道："你去跟老金他们吃个饭，把婚期敲定一下，好好的退什么婚？瞎胡闹。"

他对金窈窕这个儿媳妇明显是满意的。

沈启明知道他的一贯作风，终于皱起眉头："不要去骚扰窈窕，关你什么事？"

沈母看看儿子又看看丈夫，眉头微蹙："真退婚了？到底为什么？公司里的人说是窈窕提的，你干什么了？找别的女人被她发现了？"

沈启明听到"别的女人"这个字眼，目光如电地扫向母亲："你不要以为我和他一样。"这个"他"指的是谁自然不用多说。

沈母脸色一变，转开头，不敢对上儿子的视线。沈父听到儿子这样说，却也没有生气，还道："不至于，男人在外面逢场作戏，哪里犯得着退婚这么大动干戈？”

母亲的表情明显苦涩起来，沈启明懒得搭理他们，披上外套离开办公室，吩咐办公室外的几个助理：“送他们去待客室。”

他走后，外头的助理们硬着头皮上前请两位老领导移步，沈父想到自己的会议，立马打了个电话给助理后飞快地离开了，留下的沈母看着父子俩消失的方向，神色有几分复杂。

助理们看到这一家人的相处方式，内心都龇牙咧嘴的，老天爷……

城南，一家老人疗养院里气氛正热火朝天。

多部机器安置在周围拍摄，聚焦的中心是硕大的餐台，餐台上铺满了面粉和面皮，老人家们虚弱些的坐着轮椅，身体好的就站在桌边帮忙，这里很久没有这么热闹了，到处都是欢声笑语。

这是铭德的老传统，每年冬至都要参加一些社会公益，以前金父身体好的时候，甚至还会带着人上山下乡地给偏远地区送温暖。今年嘛，铭德生意变好，公司里忙得抽不开身跑那么远，索性就挑在城里。

这家养老院位置在市区，开了很多年，门外就是临江人流相当密集的一处古街，很多游客和本地人都会来闲逛，一门之隔的院子里却是截然不同的冷清。老人家们腿脚不好，不爱出去闲逛，活泼些的还好，有些平常儿女很少来探望的，浑身简直死气沉沉。就连冬至这样团聚的日子，很多老人也只能孤苦伶仃地期盼着根本不会来的儿女。好在铭德众人的到来让他们少见地变得有活力。

金窈窕笑着示意下属把包好的汤圆和饺子拿去厨房煮，瞬间有点理解为什么铭德会保留这个传统了，赠人玫瑰手有余香，做好事真的是会让人心情变好的。

金母一边擦手一边跟视频里在深城的金父说话，一家人虽然不在一起，但心在一起也是同样温暖的团聚。

寒风从大敞的门外灌进来，香气针锋相对地顶着风飘出去，屋里的人像是感受不到寒冷，停下聊天说笑的声音，朝香气飘来的方向看去。

来养老院探望家人的亲属和现场采访的几个媒体也纷纷探头：“好香啊——”

不多时，几个铭德的工作人员将煮好的饺子和汤圆推出来，热气蒸腾，隐隐约约的香气瞬间变得浓郁。金窈窕上前帮他们一起分送成品。

冬至这一天，按照传统，临江人是该吃汤圆的，但养老院里也有不少被儿女接来的外地老人，家乡的习俗又是吃饺子。为了照顾这些外地老人，金窈窕特地连饺子也一起包了，她亲自调的馅，外地老人们则帮着擀皮，老人家手巧，皮擀得又薄又好，包进馅料，被煮得肚皮滚圆，白生生地挤在锅里，可爱极了。

饺子是三鲜馅的，但凡出手的作品，金窈窕从不含糊，即便做公益，也挑选好料，拌得又多又好。肥瘦相间的猪肉糜拌上嫩生生的冬笋丁，新上的冬笋水嫩到没牙的老人吃着都不费力，鲜味却半点不减，混合上打成胶状的鱼虾泥，水陆合作的鲜味美得无可挑剔。提前准备好的猪皮冻切成小丁，塞进馅料里，包得严严实实，半点不漏，煮熟之后，一口咬下，浓浓的汤汁就迫不及待地涌进嘴里。

老人们年纪大了，食欲多少有些减退，平时都吃得不多，但在寒冷的冬日里尝到这口热腾腾的汤汁，胃口腾地就打开了。

关键是蘸饺子的料也调得好，酱汁咸淡适宜，用香醋点得酸爽，爱吃辣的，就加进一点铭德带来的手作辣椒油，香得难以用言语去形容。不少外地老人吃着吃着，吃出思乡之情，都感慨万千，想不到在千里之外的临江，还能吃到这样让他们魂牵梦萦的滋味。

汤圆也煮得出色，糯米粉只要选得好，外皮吃起来通常不会差，内里的芝麻馅金窈窕却下了点功夫。铭德是餐饮企业，买现成的馅料无疑是在砸自己招牌，好在做这玩意儿对她来说不难，黑芝麻事前经过焙炒，要炒得能捏出油来才够香，打成粉末后加入同样经过炒制的花生粉，化进新鲜猪油后，她还特意添加了适量的黄油，这样做出来的馅料在喷香的同时还能吃出点奶味，比外头现成的馅料，滋味美了不知多少。

汤圆软糯的外皮带着柔韧的嚼劲，咬下一口，内里融开的馅料流淌到舌尖，甜味并不怎么重，香气却顺着喉咙淌了满肚子。

一些原本推说自己肚子不饿的老人张口一吃，顿时就有些停不下来，但顾虑到他们年纪大，担心他们积食，金窈窕控制着不让他们多吃，煮出来多余的，放着也是浪费，索性叫人拿出去分送给养老院外商业街上的行人。

外头天寒地冻，来逛街的人们乍听说养老院送吃的，一开始还很茫然，但嗅到香味之后，顿时都没再拒绝，捧着碗当街就吃了起来。

因为选材问题跟总导演林森闹得不欢而散的贾冰洋领着亲信们走在寒风凛冽的大街上，内心一片冰凉。

节目组里自然也有站在他这边的人，陪他走在街头，为他担忧："贾导，林导可是林主任的亲侄子，你跟他闹翻，他以后肯定得给你小鞋穿。"

贾冰洋呼了口气，冷风灌了一肚子，也觉得前路迷茫："那怎么办？我在台里争取了那么久，才好不容易争取到这个项目的成立，他突然空降进来不说，还跟我理念不合，我的心血，心里难受啊。"

他的支持者叹息道："其实你往好了想，他拍的那些选材画面是挺好的，说不定出来以后成品也没那么糟糕。"

贾冰洋却摇头道："不是的，不是画面美就可以的。"

对方问："美食纪录片嘛，拍的不都是吃的？其实我也不明白，您到底为什么那么抗拒林导的选材，您到底想拍什么啊？"

贾冰洋怔怔的，他也不知道。他就是觉得不行，林森拍的那些漂亮精致的东西不行，可他到底想要拍些什么呢？

旁边的人群忽然变得吵闹，贾冰洋心里正烦着，听到喧闹声后就打算绕开走，谁知后头推搡的人挤来挤去，竟把他朝更里头的位置推去。他回过神，还不等发脾气，手里忽然一松，被塞进了个纸碗，后头隐约传来对他插队的谴责声。

贾冰洋愣了一下，觉得冤枉，却听前方的人朝他开口道："冬至快乐。"

贾冰洋一愣，今天原来是冬至吗？

对方问他："这是我们铭德今天在养老院做公益的成品，免费派送，请问您想吃哪个？"

他捧着碗，朝前一看，发现面前放了两个大大的不锈钢桶，桶里的热气带着香味，扑了他满面。

是饺子和汤圆？贾冰洋立刻认出，有些感动，没想到在这样遥远的他乡，竟也能接触到一点暖意。

不过他这些年吃过的好东西多了，饺子和汤圆嘛，没什么特殊，他并不嘴馋，既然对方传达了善意，他也就不忍推拒，随便选了一个："饺子好了，谢谢你，也祝你冬至快乐。"

他这样礼貌，门口的员工对他印象大好，给他舀完饺子后，特地多嘴提醒了一声："旁边有辣椒油，我们公司领导自己研究的，您可以尝一尝。"

贾冰洋谢过对方，顺从地舀了一勺，却见那人笑着给了自己一个"你运气真好"的眼神。他愣了愣，旋即失笑，并不放在心上，挤出人群后呼了口气。

天真冷啊，临江的冬天不比京城好熬，他的内心却比寒冷的空气更加煎熬。低头看了眼饺子，白胖可爱，甚是讨喜，油亮的辣椒和浅浅的酱汁浇在上头，他苦笑一声，夹起咬了一口，却顿时怔住。

嫩生生的脆笋丁混着肉馅，里头绝对不只放了猪肉那么简单，澎湃的汁水涌上舌尖，滚烫浓稠，包裹住味蕾，鲜得让人掉眉毛。

辣椒油就更香了，不知道里头放了什么东西，竟能传达出这么多复杂的味道，搭配出众的水饺，竟然毫不逊色。

他在家乡都没吃过这么美味的饺子。寒冷冬日的异乡街头，这口水饺让他冰凉的内心瞬间温暖得像燃起了篝火。

贾冰洋回头怔怔地看着后方热闹的人群，喧嚣钻进他的耳朵，目之所及，所有人都为了冬至的这口美味而欢笑，就连排队的人群推搡时发生的一些小口角，也带着快乐的烟火气息。

他忽然意识到了自己始终没能想明白的问题，为什么他本能地抗拒林淼选择的那些东西，正是因为这片土地，这个国家，有她独有的烟火气息。

这是不比任何国家的精致美食都逊色的魅力。

商业街头，沈启明披着外套下车，他来得晚，排队的人群已经散了，但一墙之隔的养老院里仍旧有欢笑声传出来。金窈窕不知道在劝哪个闹着还要吃汤圆的老人:“不行，您已经吃了好几个啦，糯米不好消化，再吃您肚子该不舒服了。”

见过父母之后，他内心始终波澜不惊，此时听到这道包含无奈的声音，他的脸上却不知怎的带出了些许笑意。

旁边忽然有人跟他说话:“这位先生，吃的已经分完了，实在不好意思。”

沈启明回神，垂首看向对方，什么吃的分完了?

对方看到他的面孔后怔了怔，有些手足无措地看了眼锅里，话锋忽然拐了个大弯:“您，您要是真的想吃，不然我去里头帮您再做一点? 这里只剩下一些破掉的汤圆了。”

沈启明看了眼对方指的锅，摇了摇头:“不用麻烦了。”

对方似乎会错了意，惊讶地问:“没关系吗? 破掉也没关系吗? ”

沈启明正不解，对方已经热情地把锅里剩下的汤圆舀进了碗里，向他递来:“既然您不嫌弃，那就尝尝吧，祝您冬至快乐。”

冬至……沈启明恍惚了一下，抬头看了眼天空，今天原来是冬至吗? 刚才在公司的时候，他和久别重逢的父母，谁都没有意识到这一点。

手里的纸碗热腾腾的，他看着碗里那几个瘫软着的破汤圆，鬼迷心窍地舀起一颗。汤里能吃到一点馅料的香气，带着些许甜味，白生生的破汤圆即便没了内馅依然口感软糯，带着糯米特有的嚼劲，柔柔地滑进嘴里。

汤圆还热着，街头的寒风在吹，沈启明一只手揣在大衣的衣兜里，一手端着纸碗，给他递碗的那个铭德工作人员有点紧张地等着他的反应。

沈启明罕见地对这个陌生人笑了笑。

墙里传出来金窈窕跟另一个老人说话的声音:“不可以哦，您胃不好，不可以吃辣椒了。”

老人不知是撒娇还是讨饶，向她说:“冬至快乐，冬至快乐。”

金窈窕还是不让，语气里却带上了笑意:“也祝您冬至快乐，长命百岁。”

他站在墙外，端着热乎乎的碗，静静地听完这句话，也朝面前紧张的陌生人不太熟练地低声说了一声——

“冬至快乐。”

第30章

去门外施送汤圆、水饺的下属们七七八八地整理着东西进来，颇有兴致地跟里头的人说——

“外头来了个大帅哥，个头可真高，我感觉怕是有一米九。”

“是哦，很贵气的样子，站在那儿都发光，比最近那部什么剧里爆红的男主角还帅。我都没敢靠近，看脸就不是跟咱们一个世界的人。”

“这样的人也来排队吃我们铭德的汤圆，嘿嘿，我们铭德不得了哦。”

“可惜就剩下几个破汤圆了，我当时真不忍心拒绝他，都想进来再给他做几个。不过那帅哥看起来冷冰冰的，本人倒很随和，破汤圆也不嫌弃。”

金窈窕镇压了几个耍赖的老人，听到这样的盛赞，眉头微挑，探头朝大门外看了一眼。

养老院的铁门外，寒风呼啸，商业街上吃过赠食的路人们乐呵呵地离开，有人举起手机、相机朝院子里拍照，并不曾见到下属口中那个发光的人。

她眉头微皱。

金母正擦着手跟视频里的金父聊天，闻言倒是有点不好意思，朝那几人说："太失礼了，好歹是冬至，怎么能给人吃破汤圆呢？白煮汤圆没馅那还能吃？再包几个又不费事。"

下属赶忙补救道："那人一整碗连汤都喝光了。"

金窈窕收回目光，平静地转开了头。

铭德冬至日的饺子和汤圆取得了相当积极的成果，隔天，临江的各大媒体就褒赞了本地企业这种回馈社会的行为，并且鼓励社会各界的企业都向它学习。

铭德新餐厅隐宴在临江的几处新分店的审查流程立刻肉眼可见地变快了。按理说，这待遇优厚得有点过了头，毕竟哪家媒体每天不宣扬点好人好事？观众们最多看的时候夸几句，其实转头就忘干净了，金父早年还上山下乡呢，关注度也就那样。

然而那天在商业街上免费得到餐食的路人却弄出来了不少动静。到临江来旅游的游客大多来自五湖四海，口味各不相同，节庆日在千百里外的他乡却吃到了令人惊喜的味道，当日就在网络上给出了不少反馈。

发饺子和发汤圆的两拨人也不知道是为了玩梗还是来真的，双方就冬至日究竟该吃什么竟然争执了起来。这种带着地域性质的冲突实在是网民们喜闻乐见的，短短几天，这个话题竟然出了圈，连不少临江以外的城市都参与了进来。

一群人说你们吃汤圆的都是邪教，冬至明明该吃饺子，饺子才是正统。另一群掐着腰骂你们饺子算个屁的正统，我们家乡千百年来都是吃汤圆的，麻烦不要坐井观天好吗？

网上争执得火热，临江网民们的态度却独树一帜，不少人美滋滋地表示，饺子和汤圆要是都能做成铭德公司的那个味道，那冬至日吃什么都不打紧。

冬至当天，除了养老院，铭德旗下的各大餐厅都推出了限定的节庆菜单。因为有一个星期的限定时间，当地许多食客在观看过网上的掐架后都被吸引去品尝了一番，鲜美的三鲜水饺和馅料精工细致的汤圆得到了什么反馈自然不必多说。

外地人看到他们发出的菜单照片都惊呆了，因为限定菜单的定价是根据隐宴的餐厅定位来的——三鲜水饺每份八十八，汤圆每碗六十八。来抢钱的吗？

“这玩意儿在我们本地，二十块钱能吃得撑死你！”

限定首日就尝到了甜头的幸运儿们却出来现身说法——

“话不是这么说，我们老家就吃饺子，我家里经常还包呢，但说老实话，味道真没这家外地餐厅好。”

“可不，那三鲜馅简直了，饺子皮里一包汤汁，又浓又香，一看就是用心做的，再配上他们自己家的辣椒油……我到现在还记得那个味。”

“还有汤圆，又糯又软，芝麻馅香得啊，可不是超市冷冻柜里那些牌子能比得上的。要不是他们不卖成品，我都想买上十斤带回家当饭吃。”

他们你一句我一句，把外地网友馋得口水直流，掐架的动静越大，流口水的人就越多。不过也借着这个机会，他们的脑海中烙下了一个印象——临江有个叫铭德的公司，旗下的餐厅味道特别好，连普通的汤圆和水饺都能做出不一样的水准，外地还吃不到。

于是，近些天，不少临江的旅行社都收到了外地团友的询问，问能不能把探店铭德旗下的餐厅纳入旅行计划的一环，毕竟到当地旅游，总得吃吃当地的特色嘛。

这些咨询来得太集中，把临江旅游局都吓了一跳。临江是很著名的旅游城市，旅游收入是政府经济的大来源之一，因此为了游客的旅行体验，本地的旅游局一直嗅觉敏锐，甚至能做到游客上午投诉某地出现黑导游，下午本地执法部门就能将人抓获归案。

但临江的旅行卖点是风景，美食这一环给外地的印象相对薄弱，毕竟本地菜系底蕴不够，拿不出手，现在一看，竟有家餐饮公司红到外省去了。

旅游局动作最快，立刻遣人调查出金家的底细，这才发现，临江竟还藏着一脉名厨世家！谁说这不是卖点呢？

旅游局的领导为此特地在某次会议上拿出铭德来举例，用于启发他人深入挖掘城市的其他旅游卖点。临江是千年古城，改革后却从不故步自封，始终紧跟发展脚步，毕竟时代的浪潮一波接着一波，不与时俱进，早晚是要被后来者抛下的。

会议结束一周后，隐宴新店的审批就提前通过了。之后有人送人情给金家，说之前有人托过关系，想卡住铭德其中几家隐宴分店的进度，只是没想到忽然来了这一茬，所以打点也就根本没派上用场。

不过背后的人是谁，对方也没直说。

金父不在临江，目前的事宜全由金窈窕来打理，她谢过对方给的人情，用手指头都能想出来那个“有人”指的是谁。

说老实话，她一点也不生气，还挺愉快。程家做到这个地步，是真的着急了，可想而知隐宴的出现给他们带来了多大的危机感。

铭德真的起来了。

与此同时，她接到了一个出乎意料的电话。

电话那头，一个自称姓贾的导演说想跟她见一面，聊聊某部美食纪录片的合作。

程琛收到林淼的见面通知时就觉得不妙，脑海里本能地响起了音乐“没有吃没有穿……”。

半小时前，他刚刚被一个近些年跟家里合作得很愉快的老熟人找上门来，对方张口就是抱怨：“小程啊，你差点给我惹了大麻烦知道吗？要不是我还没来得及吩咐手底下的人，这次我可就要触霉头了，你那个钱还是尽早拿回去吧，我可不敢收。”

对方一通埋怨，弄得他被动极了，但钱肯定是不能真收回的。好不容易安抚下来对方，他照着得到的消息一查，差点没被气死。

铭德这是走了什么狗屎运？竟然过个冬至都能被旅游局看上？

隐宴开业以后的盛况他看在眼里，听说屁股都还没坐热铭德就筹备起了新分店，云鼎和隐宴的定位如此相近，市场就这么大，他表面不动声色，暗地里怎么可能真的不着急？要真的不放在心上，他也不可能花钱如流水地去钻营了，只为了拿下京城来的那个拍摄组，他就给出去一笔天文数字。

卡铭德新店的手段看来行不通了，纪录片组这个时候打来电话，又是为了什么?

“自有那敌人送上前……”，程琛使劲眨了眨眼，把脑子里的歌声甩出去，神情变幻莫测，难不成又是金家出来截和?

助理来找他，看到他难看的表情，下意识问:“程总您怎么了？”

程琛脱口而出:“我身上是不是有什么flag……”

助理茫然道:“什么？”

程琛回过神，烦躁地问:“什么事？”

“金先生来了。”助理道,“带着小金先生一起。”

金先生指的是金老三，跟金老三在一起的小金先生，除金嘉瑞外自然没有第二人。

程琛听到他俩的名字就烦，事已经那么多了，金老三还成天给他添乱。

一见面，金老三直接道出来意:“小程，嘉瑞的工作问题你已经拖了很久了，到底什么时候才能解决？”

程琛推了一下眼镜，似笑非笑地扫了一眼金嘉瑞:“不是让他去后勤部上班了吗？”

金老三险些气死:“我送儿子来程家，是让他去后勤部天天搬梯子的吗？”

程琛:“公司目前没有合适他的其他岗位。”

即便有，他也不放心交给一个姓金的人，更何况这个姓金的连自己家的公司都能对付，谁敢保证他哪天不会为了别的事情对付自己呢?

金老三一个字也不相信:“小程，你别想糊弄我，你至少要给我儿子一个好的起点，他学历又不低，怎么能去后勤部？当初在铭德的时候，他待的也是公司最重要的项目组……”

程琛想着纪录片的事情，根本懒得跟他周旋:“铭德是铭德，程家是程家，您要是觉得铭德更好，可以送他回去。”

金老三被堵得说不出话来，回铭德？可能吗？他气得声音都高了两度:“程琛！我投了那么多钱到程家，好歹也算是你们的股东！你这么对我，不怕其他人心寒吗？”

程琛觉得好笑："您别忘了，那几家店可是您自己非要投的，至于为什么，不用我来提醒您了吧？以我们云鼎现在在临江的地位，根本就不需要这笔投资，是我爸看在大家旧相识的份上，才同意您参与进来，您怎么本末倒置了呢？"

金老三听得怔住，他投资程家，确实存着跟大哥较劲的心思，可他想不通，程琛怎么敢这样对自己说话呢？他说："小程，你以前可不是这样的。"

程琛看了眼手表，起身就走："当初您在金家，咱们是合作关系，今时不同往日，您还是少在我面前摆长辈的架子比较好。我还有事要忙，先走了，您自便。"

看着程琛风一样地离开，金老三整个人都苍老了十岁一般。

以前在金家，他虽没有实权，大哥却从没怠慢过他，不管是给儿子安排工作还是别的什么，但凡他开口，没有不满足的。那时候程琛也敬重他，偶尔来往，一口一个金叔叔，哪敢摆现在的谱？

他知道，对方敢对他这样不客气，是因为他没有用了，在金家的时候，他三不五时地能给对方提供铭德的内部消息，不像现在，彻底只能靠着程家吃饭。

他跑来一趟，半点好处没捞着，看向儿子，儿子垂着头，表情也难看得很。金老三忽然尝到了做丧家之犬的滋味，哪怕金家还在，大哥还在。

他沉默很久，最终长叹一声："等……那几家云鼎的分店做起来，爸拿到分红，再给你创业。"

他帮着程琛带走铭德的人，铭德是绝不可能回去了，他的自尊更不允许自己回去。大哥为了一个丫头片子这么绝情地赶走他，他哪怕靠程家，也必须过得风风光光，让金家人早晚有一天后悔当初的决定。

程琛的预感果然不久后得到了验证。

临江广电大楼，某个会议室里，爆发了一场前所未有的激烈争吵。

贾冰洋争得脖子上青筋都暴了起来："林森！你别忘了，拍摄组不是你的一言堂！我也是导演之一！我同样有选材的权利！"

林森也被他气得够呛，破口大骂："你选题？你选个狗屁的题！你裤腿上的泥巴印还没洗掉呢！你去过几个国家？你懂个屁美食，回去种地吧你！"

隐隐约约的，程琛听到他俩提起铭德这个名字，内心咯噔一声。

推开门进去，二人气喘吁吁，程琛推了下眼镜，扯开笑容："怎么了，大家有话好好说，何必吵成这样？"

贾冰洋被用侮辱性的词汇攻击，眼睛发红地看了他一眼，不说话了。

林淼衣冠楚楚，倒是一看就很有公子哥的派头，一眨眼就恢复了文质彬彬："哟，程总，您来得正好。有些人，一辈子从泥巴地里刨食，乡土味拿威猛先生都洗不干净，我是不知道该怎么沟通，不在一个世界，没辙。"

贾冰洋气得指尖颤抖："林淼，劝你说话客气点，大家出发点都是为了节目，我出身比不上你不是你拒绝我选材的理由。"

林淼笑了笑，语重心长道："贾导，不是我说话难听，台里这么多年第一次拍美食类纪录片，多么重要的项目，谁不想好好做？您眼界不够，我可以原谅，但您非要把那些油了吧唧上不了台面的玩意儿搬上世界舞台，不好意思，我只能骂您，因为我可不想给外国人看到这样的中餐，这是在丢我们国家的脸面。"

贾冰洋："你觉得这是丢脸？你从小不是吃这些东西长大的？"

林淼："那又怎么样？社会在发展，不允许进步了吗？我建议您去看看海外论坛最近几期的研究，国外专家明确发表过关于中餐过于油腻危害身体的言论，都这样了，那姓金的厨子给您多少好处啊您这么抬举她？"

这个姓林的导演张嘴就损人，听得程琛十分想笑，这个情况明显对他有利，他也不打算多费口舌，却突然听到身边传来一道熟悉的声音——

"我来得不是时候啊。"

程琛双眼猛地睁了下，腰板本能挺直，进入备战状态，一回头，果然——

外头挺冷，金窈窕今天穿得休闲，罩了件相当宽松的明黄色羽绒外套，脖子上围了条灰色的针织围巾，她瘦高，寻常女孩子穿能到小腿的外套只到她膝盖，长靴一路包裹住她纤细的腿，头发松松地在脑后扎起，不得不说……挺好看的。尤其是出现在广电大楼这种场合，她看起来简直就像来工作的时尚明星，还得是非常红的那种。

程琛从那天在靶场被金窈窕当面打脸之后，回去就老想到对方站在自己跟前举着胳膊开枪的模样，那一声落中九环的枪响带着耻辱的意味给他留下了深刻的印象，讲道理，程琛这辈子没见过这么彪的女人。

时隔多日再次相见，程琛内心有点复杂，眼睛却不由自主地扫了眼对方的双腿……真细。

金窈窕睨了看到自己就再也不说话的程琛一眼："程总，看什么哪？想跟我换鞋？"

果然彪，一开口就彪。

程琛不知道哪儿来的紧张，咳嗽一声转开脸，冷笑道："金总可够阴魂不散的，哪儿都能见到您。"

金窈窕也冷笑："是吗？冤家路窄成这样，我也倒胃口。程总回去可别梦见我，当心我梦里收不住手，一枪崩您脑门上，给您吓出心肌梗塞来。"

他真的梦到过……还不止一次。金窈窕站在面前拿着枪朝他冷笑，然后一抬手，砰。什么梦啊这是……

程琛一时竟不知该说什么，只能干笑："呵呵。"

原本在吵架的两个导演因为他俩吵得更加血腥，居然停下了争执，林森纳闷地看着金窈窕："你是……"

"姓金的厨子。"金窈窕朝他一笑，眼神玩味，"林导演是吧？您刚才还提起我呢，怎么这就给忘了？"

林森看着她，结结实实地愣了好几秒钟。

这位来客漂亮得毋庸置疑，他在京城电视台那么多年，可以说没遇上过几个能比得上的。好看的脸不难找，对方身上特殊的气场才是真正加分的魅力项，她就站在那儿，好像一个上位者，明明他才是强势的一方，可她的眼睛里却连半点讨好都看不到。

几秒钟后林森才反应过来金窈窕说的话，姓金的厨子？他更加错愕了几分。

他印象中的中餐厨师，应该是肥墩墩的，身上时刻带着油烟的腻味才对。整洁的衣袍和出众的外表，那是高端的日料大家和法餐大厨的代名词。

林森本来就看不上传统中餐，也看不上团队里那个草根贾冰洋，原本讽刺的话脱口而出得理直气壮，谁知这会儿竟罕见地感到了两分尴尬。

金窈窕就站在那儿微微扬着下巴睨着他，林森的表情变了变，转开头没说话。

金窈窕轻笑一声："还有，我得澄清一下，我可没给过贾导什么好处，两位自己的团队纠纷，别拉我们铭德的名誉下水。我们铭德世代名厨，行得端坐得正，林导可别拿其他人来参照我们。"

她不存着讨好林森的心思，说话自然也就没什么顾忌，这家伙瞧不上铭德，铭德还不见得瞧得上他呢。

程琛迅速看了她一下，翻了个白眼，知道这是说自己呢。不过他也没觉得生气，金窈窕说的本来就是事实，更何况这女人怼他也不是一两回了，这次至少没拿枪不是？

林森见她说话那么不客气，是真的感觉很尴尬。贾冰洋呼了口气，却觉得有点不好意思："金总，不好意思，我就是联系您想要取材的贾冰洋，但我这边没做好准备工作，让贵公司受委屈了。"

金窈窕刚才听了几句林森难听的讽刺，觉得这位副导演怪不容易的，原来网上那些骂战背后的真相竟然比披露出来的还要难堪，这要是换成她，听到刚才那些话，说不准已经拳脚相加了。打不打得过另说，不蒸馒头也争口气。

她摇摇头，安抚了一下这位小可怜："不至于。"

小可怜贾冰洋的表情安心了一点，林森却没有让步的意思，语气生硬地说："我们纪录片组的选材已经定好了，没有贵公司参与的可能，金小姐可能要白跑一趟了。"

金窈窕还没说话，贾冰洋的火气又冒了出来："已经定好是什么意思？我的想法连讨论会议都不能开吗？林森，你自己上网搜搜，金小姐家的铭德餐饮是名厨世家，在临江多少年的历史，我不觉得……"

"你不觉得什么？"林森气得满脸不可思议，"贾冰洋你真的有病吧？是不是听不懂人话？我不想拍那些油腻腻的东西！要我再跟你说一遍吗？"

油腻腻的东西？金窈窕眉头倏地挑起。程琛斜眼一瞅，脊椎僵了僵，脚下一挪，飘开了两寸。

他可不是因为害怕，主要是担心金窈窕不分敌我，误伤了自己。

不对，自己好像也是敌方……

但还没等金窈窕“大开杀戒”，外头就有人看不下去了。听到下面的人汇报的蕾秋刚一赶到就听到林森不客气的用词，她的面孔一下板了起来：“林导演，金总还在这里，您用词还请礼貌一些。”

她给了金窈窕一个眼神，示意金窈窕别往心里去。

金窈窕朝她摇摇头，示意她别出声：“蕾姐。”

都是一个行业的，蕾秋犯不着为自己得罪人。

蕾秋没理会。

程琛暗道，你俩什么情况？我那天约什么蕾老师？我那天去什么俱乐部？我那天……

林森气了个倒仰，今天怎么回事，谁都跟他过不去？他起身指着蕾秋问：“你谁啊你？”

“蕾秋。”蕾秋道，“林导演，您见过我的。”

那天项目组到达临江的时候，本地广电的中高层领导一起碰过面，上头的大领导有意提拔，还专程跟林森介绍过蕾秋。

林森抿着嘴，他记起来了，蕾秋虽然只是个地方台的小领导，他却也没有权利管辖，只能冷笑一声：“是你啊，上次吴主任说有意向跟拍摄组的那个？”

蕾秋也冷笑：“林导演抬举我了，我在地方台混混日子就好，不敢奢望京城来的拍摄组。”

林森这下真的绿了脸。蕾秋胳膊一抬，直接揽着金窈窕出门，低声道：“别往心里去，就是个二货。”

金窈窕也没想到自己来一趟居然还能碰到争吵现场，本打算看个乐呵，却没想到会有蕾秋这一遭，她叹了口气：“蕾姐，你何必为我……”

“不光是为你。”蕾秋嗤了一声，“会议上天天说中餐油腻，我忍他很久了，数典忘祖的东西。你就当他说的话是个屁。”

金窈窕微笑颔首，她往心里去才怪。

蕾秋往后看了一眼:“我跟他理念不合，前几天就犹豫过还要不要争取跟他的组，现在看来还是算了，就算跟了组也早晚得罪他。”

二人渐行渐远，背后的争吵还在继续，隐约传来林森拔高的声音:“给你脸不要脸,你真以为自己这个副导演能压得住我?信不信我一个电话就让你滚蛋!”

贾冰洋把会议室大门摔得震天响，林森气得几分钟缓不过呼吸，龇牙咧嘴地跌进椅子里揉胸口。

程琛摘下眼镜擦了擦，重新戴上，面不改色地上前安慰:“林导，别往心里去，争执难免的。”

“我就想不通了，那家伙好端端拉个莫名其妙的公司给我来这出，他不想混了吧他?”林森气得发晕，程琛见人说人话，见鬼说鬼话，跟他一起吐槽离开的贾冰洋，好歹让他呼吸顺畅了点，但林森还是觉得不够解气，想连刚才不给面子的其他人也一起骂:“那个铭……铭什么的金总，到底给了他什么好处?”

程琛的鬼扯张口就来:“给钱了吧。”

“光给钱都不够他这么做的，一口一个名厨世家，还跟我拍桌子?”林森想到金窈窕刚才站在门口似笑非笑看自己的样子,不惮动用最大的恶意去揣测对方,“那个金总长得倒是很好看,一个女的年纪轻轻能爬到现在这个位置,说不定……呵呵。”

同壕战友程琛脱口而出:“那不至于。”

林森一脸疑惑地看过来，你哪边的?

程琛跟他一样靠在椅子里，也没多想，理所当然地指了下门外:“就贾导演这样的，金窈窕那条件能看得上他?林导，你未免太抬举他了。”

林森心情复杂地喝了口热水。这感觉是在帮自己说话没错，就是说不出哪里怪不解气的。

小可怜贾冰洋落魄地找上金窈窕道歉:“对不住了金总，我高估了自己在拍摄组里的话语权，不该在讨论出结果之前就请您去广电。”

现在台里一个电话把他踹出了项目组，几个站在他这边的好兄弟也跟着直接一起离开了。

他也真够惨的，金窈窕都忍不住有点同情他，不过想到对方日后靠某部历史作品圈到的一群彪悍粉丝，她还是拍了拍对方的胳膊，安慰道:“没事，一时坎坷而已，贾导演你有实力，早晚会有出头的一天。”

贾冰洋恹恹的，点头谢过她的好意，长叹一声:“我真的不甘心。”

要是没有想拍的东西，他离开也就离开了，偏偏如今他心里已经有了作品的雏形，不能实现，总觉得遗憾。

他和一帮扛着机器的哥们儿预备告辞，临走之前看了眼隐宴店里顾客盈门，眼神带着眷恋。这是给了他作品灵感的恩人，他不可谓不感激。

他脑子可能短路了一下，意识到的时候他居然已经问出了口:“金、金总，离开之前，我能不能在你们家拍点素材？”

金窈窕愣了愣，其实也不是很抗拒，但是:“我们还要做生意。”

“我去跟顾客沟通，不拍全景，就拍单独的，谁愿意我拍谁，绝对不影响你们店里的生意。”贾冰洋有些急切地请求道。

金窈窕摊开手，既然如此，当然随便。

贾冰洋便在门口找排队的顾客沟通起来，不愿意被拍摄的人肯定有，遇到这种他立刻道歉放弃，问了几个之后，几个看起来像是一家人的顾客同意了，当中那个带着假牙的老太太还很开心:“真的呀，真的能上电视呀？我还没上过电视呢。”

听口音是外地的老人。

贾冰洋有点不好意思:“我也不敢保证。”

老太太却很高兴，觉得能被拍是很光荣的事情，家里人见状也就由着她了。

恰好这桌客人快到号了，金窈窕顾虑着他们要拍摄，就让服务员找了个宽敞隐蔽的位置。贾冰洋那几个跟着离开的兄弟都很利索，知道要拍东西，几分钟就把机器架起来了，也不影响店里的生意。

她在旁边算是盯梢，却恰好遇上这家人点餐，老太太看了一圈菜单，问:“有没有辣一点的菜呀？”

金窈窕听她的口音，问:“您是西南人吧？”

老太太笑道:“是呀，我儿子在这儿工作，把我接过来养老了。”

她点了个新上的酸菜鱼，金窈窕想想，道:“本地人不太吃辣，我们餐厅的辣度管控得比较低，您要是喜欢，给您做辣点吧？”

老太太笑道:“那敢情好。”

金窈窕放贾冰洋和几个帮手进后厨，让他们将自己和机器全部仔细消毒，贾冰洋消毒完，还套了件干净的厨师袍，一过来就见金窈窕让人开了个深坛，他问:“这是什么？”

铭德餐厅的卫生习惯一直保持得好，即便被突击拍摄也干净整洁，贾冰洋先是感慨了一下卫生条件，等盖子彻底掀开，他立即嗅到了让人口齿生津的酸味。

金窈窕让人取出酸菜，道:“我们自己腌的老坛酸菜，这一坛时间够了。”

以隐宴的菜品定价，足够用上这些精工细作的材料了，她嘴挑，做菜又讲究，即便一颗酸菜，弄出的学问也不小，隐宴内部施展不开，以至于还要她专程找本地的某个腌制作坊合作。

屠师傅最近准备回寻香宴了，今天是最后一天留在这儿帮忙，对着厨房里出现的外人，土豆似的面孔板得跟变质发芽了一般，看不出丁点笑，手上功夫却很足，嚓嚓嚓地片好一条青鱼，很有大师傅的风范。

金窈窕介绍道:“这是我们餐厅特别挑选的鱼种，非常适合做酸菜鱼，刺少肉嫩，成品比市面上常见的黑鱼要更鲜美一些。”

贾冰洋听得一愣一愣的，让机器赶紧拍摄，他以为做鱼的应该是片肉的屠师傅，毕竟屠师傅长得丑还老，一看就是厨房里称王称霸的角色。不料，处理完食材之后，屠师傅竟然让开了灶台的主位，做出了请金窈窕掌勺的姿态。

贾冰洋:“您不是主厨吗？”

屠师傅感觉害羞，表情更僵硬了，像极了一块即将上砧板的榨菜疙瘩:“我平常是，她在我就不是。”

金窈窕气定神闲地起锅，鱼肉已经用酒腌渍起来，酒不是随便选的，外头很多人做酸菜鱼喜欢用啤酒，她放啤酒的同时，还加入了一些适量的米酒。米酒甜蜜黏稠，配合淀粉，可以让鱼肉成熟以后更加爽嫩。

鱼骨先煎到两面金黄，加入辅料和酸菜，爆得满室生香，冲进隐宴二十四小时不熄火、已经吊了不知多久的高汤，几个回合，鱼汤已经被炖出无比浓稠的色泽。

鱼肉滑进锅里后，几乎同一时间，另一边的灶已经热起了油，辣椒圈和新鲜的花椒在上升的油温里响得哔哔剥剥。

金窈窕一个眼色，汪盛已经找来她做好的成品辣椒油，感觉鱼片只煮了几十秒钟，菜品就已经出锅，热油同一时间倾倒在做好准备的辅料上方，一声脆响，浓郁的香辣味迫不及待地澎湃而出。

金窈窕做完菜，依旧是干净整洁的模样，接过汪盛递来的热毛巾擦了擦手："可以了。"

贾冰洋看得发愣，刚才做菜的过程，干脆利落得有些不像话。如今闻着香味，他明明心情糟糕，竟也有些发饿的感觉。

但他肯定是不能吃的，只能移步客桌。酸菜鱼是刚推出的菜，店里不少顾客都没有尝过，闻到陌生的香辣味，好多人都引颈看来，还叫住服务员问那是什么。

桌上的老太太嗅到香气，也咧开了牙，皱着鼻子嗅了嗅，朝一旁的晚辈们说："这味道，比家里的还香呢。"

她儿子笑道："那肯定，隐宴这么厉害的餐厅，什么菜不好吃啊？"

老太太第一个动筷，在镜头跟前，竟也不紧张，大约是心神都被面前的菜抓住了。

鱼肉在她的筷子上颤颤巍巍地抖动，片得很薄，却又结实得不曾散开，炖煮的火候时间都控制得很好，只用双眼就几乎能感受到它的新鲜。

裹着酸鲜的汤汁被送进口中，带着汤和油的滚烫，柔软滑嫩的口感顷刻在舌尖绽放。老太太"唔"了一声，似乎有些惊讶，还没给出评价，第二筷子就直接伸进碗里，捞出来一片酸菜叶子。

炖煮后的酸菜叶薄而柔软，每一处褶皱里都吸饱了汤汁，贾冰洋看着从叶片上滑落下来的油亮的鱼汤。

林淼把这些统称为“油腻腻”，他此刻闻着酸鲜的香气，却只觉得饥肠辘辘。

那老太太忽然撂下筷子，他回过神，还以为出了什么问题，老人家却抬手擦了把眼角：“这酸菜，一吃就是老泡菜水腌的，外头都吃不到这个味道……”

“那还不好？”她儿子被她吓了一跳，莫名其妙地问，“好吃您就多吃几口呗，这是怎么了？不喜欢啊？”

“喜欢啊。”老太太的表情似哭似笑，索性直接拿起汤勺，朝儿子的碗里舀了勺鱼汤，“这家餐厅真的好吃，我就是……吃到这口酸菜，想起你爸，想起老家了。他走了那么多年，以前活着的时候，最爱吃酸菜，可惜我腌不了那么好。你爸这会儿要是还在，能吃到这么好吃的东西，他肯定高兴坏了。”

儿子张了张嘴，眼眶腾地发起红来，他说不出话，索性低头喝汤，刚一入口，就破涕为笑：“果然好喝，我爸肯定喜欢。”

老太太坐在一旁，看着喝汤的儿子静静微笑。

第31章

鲜美酸辣的香气一刻不停地挥散着，方才的一切仿佛只是微不足道的插曲，餐桌上的家人们下一秒又开始为这道鱼的美味陷入了快乐。

老太太吃得太开心，吐鱼骨的时候竟把假牙一并吐在了桌面上，两秒的停顿后，她和小辈们同时指着假牙哈哈大笑。

一个小孩，大概是她的孙女，有点着急:“奶奶生病了吗？”

说话的口音已经全然不似西南人，反带上了临江本地的软音。

老太太给她夹了一筷悉心挑走大刺的肥嫩鱼腹肉，摸了把她的小脸蛋:“奶奶是因为年纪大喽，所以要好好锻炼身体，才能每天活得健健康康，吃这些好吃的东西。”

那一刻贾冰洋的脑海里腾地闪过了什么——他从大学起就到了京城，家乡的父母同样垂垂老矣，他们之间相隔千里，很少能团聚。他工作努力，在竞争激烈的京城安家发展，如今说话也和这个小孙女一样，潜移默化地没有了和社交圈格格不入的家乡口音。

但美食，永远是能轻易牵动记忆的东西。

拍好素材后，他柔声跟这一桌的客人道谢，老太太还有点不好意思："哎哟，我们一直顾着吃，刚才没来得及帮你们好好表演。"

上电视嘛，听说都是要拿着剧本说台词的，架机器的时候她本来还有点紧张，酝酿了几句讲究的话，想让自己显得有文化一点，万一被熟人看见了也不能丢脸不是？结果鱼一上桌，竟全给忘了，饭倒是吃了好几碗，这会儿撑得直打嗝。

酸溜溜的酸菜鱼汤泡饭实在是下饭，她年纪渐大以后，好长时间没这么开过胃口，吃到最后自己都觉得有点过头了。

贾冰洋摇摇头，笑道："没有，您表现得非常好。"

至少他站在旁边看这一家人吃饭的时候，嘴巴里泛滥的唾液一刻也没停下过，心里也暖融融的。

老太太知道他是导演，被这样夸奖，高兴极了，有点期待地再次问了那个刚才排队时就问过的问题："我是不是真的能上电视啊？"

贾冰洋刚才回答得很保守，只说不确定，毕竟他刚刚被林森从拍摄组里踢出来，一切都处于迷茫期。但此时再被询问，他愣了愣，沉吟两秒后，语气竟变得坚定起来："会的，您给我们一个联系方式，以后片子上映，我亲自告诉您。"

老太太高兴坏了，走的时候还不停跟儿子说："你老娘运气可真好，这把年纪，居然还能上电视节目呢，早知道今天做个头发再来了。还有这家餐厅，味道可真不错，就是排队的人太多了，什么时候你不加班了，我们再来吃一回。"

贾冰洋微笑着送走这一家，徐徐舒了口气。一旁收拾机器的好哥们儿问他："老贾，咱们怎么着，今晚回京城还是明天再回去？我一会儿上网订票。"

贾冰洋摇了摇头："先不走了。"

那哥们儿没反应过来："什么？"

贾冰洋掏出手机，开始翻找起通讯录里那些原本不打算求的人情，口中回答道："本来还觉得没那必要，可现在拍到这个素材，我越来越不甘心，哪怕被踢出组，我也非得把这个纪录片拍出来不可。"

听到这话，那哥们儿呆了呆，贾冰洋道："我跟你们说老实话，咱们人手不够，投资也一分没有。你们如果不愿意的话，回京城我也理解，我肯定不怪你们。”

大伙都沉默地看着他，片刻后，摄影师想到刚才的拍摄画面，一咬牙：“我也留下！我就不相信了，咱们从小吃到大的中餐会是林森那孙子说的那种油腻腻的东西！”

说自己要走的贾冰洋忽然不走了，还连续几天准点上铭德隐宴报道。他跟金窈窕解释：“我求台里的领导给我们成立了一个临时小组，就在你们家取一段时间的景，不会太久的。等拍完这部分素材，我还得带拍摄组跑一趟全国。”

金窈窕瞅瞅他背后的团队：“你们几个人啊？”

跑全国，就靠这几个人吗？

纪录片组的大多数人都跟着林森，贾冰洋如今身边就一个摄影师，确实有点发愁，但他雄心壮志不减：“没办法，不过艰苦一点，还是能拍下去的。”

只不过资金不够，人手不够，质量怎么保证，倒是个大难题。

金窈窕看着他灼灼发亮的双眼，大概能明白对方为什么在被打压之后也能发光发热了。

拍摄组的人明显都做好了吃苦的准备，这会儿大家都鼓着一口气，但明显对前路是否真的平坦还两眼一抹黑。她却对贾冰洋的水平有信心，问：“你们缺投资人吗？”

贾冰洋愣住，点点头，缺啊，怎么能不缺？组里没人不说，连钱都是大伙一起凑的，但拍纪录片是烧钱的玩意儿，凑出来的那点资金远远不够。

他递申请的时候，连台里平常颇为赏识他的领导都对他的固执抱以悲观态度，指望上头拨资金肯定不可能。至于拉投资，那就更是天方夜谭了，哪个冤大头会给他这么个没名气的新导演资金？

说实在的，他连来请求金窈窕允许拍摄都有点没底气，毕竟请对方提供帮助，他却未必能给出回报。

金窈窕却对他说：“你还缺多少投资？我看看铭德能不能挤出这笔资金。”

贾冰洋这次是真的傻了。

他张张嘴，试探着报出了一个他拼命压缩过成本的数字，金窈窕计算片刻，觉得对方没坑自己，铭德如今虽然资金紧张，压一压也能拿出这笔钱，就点头道："行吧，明天你们上公司一趟，我让公司的人拟好投资合同，签完以后打给你们。"

她太痛快了，贾冰洋一时失语，竟前所未有地不自信起来："金，金总，这么一大笔钱，万一我给您弄亏本了怎么办？"

金窈窕想到他未来那群仗着他的作品足够优秀彪悍而傲慢得神挡杀神的粉丝，反倒比他表现得自信多了："你的水平，不至于。"

贾冰洋突然说："我去一下洗手间。"

他哥们儿留下等了一会儿，见他还不回来，就追去洗手间看情况，却见他这么个高高壮壮的北方大汉竟蹲在隔间里哭得撕心裂肺，站都站不起来。

那几个哥们儿也被他弄得哽咽，互相安慰了好久。

之后贾冰洋朝金窈窕提议："金总，铭德是我的灵感缪斯。我们这部纪录片总得有个主线，我想了一下，能不能把您公司旗下的餐厅设成主线，贯穿整个片子？除了起承转合，也能顺便给铭德做宣传。"

当然，目前的他对这个宣传的效果如何是没什么把握的。

金窈窕有什么可不同意的？想到纪录片组缺人手，她还给了贾冰洋一个建议："我在临江广电有个关系不错的朋友，看看她手上有没有有用的摄影师拨给你们帮忙。"

这个朋友自然指的是蕾秋。

蕾秋真心对她，这会儿有机会，她也想给蕾秋创造点条件。

找上蕾秋的时候，她才知道，因为贾冰洋执拗地成立了新的拍摄组这件事情，广电大楼已经闹翻天了。

蕾秋这几天直面风波，很是无语："那个姓林的快气疯了，现在浑身火药味，连我们领导都被他怼了好几次。"

她没跟金窈窕说的是，对方因为当天在会议室的争执，后续也针对了她几次，之后不知是不是有意，点名让那个姓年的进了组。

姓年的上次职位争夺没胜过她，蔫了一段时间，这几日又昂首挺胸，尾巴翘得老高。毕竟搭上了京城来的项目组，后续要是能做出来成绩，他说不定就有机会调去京城台，不管从政治意义还是后续发展角度，都比待在临江这种地方台要好得多。

即便她不说，金窈窕也能猜到她得罪了林森那种公子哥少不了要被穿小鞋，蕾秋仗义，她却不能心安理得地让对方吃亏。不过目前的问题是贾冰洋的拍摄组比起林森的那个，规模肯定有点不够看。

谁知道她说完这事后，蕾秋却表现得挺高兴："没想到那个姓贾的导演跟你合作了，他那人实诚，挺对我胃口的。"

金窈窕说："他们现在就一个摄影师，规模不大，肯定比不上原来的那个组，你要是不愿意的话……"

"这有什么？甭管规模大小都是京城来的组，能合作都算给履历镀金。"蕾秋想了想自己手上的资源，道，"我最近刚刚升职，手上人也多，你记得上次晚间新闻去你们店里采访的那个小组吗？那几个拍食材挺厉害的摄影师现在就归我管。我看这样，也别只借摄影师了，我直接带人进他们组帮点忙。正好我最近看那个姓年的都快看吐了，想找个机会往外跑一跑。"

蕾秋做事风风火火，说完还真的带了一大帮人去，贾冰洋的纪录片组顿时如有神助。

临近春节的时候，金父终于披着风雪从深城回来了。

临江很少下雪，但今年也不知道怎么回事，早早地就下起了初雪，下完又积不起来，搞得外头地上到处湿漉漉的，金窈窕听到父亲回来的消息，第一时间在家里炖上了驱寒的汤。

她问过医生，知道父亲现在可以吃点温补的药膳，金窈窕就拎回家一只老母鸡，炖得肥嫩油润，满室喷香。

纵然一直坐车，金父回来时下车走的这两步也足够把鞋底湿透。他术后恢复得虽好，到底身体比以前虚弱了，被寒风吹得浑身难受，踏进家门嗅到香气，骤然恍惚了一下。

岑阿姨一边念叨着外头真冷一边接下他的外套，客厅的电视响着，妻子听到动静出来迎接，厨房里的女儿也探出头，看到他后笑了笑：“爸，回来啦？”

他忍不住也回了个笑：“嗯，做什么呢？”

离家那么多天，在外头都好好的，这一刻闻着香气，不知怎么的，思念竟忽然涌上心头。

第32章

寒风呼啸，金家的别墅开了暖气，金父换了鞋子，先去洗澡，出来以后整个人都暖和了。

鸡汤的香气在空气里飘散着，不等汤上桌，金母抢先舀出一碗，举到面前吹了吹。

金父以为妻子是给自己盛的，刚要上前，却听妻子道："窈窕你先喝一口，你最近也辛苦，赶紧补一下。"

向来享受这个待遇的金父眉头缓缓挑了起来。

金窈窕失笑地接过碗喝了一口，瞥向父亲，金母这才给丈夫舀汤，边舀边念叨："你呀，是不知道，咱们窈窕最近忙得公司餐厅连轴转，这小脸瘦的哟，今天知道你要回家才安排完工作提早回来的，你们父女俩啊，是一个赛一个的忙……"唠叨完又把汤碗塞进丈夫手里，"窈窕挑了好久的老母鸡，炖了几个钟头呢，里面还放了口蘑和药材，医生说你现在能吃一点参了，快暖暖胃。"

鸡汤被熬到金黄，连参须里都被炖进了肉香，咬起来软软糯糯的，口蘑被切成片状，带着独特的鲜味，又嚼劲十足，配上滑嫩柔软的鸡肉，一口就能尝到内里蕴含的心意。

金父看着纤瘦的女儿，眼中闪过心疼，又觉得欣慰。

也不知道从什么时候起，妻子竟将女儿看作和自己一样是需要用药材温补身体的顶梁柱了。放在早些年，他根本不敢想象把工作交给女儿的样子。

当初生病的时候，他真的怕，尤其在知道了三弟的那点心思以后，他就怕自己死后女儿会被弟弟欺负。其实他没有告诉女儿，那天夜里在书房，金老三撕掉了自己拟的遗书以后，他转头还是再去公正了一份，交给相熟的律师，只要自己咽气的消息传回国，律师们自然会拿着遗书找上铭德。

可他安排完这些，还是不甘心死，他拼着一口气想活，在手术室里打麻醉的时候他都本能挣扎着不想失去意识。他忍着刀口的疼，忍着治疗的疼，一路撑到现在，为的可能就是这一刻，在初雪降临的冬日，暖暖的屋子里，一碗鸡汤，家人团聚。

嗯，他还得再活很久才行。

父亲这趟去深城，折腾了不短的时间，金窈窕在桌上问："那边怎么样？您一去那么久，我还以为碰到麻烦了。"

金父挑出碗里的口蘑嚼得津津有味，不动声色地回答："就是为了找到合适的地方，拖延了一下。"

金母有点疑惑："深城那么大呢，我还以为找地方很简单啊。"

金父只是笑了笑。

金母想起什么，又问："哦对，我记得你师门就在深城，在深城还挺有名的是吧？这回是不是顺路去跟师弟们碰面团聚了？"

她提到的师门就是深城尚家，这段历史金家所有人都知道，金窈窕当然也不例外。

金家虽然是世代名厨，但父亲早年却没有留在家里，反而从小被爷爷送到了一户姓尚的人家，待了足足十五年，直到二十来岁，才回来继承家业。

金老爷子厨艺出众，让儿子另拜他师自然也不是没有缘故的，尚金两家祖籍在一块，曾经还做过姻亲，金老爷子跟尚老爷子更是打小长大的交情，后来才因为历史问题没在一处生活。不过尚家比起金家，明显要更风光，听说祖上还曾有人做过御厨。后来举家去了深城，尚家也发展得很不错，反正比眼下的金家，他们是要红火许多的，是深城有头有脸的人家。

父亲这趟去深城，目的是做市场调研、办理企业手续和寻找深城合适的经营点，这些事情处理起来说简单不简单，但再麻烦，也不至于拖延到今天才回家。如果是顺便去跟师门团聚了一下，就说得通了。

金父含糊地“嗯”了一声：“对了，启明的爸妈回国了，你们知道吗？”

金窈窕脑子转得很快，立刻看了父亲一眼。这是在转移话题？

不过父亲这个人，向来自尊心强，他不想聊的事情金窈窕也不打算过分深究，大家都有秘密，很多时候这种过度的关心反而伤感情。她想了一下跟着父亲去深城的那群助手，决定有机会的话从他们那儿下手了解一下父亲这趟的行程内容。

金窈窕不动声色地顺着他的话走：“是吗？”

金母倒是拍了下脑袋：“瞧我这记性，亲……沈夫人前几天给我打了电话来着，聊窈窕和启明的婚事，我那天想跟你和闺女说来着，结果那天窈窕下班晚，我看她忙成那样就没提，居然给忘了！”

金窈窕：“婚事？你怎么说的？”

金母道：“还能怎么说，肯定是劝她年轻人的事情就让他们自己解决。不过她好像是才知道启明跟你退婚的消息，启明那孩子也是，这么大的事也不知道告诉他们一声。”

金窈窕不以为意，她早就习惯了，她跟沈启明的父母接触本来就少，相比起来，反倒是她爸妈跟沈家父母打交道更多，毕竟以前沈家爸妈在国内的时候，两家住得不远，虽然他们很少在家，却偶尔会因为商业活动跟金家父母碰面。

她倒是经常能听到他们的消息——沈家父母是外界颇受好评的神仙眷侣，沈父经常带妻子出席国内外的公开商业活动，在媒体镜头前留下的影像数不胜数。早些年她傻，对沈启明的一切都很好奇，特别想了解对方幸福的家庭，但沈启明却对此不太热衷，说得很少，她跟这对公婆碰面的次数也很少，就连他们的一些大事，都是靠看新闻才能知晓。

他们偶尔回国，也是匆匆而来，就连参加婚礼，也忙得只待了半天就走，但当天夫妇二人在众多商业伙伴面前手挽着手的恩爱场面倒是给金窈窕留下了很深的印象，就连金母那时都很羡慕地跟金父说：“你瞧瞧亲家，再瞧瞧你，同样是老夫老妻，你个木头疙瘩！”

金父很尴尬地咳嗽，显然是吃不消老妻的期盼。

金母气得打他，又跟金窈窕说：“这么好的榜样，你和启明要好好学哦。”

沈启明那时候看着金母气哼哼打金父的样子，没有说话。

然后……反正这么说吧，沈父在国外提前过六十大寿的消息金窈窕都是借着媒体才知道的，对方也没有邀请她。

沈启明当时看了眼照片上父母十指交扣甜蜜对视的照片，只说：“他之前说过，我那天没空，派助理去了。”

金窈窕很不理解：“为什么让助理去，不让我去？”

沈启明又是那副不想多解释的样子：“我不希望你跟他们接触太多。”

真的是没谁了，金窈窕现在想到这些都想翻白眼，当时她怎么没给沈启明一拳呢？

一家人才提到这对夫妇没多久，金窈窕没想到她转头就遇到了久违的沈母。

露娜打来电话，说自己跟父亲吵架了，要离家出走几天，来隐宴给金窈窕端盘子。

金窈窕听她哭哭啼啼，才知道她分手之后又被父亲催婚，觉得好笑，正好她人就在铭德，金窈窕就让她过来，自己下楼接她。

外头冷得不得了，露娜打了个车来，下车后居然看不出多少悲伤，这小“白痴美人”一见她还笑得挺开心，叽叽喳喳地说：“窈窕窈窕，我刚学会的织围巾，给你织了条灰色的，刚织到一半，过年你就能戴上啦！”

她手上提了个小袋子，里头赫然放着绒线团和织针。金窈窕把带出来的外套抖开，道：“快进公司，外头冷死了。”

露娜刚要说话，旁边就传来一道声音：“窈窕？是你吗？”

金窈窕立刻转头，入目赫然是沈母。

沈母刚从路边的一辆临时停靠的车里出来，随后出来几个贵妇，一行人看起来似乎是要去逛街的样子。

附近路过的好多人都回头，除了金窈窕，他们也看沈母。

能生出沈启明那种儿子的女人，颜值自然不必多说，以往那些媒体形容沈母，除了恩爱夫妇，最爱用的词汇就是“冻龄美人”。

沈母周围的那些贵妇明显跟她一个年纪，但偏偏被她衬得老了一轮有余，倒不是她们不擅保养，实在是沈母的形象太过贵气端庄。岁月对她很慷慨，让她连眼角冒出的细纹里都填满了魅力。

金窈窕虽然跟她来往不多，但对这张出众的面孔却很有记忆，立刻礼貌地打招呼道：“许阿姨，您好。”

沈母本名叫许晚。

沈母让贵妇们回到车里，自己上前几步，温柔的双眼凝视着她，看着有些踌躇又有些哀伤，竟像是不敢靠近的样子：“没想到会在这里碰到你。”

不远处，一辆车里，沈启明正跟合作方打电话，余光不经意地扫了窗外一眼，眉头立刻一皱，他连电话都没挂就脱口而出：“停车！”

司机被吓了一跳，下意识一个急刹，全车人都被带得前倾了一下，等到回神，听到的只有一声关门的闷响。

电话里的合作方因为沈启明的话有点迷茫，沈启明没有解释，说了句回头再聊，再看向前方，眼神竟有些恐怖。

追出来的几个助理接触他的视线后吓得脚下一个踉跄，沈启明根本不等他们，径直穿过马路朝着正在说话的那两人走去。

他明确说过，让父亲和母亲不要去打扰金窈窕。从以前到现在，他一直极力避免这两人跟金窈窕产生接触，一想到这两个人跟金窈窕有来往，他就感觉有什么干净的角落被脏东西污染了。

沈母正跟金窈窕说话，余光瞥到儿子，明显吓了一跳："启明？"

金窈窕跟着回头，看到沈启明，眉头也跳了下："沈总？"

沈启明携着寒风靠近，径直挡在她和沈母中间，高大的背影像一座高山，带着熟悉的雪松香气。金窈窕被他保护性的姿态搞得有点莫名其妙，抬头看着前方广阔挺直的肩线，听到隔着沈启明的沈母结结巴巴地解释："我真的是路过，碰巧遇上窈窕才出来说几句话，没有故意来找她。"

沈启明朝车子的方向转了下头，示意母亲："好，那你现在可以回去了。"

许晚提着包看着儿子，张了张嘴，面前这张和丈夫相仿的面孔连神情都是如出一辙的冷厉，他们父子真的太像了，除了岁月带来的区别，这对父子对任何人任何事的态度，让她甚至有时觉得儿子可能是丈夫的克隆人。

这认知让她难过的同时，又觉得也是一种安慰。倘若这种冷漠的性格是刻在沈家基因里的东西，那么这些年来她在丈夫身边的那些委曲求全，或许就是每一任沈先生的妻子都要承受的经历。

但这个"克隆人"此时却表现得陌生极了。他满怀戒备地抵御着自己，他害怕自己会伤害他想要保护的人。这是他父亲从来没有展露出的一面，许晚非常确定。原来沈家的男人也会有除了权利和财富以外珍视的东西。

临江湿润的寒风扑在脸上，许晚打了个寒噤。其实她真的没有要为难金窈窕的意思。她一直挺喜欢金窈窕的，也觉得对方会是一个好儿媳妇，今天看到金窈窕后下车找过来，也只是想宽慰对方几句。毕竟不被爱其实不只她一个。

她陪在丈夫身边，这些年出入污浊的名利场，觥筹交错间，看到了太多不堪的同类。婚姻嘛，大家都差不多，忍一忍，到了她这个年纪，一切也都看开了。但这一刻她意识到自己的认知好像哪里出了错。

许晚提着包后退一步，有些不知所措，急促地呼吸了两下，才努力支撑着体面朝金窈窕道别："好，窈窕，那阿姨还有点事，就先走了。"

沈启明盯着她离开，目光比起相送，更像是监控。

直到背后被轻轻拍了下，沈启明回头，垂眸一看，金窈窕仰着脸挑眉问他："沈总，您又路过？"

沈启明对上她的眼睛，睫毛颤了颤："嗯。"

"行吧。"金窈窕无语地说，"那您该走了，我回去上班了。"

沈启明看了一眼她从公司里出来没穿多少厚衣服的单薄身躯，抬手解下自己刚才被追出来的助理递上的围巾，罩在她脑袋上，也没多说就走了。

围巾带着沈启明身上的体温和味道，兜头罩了金窈窕一脸。她眼前一黑，抬手扯下来，还没等回神，就对上了一旁露娜可怜巴巴的视线。

露娜披着她给的外套，提着放绒线的小袋子，金窈窕对上她视线两秒，低头一看——

手里的围巾，灰色的，羊绒的，针织的。

露娜的眼神，水汪汪，惨兮兮，哭唧唧。

金窈窕赶紧拍拍露娜："我真的没有要啊，他自己莫名其妙，你放心，我不要这条，我就要你给我织的！"

露娜："嘻嘻嘻，那你等等我，我快快地给你织好。"

门口路过的铭德员工们纷纷咋舌，啧啧啧，殿下后宫的嫔妃们邀宠真是腥风血雨。

许晚隔着车窗看到儿子给金窈窕罩围巾的那一幕，眼神恍惚了片刻。

旁边的几个贵妇纷纷奉承——

"沈太太，那是小沈总吧？"

"真帅，看着跟明星似的，跟老沈总一个模子刻出来的，你福气可真好啊，有那么帅的老公，还生了那么帅的儿子。"

许晚笑了笑。

又有人问："刚才车外头那姑娘，是外面说的跟你儿子分手的那个？"

许晚"嗯"了一声。

"真分手了？"那贵妇立刻乐道，"哎哟，可巧，我弟弟的闺女喜欢小沈总很久了……"

许晚摇了摇头："没必要，不可能的。"

那贵妇有点不甘心："这……你也该看看再说嘛，更何况……"

他们这种人家，跟谁结婚不一样呢？

是啊，许晚之前也这么觉得，儿子当初突然订婚，是因为到了该结婚的时候，就像他父亲当初娶她一样，不过是按部就班选个合适的人成家。不是这一个，也会是另一个。

但现在看来，那个"另一个"，或许根本就不存在。

她想着想着，忽然说："你们去逛吧，我想下车走走。"

金窈窕下班回去的路上，瞥到窗外的一个行人，忽然愣了愣，让黄叔把车停下。她降下车窗，朝外问："许阿姨，您怎么在这里？"

临江的冬天很冷，许晚拢了拢不太厚的皮草外套，脑后盘起的精致发髻被风吹得有些凌乱，她转头看向车里的金窈窕，眼神温柔而复杂："窈窕，你这是去哪儿？"

"回家。"金窈窕问，"您去哪儿？我送送您？"

许晚愣了下，摇摇头："不用了。"

她没有想去的地方。

金窈窕眉头微蹙，觉得她精神状态看起来有点不对劲，总不好这么丢下她，索性打开车门道："不嫌弃的话，到我家吃晚饭吧。"

车里的暖气弥散出来，许晚鬼迷心窍地钻了进去。

金家，地暖让屋子里的温度跟外头仿佛是两个季节。露娜常来，熟门熟路，一进屋就嘴甜地到处叫人。岑阿姨认识她，接过她手里的东西，看了眼外头积雪融化的湿漉漉的地面，连声道："哎哟，遭罪了遭罪了，快进来快进来，把鞋子脱掉。"

她不认得沈母，被沈母身上雍贵的气质震了下，问："这位是？"

金窈窕介绍："这是沈总的妈妈，我请她回来吃晚饭。"

"沈太太呀。"岑阿姨因她的身份意外了一下，心想着咋回事？退了婚这前亲家怎么还来家里了呢？但她也没表露出来，只朝楼上喊，"金总！金总！窈窕带沈太太来家里了！”

金父下楼，看到沈母，也有点莫名其妙，沈母比他更尴尬，贸然登门这种失礼的事情，她还是头一次做。

但金父很会做人，迟疑片刻，转瞬就拿出社交风范：“沈夫人呀，好久不见。”

金窈窕问：“爸，我妈呢？”

“你妈出门逛街去了，买东西买到这个点也没回来。”金父道，“岑姐，你给她打个电话。”

出门购物，这倒是沈母熟悉的生活，她在家没事做，丈夫十天半个月也未必能回家一趟，她平日里为了打发时间，经常出门买东西买一整天，要不就是参加各种聚会。

两家人之前就认识，但多是在各种公开场合来往，沈母看着第一次登门的金家，第一感觉就是跟自己家不一样。

沈家的房子，不管国内国外，家里都有保姆，却不会像岑阿姨似的这样大嗓门地说话。她性格清冷，身边人跟她讲话都客客气气的，很难表现得亲近，更别提对她丈夫这个一家之主了。

不过丈夫很少会在家里待，但有他没他，屋子都是一样冷寂。

金家也大，但到处都满满当当，门一关，耳朵里就能听到电视新闻的声音，加上岑阿姨打电话的声音，很吵，也很热闹。

她有些拘谨地在客厅坐下，打完电话的岑阿姨又跑过来招呼她：“沈太太，外头都零下了，您怎么还穿这么少？来来来，先喝一杯茶，窈窕每天早上给金总现做的呢。”

香气传来，她手心一热，低头看去，是个白瓷质地的茶杯，里头飘着零星的药材和一点类似玉米须的东西，她轻轻喝了一口，有些意外。

清爽的甜味带着特殊的香味弥散在舌尖，顺着喉咙一路滑下，她冰冷的手脚瞬间开始升温，鼻腔里尽是暖洋洋的气味。像药材，又像茶，偏偏还带着点馥郁的甘香。

她喝过无数名贵的茶与咖啡，哪一样都没有冬日里的这杯茶这么舒坦，她忍不住夸了一句："好喝，这是什么茶？怎么泡的？"

金父听她夸奖，忍不住有点骄傲地介绍："哪儿啊，这是煮出来的，里头放了甘蔗啊玉米啊还有些药材，窈窕那丫头说我现在身体虚弱，天天给我琢磨着煮这些，不过看着乱，喝着是还行。"

其实他谦虚了，味道哪里是还行，这一锅材料配合得恰到好处，他有时候喝完煮出的水，连甘蔗和玉米都会捞出来嚼几口。

金窈窕进厨房看了眼锅，发现早上放进卤水的卤料早已经炖得透烂，盖上锅盖，她顺口问道："那我改天把这茶拿去隐宴卖，天越来越冷，好多客人都在问能不能上热饮。"

金父根本不管："你自己做主就行。"

金窈窕又问："许阿姨，您口味重不重？家里今天的主菜是卤味。"

许晚赶忙说："不要管我，我吃什么都好。"

其实她胃口一向不好，又为了身材，基本不太吃晚饭，有时候最多吃点凉拌的沙拉。她现在其实有点后悔来金家做客，要不是出于礼貌，她早就想告辞了，哪儿还能想到吃饭的口味呢。

听她这么说，金窈窕放心了一点，又顾念着父亲的身体，动手做起了胡椒猪肚老鸭汤。

俗话说得好，以形补形，金父的肚子上开了个口子，猪肚虽然不是肚子，但好歹带个"肚"字嘛。都是心理安慰，一个意思。

汤是一早就跟驱寒的茶水一起炖上的，高高的汤锅炖了一天，水位已经只剩一半，汤汁却炖成了奶白色，表面漂浮着亮晶晶的油光。锅盖刚刚掀开，香气就扑了满脸，锅里煮了足足三只老鸭，骨头都快炖酥了，皮肉更是近乎融化，切成条的猪肚伴随着咕嘟嘟冒起的泡泡在汤里浮沉，香气从厨房迅速蔓延到客厅，并顺着客厅打开透气的一扇小窗户钻向了更广阔的天地。

一个小区的邻居们隔着老远闻到这股香，几乎不用多想，就知道这是金家又在做好吃的了。

临近的一幢房子里也正是晚餐时间，正在减肥的女主人也不管暖气干燥，赶紧去关窗户，关完之后还拍拍胸口。好险，昨天闻到就没忍住吃了饭，还好今天动作快。呜呜呜，真是“小区一害”。

金家客厅里，直面这股香气的许晚显然更受冲击，她刚刚才喝了一肚子甜水，算是摄入了超出平常的卡路里，可早已习惯不吃晚饭的胃部现在却忽然明显地蠕动了一下，随即陷入深不见底的空荡。

饿了……

许晚尴尬地在沙发上挪动了一下。

好在此时，外头传来院门打开的动静，岑阿姨再度唠唠叨叨地去开门：“肯定是太太回来了。”

金父则皱起眉头：“买东西买一天，真是。”

他长得威严，脸色一板，冷冰冰的，看起来就是要生气的样子。许晚正想着要不要劝一劝，下一秒房门打开，金母夹着风雪进屋，声音一路飘了过来：“哎哟，外头怎么又下雪了？好不容易才停了一下午，鞋子都给我打湿了。”

她正要打招呼，就见客厅的金父已经走向大门，照旧皱着眉，手却自然地伸出去，接过了妻子手上的购物袋。金母也很自然地把东西递给丈夫。

老夫老妻的相处太自然了，许晚竟看得愣了一下。

金母絮叨地说：“看到商场有挺好的冬虫夏草，给你买了一盒，还有个羊毛护腰，你去试试合不合适，不合适了我下次去换……”

金父“嗯”了一声：“赶紧脱鞋，家里有客人。”

“谁啊？”金母愣了下，伸头去看，过了一会儿才反应过来，“亲……沈夫人？”

许晚已经站起身，这会儿看着他俩，几秒后才点了点头：“打扰了。”

金母看了丈夫一眼，金父摇摇头，表示不知道怎么回事，她立刻笑开上来寒暄：“哎哟，好久不见，沈夫人您上次给我打电话，我还惦记着你们难得回国，该请你们回家吃个饭呢。”

玄关处，金父顺手把妻子脱下的外套挂起来，又把自己手里提着的袋子交给岑阿姨，金母皱了皱鼻子，问：“好香，哦对，今天窈窕炖了猪肚老鸭汤。”

金父道：“你去换个袜子，赶紧来吃饭。”

金母不好意思地笑笑，又问："晚上搞个面条呗？那么好的汤，不吃面可惜了，沈夫人您吃面的吧？"

许晚点点头，有点反应不过来。

金母便推了下丈夫的肩膀："窈窕累一天了，你去帮帮她，怎么能让她一个人做饭？不过你身体不好，别用力啊，我上楼洗一洗，下来给你们打下手。"

金父"嗯"了一声，果然进了厨房，没多一会儿金母也下来了，一家人在厨房里弄面条，声音时不时传到外头来，许晚就静静地听着。

雪白的猪肚汤，放进煮好的手工细面，整整齐齐地盘在汤碗里，上头撒了一小把金窈窕焙的蒜和胡椒粉。炖烂的老鸭被盛出来，另起一碗。桌上还有几个随手炒的时令蔬菜，水灵灵的。

金父把女儿挤开："我来我来，这点活爸还干得动。"

想帮忙的金母也被嘲讽了："就你那刀工，还能切菜？歇着去吧。"

他把卤肉从一锅黑亮的卤水里捞出来，里头有他最爱吃的猪五花和大蹄髈，也有金母爱吃的笋干和杏鲍菇，全部被卤成褐色，汁水丰盈，油光发亮，整整齐齐地切片，浇上卤水盛在不同的盘子里。

"嘿。"他闻着卤肉的香气朝女儿道，"窈窕，你这卤水弄得好，吊上几个月，能当老卤汤了。"

金窈窕客气地对许晚道："平时家里吃的比较简单，怠慢许阿姨您了。"

许晚摇摇头，坐下吃了口面，筋道的细面带着手工现做特有的嚼劲，被浓厚的猪肚汤包裹着，滑进嘴里，看着简单，实际鲜美得登峰造极。

盘子里卤好的五花肉和猪蹄髈看起来有点肥腻，油汪汪的，她为了保持身材，别说肥肉，平常连猪肉都很少吃。但这次，她却忍不住提筷夹起一片。

猪蹄髈柔软得像是一块布丁，隔着筷子都能感受到它的弹滑，被卤水浸润了不知多久，早已经改头换面，热腾腾地滑进嘴里，只拿舌头微抿，就利索地融化分解。满嘴都是卤汤的咸鲜，让人只想再吃一口面，却半点感受不到它表面看起来的肥腻。

金父爱死肉了，即便有客人在，也毫不掩饰对卤肉的专宠，连吃了好几块蹄髈和五花肉，紧接着胳膊就被老婆抓住了。

他术后脂肪摄入一直受控，但金母念着有外人，给丈夫留面子，今天没有直说，只是咳嗽一声。

老夫老妻僵持了三秒钟，金窈窕给父亲夹了一根绿油油的莜麦菜：“爸爸？”

金父偃旗息鼓，收回胳膊，板着脸开始吃菜，又凶又乖。

许晚只是低着头喝猪肚汤，好像没看到旁边发生的一切。

她慢慢地，慢慢地，把碗里分量不少的面条，混着猪肚汤吃了个干干净净。

晚上，明珠山的别墅，迎来了一位甚少踏足此地的主人。

沈启明回家很晚，几近凌晨，房子里是跟平常没有任何不同的冷清，阿姨接过他外套的时候小心翼翼地提醒：“太太来了。”

沈启明愣了下，太太？这个房子的女主人回来了？但转头一看，才发现沙发上坐着的是母亲。

他立刻皱起眉头，母亲平常就算回国，也从不来这里住的，他问：“你怎么来了？”

许晚回头看了眼儿子，见他是一个人，恍惚了下，问：“你爸呢？”

这次国内的事情挺多，他们在临江待了比预想的还久的时间。

沈启明换好鞋，拿着带回家的文件上楼：“不知道，我没跟他在一起。”

上楼梯的时候，他听到母亲打电话的声音：“你在哪儿？”

她开了免提，沈父的声音从电话里传来，有点喧闹：“在忙。”

沈母说：“明珠山，启明这里，你过来一趟。”

背景里传来乱嗡嗡的喧闹，有男也有女，挨得挺近，沈父也没避开的意思，直接问：“什么事？我今晚不一定走得开，哦对了，你准备一下，挑几件合适的衣服，后天这边会议闭幕式，有媒体，要你跟我一起出席。”

沈母深吸了一口气：“我有急事要跟你说，你不过来，我就现在回纽约，后天的闭幕式你自己一个人去。”

“你闹什么？”沈父的语气有点不好，但沈母直接挂断了电话。

一小时后，沈父脸色不太好地推开甚少踏足的明珠山别墅，走进大门，果然见妻子坐在沙发上看着自己。他把外套一撂，没有进屋的意思:“赶紧说，说完我还要回去。是不是让你找金家人谈的婚事谈好了？”

沈母:“差不多。”

沈父:“差不多是什么意思？”

沈母吸了下鼻子，低笑道:“就是我要跟你离婚的意思。我们离婚吧，好了我说完了，你现在可以回去了。”

沈父:“嗯？”

等一下，这个逻辑需要捋一捋。

刚好走出书房打算下楼回公司加班，结果听到最后一句话的沈启明也一脸茫然。

怎么这么耳熟？在哪里听过似的。

第33章

许晚也不知道是怎么想的，说出来之后，看到丈夫错愕又可怖的脸色，她的内心竟然生出了报复的快慰来。

她知道自己很冲动，这一生她从未如此冲动行事，放在往常，即便是前一天过得再不堪，第二天有公开活动，她仍会把自己收拾妥当，挽起丈夫的胳膊，面对媒体的镜头，尽职尽责地扮演天衣无缝的神仙眷侣。她的孩子、她的人生、她的家庭，一切都得排在人前的风光之后。

多少人羡慕她啊，就像那些即便她久不回临江，踏足此地的瞬间仍能如同至交好友般贴过来奉承她的贵妇们一样。可她就是忍不住一遍遍地去想，想和丈夫的性格如出一辙的冷漠，却仍旧本能地隔开自己挡在金窈窕前头的儿子。去想金家，想金父跟金母关起门来习惯成自然地拌嘴的模样。屋子里没有那么多的外人瞩目，没有机器拍摄，金父那样威严的人，如此自然地去给妻子提包做饭，他们一家人挤在厨房里，热热闹闹。原来有些人，同样到了这个年纪，每天竟也能过上这样的生活。

偶尔冲动一次，感觉真好。

老沈总疑似婚变的消息透出了点风声，金母回家跟丈夫说起，很是不可思议：“怎么可能？他俩感情那么好，去年才在国外办过结婚纪念日呢，当时还邀请了我们，不过你那会儿没空，我自己一个人就没去。他们在的那个州的州长都出席参加了，这才多久？”

金父一听这事就头大，当时金母跟他哀哀怨怨地唠叨了好久，导致他连续半个月脑子里都塞满了“别人家的老公”。他知道老妻是想要浪漫，他过结婚纪念日的方式也比较朴素，就是当天给妻子下厨做一大桌她喜欢吃的东西，费时费力，但确实老土了点。然而他真搞不来那些，当着镜头和那么多外人的面搂啊抱什么的。

不过金父也没怀疑人家的感情不好，此时怕话题扯远，只能干笑：“肯定是瞎说，外面那些人借题发挥的水平你又不是不知道。”

金窈窕对此很是认同，全世界的夫妻离婚了也轮不到这俩啊。

不过她也不太打算多关注，那天的巧遇只是突如其来的插曲，过去之后，双方本来就没有产生交集的必要。结果这天她去铭德上班，却见沈母等在公司大堂，见到她后，眉眼温柔地对她笑。

“窈窕。”许晚递出手里拎着的东西，“那天才知道你爸爸之前做了手术，这是我托人找来的野山参，有点年头，手术后恢复期身体虚弱，最适合吃它。对不起啊，过了那么久我才发现，当时人在国外，也没能帮上你们什么。”

金窈窕低头看了一眼，她手里那盒参硕大一只，根部茂密得跟胡须似的。金母这段时间为了丈夫的身体，托了不知多少门路找补药，钱也没少花，但找到的参都不如这只好。有些东西不是有钱就能买到的。

她退了一步：“许阿姨，无功不受禄，这礼物太贵重了，您的心意我领了。更何况我和沈总……”

沈启明的母亲如今跟她之间的关系，其实也就是个一起吃过晚饭的陌路人而已。

许晚摇摇头："你别误会，我不是为启明来的，启明说过，不让我为了婚事骚扰你。"

骚扰？母子之间怎么会用这个词语？沈启明那种闷棍居然也会专门叮嘱父母不打搅自己吗？这可真是神了。

她面上不动声色，许晚见她态度坚持，笑容变得有些无奈："这是我自己想送给你们的，不只给你，也给你的爸妈，作为感谢。"

金窈窕思索了两秒："我们……好像没帮到您什么？"

"不。"许晚温柔而坚定地摇头，"你们帮了我很大的忙，因为有了你们的存在，我才敢鼓起勇气提出离婚。"

什么情况？沈启明爸妈真离婚了？什么叫因为有了我们的存在？我不是，我没有，你别瞎说啊，我跟沈总分手得很理智的，可没有想过让他家破人亡什么的。

许晚明显不是在瞎说，金窈窕跟她对视半分钟，终于忍不住低头看了自己一眼——

"百分百离婚加分手"的buff挂在哪儿呢？一个她，一个露娜，再加上沈启明他妈，三个了。

许晚其实也很想找个人来倾诉，她挺直腰杆风光了那么多年，为了维持被人艳羡的自尊，背地里的辛酸不敢给任何人看见。

交浅言深不是她的性格。她跟金家以前来往得也不多，但不知怎么的，那顿饭后，这家人在她心里的位置就变得有点不同起来。

寻香宴里还不到饭点，店里清静，桌上盛了几杯金窈窕正在推广的甘蔗药茶，幽幽的香气在鼻尖飘荡。

金母本来就是软和的个性，听完许晚用轻描淡写的语气说出口的过去，眼泪淌得简直停不下来，拍着她的手直哭："太不容易了，我真的没想到你背地里过得是这样的日子。你说你，何苦呢？小沈那么大了，你自己又不是条件不好，怎么能让自己受那些罪？"

许晚听她提起儿子，怅然一笑："启明……我对不起他，为了跟着他爸到处露面，我基本没怎么带过他。偶尔碰面，还让他从小看到那些……"许晚说着，竟也有些想落泪，摇摇头，道，“他跟我和他爸不亲，是好事。”

金母问：“那你以后怎么办？”

许晚：“先找律师吧，离婚也不是那么简单能离的，擅长打这方面官司的律师也得好好找，我在国内的人脉有限，娘家人也退休了，不想打扰他们，所以还在打听。”

正说着，她的生活助理打来电话：“太太，您是不是在寻香宴？听说先生听到消息找您去了！”

许晚才刚站起来，就听到门口传来刹车的声音，紧接着就是一阵纷杂的脚步，转瞬间沈父已经带着一群人赶到了。

他鬓角已有白发，气质却依旧轩昂，跟沈启明十分相似的那张面孔上一点表情也没有，整个人不说话就带着强大的气场。

不愧是蜚声国际的业界龙头，金家人都被压得惊了下，金窈窕刚才一直在旁边听得不说话，此时却下意识上前和母亲一起拦在了沈母面前，金父没参与女人的八卦，刚才躲到后厨去了，现在听到动静赶紧出来劝：“沈总，咱们可不能这样。”

沈父碍着有外人在，压了压怒火，看向被金窈窕和金母挡在身后的妻子，问：“消息是你放出去的？”

他严令禁止过知情人朝外泄密，唯一不受他控制的儿子也不是会传话的性子，但外头如今依然传开了他疑似婚变的消息。

许晚抿着嘴，脸色发白，但依旧坚定地说：“对。”

沈父深吸了口气：“你想干什么？丢光我的脸吗？你知不知道我在会议闭幕式都被人问到脸上了！”

许晚惨笑一声：“我手里底牌太少，想不被你拿捏，总得都利用起来。”

沈父的眼神阴沉了许多：“我不会同意离婚的，我没有理由唱这出戏给人看，你想用这种小手段拿捏我实在是有点不自量力。”

许晚的表情绝望了一瞬：“你想干什么？”

沈父：“你觉得晶茂现在到了启明的手里，我就拿你没有办法了？你该不会还以为启明会陪你一起胡闹吧？”

许晚自然是不敢想这个的，儿子连那天听到她提离婚都没有给出任何表示，仿佛这件事情跟他一点关系也没有。她内心知晓，孩子对她和对丈夫都没有感情，用没有感情形容或许都太轻了。换成是她，不提寥寥无几的相处时间，单只有这样一个人前虚伪人后冰冷的家庭，就已经足够她心生厌恶了。

沈父见妻子果然不说话，脸色稍缓，伸出手道：“好了，既然说开，就快点过来，晚上陪我一起见媒体，把谣言澄清。”

许晚搭在金窈窕肩头的手颤抖了一下，传来的呼吸声也变得急促，金窈窕难以置信地看着前方理所当然伸出手等待妻子上前的沈父。她原本是不想插手的，毕竟沈家跟她已经没有关系了，现在她却又犹豫起来，有点想为身后这个无依无靠的女人撑腰。

金窈窕抓住搭在自己肩上的手，感觉手心触到的温度在迅速降低，她咬了咬牙，不料，前方的沈父却在她下定决心的同时忽然发出怒不可遏的声音：“谁？”

她立刻转头看去，着实吃惊了。沈启明不知什么时候已经赶到，正冷着脸拽着父亲衣服的后领朝外拖。

沈父个头高大，却仍旧比他矮一些，刚才看着气势磅礴的样子，现在被拽住拖行却毫无抵抗之力。

挣扎中他回头看到儿子，明显错愕又生气：“启明！你是不是疯了？居然敢对我动手！”

沈启明的脸色沉得吓人，抓着他衣服的骨节都泛起白色，迈开的脚步连顿都没顿一下，径直把他拽出门甩进车里。

旁边那群跟着沈父来的人看到他动手，甚至都没敢拦一下，明知道他要做什么，刚才站在车旁的司机依然下意识打开了门。

沈父在后座挣扎坐起身，正要怒视儿子，却听砰的一声，沈启明撑着车门俯身下来，眉眼是一片晦暗的阴影：“现在就走，别逼我动手揍你。”

沈父整理衣领的动作一顿：“你说什么？你再说一遍！你要揍谁？”

沈启明垂着眼：“你以为我不敢吗？”

父子俩对视五秒，沈父露出忌惮的表情，沈启明盯着他冷笑一声，起身甩上车门，看了司机一眼。司机后背一挺，脚下飞快，钻进驾驶室一溜烟把车开走了。

沈启明看着他们离开，好久之后，才听到身后传来母亲的声音："启明。"

沈启明回头，看着被金窈窕搀扶出来的母亲，目光跟金窈窕对视片刻，这次倒没像上次那样上前隔开她们了。

许晚看着前方高大的儿子，万万没想到对方会出现在这里为自己出头，一时神情似悲似喜，恍若梦境："启明，我跟你爸……"

她后知后觉地想到，离婚这件事，她提出之前并没有跟儿子商量过。他们母子之间，本来就没有沟通的习惯，这无疑是她这个母亲的错。

沈启明打断她，声音听不出什么情绪："律师我会让人找好，你不用说那么多，也不用跟他见面，等消息就行。"

许晚憋了那么久的眼泪一下就下来了："谢谢，还有，对不起。"

沈启明看到她哭，抿了抿嘴，没有更多的表示。金窈窕让父母把许晚送走后，他才终于再次出声："对不起。"

金窈窕收回视线，看向他："什么？"

沈启明垂眸看着她："吓到你了对吗？是我没约束好他们。"

她这才想起许晚说的沈启明禁止父母骚扰自己的事，摇了摇头："不至于，我哪有那么脆弱。"说完又情绪复杂道，"沈总，你以前，好像从来没有跟我说过这些。"

结合眼下的真相，她发现自己以前问的好多问题，已经可以称得上是没眼色了。

对方一下变得安静，金窈窕没等到回答，忍不住投去询问的目光。视线所及，对方站得笔直，垂头看着自己，眉骨鼻梁一片流畅的光影。

沈启明凝视着她，片刻后才转开头，扯了扯嘴角："如果可以的话，我一辈子都不想让你看到这些脏东西。"

距离寻香宴不远的铭德，许晚擦干眼泪，眼睛还红着，却已经恢复了美貌端庄，拉着金母的手说："谢谢你们。"

金母做主把她送来的野山参收下了，笑着道："谢什么谢，搞得那么客气，沈夫……"

她卡了一下，这会儿叫沈夫人明显不太好了。

许晚笑道："别叫得那么生疏了，金夫人，我们好像同龄，但我比你小几个月，你叫我一声小许就行。"

金窈窕生得晚，两人岁数差不多，但孩子的年纪却差了一大截。

全临江，就金母所知，社交圈里没哪个人敢这样称呼对方的，毕竟许晚也是名门出身，娘家那边早年有些地位。但刚才一起扛过事，两人算得上朋友了，她也不拿乔，利索地说："那行，小许，你可以叫我张姐。"

金母本名姓张，张若茹。

二人牵着手捏了捏，转瞬都笑了，感情尽在不言中。金母觉得怪有缘的，许晚在社交圈里比较超然，虽然为人礼貌，但外头不少人都觉得她是个不好接近的人。她听得多了，以前老觉得她俩不是一个世界的，现在孩子退了婚，没想到反而还亲密了起来。

她有意安慰许晚："我俩要是这样当着外人互相称呼，他们眼珠非得掉下来不可。"

许晚道："张姐，别这么说，我特别佩服你，家庭幸福孩子又贴心，不像我，一辈子过得一塌糊涂。"

金母摸了一下她乌黑油亮的头发，安慰道："怎么就一辈子了？你还年轻着呢。你看看你，保养那么好，长得又漂亮，出去跟不认识的人说你三十岁，谁会怀疑啊？"

许晚听得露出笑来。

金母看女儿跟来，招呼道："窈窕，妈没说错吧？你许阿姨那么漂亮，你叫声姐姐都不为过。"

金窈窕看了许晚一眼，脸上也终于露出笑容来："确实，要不我以后就叫您姐姐？"

金母一拍手："哈哈，我说得没错吧！小许啊你还年轻呢，以后就让窈窕叫你姐了！"

许晚张了张嘴，看了眼后面跟着的儿子，声音发干："不、不至于，哪里就到了这个地步……"

金母："怎么不至于？你保养特别好。"

许晚："不好不好。"

金母："好！"

许晚："真的不好。"

金父看不下去地把老婆拉起来："咳咳，可以了，小许刚刚受了刺激，你也让人家休息休息。"

金母"哦"了一声："对。"又问，"对了小许，你接下来干点什么？就打官司吗？打完官司以后呢？"

许晚刚才被搞得一脑袋糨糊，现在聊起正事，也有点茫然："还没想到，我……我这些年，就是跟着他各种开会、社交和见媒体，没有出来正式工作过。"

更何况她从小家境优渥，年轻时娘家有权，结婚后丈夫有财有势，也没什么工作能请得动她出马。

正思索间，外头忽然热闹起来，许晚下意识朝大门看了一眼。金窈窕打开门朝外一看，反应过来了："没事，到饭点了而已。"

短短一段时间，铭德的企业文化已经奠定，最著名的一点，就是饭点时各大部门涌出的"丧尸群"。

许晚却不了解这个，金窈窕看了下时间，提议道："要不我们也去吃饭吧？大家好像都还没吃。"

金父金母都点头，许晚和沈启明却都有点不适应，这个意思是要带他们到食堂吃饭吗？

说实在的，这母子俩都没在公司食堂吃过饭。沈启明是因为不喜欢人多。许晚则是生活圈子的原因，不会接触食堂这种场合。

但铭德是餐饮企业，包括金窈窕在内的一家人都不觉得吃食堂是奇怪的事情，尤其在金窈窕整改过食堂，得到了员工们的颇多良好反馈以后，铭德食堂更是三不五时地开始上一些研发部琢磨的新菜品。算是员工试菜，得到好评特别多的话，基本就可以着手上线各项目餐厅了。

自打有了这出，铭德的食堂一天比一天热闹，现在连公司里的各大高管都不愿意去外头吃饭和单独点外卖了，外卖哪有自家食堂好吃？

许晚一出门，就感觉到这里跟她所熟悉的公司有着更加明显的区别。

员工们脸上都带着笑，虽然看到金窈窕和金父之后都会本能地紧张一下，可问好过后，依然是掩饰不住的情绪高昂。

进电梯之前，她听到后头有几个员工在讨论——

“今天有三杯鸡哦，还有芹菜牛肉锅贴。”

“妈呀，这我还能不知道？芹菜牛肉锅贴我从上周出来时就开始惦记了，月初的时候食堂就做过锅贴吧？不过是早餐，我为了这一口，每天不到六点起床跑公司来上班，那还是素菜馅的呢，今天这牛肉馅的该有多好吃。”

“谁说不是呢，自从公司开始提供早餐，我每天上班打卡比下班打卡还带劲。以后要是能有加班餐，我每天下班自愿加班两小时，不要工资，不到八点绝不走。”

沈启明作为一个老板，听到这种话也不免有点疑惑，电梯门关闭之前他特意看了那几个员工一眼。

他坐镇偌大的晶茂，手下员工多如过江之鲫，自认对员工管理研究得明确，但还是第一次听说有自愿加班不要工资的员工。晶茂确实也有自愿加班的人，可那都是为了赶项目拿比工资更多的回报，天下熙熙，皆为利来。

金窈窕也听到了这番讨论，却明显不觉得哪里不对，还若有所思地跟父亲道：“我觉得可行，加班可以加快铭德各部门的工作进度，挺好的，爸，你说呢？”

“你拿主意就好。”金父最近已经不再干涉女儿的决策了，不过想了想，又道，“但加班的人数不能太多，每个部门控制一下名额吧，不然整个公司都留下来加班也不太好。”

许晚和沈启明听得更加云里雾里的。

电梯门打开的瞬间，外头的喧闹和香味就涌了过来。

到处都是说笑声，杂七杂八地涌入耳朵，金窈窕一行人的出现在这里并不突兀，因为食堂大门附近明显还徘徊了几个职位不低的高管，他们穿着昂贵的挺括西装，手里拿着托盘，正在排队。

看到金父和金窈窕，他们开口打招呼，因为职位比较高，比一般员工要显得亲近些："金总，小金总，夫人，今天怎么都在公司啊？这几位是……沈、沈总？沈老夫人？"

高管嘛，见识要广一些，认出沈启明和许晚的面孔后都惊住了。

许晚这些年配合退居二线的沈父出席各大媒体，露面的场合很多，加上晶茂规模大，总部却设在临江，临江市喜欢沾边宣传，尤其对于晶茂海外分公司的相关媒体新闻，总是第一时间要搬运回本地，视作国内企业之光。长此以往，导致如今认识许晚的人可能比认识沈启明的还要多，毕竟沈启明平常几乎不爱在外露面。

金父笑着含糊过去："刚好碰到他们，一起来吃饭。"

说完学着那几个高管的样子，拿了几个托盘，分送给两个客人。

托盘洗得干净，许晚接到手里，低头看了两眼，感觉很陌生。

沈启明比她还生疏，窗口的阿姨挥着铁勺问他要吃什么的时候，他竟然看着那个大圆勺愣了下。

窗口里集市般陈列着菜品，许多都能看出大锅乱炖的痕迹，卖相比高端餐厅当然要差得多，更别提精致的摆盘什么的，可是香味却丝毫不逊色。

金窈窕看了一眼那些菜，道："油爆虾炸得不错，挺受欢迎吧？"

这才开饭多久，盘子都快打空了。

"哎哟，是金总监啊？"阿姨们一看到金窈窕，立马隔着口罩打起招呼来，"那可不，您亲自教出来的师傅，都是个顶个得好。今天这油爆虾做得可下功夫了，外酥里嫩，要不要来一勺？"

金窈窕："麻烦您了。"

"这有什么麻烦的，金总监您也太客气了。"阿姨给她盛了满满一大勺金黄色的油爆大虾，光是拨动时刺啦刺啦的声音，就能听出这虾的外壳有多酥脆，裹着外头的椒盐颗粒油汪汪地缩起来，漂亮极了。

阿姨送走金窈窕，又问排在后面的沈启明："小伙子，你吃什么？"

沈启明看着她手里的勺，不太适应这个场面，沉默了两秒，说："跟她一样。"

阿姨："哎哟，油爆虾不够了啊，就剩这么几只了，没关系吗？"

沈启明："没关系。"

双方对视两秒，原本因为这个面生的年轻人的长相还挺和颜悦色的阿姨一敲盘子："那你还愣着干吗？倒是把托盘递给我啊！"

这是哪个部门新来的傻孩子？

沈启明一怔，他这是被食堂阿姨骂了吗？

许晚也跟他差不多慢半拍，被提醒后才拿盘子去接菜，后头传来铭德员工让阿姨多铲几个锅贴的请求声，她看了眼自己托盘里刚拿的锅贴。

锅贴细细长长地紧挨在一处，刚出锅的，还冒着热气，底部结了一层焦脆的皮，顶部像饺子似的紧拢着，皮很薄，熟了以后近乎半透明。香气升腾起来，带着肉馅若隐若现的鲜味。

食堂人多，金父以前不来吃饭，也不存在什么专属座位，就跟其他高管一样随便找了个空桌，招呼两个客人："坐，坐。"

旁边路过的员工很多，沈启明不太适应这种热闹的场合，忍不住就想躲避，结果他托盘拿得不怎么熟练，落座的时候身子一歪，盘子里那稀稀拉拉的五只油爆虾滑出来四只。剩下一只，还缺了半个身体，就顶着个尖尖的大脑袋。

另一份是跟金窈窕同样的三杯鸡，也不知怎么这么巧，鸡块也跟着洒出来，只剩下半盘大蒜瓣。

虾和鸡块倒是没掉地上，只是从盘子里滑到托盘上，但……

不过他个儿高，盘子也就举得高，谁都没能看到这一茬。坐下之后，盘子里的大蒜瓣被三杯鸡酱汁酱成一个颜色，乍一看跟鸡块没什么区别。

金父一路闻香下来，早就饿慌了，落座后立马朝嘴里塞了一口鸡块，一边嚼一边点头："不错不错，食堂这些师傅们的手艺拿去店里都可以了。"

三杯鸡只用鸡中翅和鸡腿肉做，不是什么奢侈的材料，但都很嫩滑，加上酱汁调得好，裹着鸡肉，又咸又香。

“本来就是给店里培养的，研发部的新菜都让他们在食堂上一遍，练出来以后就可以直接派到新店。”金窈窕不紧不慢地吃了一只油爆虾，果然和看起来一样炸得好。虾已经去过虾线，被炸得后背的切口朝两边卷开，炸完后又特意经过再一轮的调料翻炒，连虾肉里都渗进了滋味，蛋白质油炸后特有的香气散发出来，挑不出半点毛病。

可以。

金窈窕颔首，道：“妈，你吃一口这个。”

说着夹了一只给金母。

对面的沈启明拿着筷子看着餐盘，实在吃不下大蒜瓣，只能夹起那只缺胳膊少腿的无身虾，盯着它健全的尖脑袋。

另一边，许晚夹起一片锅贴，携着热气送到口中，轻轻咬下。

锅贴的皮果然很薄，内里的馅料也跟平常吃的团在一起的水饺馅料不同，比较分散，大概是因为这个，所以吃起来十分水润，底部煎到焦脆的面皮咔嚓一声发出脆响的同时，牛肉末和芹菜粒就混着汤汁一股脑地冒了出来。

她被烫了下舌头，随即败给了舌尖的美味。

许晚回头，整个铭德食堂坐得满满当当，所有人都在无比幸福地进餐中。他们看起来充实极了，坐在餐位上谈天说笑，脸上一点看不出来工作和生活带来的压抑，跟她所接触过的任何公司的员工都很不一样。

许晚忽然对金母说：“张姐，你们公司的饭太好吃了。”

金母：“是吧？”

许晚：“其实我本科是学艺术的，伯克利毕业，就是年纪有点大了，不知道该做点什么。”

金母以为她在跟自己交流职业规划，开玩笑似的说：“这有什么，我也没工作经验，当全职太太那么久，读的那些书早忘了，还跟社会脱节，好多新知识都不懂。我家老金之前还埋汰我，说我做饭不好吃，干脆来铭德行政部当前台，哈哈哈哈哈……”

许晚:“好啊。”

一桌人全都愣住了，后头不远的一张桌子上，几个耳尖的铭德高管直接惊得嘴里的虾头都掉了出来。他们看着桌上的虾头，互相对视一眼，忍不住珍惜地捡起吹了吹。

我的妈，晶茂总部总裁的亲娘，跺一跺脚国内都要震两下的人物，因为一餐饭，要来铭德当前台？！

他们何德何能吃到这神仙虾头，可不敢浪费，可不敢浪费。

第34章

晶茂，两批律师气氛凝重，隔桌而坐，颇有划江而治之势。

双方当事人一个鬓白威肃，一个柔婉瘦弱，威肃的那个一双厉目，眼神压抑着怒火，柔婉的那个则撇开头望着窗外，并不与他对视。

会议室里只有双方律师冷静的陈述，话题主要集中在各种现金、股份、基金、不动产的分割上。

几十年的夫妻做下来，各自的财产早已模糊得不分你我，离婚又是突然提出来的，托找律师找得快的福，连转移财产的时间都没给当事人们留下。长篇大论以后，沈父终于从律师的话里听到了一个比自己预想中还要庞大的数字。

他要为解除这场婚姻付出自己的半数身家。什么叫损失惨重？这就是了。

他眼中的怒火几乎要融做岩浆，然而顾忌着脸面和此前儿子的警告，又无法发作。单单凭借妻子一个人，或许不能伤害到他什么，可换作如今掌控晶茂总部的儿子出手，就绝对可以让他顷刻间威严扫地。否则他这样要脸面的一个人，怎么能忍受自己的家丑变成谈资，被传得沸沸扬扬，人尽皆知？

会议结束，律师代表笑着对温婉貌美的当事人说："许女士，恭喜您，以您现在的身家，足够可以登上女性财富榜了。"

听到这话，许晚只是勾起嘴角，她从没体会过缺钱的滋味，离婚也不是为了钱而离，只是看到从来高高在上，冷淡得好似世间的一切都不必入眼的丈夫……不，前夫，因为律师的反馈怒目圆睁的模样，她才忍不住真正笑了起来。

上一次对方这样，还是在被儿子出其不意地夺走权利，不得不退居二线离开国门的时候。抢走他的钱和权利，就跟要他的命差不多，原来自己也有让他元气大伤的能力啊。她再次意识到了冲动的美妙。

许晚谢过律师，当着前夫的面给对方的团队承诺了个厚厚的红包，在律师们的感谢声中拎着包离开了会议室。

路过儿子的办公室，她犹豫片刻，还是让助理通报了一声，敲门后进去，儿子正在工作。

办公桌上的三台显示器里有两台正播放着目前在开的股市，键盘的敲击声时而响起，这里风平浪静。

儿子抬起头来，冷静得好像在隔壁闹离婚的不是自己的亲爹和亲妈，只问："有什么事？"

许晚眼神复杂地站在门边看着这一幕，片刻后露出笑容："没什么，财产分割已经谈妥了，妈过来跟你说一声。"

沈启明："我知道了。"

许晚想了想，说："不管怎么样，启明，妈妈要谢谢你的支持。"

沈启明没说话，后面传来沈父压抑着怒气的冷笑："是啊，你是该谢谢他，越来越懂事了，都能帮爹妈打离婚官司了。"

许晚看了他一眼，转身就走，沈父一拳打在棉花上，怒气越发无处纾解，只能找儿子的麻烦："这下你满意了？"

沈启明："跟我没有关系。"

沈父："万一消息传出去，丢的是整个沈家和晶茂的人，你说跟你没关系？"

沈启明看着显示屏上的大盘："是你跟老婆离婚，关晶茂什么事？"

沈父听到这话，一个倒仰，鬓角白头发都多冒出来了几根，气得直冒烟："我老婆跑了，你老婆也跑了！说得你比我强似的！"

沈启明敲键盘的手指一顿。

只要他们家人在一块就不敢凑上前的蒋森躲在自己的办公室门缝后头啧啧摇头。厉害厉害，没听说还有比这个的，那你俩确实不分伯仲，实力相当。这叫什么？一门双豪杰，父子俩光棍吗？

晶茂员工的私人群在长久的寂静后又一次热闹了起来。

"震撼我了！沈总被沈夫人甩了！"

"啥？啥情况？我穿越了吗？这消息我听过啊？怎么那么耳熟？"

"这不是错觉，沈总好早之前就被夫人甩了啊，怎么又开始讨论起这个老话题了？"

"不是啊！这个被甩的沈总不是上次那个被甩的沈总啊！是沈总他爹！老沈总啊！"

"你等等，你让我捋一捋。"

那天在铭德食堂的意外话题，金家人原本都以为许晚是开玩笑，谁知道这位新晋女富豪恢复自由身以后还真的来铭德报道了。还搞得挺正式，投了个规规矩矩的简历。

金窈窕看着那张工作经验一栏坦诚地填上0的简历，才知道许晚是来真的，这尊大佛，金窈窕怎么敢瞎收？第一时间当然是拒绝："许阿姨，您又不缺钱，来铭德上什么班呢？"

许晚笑道："我就是觉得你们的企业文化很吸引我。"

铭德……的企业文化？

金窈窕第一时间想到了食堂开饭时的员工丧尸群，许晚笑了笑，其实她羡慕的是这家小公司里员工们随处可见的笑脸。

同样是忙碌，晶茂忙碌得克制而压抑，铭德的职工们却好像每天都充满了盼头。这里的高管能在食堂和普通员工打成一片，讨论中午食堂供应的菜品里最好吃的到底是锅贴还是油爆虾，她的认知中素来讲究自矜体面君子之交的精英们，也可以端着餐盘挤在小桌亲密分享自认口味惊艳的菜品，是上行下效吗？这个跟金家如出一辙温暖的公司。

她想多接触一些这个对她充满了吸引力的圈子，但以家人的身份嘛……现在看有点悬，那就来这里当员工吧，反正她暂时也没有什么想要做的事情。

金窈窕看着她简历上漂亮的毕业院系，难得发愁，这位许阿姨学历毋庸置疑得高，但她是学艺术的，又没有工作经验："阿姨，可是公司里好像没有对口你专业的职位。"

以这位大佛的背景和资历，放在哪家公司都至少要给个中层以上管理位置吧，谁敢怠慢啊？

许晚顶着被岁月优待的面孔说："前台需要什么对口专业？"

这张脸做前台确实是绰绰有余，但……你是认真的吗？

许晚不是爱开玩笑的人。于是，半小时后，铭德行政部迎来了一位新前台。

铭德确实缺前台，却不是给临江招的，金父搞定了深城那边的手续以后，铭德深城分公司很快就投入了筹备，最开始当然需要一部分临江的老员工跟去开疆拓土。

深城不远，车程三个多小时，金窈窕踏出车门，呼了口深城的空气，目光所及，尽是远胜于临江的现代和繁华。

临江是如今发展最快的新一线城市之一，但相比起真正的老牌一线深城，无疑还有非常大的差距。深城不仅仅接轨国际，经济发达，就连城区面积都是临江的数倍有余。这里有上千万的常驻城市人口，数千万的流动城市人口，餐饮市场之广阔，可以说是一望无际。

铭德在临江发展多年，称得上是小有名气的企业了，社交圈里提出来大家基本都听过，可放在这座城市，根本就不够看。也就是晶茂那种完全不受地域限制的集团，才能在这里得到特殊的礼遇。因此金家人来得很低调，只带来了三车总部员工，当然，其中相当一部分是铭德的厨师。有为新店准备的，也有为公司准备的，老员工来新公司建设，总得保证他们跟本部一样的待遇嘛。

深城地价很贵，铭德正是发展期，资金比较紧张，因此公司的选址不可能在特别优越的位置。金父挑的是交通便利但相对便宜的办公点，附近也是差不多规模的小公司，金父笑着道："隐宴的新店投资比较大，所以分公司大家就艰苦一下吧。以后规模起来了，再给大家换新环境。"

员工们来之前就了解了这一点，既然都愿意来，自然不会惊讶，都笑着道："办公环境不重要，一日三餐才重要，金总，咱们什么时候能安顿好开饭啊？"

众人都笑起来，金窈窕看了办公区的环境一眼，前台的设备也比较朴素，她问许晚道："许阿姨，您能适应吗？"

以这位富豪的身份，站在此地可谓是格格不入，她手腕上那块镶钻的手表估计就够在深城买房子了。

许晚听着耳畔的笑声，忍不住也跟着露出笑容："我觉得这里挺好啊。"

金窈窕又想到另一茬："对了，我们提供的员工宿舍……"

她考虑到深城的房价和房租，索性给跟来的员工们都提供了宿舍，但再大方，也毕竟是宿舍，这位……

许晚摆摆手，不在意地说："没关系，晶茂在深城有园区，以前跟启明他爸偶尔要过来露面，我买过几套房子，官司打完以后都归我名下了，我问问在哪儿，到时候选一处。宿舍要是不够住，我可以……"

"这倒不用。"金窈窕转开头，前台自带房，还多到可以腾几套给同事住，行吧。

这位没问题，金窈窕又计划起了别的，她探头看了眼外面空荡的保安亭："爸，保安、保洁请到了吗？"

金父道："还没。"

金窈窕点头："那我一会儿让人事部发招聘，直接在本地招人。"这些职员确实没必要千里迢迢从临江带过来。

许晚出声道："还要找保安吗？"

金窈窕道："虽然不一定能用到，但总得先找好。"

许晚似乎想帮忙："要什么条件的？我认识本地的一些保全公司，人员都经过专业训练……"

金窈窕想到铭德的资金状况，笑着打断她不食人间烟火的话："许阿姨，铭德平常又没什么大事，哪里需要这种人才？就是看看门、打扫一下卫生这样的工作，在本地招一些退休老人就够了。"

许晚若有所思："退休老人……年纪有要求吗？"

金窈窕："身体好腿脚好就可以。"

许晚点头。

金窈窕以为她只是好奇，结果没想到不多久她竟真的带了几个老人来公司。当中一位老爷子头发都已经花白了，看着却十分精神，站得笔直，宛若松鹤，一双眼也是炯炯有神，就是看起来有点凶。

许晚介绍完其他人，又介绍这位老爷子："孟叔，这是我跟你说的窈窕。窈窕，你叫他孟爷爷就好。"

金窈窕对老人家向来尊敬，叫完人，看了下资料，有点惊讶："孟爷爷，您居然已经七十了？我还以为您五十出头呢。"

孟爷爷背着手，此时才露出几不可见的浅笑："这小丫头，怪会说话的。"

其他几位老人跟他差不多，年纪虽大，却都眼神清澈，面色红润。许晚说："这是我娘家那边认识的一些亲朋长辈，退休以后都在深城生活，刚好退休之后没什么事做，就带他们来铭德转转。"

果然是退休老人，也很符合铭德的招聘条件，这么快就能找到人，金窈窕觉得顺利的同时也有点不好意思："没关系吗？铭德这边给的工资不太高的。"

孟爷爷没说话，其中一个姓刘的爷爷笑道："我们都有退休金，不靠那点工资吃饭，小晚说你们这儿氛围特别好，热闹，我们才说过来看一看的。"

金窈窕有点不太懂他说的那个氛围好，不过许晚带他们来恰好是吃饭的点。铭德小小的新公司肯定没临江那么大的食堂，但也开辟出了一块餐饮区，新店目前没开业，跟来的厨师们没事干，趁着得闲，就都聚在一起帮忙。员工们准备了一段时间，这几日也都陆续进入工作状态，午休时间，办公区里没什么人，餐饮区可能是打开了门，很快就有香味钻了过来。

那位孟爷爷探头朝外头看了一眼，问："什么味道这是？"

金窈窕一闻就知道了，笑道："一起去尝尝吗？"

孟爷爷无可无不可地点头，其他老人家也没有拒绝的意思。员工们果然都聚集在餐饮区域，里头传来热热闹闹的笑声，刚进门就看到靠近门口的橱窗里放着个大石锅，里头还咕嘟嘟冒着泡泡。

姓刘的老爷子探头一看："哟，鱼汤泡饭，我年轻的时候在部队就爱这一口，哈哈哈。不过当时哪有那么多米吃，上战场的时候没有米，偶尔抓条鱼拿头盔炖着喝，盐都不用，也香得很。"

原来还是位退伍军人，金窈窕肃然起敬，主动给他要来一碗泡饭，又招呼其他老人家："各位先坐下吧，要吃什么跟我说一声，我叫人给你们送过去。"

孟爷爷眉头一拧，却不同意："该排队就得排队！这是纪律！"

前后排队的铭德年轻员工们却不听他的话，瞧他们年纪大，还不等金窈窕发话就过来了，听到这话都笑了："叔叔，您退休之前是军人吧？也不用时时刻刻都讲纪律啦，来来来，这边有空位，您先过来坐，盘子我帮您拿。阿花，帮我排下队。"

孟爷爷被拉到空位坐下，虎着脸："不要搞这种特殊身份待遇！"

"哈哈哈。"那帮他拿盘子的铭德小年轻一点也不怕他，"什么身份不身份的，尊老爱幼还讲上身份了，您可真有意思。"

孟爷爷听得愣了一下，看着面前这个一点也不怕自己的年轻人。

小年轻在他跟前站没站相，还回头朝橱窗瞅，跟他说："叔叔，您是咱们公司新招的保安吧？估计不太了解咱们食堂的菜，跟您说，今天最好吃的菜绝对是梅干菜扣肉，要不我给您打份那个？"

后头伸过来一个脑袋，又是个坐姿特别不像话的年轻人："叔叔，您别听他的，吃肉饼蒸蛋，一定要吃肉饼蒸蛋，您不信尝一口，这咸肉饼太下饭了。"说着还把自己的托盘举了过来。

孟爷爷呆了呆："不用了。"

桌子前面的年轻人不停回头看队列，急性子地踱起步来："您要吃哪个？不然您先看墙上的菜单，决定好了再喊我，我得去排队了。"

孟爷爷听着少有能听到的带着催促的话，眼神微动，不苟言笑道："就肉饼蒸蛋。"

"嗨！"那推荐梅干菜扣肉的年轻人一跺脚，走之前撒娇似的抱怨了他一句，"叔叔，说了梅干菜扣肉好吃，您怎么不相信我？"

被一起推过来落座的几个老人也是差不多的待遇，等自告奋勇打餐的年轻人都跑去排队后，他们相互对视一眼，孟爷爷居然第一个笑出声来。

许晚端着托盘过来，见几位老爷子脸上都是十分明显的笑意，有些惊讶："孟叔，刘叔，什么事情那么开心啊？"

她跟这些长辈认识了那么久，平常总见他们一本正经，什么时候这么外向地乐呵过？

那姓刘的老爷子没说话，先低头喝了口鱼汤泡饭，鱼汤是鱼头炖的，鱼骨滤干净之后，汤奶白奶白的，还漂着柔软的豆花，里头炖的米饭也好，粒粒软糯晶莹，吸饱鱼汤之后，嚼起来半点不费劲，还很鲜甜。浓厚的汤香在口中荡开，灌得鼻子里都是一股鲜味，让人胃口大开。

鱼汤的热气打在脸上，刘爷爷连吃了好几口才放下碗，看着汤不住点头："好啊，炖得真好，比我年轻时在战场上喝的好了不知道多少，生活越来越好了啊。"

许晚笑道："那当然，不然您当初枪林弹雨的图什么呢？"

刘老爷子高兴地指着汤："图大家都能吃上鱼呗。"

说话间打菜的几个年轻人都端着托盘折了回来，孟爷爷的面前被撂下一个托盘，里头果然盛了厚厚的肉饼蒸蛋，那年轻人却还不死心："叔叔我跟您说，梅干菜扣肉真的好吃。"

孟爷爷逗他："我就要吃肉饼蒸蛋。"

后头推荐肉饼蒸蛋的年轻人扑哧笑了，打饭那员工见推荐不出去，气得转身就走，一边走还一边说："叔叔您跟我有代沟，这同事没法做了。"

孟爷爷也不生气，还看着对方的背影笑。低头吃了口肉饼蒸蛋，他眉头不禁挑了下，铭德食堂的菜品十分用心，肉饼里竟带着些微熏制的香气，厚厚地团在一起，竟半点不硬，咬下后酥松柔软，饱满又多汁，带着恰到好处的咸鲜味。

汁水充斥肉末的每一根纤维，随着咀嚼迫不及待地绽放在舌尖上，让他立刻就有了配饭吃的冲动。

许晚看他低头吃饭，心里还有些不确定，毕竟她带这群长辈来，只是来看看自己喜欢的铭德而已，也不知道他们愿不愿意留下，于是在饭桌上就问了一声："这里怎么样？"

老人们皆是微笑颔首，确实是个有人情味的地方。

刘老爷子道："在这儿待着，感觉人都年轻了，反正平常闲着也是闲着。"

"您怎么说？"许晚看着里头最难搞的孟叔，这位老爷子是真过来看热闹的，路上还批评过许晚好端端的跑去做前台是在胡闹。刚才金窈窕跟别的老爷子聊工作，他始终不开腔，摆明了不愿意跟其他老战友一起折腾，这会儿吃完肉饼蒸蛋，他抹了抹嘴，出口却是："你上次说铭德还缺不少人是吗？"

许晚："是啊。"

孟老爷子："疗养院里那几个没事干的老家伙，成天唉声叹气，说心情闷，伤口不舒服，我看就是动得太少，把他们也一起叫过来锻炼锻炼得了。"

这一下，铭德的保安名额全招满了。而且来的老人家们个个都挺有素质，还都不嫌公司待遇差，提起来都说自己不靠工资过活，来工作只是想让生活充实一点而已。

金窈窕一听心里就有了数，这都是家里不差钱的。

后来她请人给即将坐镇保安亭看大门的孟爷爷换新空调的时候，还顺嘴问了一句对方和其他老人平常来上班方不方便。

孟爷爷当时背着手看技工装空调，脊背挺得笔直，不当回事地说："有什么不方便的？我跟他们都住在一个地方，平常一趟车过来，几十分钟就到了。"

金窈窕点头，原来是住在一起的。孟爷爷一群老人足有六七个，能坐同一趟车过来，估计都是住在深城地铁沿线的市中心。像深城这样的一线城市，什么千奇百怪的乱象都有，年轻人们讨生活是一回事，家境殷实的老年人也尤其多，新闻屡有报道，比如某推车摊主每天赚摊煎饼的钱，实际上家里五百套房子正在收租，看得多了，她也就见怪不怪了。

前台能莫名其妙招来许阿姨这种足够位列富豪榜的女富豪已然是世上最奇葩的事情之一，能愿意来铭德分公司这种小地方做保安，还不在意工资的，估计都是手头富裕的拆迁户吧。

能在深城住上地铁沿线的房子，这群老人绝对是人生赢家啊。

第35章

这几日，铭德分公司的几个员工感到十分疑惑，发起了小范围讨论——

“哎，你觉不觉得咱们公司附近好像有奇怪的人啊？”

“奇怪的人？”

“是啊，我这几天老是会碰到帅气的小哥哥，今天上班又碰到一个，除了有点黑，真的是又高又壮，就是看起来有点凶。还没等我细看呢，一眨眼人就不见了。”

“你单身久了吧姐们？幻觉里都是小哥哥。”

“呜呜呜，怪谁呢，还不是得怪公司？一个月十斤地喂胖我，我去哪里找小哥哥？”

“今天中午食堂吃什么？”

“哇，那你可问对人了，中午是鲍汁红烧肉和干锅茶树菇，我惦记了都快一星期了。”

金窈窕回来临江处理最后的工作，顺便避开父亲，找到上次跟随父亲前往深城办理分公司各项事宜的员工。当初父亲莫名延期回临江，又对此行的细节避而不谈的事情她一直惦记着。

果然，那几位下属给她的反馈跟她猜测的区别不远——父亲当时在深城始终单打独斗，也确实因为几个手续的意外拖延而滞留，但他绝对没有参与过任何跟尚家人相关的聚会。

尚家的品牌“珍珑”在深城颇有根基，有尚老爷子带出的一批如今已在国内小有盛名的大厨坐镇，业内人士提起尚家基本都有点印象，连远在临江的铭德的工作人员也不例外。

只是金父不说，知情人也不提，知道金父曾在尚家学艺十几年这段历史的人少之又少。但一个才启蒙就拜进师门、二十多岁才回到自己家的大弟子，双方还是祖上世交的关系，只隔了三个小时的路程，这些年却从不联络，要说中间没有问题绝对是在哄孩子。

不过金窈窕也不怎么往心里去，毕竟打从一开始，铭德的分公司规划里就没有抱尚家大腿这个步骤。深城的市场那么大，谁也不碍着谁发展，铭德小门小户，更威胁不到尚家的根基，对方当铭德不存在，那铭德跟它保持距离也好。

然而她紧接着就发现，自家公司并不是真的那么没有存在感。

新成立的铭德营销部的下属发来反馈，说铭德新店在深城的宣传上似乎碰上了一点问题，好几家在深城颇有人气的美食宣传渠道都婉拒了他们的合作。

金窈窕内心一动，隐约有了猜测：“还有主动不赚钱的？”

营销部也纳闷：“是啊，谈了那么久，都开始走合同了，口风突然变得那么一致，太奇怪了。”

这边正说着，那头隐宴餐厅的人又给公关部反馈，说餐厅里有个顾客闹出了点事情，后续可能会接到投诉，或者被人在网上胡说，让公司做一下准备。

隐宴开了那么久，食客个个赞不绝口，如今在临江已经是风评数一数二的餐厅，第一次遇到反馈不好的食客，所以应对得有些紧张。

金窈窕问：“什么情况？”

那边结结巴巴地说：“就，客人吃了一口菜以后跑去吐了，金主管，我们真的是按照您之前定的标准，每天都更换最新鲜的食材，绝不可能出现任何安全问题的。”

金窈窕对自己带出来的主厨和旗下餐厅的品质有信心，听到这里，立刻皱起眉头：“我现在过去。”

她赶到隐宴时，那桌客人还在，店里不少客人都在探头张望，一个女孩坐在角落啜泣，隐宴的店长和跟女孩同行的人都围在她身边柔声安慰。

金窈窕设想了好几个可能，是隐宴的菜品真的出了问题？还是别有用心来闹事的？但看到这个姑娘的时候她仍旧惊了下，因为这人真的太瘦了。

金窈窕也很瘦，但好歹在别人看来是优点，这女孩却是真正的皮包骨头，店里暖和，她没穿外套，俯首擦眼泪的时候后背的脊骨一节一节撑起衣服，尖端清晰得像是刻出来的。

见金窈窕到了，店长赶忙过来解释：“金总监，您别紧张，问清楚了，这位客人原来是孕吐。”

那女孩估计发现自己闹出了动静，哭得越发停不下来，一边哭一边跟金窈窕说：“对不起，我真的不应该出门的，我这种人，出门只会给人添麻烦。”

叶白情觉得这么丢人的自己简直是个废物，她坐在这里如坐针毡，周围人的视线让她恨不能找个地缝钻进去。这已经不是她第一次怀孕了，但因为孕后吃不下东西，她上一次没怀多久就因为一点小意外失去了自己的孩子。这一次再怀孕，她和家人皆是欣喜若狂，立刻停止了一切工作在家养胎，但很快，熟悉的剧烈孕期反应再次重演，甚至因为过去的阴影，她这次的情况更加严重了一些，连医院开的药都难以下咽。

身边的亲朋好友得知后都来劝她多吃东西，让她为了孩子也得吃，她哪里不知道这个道理呢，她从跟丈夫相恋起就无时无刻不盼望着能做个母亲，她焦虑得头发一把把掉，但吃进去的东西就是留不住。

顶着这样的压力，她连续失眠多日，家里人觉得这样下去不行，为了开解她的心情，又不能出远门，就决定带她短途旅行，来到山清水秀的临江，听本地朋友说这里有家餐厅非常好吃，家人一合计，非要带她来试一试。可是不行，仍然不行，再好吃的菜都不行。

闻到菜味的那瞬间她立刻就不舒服了，婆婆吃了端上来的红烧牛尾，大为赞叹，硬要她吃。因为她吃不下饭，家人近来开始颇多抱怨，她即便想拒绝，也不敢说出口，只能强撑着吃了一口。

果然还是吐了，还闹出了这么大的动静。

她吐完身体不舒服，虚弱无力，加上心理受创，只想痛哭，婆婆却明显受不了了，劝过几句后，终于脱口抱怨道："你说你，身体也太差了，这孩子万一再掉了，你可怎么办好？"

叶白情听到这句话的瞬间脑子蒙了一下。可能是压死骆驼的最后一根稻草吧。她突然想，我何不去死呢？一了百了，不管是流产还是呕吐，再不用受这些苦了。

这念头一出，她思路一下清明了，停下眼泪，环顾一圈周围的人，撑着发晕的头起身道："我们走吧。"又朝站在旁边那个看起来像专程为解决自己这个麻烦而来的美貌女孩再次道歉，"真的对不起，给你们添麻烦了。"

她说完，正要动身离开，去找一个好去处，却不料那个陌生女孩忽然开口道："等等。"

叶白情朝她看去，以为对方想追究自己影响了店里生意的责任。

金窈窕看着这瘦到好像走路都能打飘的孕妇，叹了一声："你在这儿等等我，我给你弄点东西吃。"

叶白情有几分错愕，这女孩作风却很利落，撂下话后转身就朝厨房而去。

厨房里，刚坐上隐宴一店主厨位置的汪盛听说了外头的变故，有些自责，也有些发愁："不会给咱们店带来什么不好的影响吧？是我水平不够。"

金窈窕安慰他："不关你的事，忙活去吧。"

碰上无妄之灾，后厨的几个下属多少有点来火，小声抱怨道："知道自己吃不下东西还来什么餐厅？"

"就是，尽给人添堵。"

金窈窕闭了闭眼，打断他们："别说了，把坛子搬出来给我。"

下属们停下抱怨动身干活，金窈窕望着被他们挪出来的大腌坛，又叹了口气。

刚才那女孩瘦骨嶙峋的样子让她想到了母亲。

当初父亲去世，母亲遭受重创，患上癌症的同时也得了重度抑郁，身体加心理的双重打击之下，也是什么都吃不下，瘦成了一把骨头。

那时候她每天给母亲换着法子做菜，就想让她能开胃多吃几口，手艺进步得比从前潜心给沈启明做饭时还快。

母亲果真慢慢地能多吃上几口了，有几次吃到了喜欢的，还会难得说笑。后来媒体问她对自己的厨艺还有什么期许，她想了想后回答，希望自己的菜能让人更幸福一些。

可能再多吃到一点点的幸福，那时候母亲就不会衰弱得那么快了吧？金窈窕想着想着，想到今天才听到的母亲的唠叨，忍不住笑出了声。

下属们搬出来的还是腌菜坛子，这次拿的却不是酸菜，金窈窕让人取了个酸萝卜和几块腌姜泡椒出来，另一边切了只老鸭，焯水后只拿一点点油擦锅，随即滑进鸭肉翻炒，直把表面炒成金黄色，肥厚的鸭皮都蜷缩变脆，油脂逼出大半才罢休。

油滤干净后，放进腌姜块和泡椒翻炒片刻，加入少许调料，最后才是酸萝卜下场，也不加什么高汤，就是后厨的矿泉水和一点酒，加到漫过鸭肉，盖上盖子焖煮。

揭开盖子的时候，热雾腾地升起，逼出了油脂的鸭肉被收稠的汤汁包裹，已然炖到软烂，被酒整治得不剩半点腥，浓浓的酸辣味袭来，嗅得金窈窕都有点开胃。

母亲那时候最爱吃这道菜了，每次至少能吃下小半碗米饭，酸萝卜和姜片也能挑出来吃不少。

金窈窕看着锅里咕嘟的泡泡，眼神不自觉地温柔下来，对一旁凑上来偷师拍照并把照片发给屠师傅的汪盛说：“把汤炖得再干一点，剩下的油吸掉再叫人送出去。”

外头，因为金窈窕发话而被隐宴店长拦下没走成的叶白情坐在座位上扭头看着窗外，眼神空洞，脸上也看不出任何表情。她真的一点力气也没有了，嬉笑怒骂都是需要力气和情绪的。

她也没有任何想吃东西的念头，现在甚至连落泪的冲动都没有，像一株终于干枯的树，歪斜着，只要稍微大一点的风吹拂过来，就能将她击倒。

隐宴的客人们却忽然骚动起来，七嘴八舌地说——

“嚯！”

“什么香味这是？”

她没有跟他们一样关注这些的兴趣，但紧接着浓郁的酸辣香气却自己飘了过来。叶白情愣了一下，第一反应是胃里难受，紧接着才感觉是挺香的，她甚至本能地扭头看向了香味的来处。

隐宴的店长端了个碗过来，后头跟着个拿托盘的服务生，托盘里放着的明显是菜，周围甚至有客人站起来去看那道菜是什么。

咔嗒一声，面前放下一个面碗大小的碗，米香味被酸辣味盖得若隐若现，店长朝她道：“您刚吐完，不能立刻吃太刺激的，先喝一口这个吧，金总监特地让人拿粥滤出来的米汤。”

叶白情看着那碗米汤，里头朴素得不见一粒米，却稠稠的，表面结了一层厚厚的膜。她一愣，紧接着那道颇受瞩目的菜也被放在了面前。

她一看到肉，立刻就本能地难受，店长却朝她手里塞筷子：“金总监说让您别吃肉，吃里面的姜片和萝卜，鸭子是拿来调味的。”

一旁的婆婆对这家店的热情又震惊又感动，帮着催促她：“尝一尝吧，说不定可以呢？”

哪有那么多说不定呢？叶白情内心叹息，但终究也为陌生人的关怀而感动，迟缓了一下，慢慢拿勺舀了勺米汤。

米汤入口的瞬间，浓滑的米香就顺着嘴萦满了鼻腔，叶白情最近没少吃类似的清淡汤水，但生理上依然难以接受，热汤落入胃的瞬间，熟悉的反胃感就涌了上来。她实在没忍住，皱起了眉头，婆婆却已经给她挑出来了一块和鸭子炖成同个颜色的姜块。

她难受极了，却还是只能夹来，忍着反胃咬下一口。

首先尝到的是酸味，然后才是辛。

姜的辛辣实际已经被腌泡得很淡了，更多的是后天带来的酸爽，它带着汤汁的香气，炖完依旧很脆，在齿间发出生嫩的酥响。

叶白情嚼着愣了愣，她竟然不排斥嘴里的味道。

汤汁浓而不油，带着鸭子煸炒后炖出的醇厚，滋味渗进酸姜里，全便宜了这个本该是配角的辅材，她缓缓咀嚼，嚼着嚼着，不知不觉，一小块酸姜竟然全被吞进了肚里，刚才反胃的感觉也淡了不少。

叶白情看着自己空空的筷尖愣住了，旁边的婆婆见她没立刻要吐，喜笑颜开："吃下去了！吃下去了！"

一口汤，一口菜，吃完姜，又换成酸萝卜，同样是脆生生的质地，酸萝卜更加多汁，泡椒让它带上了些许辣味，汁水弥漫在舌尖，实在是……

叶白情感受到了久违的开胃，一碗米汤，竟喝下半碗有余。

旁边传来脚步声，她抬起头，刚才那个貌美的姑娘已经站在了桌边，擦着手上的水，俯身问她："可以吗？"

乌黑的长发从她的肩头滑下来，她声音微哑，精致的眉眼间带着不容忽视的气场，那双尾部上翘黑白分明的眼睛里，叶白情却捕捉到了温柔和关心。

叶白情竟说不出话，只能点头。

金窈窕看到她空了一半的汤碗，笑了笑："那就好，不过能吃也别吃太多，小心把胃撑坏。有开头后面就容易了，一会儿我让人拿点店里的酸萝卜给你，带回家炖汤，只要别放太多油，估计不会排斥得很厉害。"

叶白情拿着勺，千言万语，只能说："谢谢。"

金窈窕："不客气。"

旁边的婆婆已然感动得不行，连声道谢："太谢谢了，给你们添麻烦了，居然还特意给我们做菜。"

金窈窕把擦手的毛巾还给旁边的下属，朝这位老人家一笑："进了铭德的餐厅，就是信任铭德，怎么能让你们失望而归？"

说完看了眼时间，她点点头后才转身离开，她还得趁着天黑之前回深城处理公事。店里看到那干瘦孕妇终于吃下东西的其他客人也跟着高兴，一路看到她都眼含笑意，有些已经拿手机出来发社交圈了。

老太太看着她的背影，啧啧赞叹："这姑娘，人漂亮，心地也好。你们公司也好，真的。"

店长与有荣焉："也欢迎您以后多多光临。"

老太太一击掌："嗨，我们来临江玩的，过来一趟起码三四个小时，太可惜了，你们怎么不把店开在深城呢？"

店长笑得更高兴了："您是深城来的啊？那可巧，咱们铭德隐宴的第一家深城分店已经在筹备开业了！"

两人聊着天，叶白情埋首在热腾腾的米汤碗里，忍不住抬手盖在了自己还没有隆起痕迹的肚子上，突然有点想哭。

刚才的自己，怎么会那么心狠，想带着孩子离开这个美好的世界呢？

深城，一篇名叫《一个怀孕第七十二天的孕妇放弃去死》的文章悄然出现，很快热度就节节攀升。

文章是深城一个挺厉害的模特发的，这位模特虽然在国内不算很有名，却走过不少国际秀，因为又瘦又好看，格外上镜，视她为深城骄傲的粉丝很多，都觉得她活得灯红酒绿，是个人生赢家。她突然写了这篇文章，很多粉丝才知道原来表面风光的她背地里也承受着不为人知的痛苦，竟把她折磨到了想死的地步。

粉丝们纷纷关怀，网红明星好友也安慰她，加上文章名字很吸引人，阅读量很快就突破了一个十分惊人的数字，更是引来一些官方媒体加入讨论，宣传社会各界多多关注孕妇的心理健康问题，让很多原本不关注模特圈的人都记下了这篇文章作者的脸和名字——叶白情。

跟着这个名字，一家名叫铭德的公司和旗下所属的餐厅也悄然进入了深城人的视野。

毕竟是一家靠美食挽回了两条生命的餐厅啊，功德无量不说，光看文章内容，这家店的菜居然美味得能让人放弃去死，得是多么美味才能做到哦?

深城人一边讨论孕妇的心理健康不容忽视，一边对着文章里作者描述的让自己重新振作的那道菜的滋味流口水,时间自由点的直接表示这就要去临江探店，平常不太能走得开的市民则抱憾不已。

“996只能望洋兴叹。”

“是啊，临江虽然不远，但真的没时间去，呜呜呜。”

“这店要是开在咱们深城该多好，上班取号，九点下班搭个地铁，睡前就能吃到。”

这种讨论多了，铭德已经在深城筹备新店的消息不胫而走，文章话题热度太高，有人满怀期待的同时，自然也有人阴谋论——

“这么巧？那篇文章刚红，这家店就要在深城开业，该不会就是为了给这家店做广告吧？”

“原来是花钱炒作，我说呢，临江能有什么好吃的东西？那地方明明是美食的荒漠。”

这下临江的网友不干了，撸起袖子上去就怼。

“谁告诉你临江没好吃的东西的？告诉你，临江本地人随便拉一个出来都听说过铭德的名字！博主吃的那家餐厅在临江更是早八百年就红得发紫，比你们深城的餐厅好吃多了！”

“求别来，真的别来，铭德的餐厅排队已经吓死人了，我吃不起寻香宴和隐宴，就能吃得起铭德大院，外地人再过来抢号，啥时候是个头？”

“炒作个屁，这个事早在博主发文章之前就在临江的本地论坛传遍了好吗？都是当天在餐厅里目睹过的人说的，他们未卜先知啊能提前知道这么个事？”

“铭德是我们临江之光！”

“临江之光！临江之光！”

铭德营销部的员工惊呆了。什么情况？分公司是买了什么大手营销吗？深城当地那几家最大的推广公司明明都婉拒合作了啊，结果现在隐宴要开业的消息铺天盖地，连临江人的朋友圈都能看到有人讨论深城分店，深城该多热闹简直不用猜都能知道，分公司到底花了多少钱啊才能做到这个程度？

程琛简直牙酸。他天天琢磨该怎么跟金窈窕抢占临江市场的龙头宝座，结果人家居然根本没把自己当作对手，直接奔着深城去了！

感觉有点被鄙视了，不爽。

程琛推了下眼镜，缓了缓气，才低头继续怼深城的网友："临江是美食荒漠？呵呵，我看你脑袋比较像荒漠，植被都荒秃了。"

发完，再一看有人大声嚷嚷铭德是临江之光的话，他又气了个倒仰，赶紧点了个举报。

一天天的，怎么就这么忙？

折返深城的金窈窕跟父亲提起了营销部遇到的困境。她虽然不太想去深究父亲不想说的东西，但事关铭德，还是得多几分慎重，更何况父亲也不是那种不顾全大局的人。

金父得知她带回来的问题之后，果然怔了怔，然后了然地叹息了一声。

问出回答之前，金窈窕心里已经有了猜测："爸，是不是尚家干的？"

金父沉默良久，说道："应该是了。除了他们，深城也没谁会盯着我们。"

金窈窕有点想不通："爸，你不是尚爷爷的大弟子吗？尚家跟铭德还有交情，他们对付铭德干什么？"

金父听到这个问题，无奈地笑了笑："你尚爷爷都去世那么久了，现在管着珍珑的是你尚爷爷的儿子，两家哪里还论得上交情哦。"

金窈窕不太明白，父亲在尚家可是足足待了十几年才回来的。

金父看着女儿，半晌后摇摇头："本来我也不想跟你们说这些的，毕竟都是过去的老皇历了。窈窕，爸爸五六岁就被你爷爷送到尚家，那个年纪，即便拜师学艺也太早了点，你知不知道是为什么？"

金窈窕摇头。

金父的视线恍惚了一瞬，眼中的情绪不知是怨还是怅惘："你爷爷啊，当初是想把我过继给你尚爷爷做儿子的。你尚爷爷……年轻时受过伤，不能生育。金家当时已经有你二叔和三叔了，你爷爷……就送走了我，想让你尚爷爷过世以后，能有个儿子给他摔盆。”

金父想到那时候小小的自己，被送到尚家，人生地不熟，话都还说得不怎么利索，就每日起早摸黑地跟着师傅学艺。

“你尚爷爷很威风，很严厉，学不好，就会拿柳条挨个儿打徒弟的手。不过他对我挺好，打完手以后，半夜还会偷偷给我送药，帮我擦好，给我掖被子。”

“我当时也不叫他师傅，叫他爸。”

金窈窕：“那您怎么后来又回了临江？”

金父理所当然地道：“因为你尚爷爷去世了，他儿子长大了，不愿意我留在尚家。”

金窈窕沉默两秒，终于感觉到哪里不太对：“等一下，他不是不能生育吗？那他的儿子尚总是……”

祖上当御厨的世家这么精彩的吗？

第36章

金窈窕：“哇。”

金母也一边擦护手霜一边探头过来。这么多年丈夫还是头一次提到师门内的阴私呢，尚家这么有头有脸的人家，不料内部竟如此劲爆。母女俩脸上都露出想听八卦的表情。

金父猛然琢磨过来，哭笑不得：“想什么呢你们！尚荣是我师傅二婚的师母带进门的，那时候我都十几岁了，后来他改姓了尚，从法律上讲不就是我师傅的儿子吗？”

晕。

金母露出有点失望的表情，不感兴趣地去抓女儿的手：“护手霜挤多了，给你也擦一擦。”

金窈窕任凭母亲给自己擦手，内心若有所思——原来如此，金家爷爷跟尚家爷爷从小交情好，尚爷爷不能留后，爷爷就把父亲送给尚爷爷做后人，结果尚爷爷二婚的妻子又领了个孩子进门。

金父提到的尚荣，就是如今掌管尚家的尚总，金窈窕来问父亲这些之前就让人去查过尚家的资料，但外界能查到的资料里并未提及这位尚总不是尚老爷子亲生的。尚荣的年纪确实比金父小很多，对方的母亲，那位二婚师母如今仍然在世，娘家姓夏，现在也算是深城颇有名姓的人家了，毕竟尚家不少的重要业务都交给夏家管理了。

金窈窕琢磨着，忍不住皱起眉。

金父对上女儿的眼神，笑了笑："别想那么多，你尚爷爷的那些徒弟都是叫着爸爸师兄长大的，对爸不赖。你爷爷也硬气得很，师母家才开始闹腾他就把爸叫回临江了。尚家跟咱们又没血缘，我们家本来就没想过要他们的东西，更何况塞翁失马，焉知非福，当初不回临江，爸也不会遇到你妈，还生下你了。"

金母听得有点害羞，瞪了丈夫一眼后走开了。

金窈窕只是勾勾嘴角，没有说话。

父亲说得轻巧，但他被当作尚家的继承人培养大，最后被排斥出尚家，这当中怎么可能没有摩擦？

事情过去了如此之久，金父以前从不提起，如今出口，才发现自己好像是真的一点也不在意了，也是，他现在过得这么美满，还有什么可遗憾和在意的呢？

年轻时跟师母爆发矛盾的画面如此模糊，更清晰的，是还在尚家学艺时，尚老爷子严厉地打过他手心后半夜偷偷带着药膏来房间给他上药时威严又不失心疼的训斥；是师弟们追在他屁股后头叫着"大师兄，咱们趁着你爸不在，偷偷溜出去玩吧"的小叛逆。

其实就连尚荣，也跟他要好过呢。

师傅说师母是个可怜人，家里穷得快吃不上饭了，她还带着个孩子，在家里受尽冷眼。尚荣刚跟着师母来尚家时，只有丁点大，黑黑瘦瘦，也不知道受了多少委屈，看人的眼神都怯生生的。

他那时候逗尚荣，给他东西吃，哄他叫自己哥哥，带着他躲着师傅偷偷翻院墙出门抓蛐蛐。

但就是这个抓着他衣角玩蛐蛐的黑孩子，后来牵着师母的手，斩钉截铁地对他说："尚家是我的，我绝不可能让给你。"

私心里，金父不想跟尚家斗，这跟尚荣没有关系。尚家在深城受誉颇多的那些名厨，每个都喊过他无数声师兄，跟他被同一根柳条抽手心相互安慰着长大。师傅没有血亲，他们都是师傅的家人，在师傅去世后，将师傅的名字发扬光大，即便离开尚家后，他不愿再和他们来往，内心却也为此高兴着。

但现在的铭德，是金家的心血，更是女儿看重的战场。倘若他们真有把矛头对准女儿的打算，那自己这个做父亲的，就不得不做出抉择了。

那位用一篇文章将铭德推到深城人眼前的模特叶白情果然重新振作，一改孕后胆战心惊昼夜难眠的状态，将停止工作后也停止更新的社交软件重新用了起来，偶尔公布自己的生活动态。

她在网上发了自己的晚餐，是用金窈窕给的酸萝卜和姜片煮的面条，鼓励自己多吃一些。

走国际秀认识的模特同事们纷纷给她点赞，一个名叫菲比的拉美明星点完赞后联络她，关心她的身体："白，很久没见你发动态了，是遇上什么麻烦了吗？"

叶白情已经很久没工作了，她怀孕后本来只想休息一段时间就复出，谁知却失去了自己的第一个孩子，那之后她浑浑噩噩，心如刀割，怎么也提不起恢复工作的勇气，好不容易上天再赐给了她一个孩子，为了保护他，她更加没心思去想工作的事情了。

这些困境她从没对外界提起过，可能是心理压力越大，就越不敢展露自己的脆弱吧？

现在渐渐能吃下东西，她上一次留下的阴影终于被慢慢驱散，也不畏惧面对过去的黑暗了，于是对着关心自己的海外朋友，她蜷在沙发上拿着手机一点一点倾吐出自己不为人知的遭遇。

菲比听得掉下眼泪："天哪，白，对不起，我竟然一点也不知道你在经历这些。"

叶白情笑了笑，道："没关系，我现在已经好多了，我觉得我的孩子正在茁壮成长。等把他带到这个世界上，我就重整旗鼓，回到T台，相信用不了多久，我们就能再次见面了。”

菲比：“看到你能打起精神，我真的很高兴。白，如果你再感到难过的话，请一定不要再藏在心里了，因为那很有可能是产妇抑郁的症状。我在纽约认识很好的心理医生，是业内顶尖的水准，如果有必要的话，我可以把他介绍给你。”

“好的。”叶白情谢过菲比，又有点担心，“但你为什么会认识这么好的心理医生？菲比，你也遇到困难了吗？”

纸醉金迷的时尚圈，外界的人或许不甚清晰，叶白情作为圈内人，却知道这个圈子里的人们都经受着怎样的压力。资本的倾轧，舆论的谩骂，当红和不当红的明星，都会经历无数崩溃的时刻，心理真正健康的人可谓寥寥无几。她想到自己之前在近乎绝望的情绪下一时冲动冒出的念头，不禁担心朋友也会遭遇相似的危机。

菲比沉默了一下，含糊地说：“不是我，是我的一个朋友，她遇到了一些困难，正在请这位医生治疗厌食症，但我不能告诉你她的名字。”

叶白情几乎瞬间就明白了对方的那位朋友估计不是一般的小明星，否则也不至于保密到连名字都不能提。

知道吃不下东西有多痛苦的叶白情感同身受，她忍不住问：“为什么会得厌食症？”

菲比苦笑：“你这种天生就瘦的人可能不会理解因为不够瘦而被粉丝和媒体嘲笑的滋味。她因为发胖被嘲笑了很久，所以拼命减肥，才把自己变成这样的。医生很努力在为她治疗，但她内心很抗拒进食，总之……治疗过程不是特别顺利。希望她有一天能跟你一样摆脱阴影。”

叶白情坐起身，看向窗外阳光灿烂的深城，忽然说：“你要不要，带她来我们国家试试？”

菲比：“你们国家有很好的心理医生吗？是治好了你的心理医生？”

叶白情摇头：“治好我的不是心理医生，菲比，是个可以让我感到幸福和希望的人。”

和她做的菜。

同一时间，尚家。尚荣坐在沙发上看报纸，冷不防看到角落里一个扎眼的名字，再一看标题，果然又是那篇最近火爆深城的文章。他再也看不下去了，一把撂下报纸，抬手去拿茶杯。

对面坐的是他的表弟夏仁，和其他儿时对他和母亲趾高气扬尖酸刻薄的夏家人一样，如今他弯着腰，毕恭毕敬地给他倒茶，见状立刻放下茶壶拿来报纸，瞄一眼就知道是为了什么。

“哥。”夏仁道，“不是让人卡过他们的手续了吗？怎么铭德分公司还是在深城搞起来了？”

尚荣沉着脸：“我怎么知道？你问他们去。”

他们这个词，无疑指的是尚老爷子留在尚家的那批最活跃的徒弟。

夏仁一听就熄了聊下去的心思，赶紧转开话题：“哥，你说姓金的是什么意思？好不容易把他赶出尚家，这会儿非觍着脸把铭德开到深城，是故意跟咱们过不去吗？”

尚荣喝了口热茶，垂眸盯着茶杯里的茶叶梗，半晌后才哼了一声：“他恨我是奇怪的事情吗？”

叶白情的丈夫，是深城小有名望的富商，因为她的振作，他专程找到了铭德的联系方式，来跟金窈窕道谢。他对金窈窕说：“白情的那篇文章把我吓了一跳，我最近专门推掉工作在家里陪她，她跟我说那天在餐厅的时候，是金总监你主动留下她的，还专门下厨为她做了那道菜，真的很感谢你的热心。”

别说他，金窈窕看到那篇文章也是心有余悸。当天在餐厅，叶白情除了一直哭，要走的时候其实没看出有多崩溃，就是她太瘦了，身体不适又还是个孕妇，才让金窈窕起了恻隐之心，谁承想对方平静的表象下竟然酝酿着如此巨大的风浪，可能很多崩溃都是悄无声息进行着的吧？

金窈窕有点庆幸自己当时的多管闲事了。

叶白情的丈夫不光道谢，还想给谢礼，这当然不能收，金窈窕立刻拒绝：“叶小姐在我们铭德的餐厅用餐，就是我们的客人，怎么能收客人的谢礼？”

“说你是我们一家的恩人也不为过的。”

金窈窕还是不要，对方拗不过她，估计给不出谢礼良心难安，坚持想回报她：“好吧，金总监的人情我记在心上了，以后倘若有需要，您开口我绝对义不容辞。”

又想来想去，还真让他想到了对铭德有用的消息：“金总监家的铭德在深城成立了分公司，对吗？我近来机缘巧合，跟夏家有些业务往来，听到他家的一些风言风语，据说是对铭德进入深城的举措不太满意。虽然不太了解是为什么，但夏家是珍珑尚总的母族，在深城认识不少有能力的人，在下不才，在深城也能说上几句话，万一遇到麻烦，金总监还请不要客气。”

金窈窕应承下来，挂断电话后思索片刻，立即通知分公司各部门的管理上班后整理资料，做好应战准备。

果不其然，公司第二天就接到了几个相关部门的通知，说要组队来铭德一趟。

天蒙蒙亮，许晚起床，换好衣服下楼，生活助理已经给她煮好了咖啡。

生活助理已经跟着许晚很久了，双方不用过多说话沟通，知道许晚现在习惯每天到铭德公司食堂吃早餐，助理便无须做早饭，煮好她常喝的咖啡以后点点头便去忙碌别的。

屋里没人说话，空旷极了，跟别的城市没什么不同的阳光从落地窗外洒进来。许晚拿着咖啡杯，慢慢踱步到窗边，看着窗外院子里修剪整齐的草坪，草茬是她熟悉的高度，跟任何一套房子都没有不同。

从国外住到国内，从临江住到深城，离婚或者不离婚，她的生活还是一切照旧。许晚失笑，忍不住期待起几小时后即将见面的铭德的同事们。

放下咖啡杯，她回首环顾一眼这幢自己在深城的住所，生活助理悄悄地从她的视野里退了出去。

她以前不爱说话，手下人也养成了缄默的习惯，说来奇怪，以前都不觉得对方这样有什么不好，现在的她却莫名觉得身边安静过了头。可能是有了热闹和快乐做参照吧，她这一刻突然想起了金父金母和金窈窕一家人挤在厨房里做菜的模样，想象中的喧闹退去以后，留下的仍是熟悉的寂然。

电话响起，她看了一眼，是相熟的律师。

律师道："许女士，手续已经全部办好了，我们车队刚刚到深城园区，一会儿安顿好了就送去给您。"

许晚问："车队？你们来了一个车队？太劳师动众了吧？"

律师赶忙解释："您误会了，不是律师团的车队，是晶茂的车队。"

许晚略一思索："启明也来深城了？"

律师："是的，听说是深城园区有个会议要开。"

许晚也没疑惑儿子来深城都不跟自己联系一下的做法，他们一家之间本来就是几乎零交流的相处模式，最开始是她跟丈夫天南海北，顾不上儿子，后来儿子长大，也同样不搭理他们。

许晚疑惑的是深城园区的会议，怎么用得着沈启明亲自来开？她略一思索，想到了一个可能，眉头忽然挑了下。

挂断电话后，她翻遍通讯录，找到那个几乎没怎么拨打过的号码，眼神复杂，犹豫片刻后，轻轻按了下去。

沈启明接起后问她："什么事？"

许晚张了张嘴，道："启明，你在深城对吗？"

沈启明："嗯。"

许晚："律师说一会儿要来找我，我到时候应该在铭德上班，你一起来吗？"

沈启明顿了一下，果然没有立刻拒绝，而是问："我去干什么？"

许晚听着电话里儿子熟悉的冷冰冰的声音，不知怎么有些想笑，她咳嗽了一声才道："妈妈第一次上班，工作上遇到很多困难，想跟你请教。"

金窈窕想着今天估计得打场硬仗，特地早早来到公司，连金父也跟着一道早起。

金父皱着眉头："这么多审查部门一起过来，肯定不正常，但咱们公司的手续绝对没有问题。"

金窈窕拍拍他："别紧张，兵来将挡。"

金父其实是为这个变故背后代表的信号在难过，他叹了口气："没想到，师门一场，最后还要兵戎相见。"

父女俩到公司时还早，保安倒是都就位了，老爷子们穿着制服正聚在大门口看今天最新的报纸，时不时高谈阔论。真齐，一个不少，果然是一起出的门。

孟爷爷看见他俩，点了点头："来啦？"

金窈窕看了眼时间，一群老人家赶这么早，她有点担心他们休息不好："孟爷爷，你们起这么早，能休息好吗？"

孟爷爷摆摆手："年纪大了觉少，待着也没意思，还不如赶在早高峰之前来。"

是哦，深城地铁早高峰是出了名的拥挤，住市中心也不容易。金窈窕了然点头，叮嘱他们小心受凉后才走。

背后一群老人家又开始讲起了报纸上刊登的政治新闻，有理有据，对国际形势了然于胸。

父女俩进门，公司前台的位置上，许晚正低头整理着桌上的登记簿，看到他俩，也是一笑："来啦？"

金窈窕又是无奈："许阿姨您也太勤奋了吧，这才几点啊？"

许晚："在家待着无聊，不如来公司转转，饮水机的水昨天也喝完了，我早点过来换上烧好，大家一会儿上班也方便泡茶。"

真是个非常用心的前台。

说话间公司大门被推开，金窈窕还想又是谁到得这么早，回头看到来人，却猛然一愣："沈总？"

沈启明一身正装，迎着晨光踏入小小的铭德分公司，见到她才顿住脚步。

目光相对，金窈窕问："你怎么在深城？"

沈启明看着她，片刻后张嘴："来开会。"

金窈窕好笑地看着他："那到铭德来干什么？"

沈启明的睫毛颤了颤，许晚赶忙道："窈窕，晶茂那边有文件给我，刚好我有工作上的难题请教启明，就让他过来了。"

金窈窕："工作上的难题？"

“啊。”许晚乍一听也想了想，是啊，前台能有什么难题呢？她回头看了眼饮水机，终于想起来一个，“饮水机刚清理完，水桶我不是搬不动嘛。”

金窈窕回头看了沈启明一眼，实在不知该做何表情，许晚说完以后也觉得后悔，站在那儿有点不敢看儿子的表情，可眼下气氛尴尬，她沉默了几秒后只好再次开腔：“启明……”

沈启明瞥了瞥她，脸上看不出什么表情，进门后把带来的文件袋丢在前台，径直走向饮水机，修长的手指一握，单手拎起墙边的水桶，动作利落漂亮得如演电影一般，果然装得又快又好，装完后还回头看着金窈窕。

这下连许晚也……

金父有点想不通的样子，金窈窕沉默片刻，给他鼓了下掌。

行吧。

铭德公司几百米开外，几辆车缓缓停稳，下来了十几号人。

打头的是一个四十来岁的中年人，龙行虎步，很有几分威严，眯眼看了下手上的资料表，又抬头看了眼不远处的建筑，问身边的人：“是这里没错吧？”

车里钻出来个三十来岁的男人，抖了下外套，笑道：“就是这儿。”

“夏总啊。”那中年人道，“您说珍珑好好的，跟这么个外地小公司过不去干吗呢？人家也不容易。”

夏仁呵呵一笑：“给您添麻烦了，反正是公司的意思，也是我表哥的意思，具体不好多说，劳烦您来跑这一趟。”

中年人看着他不愿退步的样子，微不可察地叹了一声，这位夏总是尚家那位尚总的表弟，尚家在深城面子不小，请到头上，他实在不好推脱，但心里也有点抗拒，不由得道：“其实要卡人家，在人家办手续的时候就该卡了，拖到现在，确实不好操作。”

提起这个，夏仁的脸色变得有点不好看起来：“实不相瞒，最开始我们就卡过，谁知道这家公司使的什么招，托的什么人，硬让他们给办下来了。”

中年人皱起眉：“一家外地公司，尚总居然都搞不定？”

夏仁不知该如何解释，其实家里都猜测铭德能顺利在深城把分公司开起来，尚老爷子那群留在尚家的徒弟们可能偷偷出了力。表哥如今虽然管着尚家，但那群羽翼丰满的厨子们未必听他的话，即便他们有所怀疑，但为了稳定人心，也不可能直接说出来。

夏仁只好摆摆手，含糊道："没那么复杂，您放心好了。"

中年人将信将疑，夏仁把带来的文件往手心一拍，索性一马当先地走向铭德。他气势汹汹，愣是走出了叱咤风云的凛冽，脚步迈得飞快，转眼就到了铭德公司跟前。

推开大门，他领着人就往里走，后头忽然一声窗响，保安亭的窗户被推开，传出一道苍老的声音："你哪儿来的啊？"

夏仁并不理会这些小人物，脚步连顿都没顿一下："走！"

那苍老的声音却不依不饶："等等，进公司之前先要登记！"

夏仁冷笑一声，跟在他身后的中年人余光下意识瞄了眼保安亭，眉头颤了一下。

保安亭里，一位穿着制服的老年人正皱着眉头打量他，年纪虽大，却肩宽胸阔，视线炯炯，眼熟得不得了。

在哪儿见过他呢……中年人下意识地琢磨，琢磨着琢磨着他就双眼发直，脚下跟圆规似的画了个圈，停住了。

"孟……孟……孟……"他手心在裤腿上使劲蹭了一把，腰板挺得笔直，几乎想敬个礼鞠个躬。

保安亭里的孟爷爷咳嗽一声，打断他的结巴，把登记簿朝桌上一拍："咳，少废话，先登记，叫什么名字？身份证号！"

嘿这老保安！

夏仁听到这句话，眼睛都瞪大了，心说你知道你拦住的是谁吗？他扭头就想骂没眼色，谁知定睛看去，跟自己来的那个中年人却已经迅速掏出身份证，乖乖拿笔登记起来。

夏仁哪受得了这个，立刻上前要挡住中年人登记的手，瞪着那老保安骂道：

“知道我们是来干吗的吗就敢让我们登记？叫你们管事的出来！”

那老头还没说话呢，夏仁的胳膊上传来一股巨力，他感觉自己成了一片树叶，被人推得几乎要飘起来，落地之前就听中年人道：“别听他的，登记登记，都赶紧登记！身份证掏出来都！”

跟着中年人来的那帮小年轻听领导发了话，虽一脸茫然，但都本能照做起来。

“咳。”孟爷爷看了眼中年人的身份证，“姓郑啊？”

中年人站得笔挺，闻言当即雄赳赳地开腔：“是！”

孟爷爷赶忙看了眼院子里头的公司，瞪了他一眼：“小声点，别乱说话啊。”

中年人立刻知道他的意思了，气若游丝道：“是……”

孟爷爷扫了从地上爬起来的夏仁一眼，拿起座机听筒：“我打个电话给老板。”

夏仁刚要吱声，中年人抢在他前面开口道：“不用不用！我们自己找他，自己找他。”

哪敢让这老爷子帮他打电话啊。

孟爷爷听完，还是拨了个电话：“喂，老刘啊，外头有人找老板，你们出来领个路。”

片刻之后，公司里出来几个差不多年纪的老保安，中年人一看清他们的面孔，脑子一沉，差点晕过去。

刘爷爷跟孟爷爷打了个照面，瞅了眼这位面色苍白的访客，一摆手：“走呗。”

中年人好半晌才如梦似幻地回过神，碍着孟爷爷的警告，又不敢叫人，只好领着人怔怔地跟上他们的脚步。

夏仁揉着自己刚才摔的位置，茫然地跟上来，莫名其妙地说：“你也太遵守纪律了，跟个保安还……”

中年人瞧了眼前方听到后微微偏头看来的几个老爷子，下意识又是一推，夏仁再次树叶似的飘了出去。他踉跄站稳，对上中年人僵硬的笑容：“夏总，您不用跟我过来，先去保安亭登记了再说。”

夏仁一脸迷茫，中年人已经转开头跟着保安们进了办公楼。

刘爷爷还是很有保安素养的：“已经叫人通知老板他们了，各位先在这儿坐一坐，部门里的员工还没来，老板说去拿资料，一会儿就好。”

中年人身后的下属们刚要催促，便听领导雄声回答：“好！”

刘爷爷说：“那我们就先走了。”

中年人：“好！好！劳烦各位了！”妈呀，这几位大佛可算走了，他后背都快挺僵了。

刘爷爷奇怪地看了这位访客一眼，临走前朝茶水间打了声招呼：“人带进来了，前台给泡杯茶。”

茶水间里传出一声好听的应承，中年人确定老保安们真的走了，才胆战心惊地拖了张休息区的椅子坐下。

不多时闻到茶香，有人把放满一次性纸杯的托盘搁在桌上，应该就是刚才被打过招呼的前台。中年人擦了把汗，点头说了句谢谢，前台平静地回答：“不客气。”

声音倒是有点好听。中年人下意识看了对方一眼，眉头又颤了下，因为漂亮，也因为……好眼熟。

在哪儿见过呢？他再次绞尽脑汁地想。

女前台态度不卑不亢，放下茶杯也没因为他们的身份客气几句，反而又进了茶水间，她的声音飘出来，变成了有点心虚的样子：“一会儿还去园区开会吗？”

里面传出另一道年轻又颇有磁性的声音，冷冷的：“搬完这桶东西就去。”

哦，搬东西的。搬东西的开什么会？中年人这么想着，里头说话的年轻人已经搬完东西出来了，一边走还一边擦手。

他个头很高，挺括的正装上沾了点灰尘，却不掩一身贵气，修长的手指在纸张内若隐若现，发现这边有人，抬眼看了过来，目光锐利得跟冰锥似的。

那张英俊的面孔，但凡跟深城晶茂园区打过交道的人，都绝对不会忘记。

一声刺耳的咔嚓声，中年人已经撞开椅子站直了身体，瞠目结舌地开口：“沈、沈……沈……”

晶茂的沈总朝他点了点头，熟悉的冷淡孤傲感扑面而来，径直朝着大门走去，刚才端茶的前台跟在他身后：“都弄脏了吧？”

沈总“嗯”了一声，那前台开口道：“辛苦了，妈带你去整理整理，在公司食堂吃完早饭再走吧，今天有焖面和三鲜豆皮呢。”

晶茂沈总：“嗯。”

两人走远，中年人如遭雷击。

金窈窕和金父拿着资料下来，果然见一行人已经等在了休息处。金父看到那么多人，不禁面色微沉，金窈窕也皱了皱眉头，拿着公司资料上前：“各位好，我就是铭德深城分公司的负责人金窈窕，久等了，拿资料花了点时间。”

她已经做好了这群人率先发难的准备，谁知最前头的那个中年人闻言却笑开了花：“怎么会？我们也刚到！刚到！”

金窈窕有点不适应对方泛滥的善意：“那就好，这是我们铭德的各项具体资料，请问各位先从哪一项看起？”

她递出整理好的东西，那中年人却看也不看，笑呵呵地推开：“金总，您看您，这是在干什么？”

金窈窕愣了，等一下，你们来干吗的？

第37章

中年人环顾铭德分公司一圈，深城经济发展快，本地财力雄厚的中小企业不知凡几，这家外地刚刚入驻的公司明显处于发展期，办公区域整齐又充满人情味，但不管规模还是环境，都比不上他平常打过交道的大多数公司。这家公司甚至连地址都不在深城繁华先进的CBD，看看院门口那小保安亭，多寒……低调啊。

中年人对上金窈窕的视线和她手里的文件袋，无比复杂地咧开了嘴角。

被抛弃在院子里的夏仁终于登记完毕，被铭德的老保安们带进公司，照旧是刘爷爷他们几个。他方才摔了一跤，铭德的保安们又很不给他面子，让他更没好气了，一边往里走嘴里还一边念叨:“这破地方……”

今天非让你们吃个教训不可。

才一进屋，便听到中年人爽朗的笑声:“金总监，我们就是来看看贵公司经营上有没有遇到什么难题。铭德初来乍到，以前又在临江，对深城本地的市场条例肯定有很多不了解的地方吧？不过不要因此拘束，要放开手脚加油干！”

金窈窕:“谢谢。”

夏仁:“等等……郑……”我是请您来鼓励人家的吗?

他刚要叫中年人的名字,中年人瞥见带他进来的刘爷爷几人,腰背挺直,笑得更僵硬了,直接出声打断他:“夏先生!”

金父认得夏仁,一见他进来,忍不住皱起眉头:“夏仁?你来铭德干什么?”

双方见面,理所当然不会有好气氛,更何况夏仁来者不善,目光相对,硝烟味更是浓郁得吓人。

夏仁刚要放狠话,又被中年人打断,中年人这会儿恨不能他是个哑巴:“两位原来认识吗?太巧了,要不是夏先生领路,我们也不会关注到铭德这么有未来的企业啊。”

他打定主意,倘若铭德追究也要给自己拉个垫背的,内心又气得要死,他本就不想来这一趟做缺德事,无奈夏仁搬出尚家才不得不给个面子,谁知自己碍于情面,尚家倒一点没为他着想的意思。想想夏仁来之前的话,尚家之前就试过卡铭德手续了,奈何没成功,才上演这一出。当时为什么没成功,铭德又是个什么来历,他不清楚,尚家心里能没点数吗?竟然避重就轻,拉他跳这个明摆着的火坑。等等!不对!中年人这么琢磨着,思维立时发散,越飘越远。难不成尚家想搞的并不是铭德,而是自己吗?好哇!

中年人这下真是一刻都不想在火坑里多待了,直接领着人就往出走,还瞪了夏仁一眼,也不避讳对方,朝身后的跟班道:“小李,你留个铭德的联系方式,晚点把一些详细条例和深城对中小企业的帮扶申请渠道发给铭德。”

跟班们一脸茫然地点头答应,追上中年人迅疾如风的脚步,只留下从头到尾连话都没能说全的夏仁傻站在铭德公司,跟金家父女大眼瞪小眼。

金窈窕有点困惑。金父也有点困惑。夏仁的困惑比他俩捆在一起还多。

最后是金父先开的口:“夏仁,是不是尚荣让你来的?”

夏仁的眼神追着中年人往门口而去,内心迷茫又没底,只能撂下一句“是又怎么样”追出门去。

中年人被夏仁拽住,心里酝酿着火气,不等他多问就甩开了他的手:“夏总,您问我是什么意思?我还想问问您和尚总是什么意思呢!”

他都有点想跟夏仁吵架了，瞥见大门口保安亭附近正在透气的孟爷爷，才按捺住火气重新往外走。

路过孟爷爷时，他下意识停了停脚步，孟爷爷看着他，也不知道有没有猜出他的来意，表情一如他记忆里的那样严肃："小郑啊，好好干，要对得起给你的信任。"

中年人内心猛然涌出浓浓的羞愧，捏起拳头，无地自容地垂下头："是。"

孟爷爷远远看到几个眼熟的铭德员工从地铁站的方向过来，有说有笑，又咳嗽了一声："出去别乱说。"

中年人自然理解他话里的意思，又点点头，孟爷爷才一摆手："走吧。"

一群人离开的时候跟铭德的员工们迎面碰上，把员工们吓了一跳，说笑的声音都停顿了几秒，回头看他们离开后才窃窃私语着朝公司走。

路过保安亭，看到站在门口的孟爷爷，年轻人们才又笑着打招呼："孟叔，早啊。"

孟爷爷收回目光，看着这几个在他跟前嬉皮笑脸，一点距离感也没有地叫着叔叔的小年轻，回以微笑："早，今天挺冷的吧？"

夏仁顶着寒风，迷茫地往外走，中年人根本没等他，把车都开走了。他实在想不通自己到底经历了什么，回头看了眼铭德公司的方向，怒气横生，忍不住踹了公司院墙一脚。踹完之后他才觉得有点不对，缓缓转头——身后路边停放的一辆黑色车子里，靠近他这边的车窗缓缓降下，露出里头几张黝黑的脸庞，全都直勾勾地盯着他，眼神充满了警惕和审视。夏仁被看得后脊一阵发毛，心说你们谁啊？我踹铭德的墙，关你们什么事，看我干吗？

结果那几个黑脸男人看他不算，还开门下车，朝他走来，个个都比他高比他壮，一看就不好惹。夏仁收回踹墙的脚撒丫子就跑，一边跑一边回头看，那几个男人居然追上来了！嘴里还叫他等等！

今天是水逆吗？！他立刻潜能爆发，体面全无，脚后跟几乎要敲到后脑勺，脑子里瞬间闪过无数念头，这是铭德的员工吗？还是金家叫来打自己的人？金家到底什么作风？！

他跑得比狗还快，黑脸男人们都惊到了，只能停下看着他消失在一阵烟尘里，相互对视——

“他跑什么？问一下他要干什么而已。”

“谁知道，要追吗？”

“算了，踹墙而已，不像是有危险，回去吧，孟老他们都在铭德，追远了小心误事。”

“这人野驴投胎吧？”

夏仁跑出好远，感觉自己安全了，才撑着膝盖掏出手机打电话。

接他电话的尚荣不耐烦地问他：“干吗？”

“哥！”夏仁气喘吁吁，“我跟你说，金家，金家那个铭德，在临江可能是道上的！”

尚荣：“你有病？”

金窈窕对此浑然不知，人走后她接到叶白情丈夫打来的电话，不知他听到了什么风声，问她需不需要帮助。

谢绝对方的好意后，父女俩对视一眼，金窈窕问父亲：“刚才那位是……”

金父若有所思，沉声道：“夏仁，尚荣的表弟。”

在尚家待了那么些年，他对师母一家也小有了解，夏仁的父亲是师母的弟弟，师母嫁给师傅之前带着孩子留在夏家，家里的兄弟没少嫌弃他们母子俩。

尚荣发达以后，却提拔这些以前欺辱过他的人，以前他就对此不能理解，现在亲眼得见，仍旧是不能理解。

金窈窕看着手里整理好却没用上的文件，想的却是刚才那些人为什么走得如此仓皇。

公司里传来响动，她回头看去，是许晚带着整理仪表后的沈启明从里头走出来。沈启明身上的衣服估计是搬东西弄脏后擦过，很有质感的黑色面料上晕开几团大大小小的湿痕，头发也重新梳理过，前额垂下几缕半干的发丝，松散地搭在额头上。晨起的阳光拢住他修长的轮廓，让他看着多了几分随性的气息。

但他自己显然不这么想，于他平常一丝不苟的作风而言，这已然称得上是狼狈，因此他也难得表现出了一点能被人察觉的不自在，他皱着眉头，视线时不时看一眼自己衣摆上的水渍。

许晚大概感觉到了他的纠结，但又不知道他为什么纠结。

金窈窕对上许晚求助的视线和沈启明黑白分明的大眼珠，只觉得这对母子此刻看起来惊人的相似。金窈窕余光扫到墙角换好水桶的饮水机，丢了一盒纸巾给沈启明："行了，换水的报酬。别看了，看它它也干不了。"

沈启明接住纸巾盒，果然又看了衣摆一眼。许晚愣了一下，这才意识到问题所在。她叹了口气，不怨儿子不亲近自己，自己这个做妈的，连孩子有洁癖都不晓得。

金窈窕正要带这母子二人去吃食堂，沈启明的电话却响了起来，他接起来一听，表情就沉静下来："我知道了，你在外面等我。"

放下电话后，许晚问："怎么了？公司那边在催？"

沈启明"嗯"了一声，眼睛却看着金窈窕，解释道："有个紧急会议。"

许晚有点发愁的样子："真是，本来还想让你吃完早饭再走的，还来得及去食堂吃早饭吗？"

沈启明："来不及。"

许晚叹息一声，半分钟后却见沈启明还没动身。

金窈窕对上沈启明的视线，思索了两秒："要不让人给你打包一份？"

沈启明："好。"

晶茂没有食堂吗？你是缺这口吃的还是怎么样啊？

好一会儿后，等在铭德门口的晶茂司机终于等到了自己的老板，只见老板顶着晨光从铭德出来，一手拎着放满了打包盒的塑料袋，一手拿着……纸巾盒？

不是手帕纸，是真的一大盒纸巾，开了封的那种。

老板手很大，修长的手指扣住纸巾盒底部，封口处一张白白的纸巾探出脑袋在风里飘啊飘。

司机看看老板又看看铭德的办公大楼，老板是饶走了铭德的一盒纸巾吗？

公司里看沈启明把“换水的报酬”真的拿走的金窈窕也是无话可说。

许晚站在门口目送儿子的背影，脸上同样露出费解的神情。

沈启明一手打包盒一手纸巾地到了晶茂，进园区后又被各种偷看，他弄脏了衣服浑身不舒服，现在倒自若得很，对上出门迎接的蒋森的一脸问号，他的语气一如既往的平静：“人都到齐了？”

蒋森看着那张封口处飘荡的纸巾，动用自己的全部智力去琢磨，也没能琢磨出头绪，只好点头：“是，都在楼上等着。”说完他嗅到香味，才看到沈启明另一只手上的塑料袋，看到里头的好几个打包盒，问，“这是什么？”

沈启明：“早餐。”

蒋森估计了一下袋子里打包盒的数目，至少是三四个人的分量，眼中闪过惊喜：“你居然带早餐来了？”

沈启明“嗯”了一声。

蒋森赶紧伸手：“来来来，我帮你拿。”

沈启明一摆手躲了过去。

沈启明径直上楼进办公室，放下打包袋，又打开某个抽屉，将纸巾盒安置进去，才对停在门口的蒋森道：“走吧。”

蒋森看着桌上的打包袋：“早餐……”

沈启明：“回来再吃。”

也是，工作要紧。蒋森似懂非懂地点头，忙完后他想跟沈启明回办公室，谁知沈启明发现他跟在身后，却回头问他：“你还有什么事吗？”

蒋森：“吃早餐？”

沈启明莫名其妙地说：“园区食堂在负一楼。”

哦，敢情你那四五个打包盒里带的是你一个人的早餐？蒋森悲愤地转身奔向园区食堂，给自己要了一碗热腾腾的拉面，一边吃一边愤恨地想，哥哥你没有心！哥哥你是猪吗？饭量那么大！

办公室里，沈启明拆开塑料袋，拿出打包盒。

铭德食堂的人估计是不知道该打包什么，就挑选了容易携带的东西一样打包了一份，浓油赤酱的焖面、表面金黄的三鲜豆皮、雪白蓬松的肉包子、肥厚软糯的红糖糕、夹着油条的鸡蛋饼，还有一碗浓稠盈润的菜肉粥。

盖子打开后，它们的香气混合在一起飘散开，卖相依旧很好。

时间过去太久，都凉了。沈启明摸了下打包碗的碗边，也不介意，抽了双一次性筷子，端着那碗粥喝起来。

柔滑的粥米、细腻的肉馅、爽脆的笋丁、清新的菜碎，粥还有一点点最后的余温，让它原本的美味不至于丧失殆尽。焖面却已经糊了，一整块结在盒里，面跟面之间粘得亲密无间，沈启明拿筷子撬了一会儿，才夹起一处边角。焖面里的韭黄还爽脆着，面很筋道，表面包裹着浓郁的肉汁，可以想象它刚刚出锅的时候该有多么美味。

红糖糕是蒸出来的，糯米质地，底部铺着粽叶，加了枣泥，微甜，带着红糖的醇香和粽叶的清新，这个倒还好，凉了也很有嚼头，不过热的时候应该会很软糯吧？

沈启明依次尝着打包盒里的东西，吃到什么滋味都是一个表情，他慢慢喝完碗里微凉的菜肉粥，然后才打内线叫助理进来。

助理进办公室后，看见他在盖打包盒的盖子，赶忙上前帮忙，桌上除了一个纸碗是空着的，其他盒子里基本都还留有东西。

助理帮他把盒子打包好，放回塑料袋里拎起，立刻就要拿去处理，却听老板道："中午工作结束以后再热给我。"

助理拎着塑料袋离开办公室，另一位助理看到他手上的袋子，问："你拿着什么啊？"

拎着袋子的助理："剩菜……"

另一位："我刚好要下楼，要我帮你拿去丢吗？"

助理："不用，找个冰箱，这剩菜老板中午还要吃的。"

助理区的所有同事都抬起头来，晶茂是出什么财政状况了吗？竟到了如此地步？

被顺走一盒纸巾的铭德依然风平浪静，甚至新店开业的筹备工作比以前还要顺畅许多。

但在深城小范围的圈子里，渐渐流传开了一个神秘的传说。

金父有一天回家，严肃地告诉金窈窕："以后在外交际要谨慎一些。"

金窈窕问："怎么？"

金父说："我听人讲，咱们这片好像有个了不得的小公司，背景很深。"

还有这事？金窈窕想了想这附近的邻居们，感觉都是跟自己家一样相似的平凡："哪一家？"

金父皱着眉摇头："不清楚，就是最近参加几个深城的活动，听到外面有人在讨论。消息是从本地的一个小圈子传出来的，不过知情人都讳莫如深，再多的就打听不到了。"

已是新年将至，金母带人做着家里的清洁工作，听到这话胆战心惊："天哪，咱们那儿都快郊区了，还有这种人物啊？万一得罪了怎么办？"

金窈窕拍拍母亲安慰道："别想那么多，咱们能得罪什么人。"

金父点头，心宽了些，觉得女儿这话也有道理，但紧接着想到另一件事情，又重新严肃道："哦对，咱们公司这边好像还有点不太平，还有黑社会什么的，回头通知一下员工，让他们出行的时候注意下安全。"

金窈窕这下终于有点担心了："真的假的？不至于吧？什么年代了。"

金父却很谨慎："外面都传遍了，上次有人在这附近差点被打，逃了四条街才逃到安全的地方。"

就是不知道是谁那么倒霉。

金窈窕皱起眉头，拿出手机："我让人事通知下去。"

金母听得直拍胸脯，啧啧称奇："深城怪不得是大城市，卧虎藏龙，什么神仙都有。咱们这些外地人，可得低调些才行。"

金父点头。

第38章

铭德在深城进展顺利的消息渐渐传回临江，一切都在朝最好的方向发展。

新年将至，临江的铭德旗下餐厅放出了今年的年夜饭席位，跟以往至少要经过漫长的宣传期才有人来预订不同，这次几乎才开放预订不多久，名额就被常来光顾的老客人们订满了。

临江作为铭德的大本营，铭德旗下的餐厅在这里知名度已是毋庸置疑的高。寻香宴周年庆的大肆活动、铭德大院推出的新菜，以及开业之后大受欢迎的新品牌隐宴餐厅。几番火爆后，如果说早些年临江的市民们还对这家公司不甚了解的话，那么时至今日，但凡消息灵通一些的本地人，绝不会没听过这个名字。

临江本地的各大社交网站也是几家欢喜几家愁。

“天哪，我才听说隐宴开放年夜饭预订，就耽误了半个钟头而已，再打电话过去居然就没名额了？他家生意是不是有点太好了？”

“别说隐宴，我下班以后去问，就连铭德大院的年夜饭都订满了。隐宴也就算了，寻香宴我想都不敢想，可是临江那么多铭德大院，这不是平价餐厅吗？为什么也会抢不到啊？哭了。”

“看不起平价餐厅吗？铭德大院生意很好的好吧？他们家那个招牌菜炖牛排现在超级火，最近还陆续上了几个新菜，有脆皮鸡什么的。上次我外地的同学来临江玩，点名要去排队吃这个。”

“实在不行就去寻香宴吧，虽然贵点，可今年过年我要把爸妈从老家接过来，真的想带他们好好撮一顿。”

“楼上的，告诉你一个悲惨的消息，昨天我们老板让我打电话问过，寻香宴也订满了。”

“认真的？寻香宴那个人均消费？全临江最贵的餐厅之一了吧？订满了？临江有钱人这么多的吗？”

“订走寻香宴的都是铭德多年的老顾客，人家可能在开放预约之前就抢到名额了。”

“订年夜饭都要走后门了？不愧是铭德……”

深城分公司今年全体放年假，金窈窕再回临江，看到的便是一番生机勃勃的忙碌景象。

铭德在临江，算上即将开业的，共有将近二十家餐厅，这些餐厅的营业额每天都在直线攀升，导致公司内的员工一天比一天忙碌。这份忙碌在无形之中更加奠定了她的地位，下车以后，她发现项目组内的大小领导无须通知就主动出来迎接自己。

被人群簇拥着朝会议室走，跟一路主动对自己问好的员工点头致意，隐宴组的总监将年终报表直接交给她审阅，末尾处是一个让人愉悦的数字。

金窈窕眼中闪过笑意，合上报表，无须询问父亲，自己做主道：“晚点人事会出通知，公司内各部门人员明年依照工龄重新制定薪金涨幅标准，今年的年终奖金和分红也依照绩效增加，今年大家都辛苦了，拿到年终奖以后好好过年吧，明年继续加油。”

话音落地，已是一片欢呼声，人群中更有忘形的员工笑着喊道：“太子殿下万岁！”

金窈窕笑笑，并不介意，她走后，组员们议论纷纷：“太子怎么能是万岁，应该说千岁啊？有没有文化？要登基以后才能喊万岁的。”

一阵笑声里，金穗扫到身边这些自然而然提到“登基”的同事们，内心有些好奇：“你们都很支持金总监未来完全掌管铭德吗？”

组员们正说笑着，听到她的问题都乐了。

“那当然了，我恨不能殿下早点登基呢。”

“她来公司以后，咱们公司眼瞅着越来越好，这还只是殿下时期就这么能打，成了陛下那还了得？”

“其实我前几个月就隐隐约约有预感，公司现在发展得那么快，薪酬肯定要变动的。”

“年终奖也涨了，呜呜呜，这几个月忙得果然值得。殿下帅气！”

金穗听着听着，忍不住笑了出来，笑得满嘴整洁的白牙都露了出来。她也不知道自己在高兴什么，就是开心得不得了。

临江市赶在年前搞了一场会议，会议比较正式，这次除了身为铭德董事长的金父，金窈窕也收到了真正属于自己的邀请函。

拆开信封看到那张邀请函的时候，金窈窕停顿了一秒钟。

邀请位一栏赫然写着她的大名，她抬起头，坐在对面的父亲拿着同样的红帖，朝她露出复杂又欣慰的眼神：“我没有打过招呼，这是他们自己发给你的。”

父女俩对视几秒，默契微笑。

临江晶茂总部，一群助理正在热议——

“好不容易要过年了，这个月一半时间都跟老板待在深城，我还以为年前回不了临江呢。”

“老板带过去好几个团队哎，你说会不会有可能想把工作重心往深城转移？”

“不知道哎，不过这样也没什么不好，深城园区本来业务就很多，以前老板不知道为什么很少离开临江去亲自处理而已。”

大伙聊着，声音忽然低了下来，互相使眼色。余光扫去，角落工位里的宁萌目不斜视地敲击着键盘。

这一次被选中跟随沈启明前往深城的助理团队里，没有她的名额。

为什么？闺密乔语丝告诉她肯定是金窈窕因为她跟沈启明吵架了的缘故。

余光扫到同事们的偷偷打量，她一点也不在意他们的排斥，真的，她甚至敢肯定地说，晶茂的女员工们，即便局限于这个楼层，局限于附近这片工位，喜欢沈总的人就不知凡几。她们喜欢沈总，跟自己有任何不同吗？她们不敢争取，不敢靠近，反而转过头来看不起自己，实在是太可笑了。

宁萌抿起嘴。

至少比起在沈总眼中毫无存在感的她们，她成了沈总觉得需要避嫌的存在。如果不是因为特别，不是因为跟其他女人有区别，沈总为何专程不带上她走呢？只要她是不一样的那个人，就总会有机会的。

沈启明带上参会文件出门，助理区的众人站起来，几个参与会议进程的助理迅速从工位出来跟到他身后，一行人正要离开时，坐在角落的宁萌起身追了上来："沈总！"

她一向安静，从来没有做过出格之举，把其他助理都吓了一跳。

沈启明只"嗯"了一声，脚步不停："什么事？"

宁萌看着他，内心因自己的想法而掀起小小的波澜："没什么，我，我就是想问，我最近工作上，是不是有什么做得不好的地方？"

沈启明果然看了她一眼。

宁萌鼓起勇气道："沈总您带去深城园区的助理团里没有带我，我就想问是不是我做错了什么。"

沈启明："你没去深城？"

宁萌愣了一下。

沈启明也没等她回答，转向身边的另一个助理："部门考核什么时候开始？"

宁萌又愣了一下。

那助理看了她一眼，憋着笑回答沈启明："沈总，考核在下周。"

“考核不通过和工作出错的，年后按照公司规章来处理，助理部自己搞定，不要个个都来问我。”沈启明边说边走远，仿佛已经忘记了提起这个话题的人，再没回头看一眼。

送走沈启明的助理回来，看到宁萌还站在原地，表情因为憋笑有些扭曲：“宁萌啊，你想多了，陪沈总去深城的人是助理部看大家手上跟的工作选的，因为你正在跟总部的事情，才没选你，沈总没发过话。”

宁萌没说话。

助理回到工位，跟旁边的同事对视一眼，都觉得好笑。

同事小声道：“她怎么想的？以为这种事情沈总会亲自选人。”

另一侧的其他人露出一言难尽的表情：“关键沈总连她去没去都不知道，我‘尴尬癌’都要犯了。”

“要不她还是改个名字吧？”先前那人也尴尬得浑身难受，“她的名字真的太不吉利了。”

大家说着说着，纷纷打开测名软件，同时抽空点进临江微博的铭德食堂超话。

是的。铭德的食堂跟明星一样有超话，而且人气在临江非常不低。

“呜呜呜，铭德食堂今天居然吃脆皮鸡哎，那不是铭德大院刚上的招牌菜吗？我上次跟朋友排队到八点居然卖完了。”

“天哪，还有酸萝卜老鸭，这是上次深城那个文章里提到的菜吗？果然一看就好好吃！隐宴什么时候才上这道菜啊？”

“这个鱼鳍好像也是新菜。”

“铭德的待遇真好，虽然工资未必有咱们高，但他们员工都好开心的样子。”

“他们说现在铭德新上位整改餐厅食堂的是铭德的继承人，金窈窕？我看过她的视频，长得超好看的，要是能当咱们老板娘就好了。双方公司食堂强强联合，岂不是快活似神仙？”

说话的这人是刚从下面部门升到顶层的新助理，对老板沈启明的生活毫无了解，脱口而出后半点也没觉得有什么不对，一抬头，才发现几个老前辈都在一言难尽地看着自己。

“怎么了？”

老前辈们相互对视，又低头看着手机里的铭德食堂菜品。

那张图还是动图，脆皮鸡被筷子一点点撕开，先煮后烤的表皮下是滑嫩多汁的鸡肉，被筷子夹住的时候，甚至还颇有弹性地抖了抖，随即被拍摄者从骨架上撕下，抖下一滴晶莹油亮的汤汁。

酸萝卜老鸭汤，汤汁浓稠，鸭块被炖得红亮，点缀着酸萝卜和一点泡椒，隔着屏幕都能感受到开胃。

烤鱼鳍，用的不知道是什么鱼的鱼鳍，连带着鱼腹最肥厚的那一块，被烤成金黄色，鱼骨眼看着脆到了能空口咀嚼的程度，鱼腹肉里的油脂也被逼出来，柔柔软软，肥的部分呈现半透明质地。

鱼腹啊……最好吃的鱼腹……

反馈果然很热烈，那位放照片的铭德员工几乎用了一整段长篇大论去夸奖它:“太好吃了,天哪,这个鱼肉我真的没有语言去形容,它一点也不腻,又软又糯,鱼骨头脆得像起了酥皮，你们相信我！感谢妈妈生下我让我读书进入铭德，我何德何能？祝你们早日能在我们旗下的餐厅吃到它！”

临江不少公司的员工都关注了铭德食堂的超话，午休时间，大家议论纷纷。

“忍不了了，脆皮鸡还可以，鱼鳍真的不行！”

“辱骂本公司今日食堂的西红柿炖茄子一声。”

“我提名把铭德列为临江CBD商圈公害。”

老前辈们给这句话点了个赞，同时落下泪水。曾几何时，晶茂也是有机会成为公害的呢。

例会上遇到沈启明是理所当然的事情，就是双方座位隔得有些远，晶茂代表们坐在最前列，铭德则被安排在靠后一些的位置。

即便在济济人潮中，沈启明依旧不减耀眼，他被簇拥着，低头翻动手上的发言稿，金窈窕的眼神划过他时，他像察觉到了什么，电光石火间停下动作抬头看了过来。

灯光洒在他身上，像镀了一层辉在表面，金窈窕看得顿了顿，点头算作问好。

比较讨厌的是铭德的座位跟程家挨得很近，金窈窕瞥见程琛，又瞥见坐在对方旁边的老熟人，忍不住呵呵了一声。

程琛推了下眼镜，朝她笑道："金小姐，好久不见。"

金嘉瑞站在他身边，就没那么客气了，还哼笑了一声。程琛这不是故意恶心她才有鬼。

金窈窕一点也没有表现出自己被恶心到了，笑得极其好看："程总，好久不见，黑眼圈好像比以前重了，要好好休息啊。"

昨天又梦到挨枪子儿的程琛一阵无语，我为啥睡不着你心里没点数吗？

双方话不投机，金窈窕转开眼坐下，会议管理人员却忽然过来，干笑着道歉："实在不好意思，下面的人安排座位时出了疏忽，还请铭德的各位到前面落座。"

程琛听得愣了一下，金窈窕并不觉得有被怠慢，但对方坚持邀请，为了不影响例会进程，她还是带人跟了过去。

周围的人见状眼神都变了。安排位置是官方的工作，能坐在前面是代表了一些信号的，立时大家聊天的态度更加热络起来。

被留在原座的程琛双手抱胸，看着金窈窕走远，隐约听到自己磨牙的动静。

金嘉瑞看得瞠目结舌，难以接受："他们凭什么坐在前头？"

程琛摘下眼镜，对他微笑道："话那么多，我提拔你做程家的官方发言人好不好？"

金嘉瑞还没从自己是金家子孙的待遇里走出来："真的吗？"

程琛戴回眼镜，差点吐血："滚滚滚，要开会了，你出去等着。"

我有病吧，为了气金窈窕带这么个人来？那女人是生来克我的，绝对。

临江本地很火的一个酒吧，本地的小名媛们包下这里开小派对，胡晚月穿着小短裙跟好闺密们坐在一起喝酒，程琛的表妹白沁也在。

白沁上下打量胡晚月，有点疑惑："宝贝，你最近还有在减肥吗？"

胡晚月悄悄挺直了背："是呀！"

白沁更加疑惑了，真的假的？小肚腩都出来了，一般的胡吃海喝都吃不出这么圆的弧度。

聚会里有几个外地来的新姐妹，跟她们聊临江的八卦，忽然提起了金窈窕。

一个深城来的女孩很感兴趣："你们看过叶白情的那篇文章吗？里面提到的铭德好像就是你们临江的哎！我上网搜索了一下他们家，铭德老板的女儿金窈窕好有名，都是临江人，你们认得她吗？"

程琛的表妹听到铭德和金窈窕的名字，表情立刻冷了下来。胡晚月察言观色，露出微笑，朝那姑娘道："不熟，她跟我们不是一个圈子的。"

这话暗指是金窈窕够不上她们的圈子，虽然说得有点亏心，却让程琛表妹的表情好看了一点。

外地女孩若有所思："这样啊……"

她还以为金窈窕真的很厉害呢，果然是叶白情太夸大了吗？

此时却有人拿着手机过来："临江今天的新闻直播，我爸爸也会出镜哦！"

屏幕上赫然放的是今天临江的那场会议，在场不少女孩都笑了，她们家里的长辈基本上也都去参加了这个会议，这可不是什么普通的小会，大家当即都很感兴趣地围了上来。

镜头划过会场，拿着手机的女孩刚要找自己的爸爸，却听有人惊讶地"咦"了一声："那不是金窈窕吗？"

视频拍得有些模糊，让画面里的人也显得小了点，但金窈窕那张脸，像素糊了反而更好看，坐在一群西装革履的男人里，眉眼如画，万绿丛中一点红，扎眼得不行。

胡晚月当即坐起来，双目圆瞪，一看，还真是！

旁边的女孩们都惊了，七嘴八舌道："她怎么也去开会了？我爸爸连我哥都没带！说是一张邀请函只有一个座位的！"

"等一下，她坐在第二排？"

"呜呜呜，我找到我爸爸了，他在第九排，居然这么靠后。"

胡晚月也咬了咬牙："她怎么坐在那么前面？"

外地女孩有点迷茫："你们都认得她的吗？不是说不是一个圈子的吗？"不熟居然还能一眼就认出来？

胡晚月有点脸疼，不知该如何解释，那外地女孩却有了自己的理解："哦哦哦，我懂了，她原来是继承人那个圈子的。"说完顿时羡慕起来，"真厉害啊。"

虽然大家都是衣食无忧，可暗地里也有着不少规则，继承人的圈子，像她们这样吃闲饭的确实是挤不进去。

胡晚月捂住自己受伤的心口，捂了一会儿后又忍不住下滑摸了摸自己最近去隐宴吃太多挺出来的小肚腩，别说，软软的，还挺好摸。

呜呜呜，胡晚月更想哭了。金窈窕是生来克我的吧？我还要给她钱赚。

会议结束，金家人离开会场，金窈窕呼着冷气，抬头看了眼天。

大年二十九，此番事了，今年的所有工作就算告一段落了。

父亲在身边打着电话，她回头看去，术后休养到位，被她喂得红光满面的父亲中气十足地跟电话那头的下属说着什么，金窈窕看着就忍不住笑开了，他们一家终于可以休息几天了。

她给母亲打了个电话，告诉母亲自己和父亲准备回家，电话那头的母亲却说她准备去逛街买年货。金窈窕这才想起过年给阿姨们放了假，所以家里的年货都得自己准备了。

金母问："我也不知道买点什么好，对了，今年的年夜饭咱们在哪儿吃？去店里吗？"

金窈窕想了想，摇头道："在家吃吧，我来做。"

不知道怎么的，她特别想在家过这个年，和父母一起。

家里的司机也放了年假，这一次来开会，她跟父亲就是自己开车来的。除非必要，她不喜欢让人加班，更何况这种特殊时刻，何苦占用员工跟家人团聚的时间？她最清楚渴望跟家人在一起的滋味了，尤其逢年过节。

后头传来沈启明的声音："在等车？"

金窈窕转头，对方果然刚从会议场里出来，铁灰色的大衣穿了整天也不见半点褶皱，跟他的头发一样整齐。因为要发言，他今天穿得比较正式，大衣里的正装一丝不苟，配上冷冷的眉眼，看着总有几分说不出的禁欲。

金窈窕对上他的眼睛，笑了笑：“没，我们开车来的。”

沈启明知道金父的身体情况，看着正在打电话的金父他皱了下眉。金窈窕解释道：“我开的。”

沈启明顿了顿，低头看向她的脚。出席这种会议，她自然不会瞎穿。金窈窕今天穿了双裸色红底鞋，尖头细跟，脚背的弧度绷得雪白优雅。

金窈窕道：“车里有平底鞋。”说着转移了一下身体重心，红底鞋好看是真好看，但十厘米的高度，说舒适绝对是假的，她从车里穿出来开个会的工夫，脚就被磨得生疼。

说话间沈启明的车来了，司机下车开门，金窈窕退开，示意对方可以先走，沈启明却没动。

沈启明：“上车，我让人送你。”

他低着头，金窈窕接触到他的视线，摇摇头：“不用了。”

两人沉默了两秒，沈启明终于转身走向车子，金窈窕看他放弃，拉着还在打电话的父亲朝自家的车走，却听身后砰的一声传来关门的声音。

晶茂的司机很疑惑：“沈总？”

沈启明关上车门，朝他沉声说了一句：“你把车开回公司就可以放假了。”

说完直接朝着不远处的父女俩走去。

司机愣了，啥情况？大年三十才是年假，二十九就放假了？老板突然这么有人性了？

呜呜呜，蒋总老说老板没有心，这么看来还是有的嘛，呜呜呜。

第39章

会议地点的停车场是露天的，高跟鞋羊皮质地的鞋底踩在坚硬的路面，一点点哪怕肉眼看去微不足道的小沙砾都存在得清晰无比。金窈窕因为要忙工作，平常又不需要搭配正装，已经很久没穿高跟鞋了，此时没走几步，她就想当场把鞋脱下来丢到设计师家门口。

路上又遇到程琛，程琛明明都已经钻进车里了，看见她后还特意出来，看到她手上的车钥匙，贱兮兮地问："金小姐，您和金总怎么还自己开车？铭德的司机不够用吗？"

金窈窕立刻连脚都不疼了，朝他笑道："当然是让他们回去跟家人过年了啊，程总，您也有点人情味吧，学学我们铭德。大年二十九还让人在会场等你几个小时，资本家干成这样，亏不亏心啊？"

程琛原本出来是想斗嘴的，听她这么说却愣了一下。啧……这话听起来还挺温柔。

金窈窕等了几秒，见他不回嘴，程琛哑巴了？

车里程家的司机听到外头的话，忍不住转头看了一眼，四十来岁的中年男人，想起等在家里的老婆孩子，眼神颤了颤。

两人在这儿说话，会场大门附近有散会出来的老总远远看见，笑着打趣："老金家的闺女跟程家小子看着挺熟？"

"刚才在会场的时候就看见他俩聊天，现在外头这么冷还能聊起来。"

"哈哈哈，两家都是同行，是怪有缘分的。"

朝这边走，路过他们时听到了一耳朵的沈启明脚步一顿。

车刚启动，余光瞥到外头的一张面孔，程琛赶忙让司机停车，想下来结识一番，结果却见外头那位沈总深深地看了自己一眼。程琛被看得有点发毛，再一找，沈总已经不见了。

程琛皱起眉头，不确定地想，沈总应该不认得自己吧？

一旁在外头跟司机一起等了他几个小时的金嘉瑞还在扭头朝后看金窈窕走远的身影，新仇旧恨，很不服气："大过年的，好男不跟女斗。程哥，别把她的话当回事，她一个女的懂什么？满嘴都是歪理。"

结果说完一回头，对上驾驶座司机不爽的眼神，再看后视镜，程琛摘下眼镜慢条斯理地擦着，理都没理他，只问司机："老王，老婆孩子在家等着呢？"

司机老王开着车，闻言笑了笑："是，刚才我家那个还打电话问我什么时候回去，程总，咱一会儿是不是还要去个应酬？"

程琛把眼镜揣回上衣的兜里，说："你就别去了，一会儿到公司把车给我，早点回去陪他们吧。"

司机怔了怔，喜笑颜开道："哎！谢谢程总。"说完又瞪了副驾驶座的金嘉瑞一眼。

金嘉瑞被瞪得莫名其妙，我怎么了我？我得罪谁了？

金窈窕怼完人神清气爽，忍着脚疼解开车锁，车把手却忽然被另一个人拉开。

沈启明扫了眼她被高跟鞋磨红的脚背："我让司机回去了。"

金父挂了电话，有点没弄明白状况，目光转向女儿，小沈这是怎么了？

金窈窕对上沈启明看来的视线，两秒后转开眼，把钥匙丢给他："随便你吧。"

说完给父亲打开车门，自己绕过车身，也没在副驾驶落座，直接坐在了后排。

沈启明上车后看了眼空荡荡的副驾驶，也没发表什么意见，调整座位的时候脚碰到了什么，低头一看，是金窈窕下车前换下的平底鞋。

金父注意到他的目光，立刻想起上次对方在分公司因为衣服上那几团水渍洁癖发作的事情，刚要解释自家闺女很爱干净，就见沈启明已经俯身，修长的手指钩起那双鞋递向后座。

金窈窕接过来把高跟鞋换下，沈启明盯着她脚背和脚侧脱下高跟鞋后越发明显的红痕皱了皱眉。

金父看他皱眉，体贴地从扶手箱抽出两张纸巾递给他，沈启明接过后莫名其妙地看了他一眼。

金母说自己人在超市，超市距离金家不远，规模很大，也卖一些普通超市很难找到的食材，平常没事的时候，金窈窕都会去转转。

附近的居民基本不太逛超市，因此这里往常都比较清静，但特殊时节，不论贫穷富有，天南海北的人们终究还是会为这个年聚集起来。

喜气洋洋的喧闹声里，金窈窕看到窗外走过来的母亲，瞥到母亲身边的另一个人，有点意外："许阿姨？"

许晚作为铭德分公司的员工，现在正在年假时间，这位优雅貌美的前台离开了工作环境，穿着她价值不菲的皮草大衣，耳垂的钻石耳坠熠熠生辉，站在超市外济济的人潮里，明显有点不习惯这处热闹的场合。

金母说："你许阿姨不是住得近吗？我就拉她一起来了。"

许晚现在在临江，住的是离金家很近的沈家老宅。

看到开车的沈启明，金母惊了下："小沈？"她又看了下同样惊讶的许晚，一击掌，"这不巧了！你们母子俩刚好一起准备过年的东西，也省得漏了。"

沈启明看着许晚，许晚也看着沈启明。他们母子几乎没一起过过年，今年虽然不跨洋隔陆，但依旧默契地井水不犯河水。一个住在老宅，一个住在明珠山，谁也没提过要一起过年。

当下这个场合，母子二人对视几秒，目光一个冷淡，一个复杂，但都没有直接开口拒绝。

沈启明和许晚都没什么逛超市的经验，许晚还好，偶尔会逛逛街，沈启明平时连逛街的兴趣都没有，他讨厌人多。

然而比起儿子，许晚也强不到哪儿去，她购物多挑清爽安静的场合，何曾挤过临近年关的超市这种地方？靠近超市大门时看到里面摩肩接踵的人潮后，她忍不住有点犯怵。

金家对此却不甚介意。

铭德做餐饮行业，金窈窕和金父平常为了研究菜色，别说超市，菜市场都不少去。金母则是个爱热闹的人，家里没事的时候，经常会跟岑阿姨她们一起出门买菜。

金父做完手术以后削减了工作量，生活清闲下来，一家之主的架子也越端越少，之前全家搬到深城，新家的很多东西就是他跟金母一起选购的。逛街的次数多了，老夫老妻已经相处出了相当的默契，妻子一个眼神，他就知道该拿些什么。

沈启明皱眉避让着身边的人群，许晚揽着自己昂贵的外套，有些无措地看着前方琳琅满目的商品。该买些什么呢？

沈家的年，因为很少团聚，过得都很潦草，这些年她跟丈夫一起跑世界各地，有时甚至连新春会落脚哪个城市都难以预估，久而久之，节日在她印象中的气息已经稀薄得像是不存在一样。

那边，金窈窕拿了几个福字过来跟母亲商量："哪个比较好看？"

金母也有点拿不定主意，目光转向许晚。许晚看了眼那几张字，一会儿后才反应过来这是国内的传统。

沈家……沈家不贴这些，但那金亮鲜红的福字可真抢眼。她看着看着，也不知怎么的，原本因为人多和喧闹生出的不适应感渐渐消散了。

她指着一个说："这个吧？"

金色的珠光浮雕福字，印得圆头圆脑，底部坠着个生肖，说不出的温馨可爱。

她给金家母女选完，忍不住自己也拿了一张，放进推车里。

沈启明则看着金窈窕。她踏着平底鞋，拉着母亲，踱步到陈列柜处，审视着陈列在上头的菜蔬。

“爸爸！”她看着看着叫了一声。

金父没答应，正背着手看一个超市工作人员现场写对联。

金窈窕回头看了父亲一眼，目光有些无奈，上前硬是把父亲从对联桌拽到了陈列柜前。金父这才反应过来，也不生气，转头就跟女儿头挨着头挑剔起了柜里的松茸哪一盒更新鲜。

超市里放着歌，是首庆祝春节的老歌，旋律清脆而欢快。

父女俩也不知道讨论到了什么，忽然笑起来。选好了剪纸的金母过去，丢进车里一袋零食大礼包。

金父问:“买这个干什么？家里的菜不好吃吗？就喜欢这些垃圾食品。”

金母瞪丈夫:“大家都买，过年谁家不准备这个？”

金窈窕站在母亲这一边:“就是。”

沈启明看着金窈窕无情镇压父亲的模样，忍不住勾了勾嘴角，余光瞥到一旁货架上的零食大礼包，伸手取来一袋丢在车里。

同一时间，另一袋大礼包落下，沈启明抬头看向礼包的主人。

许晚注视着车里两个同样的商品，保养良好的面孔上滑过短暂的意外，随即意识到什么，看了眼儿子，又转向自己同样观察了很久的那一家人。

金家已经结束了大礼包的话题，开始选起了别的东西，照旧有商有量，连不同品牌的水牛奶都能各自发表几句意见。

头顶的扬声器里歌声不停，四下熙熙攘攘，却没人在听。真奇怪，她竟然不觉得这里吵闹了。许晚回头，看向车里的两袋零食大礼包，礼包交叠的底部空隙，露出福字贴画金色的辉芒。

她怔了怔，忽然开口道:“启明，明天来家里和妈一起吃年夜饭吧？就在家里做，不去外面。”

儿子扫了她一眼，转身走向冰柜，留下一个矜贵高大的背影。

许晚失笑，那么多年了，才提出这种邀请，想也知道会是这个结果。

儿子回来，朝车里放了一盒刚才被金窈窕选中的品牌的水牛奶，声音一如往常的冷静——

“嗯。”

许晚倏地抬起头来。

超市门口，一个住在附近的晶茂高管忽然脚下一个踉跄。

旁边的老婆吓得上前搀扶他：“你怎么了？”

晶茂高管看着拎着一堆购物袋从超市里出来的那个鹤立鸡群的高个子：“沈、沈、沈……”

老婆回头一看，瞬间认出了丈夫上司那张英俊的面孔：“哇，沈总！沈总居然也来逛超市？”

晶茂高管神色茫然：“是啊……沈总居然也来逛超市……”

老婆定睛一看，看穿了丈夫上司手中拎着的购物袋，里头赫然映出零食大礼包鲜艳的色彩，左手的袋子里有，右手的袋子里也有。

老婆喃喃道：“看不出来，沈总表面冷冷淡淡，暗地里居然这么爱吃零食大礼包……”

高管气若游丝：“是啊，真是没看出来……”

蒋总最近老说的那句话，人设……人设什么了来着？

大年三十。

金家小区门口，几个陌生人正在徘徊，因为停留太久，小区保安都忍不住朝他们投去怀疑的审视。只是这几个男的衣冠楚楚，很有派头，开来停在门口的车也价值不菲，实在不太符合心怀不轨的身份。

“二师兄。”当中一个年轻些的问里头最年长的那个，“这么多年了，大家一直没再联络，大师兄会愿意见我们吗？”

二师兄望着前方的小区长长叹了口气：“没办法，为了光大师傅的名声，这些年，谁敢提让珍珑不稳定的话题。”

年轻些的那个面露悲伤：“师兄他……回到临江以后，也再不跟我们来往，他心里很恨尚家吧？”

二师兄摇摇头：“你看尚荣就知道了，他现在做的那些事情……简直把大师兄当作了眼中钉肉中刺。我要是大师兄，也不可能不恨尚家。”

年轻些的那个闻言咬牙：“我……当初我就讨厌尚荣，师兄也是，为什么那么好说话？师母让他走他就走！要不是为了师傅，我……”他期期艾艾地问，“可是，二师兄，师兄万一真的不愿意见我们怎么办？”

年长的二师兄看着保安亭里终于按捺不住走过来的保安，低声道：“以前没有交集也就算了，尚荣让人卡师兄他们的手续，小打小闹的，我也可以假装不知道，背地里再请人跟他打擂台就好。可他现在越来越过分，居然让夏仁带人去师兄的分公司闹事。做到这个份上，我们必须跟师兄解释清楚。尚荣现在代表的是尚家，总不能让师兄真的觉得，我们所有人都跟尚荣一样忘恩负义。”

天下没有不透风的墙，夏仁带人去铭德搞事的消息已经在尚家传开了，今天来的这些人，都是得知消息后跑去跟尚荣大闹了一场的金父的师弟。

夏仁用的这招，虽然下作，但也是真的有用，对任何一家刚刚进入深城发展的小公司而言都不啻于天大的麻烦。设身处地想一想，有人这么让他们伤筋动骨，那结下的绝对是解不开的大仇。

年长的二师兄也正是因此，徘徊于小区门口迟迟不敢让人通报，毕竟在外人看来，他们这些尚老爷子的徒弟跟尚荣，同样都是尚家密不可分的一分子。谁知道大师兄会不会恨屋及乌，让他们也一起滚蛋呢？因此保安过来问他要找谁的时候，他迟疑了几秒，不知该不该开口。

谁知此时身后竟然传来一道浑厚的声音，带着不大确定的疑惑：“小二、小四、小五、小六？”

门口的几人腾地回头。

金父手里拎着一个装鱼的塑料袋站在不远处，看见他们回头，怔了怔，随即脸上露出笑容。

“真是你们啊？”

金家，有小孩叽叽喳喳的说话声不时响起。

这当然不是金家亲戚的孩子，而是蕾秋的孩子。蕾秋前段时间跟贾冰洋的拍摄组去了南方一趟，赶在春节前回到临江，一合计纪录片的主线，就提出想来拍一拍金家的年夜饭。

金父金母都不介意，给铭德做宣传是好事，金窈窕也不介意，只要能跟家人待在家里过年，多几张嘴也不算什么，反倒更热闹呢。而且岑阿姨他们都放假回家了，做年夜饭可是个大工程，蕾秋他们过来，也能跟着搭把手。

蕾秋的孩子是金窈窕主动让她一起带来的。

蕾秋离过婚，这是判给她的孩子，岁数还小，才五六岁。可能是因为家庭变故的原因，这孩子乖得不得了，猫嫌狗恨的年纪，竟一点也不闹腾，乖乖坐在椅子上给年夜饭剥毛豆。

蕾秋帮着金窈窕把榨汁机和破壁机搬出来，路过儿子时低头看了一眼，项目组的总导演贾冰洋盘腿坐着，正跟儿子一起剥毛豆。一双大手，一双小手，小手剥不开的就交给大手，还挺默契的，她翻了个白眼。

金窈窕把炒香的黑芝麻放进破壁机里打，芝麻的香气一路飘荡，她问蕾秋：“刚开始我还当你就进组几天呢，后来怎么就常驻了？”

蕾秋说：“临江这边反正也没什么特别要紧的工作，升职以后都可以安排给下属搞，我对纪录片挺感兴趣的，就跟着学一学。”

金窈窕笑道：“贾导挺有实力的，你跟他多学一些也好。”

“别提了。”蕾秋叹了口气，“我承认他水平可以，但脾气也太倔了，我跟他三天一大吵两天一小吵，要不是看在他年纪比我小，我非揍他不可。”

芝麻粉打好，一开盖子，满室飘香，蕾秋问：“你这是做的什么？”

“八宝年糕，我们家过年兴吃这个。”芝麻带油，打成粉后结成大小不一的团状，炒香的黑芝麻、白芝麻调味后跟其他馅料放在一起，年糕早早就热腾腾地准备好了，拿出来分成剂子，包进馅料。

枣泥的、芝麻糊的、红豆沙的、绿豆沙的、花生糊的、红糖馅的、肉馅的、素菜馅的，一连八种馅料，包了好几十个，裹得年糕圆胖可爱，撒上粉后，放进烤箱里低温烘烤。香味飘出去，让剥毛豆的一大一小心不在焉起来，工程速度锐减。

金父恰在此时带着客人进门。

“窈窕。”金父随便介绍了一下屋里的拍摄组成员，随即叫来金窈窕，对她介绍客人们，“这是爸爸在尚家的师弟们，你按照排名，叫叔叔就好。”

这些叔叔们放下带来的年礼，朝她露出笑，很和善，尤其听金父提到“尚家”这两个字的时候，甚至带上了一些心虚的味道。

金窈窕对他们点点头，金父嗅了嗅屋里的味道，笑道：“我跟他们去书房聊，一会儿再下来帮你。”

说着果然一起上了楼。

尚家的人来了？金窈窕若有所思地回到厨房，把父亲去店里取来的鱼泡进水里，倒进酒去腥。

父亲带回来的是一条石斑，清蒸最鲜美，家里还有一条黄鱼，那条则可以用来红烧。除此之外，还有相当数量的溪鱼，是早晨屠师傅专程送来的，说是前些天陪放年假回来的儿子去儿媳乡下老家买到的，特地养着，分给他们一部分。溪鱼长不大，又没名气，市场上基本买不到，可溪鱼无污染，肉质细腻，美味程度丝毫不亚于许多昂贵珍稀的鱼种。

屠师傅来送年礼哎！是脾气又臭又硬的屠师傅哎！

收到礼物的时候金父都受宠若惊了，屠师傅也很害羞，一张老黑脸皱得跟自己带来的鱼似的。

金窈窕前些天听小徒弟汪盛说屠师傅给儿子媳妇在工作的城市买了新房，当时恭喜他，让他乔迁的时候别忘了给自己分喜糖。

屠师傅羞羞答答地来，羞羞答答地走，带来的鱼却真的很好，金窈窕这会儿拿它们熬汤，不费力气就熬得浓稠雪白，比鲫鱼汤还香滑。

锅里还吊着另一口汤，相比起鱼汤来要澄澈许多，滚了整整一个上午，金窈窕隔着盖子嗅嗅味道，就知道火候已到。

楼上，金父正跟自己几十年不见的师弟们说话。

虽说已经那么久没见，大家却都不陌生，他们这些年各自都有公开露脸的活动，人虽不联系，但还是会悄悄关注对方的消息。

金父看着师弟们，很是欣慰："我看过你们上一届国内天厨大赛的表现，很好，没有堕了咱们师傅的威名。"

几个师弟听到他的这话，却显得有些难过："师兄，我们是顶着尚家的名头出赛的。"

金父摇摇头："这本来也是应该的。"又给他们泡茶，问，"大过年的，怎么来临江了？不回去跟家人过年？"

"我们一会儿就走，就是想……想来跟你解释解释。"领头的二师弟见他面对自己一行人这样平和，出乎预料的同时也更加羞愧了。

金父："解释什么？"

二师弟想到尚荣让夏仁带人去铭德公司找麻烦的举动，实在是说不出口，只能欲言又止："尚荣和夏家做的那些事情，我们是不同意的。"

金父听得一愣，什么事情？转念想到自己之前办理手续被卡的变故，了然道："我就知道，果然是他做的。"随即摆摆手道，"一点小事，我怎么会迁怒你们？我都没往心里去。"

反正也就是拖延几天而已，公司运营起来以后就一帆风顺了。

没往心里去？都被人找上公司了，少不了一通纠纷，怎么可能不往心里去？师兄这是在安慰自己啊。倘若师兄雷霆之怒，发泄出来倒还好，这样憋着委屈，反而还耐心安抚他们，让他们越发不好受了。

金父送客人下楼时，八宝年糕已经烤好，金窈窕摔着柔软的肉馅，塞填进片开的茄子里，裹上淀粉，入油锅翻炸。听到动静，她回头，错愕地发现父亲那群登门的师弟们都是一脸的要哭不哭。怎么了？吵架了？楼下没听到动静啊？

金父也很迷惑，师弟们全程不停地跟他道歉，他越安慰，他们看起来就越愧疚，搞到最后他都不敢安慰了，生怕这几个老大不小的家伙真哭出来。

他实在是有点不放心，见师弟们要走，转身进厨房踅摸了一遍，给他们找了几个金窈窕刚烤好的年糕塞到手里："行了，别哭丧着脸了，尚家真没给我惹什么大麻烦，都是小打小闹，我不会往心里去的。"

最小的那个师弟抽了下鼻子："大师兄，你不用安慰我们了，我们都懂。"

卡一下手续而已，怎么就至于严重成这样？金父都不知该说什么好，只能拍拍他们："行吧行吧。"

出了金家大门，一群师兄弟们呼了口冷风，胸口堵得呼吸都疼。

最年长的老二使劲闭了闭眼，他原本是想来给师兄撒气的，却不料最后竟被师兄安慰了一场。师兄全程不停地跟他说，铭德没事，没什么大麻烦，他一切都好，铭德分公司也一切都好。然而他心里再清楚不过，夏家在深城打过招呼以后，铭德分公司怎么可能一切顺利？不说关关难过，但肯定也差不多了。师兄……怎么就这么傻，遇上难处都不肯告诉自己呢？

是了，还不是因为他们这些师弟们这些年表现得跟尚家密不可分，他才不想让自己难做。

他腾地想起很久很久以前，师兄也是这样，做错了事情，师傅要打，师兄就站出来，说师弟们还小，让师傅只罚他一个。这么多年了，当初的画面历历在目，如今师兄年过半百，却还是那个师兄。

他看了眼出门前师兄塞给自己的东西，热腾腾的，在寒冷的冬日里冒着蒸腾的白气，他忍不住低头轻轻咬了一口。

原来是年糕做的饼。

年糕打得比较稀，几乎成了糍粑那样的质地，很黏，很糯，咬一口就可以拉出丝来。

这本身没什么稀奇的，稀奇的是里头经过烘烤的内馅。

红糖被烤到融化，变成了稠厚的红糖汁，顺着被他咬开的缺口流淌出来，他赶忙将饼撑开，才留住滚烫的它们。

糖并不怎么甜，却很香，红彤彤地盛在饼内，嘴里的那一口，跟软糯的年糕咀嚼混合，在冬天的冷风里，美味得不可思议。这把岁数，他已经不爱吃糖了，却不知怎的，抗拒不了现在飘到鼻尖的糖香。

小的时候，物资匮乏，有时候师兄神秘兮兮地找到自己，会忽然朝他嘴里塞一口甜的。他知道那是师傅给师兄开的小灶，师兄却总是拿来分给他们这些师弟吃。

师兄离开尚家的时候，他还没什么本事，只能捏着拳头偷偷哭，可现在不一样了，他羽翼丰满，身披奖项，已经是尚家最有影响力的大厨之一。

他忽然抬起头来，朝身后的师弟们说："不能让尚荣这么折腾师兄了，铭德在深城的店年后开业，我们得出来表明立场。"

身后的六师弟手里是个素菜馅的年糕饼，清爽的荠菜混着笋丁，香气一点也不比红糖的逊色。

嚼着软糯的饼，六师弟倏地冷哼一声："夏仁那小子，说谎都不眨眼睛，说师兄找人打他。结果呢？我们来这里这么久，师兄一句抱怨都没有，还粉饰太平，说自己没遇到困难。"

五师弟把喷香的花生馅年糕饼一口塞进嘴里，愤愤道："走，回深城，找尚荣算账去。"

金父进厨房帮忙，金窈窕问他："他们什么情况？"

金父也有点不解："不知道，他们说铭德受了委屈，在深城发展得不容易，让我忍一忍，他们会想办法。"

"铭德受什么委屈了？"金窈窕把锅里吊的黄鳝螺丝高汤舀出来煮蔬菜，"我回临江之前还得到深城分公司那边的通知，说咱们明年可能能争取到园区的税收优惠政策名额。"

父女俩对视一眼，都看到了对方眼中的困惑。

算了，反正不是恶客。

客厅钟声敲响，昭示着新年到来的脚步。

蕾秋等人推辞了几声，硬是被邀请落座。

菜香萦绕在金家宽敞的餐厅，金窈窕从厨房端出今晚最后的两条鱼，摆在桌子的最中央。

清蒸石斑热气腾腾，红烧黄鱼浓油赤酱，电视里放着晚会的音乐声，虽然没人会看，但有了这个伴奏，气氛莫名热闹了许多。

临江的新年习俗是吃面条，汤底是用溪鱼熬出来的，雪白地浇在细面里，加上一块被金家老卤汁卤成黑红色的卤肉，面不多，只吃个热闹，却鲜美得让人放不下筷子。

蕾秋的儿子只五六岁大，喝了口面汤后瞪大眼，根本不用人喂，自己坐在椅子里拿小勺子吃得认真仔细。

他剥了好多毛豆，都被金窈窕拿来焖饭了。超市里精挑细选的松茸，片成小片，混上肉汁和毛豆一起跟饭熬煮，焖饭熟透后，被肉汁浸得油光水滑，吃一口，肉味里却又带着层层叠叠的山珍清香，半点不腻。

冬季的鲜蔬，部分清炒，部分用鳝鱼螺丝吊出的高汤涮熟，清炒的爽脆，涮汤的吸饱鲜汤，柔软多汁，各有风味。

金父今天还下厨做了极为擅长的秃黄油，盖在面和焖饭上一起入口，滋味更加出众。

拍摄组的人员包括贾冰洋在内，最近为了拍节目都吃过不少好东西，可此时吃到这桌年夜饭的滋味，仍旧难以自持。

金家人胃口不大，平常每餐饭做的菜都不多，但除夕为了讨彩头，总得多做一些，原本还担心要浪费，没多久这顾虑就打消了，光蕾秋那六岁的儿子，就整整吃下去一碗面条加半碗焖饭。

金窈窕看他乖，给他夹了一块肥瘦相间的红烧牛腩，蕾秋叮嘱儿子慢点吃："好吃也别吃太多，小心伤到胃。"

小朋友一手拿勺，一手抱碗，歪着头朝她笑："妈妈，我喜欢这里，比喜欢我们家还喜欢。"

蕾秋嗔笑一声："因为房子大吗？"

小朋友想了想，说："不是，这里热乎乎的。"

家里也有暖气啊。蕾秋愣了愣，终于理解了儿子话里的意思。

金父已经吃饱了，却没下饭桌，还在有一口没一口朝嘴里夹蔬菜吃。他不爱吃蔬菜，但金窈窕今天用高汤涮的苋菜和菠菜却出乎意料的合他口味。这两种蔬菜本来就比较容易软烂，被高汤涮熟后，咀嚼起来满口鲜甜，让他这个肉食动物都满意得不得了。

他吃着高兴，忍不住征求女儿的意见："咱们开一点点酒呗。"

金窈窕："不行，你不能喝酒。"

金父比着手指头，威严地说："就一点点，这么多人呢，给我个面子，大过年的。"

祭出杀招，金窈窕沉默片刻，只得同意。

那边的摄制组成员在抢锅里的最后一口焖饭，餐桌就是这么神奇的地方，一口好吃的饭菜可以迅速缩短人跟人之间的距离。只一场年夜饭的工夫，拍摄组众人就已经不见了刚开始对金家的生疏，金父打不开酒瓶，贾冰洋还自告奋勇地上前帮忙。

砰的一声，酒塞脱瓶。

金窈窕："就一点点啊！你们随便喝，但不能给我爸多倒。"

贾冰洋对上金父胁迫的目光，露出爱莫能助的表情："是！老板！"

酒杯相碰，接二连三的脆响，金父终于解馋，心满意足，算了，大过年的，多亏这群客人，能喝到酒就是上天的恩赐。

摄制组的众人陆续给家人发视频打电话，因为工作不能团聚在一起的家人们隔着信号相见，这一刻喜悦多过遗憾，金家餐厅里顿时更加热闹了。

"爸，妈！"贾冰洋指着桌上还在不停减少的剩菜给视频那头的两个老人介绍，"这是我老板家的年夜饭，真的特别好吃，等我有一天发达了，就回老家，带你们出来，到他们家餐厅吃饭！"

他一边说着，一边不忘把红烧鱼的鱼汤朝自己的饭上浇。

焖饭已经吃完了，这是另一锅白米饭。可白米饭味道也极好，软软糯糯，浇上醇厚的鱼汤，都不用配合其他菜就鲜得让人放不下碗。

电话那头的老人们只是笑："好，知道你吃得好，我们俩在家里就放心了，要好好跟老板相处知道吗？”

贾冰洋鼻子一酸，脸上笑得更灿烂了：“老板人可好啦！”

金窈窕给自己倒了杯消食的杨梅汁，是她亲手榨的，鲜杨梅酸甜的滋味攀爬在味蕾间。她从他身后路过时，朝视频里的两个老人打了声招呼，看面相就是很老实淳朴的一对夫妇。

有这群人朝家里报平安的声音，金家原本只有三口人的屋子被充盈得满满当当，金父拉着一个摄影师在看刚才拍到的镜头，金母这个喜欢热闹的人更是高兴得见牙不见眼。

金窈窕听着他们的笑声，踱到窗边，听着客厅里电视中晚会的声响。

金母拿着福字和对联出来要贴，蕾秋的儿子滑下座位，乐颠颠地要帮忙，结束视频通话的贾冰洋哈哈笑着把他抱起，让他骑在自己的肩膀上：“走喽。”

腼腆安静的孩子顿时发出一连串清脆的笑声。

蕾秋看到这一幕，眼神恍惚了下。

金窈窕朝她举了举杯：“新年快乐，灭绝师太。”

蕾秋回过神，回应地举了举杯子：“你也是，新年快乐，金总监，要高升哦。”

沈家老宅，沈启明看着厨房中岛乱七八糟铺开的面粉，和面粉中央那团湿了加面干了加水最终揉得硕大无比却依然不能使用的面团。

沈启明：“这是年夜饭？”

许晚围着围裙，支着手，前所未有的狼狈：“我想做个面条来着……”

半小时后，母子俩围坐在餐桌前，低头吃着各自的速冻水饺。电视里的主持人开始倒数，声音传出来，竟也有几分热闹。

许晚吃着吃着，突然想笑，不管怎么样，这也算是家人团聚了。

过年是这个滋味吗？怪不得人人期盼，真的很好。

第40章

照进黑暗的路灯光柱中，逐渐出现了纷纷扬扬的雪屑。今年的最后一场雪来了。

春节是临江最冷的时候，以往积不起来的雪花飘落在地面上，融化得不那么快了，雪越下越大，堆出错落的银白。

窗户上结起水雾，屋外寒冷刺骨，屋内电视机里晚会节目的歌声不断，却前所未有的暖和。

许晚看着吃水饺吃得面无表情的儿子，忍不住笑了笑，试探着问："启明，今天在家住吗？"

这个家指的当然就是现在他们所在的沈家老宅。

沈启明喝了一口清淡的汤水，平静回答道："不用了，跨年结束我就回去。"

他不喜欢这座自己从小长大的房子，也不喜欢住在明珠山婚房以外的地方，以往出差，他也是尽量不在外留宿，都是尽早回去。

许晚也不失望，能吃上这餐年夜饭已经是她预料之外的惊喜了，她想了想，拿出手机拍了张饺子碗，发动态写“儿子亲手做的年夜饭”。

虽然是速冻水饺，还煮得十个有七个破皮，那也是亲手煮的嘛。

发完后她看了眼圈中动态，她的好友基本上都是这些年的社交场合上认识的，大家的生活灯红酒绿得相似，即便是新春，也是各种旅行应酬目不暇接。她新发的动态下一条就是海外的商界聚会，灯光靡靡，衣香鬓影，每个人看上去都光鲜亮丽。

许晚扯了扯嘴角，丢开手机，吃了口水饺，沈启明听到动静，瞥到母亲手机的画面，不感兴趣地转开目光。

许晚没话找话地说:“这种生活也挺无聊的，是吧？”

沈启明淡淡地回答:“我以为你乐在其中。”

这些年，不管父亲在外头怎么样花天酒地，母亲永远都是那副不介意的样子，他们每次吵完架，出席各大活动又会重归于好，甜甜蜜蜜。外界的人永远不会知道，这对对着镜头十指紧扣相视而笑的夫妻前一天经历过怎样的冷战。他被他们恶心了那么多年，小时候沉不住气，只恨不能让他们从自己眼前消失，后来渐渐明白，想真正把他们剥离开自己的生活需要很多权利，于是他有了权利。

许晚对此无话可说，只有苦笑。她低下头，搅了搅碗里的饺子，轻声道:“启明，对不起，我们没有给你一个正常的家庭。但妈想告诉你，我真的没有乐在其中。”

沈启明没回应，也不知道信了没信。

“你爸的那些事情，我怎么可能不介意？启明，”许晚道，“其实别说真的有暧昧，即便只是爱慕者，也没有女人会对自己丈夫被人觊觎这件事情毫不介意。”

沈启明舀饺子的动作终于顿了顿，是这样吗？

电视里倒数结束，一片欢呼。

海外，沈父在一片热闹中喝完杯中的酒，华人们互相祝贺新年快乐，但也仅此而已。能在大年三十来赴宴跟商业伙伴们共度新年的人，有几个是真正在乎春节的。

他同样也不在乎，说完场面话，喝完场面酒，相熟的人来打趣，恭喜他恢复自由身。这人跟他交情不错，不是来看笑话的，他便也笑笑，接下这句恭喜。

即便失去大半身家，他仍然是当之无愧的富豪，气度英俊不减。被讨论家事丢脸是一回事，现实中看中他枕边位置的人却更多。离婚的消息传出来后，围绕在他身边献殷勤的女人有增无减，如今他站在这个会场里，依然是那个风光无限的老沈总。

被请来聚会热场的女模特殷勤地给他端酒，他接过喝下，对方便自发地跟在他身边，聚会结束后，自然而然地挽着他的手要跟他一起走。

这样的女人，漂亮、温柔，会讨好人，还没有后顾之忧。

旁边的不少朋友都向他投来艳福不浅的眼神，女模特说：“听说今天是您国家的节日，先生，我陪你一起庆祝吧。”

沈父不置可否，毕竟春节于他而言，跟平常的任何一天没有什么不同。

上车后，他拿出手机随便看了看熟人发来的祝福短信，内心也是波澜不惊，不小心点进某个区域，他本想退出，竟然意外刷到了前妻的头像。

看到文字，他下意识皱起了眉头。

前方的司机看了眼后座老板身边的模特，问：“老板，去哪儿？”

模特期待地看着身边这位刚刚宣布单身抢手无比的富豪，却听对方忽然道：“下车。”

她愣了一下，司机却已经反应过来，下来为她拉开了车门。

女模特有点不甘心，但又不敢反抗对方的命令，只能咬咬嘴唇，留下一张名片后下车离开。

车门关闭，沈父放下手机，闭了闭眼，靠在柔软的座位里，扶手上的那张名片他没有去看。前妻和儿子在国内过春节这件事出乎他的预料，但他也只是意外而已，不至于动怒。但不知道为什么，这一刻他忽然觉得周围很安静。即便前一秒身边还有人陪伴，也依然无法掩盖那铺天盖地的孤独。

深城，尚家，尚荣同样没能过好这个年。年夜饭前夕，尚老爷子的几个徒弟忽然又来闹腾了一场。

尚荣是尚家珍珑的负责人，但这群如今最活跃的尚家大厨们同样功成名就，在尚家有着不小的话语权。说起来他们也是一起长大的，排名较前的徒弟进尚家甚至比他还早，平常在外他们倒是都给他面子，大家在深城拧成一股绳，表面一团和气。

深城人人都说尚家团结，但背地里怎么样，他心里都有数。

尚老爷子没有亲戚，尚家的年夜饭餐桌上，除了尚荣姓尚，其余都是母族夏家的亲戚。

夏家人丁兴旺，却也并非谁都能进尚家的大门，能坐在这里吃年夜饭的夏家人，无一不是从家族亲戚里脱颖而出的佼佼者。但即便如此，这些佼佼者们在尚家仍旧待得谨小慎微，对尚荣和尚荣的母亲，更是极尽讨好，言听计从。

尚荣的母亲，夏老太太，被娘家乖巧伶俐的亲戚们哄得喜笑颜开，尚荣却对这一屋子的热闹表现得兴致缺缺，任凭这些人怎么溜须拍马，他只岿然不动地坐在沙发上泡茶。

他越这样不把人看在眼里，夏家的人就讨好得越认真，夏仁坐在他旁边奉承得不遗余力："看看我哥，就是风雅，平常在家在公司动不动就泡茶，我跟着学了那么多年，也泡不出他的水平。"

另一位夏家人赶紧接过尚荣手里的茶壶斟茶，斟完后自己也拿了一杯，喝得连连点头："泡得真好，就是茶叶一般，这是临江产的小胡春吧？临江哪能产什么好茶叶，下次我让人寻点正宗的雨前龙井、大红袍来，哪能糟蹋了您的手艺？"

尚荣嗤笑一声："看来是日子过得不错，以前穷得没饭吃，现在都懂茶叶了。"

说话那人被讽刺得僵了僵，但没办法，为了钱，再被刺也只能忍着："那……那是，多亏了您，我们才有今天。"

夏家早年确实穷，不是一般的穷，穷到夏老太太当初带着尚荣回家，全家上下都为多出两张嘴吃饭闹得鸡飞狗跳的地步。

当时夏老太太的兄弟嫂子们万众一心，没少给这两张嘴委屈受，就这会儿坐在年夜饭桌上的人，就有不少当初参与过的，谁能想到这两张嘴日后反倒是最飞黄腾达的呢？当年他们欺负过的人如今成了整个夏家的顶梁柱，老话说得好，风水轮流转，古人诚不欺我。

尚荣余光瞥见这些亲戚的赔笑脸，喝了口茶，面色古井无波。

外头来人说有客人到的时候，他眉头皱了下，进来的果然是珍珑那群扛招牌的台柱子。

台柱子们进屋，果不其然看到尚家屋里一群夏家人的面孔，他们也习惯了，并不跟这些人啰唆，开门见山地说出来意。

尚荣听得眉头皱得更紧，看着领头的老二道："你们去了临江？"

他没提金家，自他上位以来，金家一直是尚家最大的禁忌话题。

老二深深地看着他："尚荣，你让夏仁去干的那些事情我们就不提了，但做人留一线，日后好相见，那是我们的大师兄，他对尚家从来没有恶意。"

"我干什么了？"夏仁听到自己的名字，瞬间想起他那天被追逐四条街的恐惧，气不打一处来，"叫人来打我这叫对尚家没敌意？要不是我跑得快，现在你们可能要去医院探望我了！"

"还挺能编故事，叫人打你，什么年代了你当写小说呢？"老六嗤笑一声，"你再污蔑我大师兄，我真把你打进医院你信不信？"

尚荣的母亲夏老太太过来解围："小六啊，都是一家人，怎么能说这种话？"

夏老太太生孩子早，年纪不算很老，登门的徒弟们看到她，还是收敛怒气喊了声师母。

叫完人后，他们也不想多待，领头的老二朝尚荣发出最后的通牒："尚荣，大师兄这些年从来没有做过对不起尚家的事，至于你跟他之间的恩怨……我也不想多说，总之，话都在这儿，年后师兄的新店马上要开业，为了尚家好，别做让人寒心的事情了。"

说完他带着一群师弟离开，火药味吓得一屋子夏家人噤若寒蝉。夏老太太气得一个倒仰："他，他们这是什么意思？啊？大过年的上门来说这种事情，诚心不想让咱们过好年吗？"

亲戚们赶忙安慰她，夏老太太又惊又怒，拉着儿子道："不是说过不让他们跟金家联系的吗？现在怎么一个个都跑临江去了？是不是他干了什么？他是不是不死心，要回来跟你抢尚家了？”

尚荣沉着脸端着茶杯：“别瞎说。”

老太太却陷入了恐慌里：“你不能让铭德留在深城啊，咱们好不容易才有今天，他一个姓金的，凭什么跟你抢？你姓尚，你才是——”

尚荣听着听着，猛地一撂杯子打断了她：“你当我想在深城看到金家吗？！”

杯子砸在茶台上碎成好几瓣，老太太被他吓了一跳，不敢说话了。

儿子自打继承尚家以后，性格越发阴晴不定，连她这个做妈的，相处起来都得小心翼翼。

夏家人听到尚荣发火，也是噤若寒蝉，唯独夏仁觉得自己受尽委屈，愤愤不平地说：“六师傅的屁股也太歪了，金家找人打我，他居然还帮着铭德说话，说要揍我，简直是吃里爬外。”

话音落地，他身上忽然一痛，被人踢得整个人歪倒，差点从沙发平移到地上。回神后，他才惊讶地发现踢自己的居然是尚荣。

尚荣踢完他就朝书房走，临走前还撂下一句：“说话长长脑子，编这些没逻辑的话，是我，我也揍你。”

夏仁捂着痛处，瞠目结舌，过了一会儿才明白尚荣也不相信自己，委屈得整个人都快不好了。

他平常拍马屁够劲，夏老太太疼他也比疼其他晚辈多些，见他被揍，便来安慰。

夏仁抓着她道：“真的啊！姨妈！铭德那天找了四个人来打我，全是彪形大汉，追着我跑了足足四条街啊！铭德暗地里肯定是道上的！”

夏老太太心疼地看着他：“我知道你是想找理由帮尚荣劝六师傅他们，唉，以后少看点小说吧。”

是真的啊！我说的是真的啊！六师傅他们不相信也就算了，怎么连你们都不相信我！

节后，金窈窕戴着露娜织的围巾回到工作岗位。

孟爷爷早早来上班，坐在保安亭里看报纸，窗户忽然被敲了敲，抬头一看，原来是小老板金窈窕。

金窈窕笑眯眯地递进来一个红包："新年快乐！孟叔！"

他愣了几秒才收下，红封到手，有些想笑，多少年没从别人手里拿到红包了，这感觉真是……

孟爷爷捏着红包，眼神柔和下来，整了整自己胸口的保安牌，看着金窈窕笑道："你也新年快乐，小老板。"

放完年假的员工们懒洋洋上工，本来还有点不在状态，结果一进门就收到了金总监给的开工红包。

一个年假不见，金总监好像更漂亮了，拿着红包似笑非笑地跟他们说："放假玩野了吧？现在上班的心情是不是如同上坟？"

铭德的员工们伸手去抓红包，听完都大笑起来。

"冤枉啊殿下！"

"臣在家里，一日不见您就如隔三秋，年夜饭都吃得不得劲！"

金窈窕把红包塞进这位姑娘手里："我看你是想食堂了才对。"

顿时又是一阵大笑。

笑完以后，她拍了拍手，开口道："各位，铭德在深城的第一家分店很快就要开张，马上会是一场硬仗，好好打，辛苦大家了。"

她笑的时候平易近人，不笑的时候却威肃得让谁都不敢小看，话音落地，公司内原本有些懒散的假日氛围登时一变，所有人的后背都挺了起来。

金窈窕满意地点了点头，这才再次露出笑容："为了犒劳各位，开工的第一天，食堂提供隐宴新店所有的招牌菜，各位记得去吃哦。"

她走后，办公区寂静了几秒，随即爆发出一阵欢呼。

新年后上班的第一天，深城本地的上班族们刷新微博的时候，突然发现实时动态里出现了一个新的超话——铭德深城分公司食堂超话？

很多上班族点进去瞄了几眼，里面暂时还都是文字内容。

“嗷嗷嗷，中午就来放图！”

“神哪！今天居然有蟹黄银粉和蜜汁牛筋！试问全天下哪家公司的食堂可以吃到这种菜色！”

“我们不能辜负殿下，我们要像占领临江那样占领深城！”

“铭德的员工无所畏惧！大城市也不怕，在殿下的带领下冲呀！”

什么玩意儿？上班族们看得摸不着头脑，转头就忘了。这个时候，他们还不知道，即将支配他们多年的恐惧已然悄悄来临。

隐宴即将开业的消息逐渐在深城传开，不少看过叶白情那篇关于孕吐文章的深城人都对此表示出了兴趣，却也有不少相关从业者对铭德的未来抱以悲观的态度。

原因无他，只是深城夏家的好些人在应酬场合都公开表现过对这个公司的不爽。

尚家的珍珑是深城最大的餐饮公司之一，旗下餐厅遍布深城各个角落，尚家的那些大厨，这些年更是南征北战，荣誉无数，业内人哪怕看在这些奖项的面子上，也不敢看轻珍珑半分。相比起来，铭德一个外地来的公司，实在很难有跟他们对抗的底气。

金父这段时间在深城应酬，认识了不少同园区的企业家，有人隐隐听到风声来提醒他小心，可还不等他警惕起来，园区就给了他铭德入选今年中小企业税收优惠政策名额的好消息。

金父：“……”

算了，不管他了，离开深城多年，这城市真是越来越让人看不懂了。

金窈窕带着自己选定的新主厨进驻新店，屠师傅是块砖，哪里有用往哪儿搬，这次果然又来帮忙了。

他儿子还没搬家，但他还是喜滋滋地带来了乔迁喜糖，塞给金窈窕让她吃。

买房的钱，自然是从铭德给他的分红里出的，屠师傅这人闷，也说不来好话，可就为了这套如同及时雨般到来的房子，他这辈子给铭德做牛做马都不后悔。

他也不让金窈窕干活，挽起袖子跟其他徒弟们一起搬厨房里的食材，力量大得像只精力充沛的雪橇犬。他搬着桶挪动，桶里是金窈窕事先浸泡好的粉条，做蟹黄银皮用得上。

这玩意儿有些讲究，干的时候很难炖烂，彻底泡软后再做菜又很难入味，必须得泡得不干不湿正正好，才足够吸收蟹黄的鲜味，又不至于炖到蟹黄过火。

金窈窕嘴里嚼着牛奶糖，正好手上做的也是奶制品，水牛乳经过催化炖煮后得到的新鲜奶酪，香气清甜，又白又软，宛若凝脂，在她手中柔顺乖巧地被分成剂子，填进糯米揉成的皮里，做成一颗颗小汤圆。

旁边的锅子里是椰奶，加了酒酿，浑厚的椰奶香被清爽的酒酿混合出了一丝鲜甜丝薄的质感。

夹着馅的小汤圆煮得柔软黏滑以后冲进椰奶，她第一次做这道甜点的时候，金母足足吃了两大碗。

餐厅外，金父请来的一家媒体正在调试机器。对即将开始的工作，他们显得兴致缺缺，摄影师跟记者对坐闲聊："我来之前，组里有人告诉我，这家新店不知道怎么的把珍珑得罪了，我看今天的开业活动怕是没几个人来。"

"要不怎么会请咱们来呢？估计他们在深城也找不到更好的宣传渠道了，管他呢，反正给钱，随便拍拍呗。"

大楼下，靠一篇文章让铭德在深城打开局面的模特叶白情钻出车门。

她肚子已经显怀，因为呕吐的阴影逐渐消散，身上也比之前稍微多了点肉，不再那么瘦骨嶙峋了。

丈夫搀着她，回首招呼一辆跟在后面的采访车停下，随即朝她道："你真是，怀着孕还那么操心，想给他们找媒体打个招呼不就好了？也不看看自己的身体，非要亲自来一趟。"

叶白情说："铭德人生地不熟的，你上次不是说深城还有人搞他们吗？多艰难啊。咱们受了人家恩惠，当然得亲自来给他们撑腰，我现在身体好，不碍事。"想了想又笑道，"其实我也想来尝尝他们开业的菜单，假如还是吃不下，就拜托金总监再给我做一次酸萝卜炖鸭好了，我最近吃她给我的酸萝卜，越吃越想那个味道。”

两人一边说着，一边带着媒体上楼，叶白情的丈夫朝一旁采访队伍的领头道：“今天就拜托你们了，回去请尽量写热闹点。”

“好说好说。”那领头对叶白情夫妇十分客气。先不提叶白情的丈夫在深城跟他们有过多次合作，光叶白情这个国际模特的身份，混国内传媒圈的人士就不会轻慢，即便他们在深城业内已然相当大牌。

金窈窕听说叶白情来了，惊了惊，特地出来迎接：“你怎么到了？”

叶白情拉着她的手，状态跟上次见面时格外不同，脸上挂着柔柔的笑，看着竟有了几分母性光辉：“听说你们开业，我来捧捧场，这位是我朋友刘记者，我请他一道过来给你们宣传宣传。”

金窈窕转向她介绍的那位记者，铭德在深城人脉有限，请不来多少记者捧场，叶白情的帮助无疑是一场及时雨，她有些感动对方的用心：“那就麻烦你们了。”

“不麻烦，鄙社能力不足，承蒙叶小姐看得起请我来，能跟贵公司合作也是荣幸。”能被拥有国际资源的叶白情拜托，那位刘记者高兴都还来不及，对金窈窕这位叶白情的恩人，那就更加客气了。

金窈窕忙于公司，对深城传媒界的构成知道得还比较笼统，也不知道这位记者究竟是什么来头，但听到他这番谦虚的话，便没有轻视，特地叫人给他们倒店里煮好的甘蔗水。人家来帮忙，不管实力优不优秀，都不应该被怠慢。

刘记者一行人便端着铭德员工给的甘蔗水开工，看到门口金父请来的同行，就一起过去守在了位置上。

采访队瞥了眼那群同行带来的机器上的标志，便失去了打招呼的欲望，喝了口水，自己一群人聊了起来。

“这什么水，太好喝了吧？”

“应该是他们家煮的甘蔗水，里头放了玉米，还放了好多调味的药材，我做功课的时候看到过，果然很好喝。”

“快记一下，这也可以写进宣传里。”

他们聊得热火朝天，金父请来的那几个小记者缩得跟鹌鹑似的，小声道：

“这……这不是六台的王牌队吗？他们怎么来了？”

六台是深城本地收视率相当高的一个台，平常在广电看他们这些小角色都恨不得用下巴打招呼，现在在外头碰见，果然也没有来打招呼的意思。

金窈窕回去忙碌，金父接待叶白情夫妇落座后，再出来，竟碰上了意料之外的人。深城园区那位之前拜访过铭德的中年领导领着一群人昂首阔步走来，一看到他就哈哈大笑：“金总，开业大吉啊！”

金父惊了惊，意外地迎上去：“各位怎么来了？”

中年领导哈哈大笑道：“铭德是我们园区的自己人嘛，开业怎么能不来支持一下？”

说完给他介绍带来的一些陌生人，金父听到他们的来历，差点就要露出疑惑的表情，但好歹绷住了，体面地邀请这群不知道为什么来的客人进店：“欢迎欢迎。”

中年领导身后的那群人也看着他，目光很仔细，像是想把他的脸记下来似的，态度却相当友好。

其中一个笑着道：“金总啊，恭喜铭德在深城开业，我们也没什么好送的，就请了熟悉的媒体过来，你不介意吧？”

金父：“当然不会。”

再一看，外头果然又来了一帮记者，人数很多，姿态也很严谨，无须招呼就主动汇入了原本的采访队。

六台的刘记者一眼认出了他们：“咦？你们怎么也来了？”

这是广电里偶尔会碰上的官方台采访队，很难请的。

对方回答得言简意赅：“任务。”

刘记者惊了惊，不敢多问，帮着铭德的人一起给这些同事倒甘蔗水。

角落里最开始的那家小媒体缩得更紧，根本不敢跟这两拨大佬说话。本以为这就是终点了，谁料不多会儿，电梯又送上来一拨人！

刘记者和言简意赅的第三家采访队看到新来的眼熟的同事也错愕不已：“咦？”再一看领着同事来的人群，眼睛顿时瞪得更大了。竟然是尚家的人！还是那几位在外最高调的尚老爷子的弟子？！

在场的人不少都听过夏家对外放话的传闻，此时再看到他们出现，第一时间都想到是来砸场子的。但随即，人群里那位最年长的尚老爷子排名第二的徒弟满脸笑容地张开胳膊：“大师兄！”

金父露出无奈的表情：“你们怎么来了？”

“给铭德捧场啊。”老二抱了抱他，轻声道，“师兄，别赶我们走。”

金父叹了口气：“我赶你们干什么？进去吧。”

他在前头领路，没被赶走的一群师弟喜形于色，跟在后面说：“师兄，我给铭德带了几个认识的记者来，不影响吧？”

金父看了眼门口阵仗又大了好些的采访阵营，摇摇头：“不影响。”

老二也回头看了一眼，觉得记者的数量好像有点多，忍不住问：“师兄，你请来了哪家的人？”

外头的大多数记者都是客人带来的，金父不知道他们的来历，但自己花钱请来的还是认得的，于是开口说了个名字。

老二回忆片刻，发现听都没听说过，一时有些庆幸起自己请相熟的媒体来的决定了。

师兄一家果然艰难。

外头的几家媒体全都惊了。

师兄？师弟？铭德原来藏得那么深吗？当家老板居然是深城珍珑第一主厨的大师兄？！看看尚家那群主厨对他尊敬的样子，说铭德得罪了尚家谁会信啊？奉若上宾还差不多！

但夏家在外口无遮拦也是真的，难不成尚家出现了内部矛盾？这个问题之后再表，当下最要紧的，是铭德大有来头！

门口的几群王牌采访队迷茫地跟意外在这儿碰上的同事打过招呼，随即大眼瞪小眼，陷入深深的反思——这个小小的店门口，汇聚的几乎是深城宣传最核心的力量，就为了来拍个餐厅开业？！

最开始被请来的那群人已经躲在角落里瑟瑟发抖了。等到几十分钟后，再一拨抵达的大佬出现时，他们已经不知道该摆什么表情了。

以刘记者为首的深城王牌们也神色复杂地朝同事招手。

好了，这不是几乎，深城宣传最核心的力量已经集结完毕。

新来的那拨被晶茂金主直接打招呼叫来的记者也是一脸迷茫，他们扛着机器，站在几米开外，看着眼前铭德餐厅门口热闹得像是开记者发布会一样的场面，用尽了自己一生的困惑。这还需要自己来吗?

金父带着人出来给媒体们送店里的甘蔗水，还附带了一些小点心，因为店里忙，顾不上媒体们，他有些不好意思:“怠慢各位了。”

所有媒体声若雷动，齐齐摆手，受宠若惊:“客气了客气了！”

天哪，铭德这也太礼贤下士了?

那群金父花钱请来的最开始还有些高傲的记者此时也客气得不行，摆手摆得肢体似乎都要分离了似的。

金父只能点点头，带着疑惑回到店里。

大佬群里，无人搭理的小采访队哭着开始调试机器，用尽浑身的力量去干活。想到他们一行人刚来店里的时候还拿乔，领头的这会儿眼泪只能往心里流，铭德怎么回事啊……你早说你这么牛不就完了吗?开个公司还玩什么扮猪吃老虎?现在有来头的人做事都是这么任性的吗?

店里，金父的师弟们落座同一桌，举目四顾，店里人并不算少，虽然很多是生面孔，餐饮业的同行们也都没来，但好歹放下了心。师兄一家到底没被尚荣逼到举目无亲的地步。

第41章

铭德此番在深城开业，深城本地的同行确实都没有来，主要都碍于尚家的面子。听过那些夏家传出来的话以后，谁都不会无聊到为了一家外地公司去得罪业内大佬。

叶白情却不知道这些，她坐在桌边，环顾店里的景致。铭德餐厅的选址不错，在深城一处交通颇为便利的高楼中。宴会还没开始，她低下头拿出振动的手机，手机里是上次聊过天的海外同行菲比。

菲比问她："白，你现在还在国内吗？"

叶白情问："是的，怎么了？"

菲比："过段时间我可能会去你那儿一趟，带个朋友。"

叶白情愣了愣，想起对方之前的倾诉："是那位得了厌食症的朋友吗？"

过了很久，菲比才回复她："她的情况很糟糕，我已经没有办法了。白，我很担心她。"

叶白情叹了口气，放下手机，抬手摸了摸自己的肚子。

情绪这个东西真是神奇，当初那样强烈的绝望，绝望到让她对死亡都失去了畏惧，现在她摆脱困境后再试图回忆，竟连一点点当时的心情都想不起来了。

一旁的丈夫注意到她的动作，问她："怎么了？又不舒服了吗？"

孕吐的心理阴影虽然消散，让她逐渐可以吃下一些东西，但生理上的反应还是存在的，有时候她仍旧会因为食物反胃，但都在正常的范畴内。

叶白情摇摇头，将这件让人担忧的事情压下，拿起桌上的菜单翻看起来。

菜单不是专门给她定制的，因此也不存在照顾孕妇的口味，她看着看着，便开始担心起一会儿自己是否会不舒服。大喜的日子，自己来捧场，别场没捧好，反而给人家铭德惹麻烦。

正想着，有铭德的工作人员过来邀请："叶小姐是吗？金总监让我过来给您换个位置。"

叶白情愣了一下，跟丈夫起身，被带到一处窗边落座，周围的人不多，她和丈夫还疑惑着呢，店员已经放下了一个黄铜质地的小壶："金总监说您可能会对气味比较敏感，这附近视野比较开阔，绿植也比较多，应该会让您舒适一点。金总监现在正在忙，突然想起来，就叫我出来给您重新安排一下位置。"

他走后，叶白情有些呆滞，没想到金窈窕这么忙碌还能记起照顾自己的特殊体质。她丈夫一路都表现得挺理智，此时却不免露出几分感动："这家店真是怪有人情味的。"

叶白情听到这话后笑了笑，可不是嘛，心里一下就宽敞许多，随即才嗅到那个铜壶里的香味："吊梨汤？"

她打开盖子看了一眼，果然是吊梨汤，雪白的梨块被炖成柔软的淡黄色，微酸的香气伴着热气扑面而来，嗅到这股香味的瞬间她的口水就不由自主地泛滥起来，立即倒出来喝了一口，随即瞪大眼睛："唔！"

里头放的绝不仅仅是梨。稠厚的汁水甜得一点不腻，水果的清香率先涌进鼻腔，随后层层叠叠丰富的酸鲜，跟鲜梨搭配得完美无缺，她喝了几口，忍不住探头仔细朝盖子里看，果然见汤汁里漂浮着几粒湿润的梅干。

叶白情看着梅子，忍不住笑了，真是家奇怪的餐厅，让人来捧场都能捧得心里暖洋洋的。

金窈窕捻了颗酸梅丢进嘴里，咂摸了下滋味后点头，今年新上的杨梅，她烘干以后拿蜂蜜腌了，里头还放了其他品种的梅干，腌好后湿润酸甜，十分开胃。

屋子里混杂着各式各样的香气，却盖不过她嘴里的这口清爽。屠师傅掀开熏炉，钩出里头汁稠软糯的熏肉，一群小徒弟立刻上前待命，宛若一只只排队等待剃毛的小绵羊。

熏肉切厚片，整齐又漂亮地码在四方盘的一角，另三边分别是醉蟹、卤鹅掌和腌泡菜。泡菜是金黄色的，跟外头常见的任何一种都不同，表面敷有厚厚的酱汁，被腌得乖顺柔软，是金窈窕最近用坛子里的泡菜水琢磨出的新玩意儿。

前菜陆续整齐出现，一个小徒弟问："可以了吗？"

这伙被带来沈城的徒弟虽然尚未出师，可学艺多年，近来又被安置在铭德食堂工作，早已学会了怎么合理有序地安排忙碌的工作。金窈窕看得满意，他们越能扛事，就代表她需要操心的事情越少，她扫了眼那堆整齐划一的盘子，将手里的酸梅撂下道："可以。"

她洗了洗手，观察了一下还在沸腾的蟹黄锅，随即踱步到另一排的烤箱，里头亮着光，照在数只表皮油亮的鹅上。

这道菜是她跟着父亲学的，后来改良过后，又赋予了它新的滋味。

其实父亲在家以外的地方很少做饭，别说店里，就连铭德本部很大的研发新菜的餐厅他都很少去。金窈窕以前觉得奇怪，问过父亲为什么，父亲那时候只笑了笑，说自己学的金家菜不多，在师门里表现的天赋也平平，没必要出来露手。

天赋。

手艺人的行当，最讲究的就是天赋。不是每个大师都幸运地能遇到一个有天赋的好徒弟的。金爷爷的运气就不太好，家里的孩子暂且不说，就连最终被选中继承衣钵的亲传弟子屠师傅，最大的优点也是老实勤奋，而并非有天赋。

金窈窕打开烤箱盖子，烤鹅的香气飘出来，引得周围许多小徒弟引颈观望，鼻翼翕动。

金窈窕笑了笑，拿起一支筷子，烤箱里的肥鹅只微微一碰，酥脆的表皮就应声而破。

店里，金父那群在深城结识的朋友也到了，招呼完客人，他始终不进后厨，一群师弟有些惊讶地问他："师兄，今天不是你来掌勺吗？"

这是铭德在深城开业的第一家店，未来倘若有发展的话，还会晋升为铭德在深城最老的总店，这样具有重要意义的店，自然该由最老资格的班底来掌勺，即便换成他们，也不会轻忽大意。

金父在知根知底的师弟们面前没有必要撑面子，直截了当地说："我没那个水平。"

师弟们都皱眉："师兄你不要妄自菲薄。"

"是啊，师兄您肯定比我厉害多了。"

"你那是懒。"金父瞪了说话的六师弟一眼，朝二师弟道，"老二啊，师傅是多亏收了个你，不然尚家交在小六他们几个不成器的手里，早没今天了。"

二师弟苦笑一声，他确实是尚家所有弟子里荣誉最多的那个，但得到大师兄这样的夸奖，他还是有些心虚。

他能力再强，也达不到师傅的高度，这些年为了给师门扬名，他参加了国内各种各样的美食活动，但影响依旧有限，多数人提起他，知道的无非是他本人的成就和尚家的公司，而并非师傅的名字，和那些据说已经传承了无数辈凝结了师傅心血的菜色。

但这份痛苦他只能藏在心里，无处诉说。

六师弟问金父："那今天掌勺的是谁啊？"

金父也不知道自己二师弟的忧愁，一听这个就心情大好，无不骄傲地炫耀道："你那天在家里见过的，窈窕。"

桌上的几个师弟一听都大惊失色，连还在自省的二师弟都回神，朝他露出不赞同的神色："大师兄，你这也太乱来了，你不露手，也该找个家里信得过的徒弟，窈窕一个女孩子，你怎么放心让她掌这种大场面？"

尚老爷子收下那么多徒弟，没有一个是女孩，他们如今独当一面，收的徒弟也全是男的，传承人这种位置，在他们概念里根本就没有女孩这个选择。

早年金父也是同样的认知，但时至今日，他的观念早被打得稀碎，此时被师弟这样问，他不以为意地摆了摆手："都什么年代了，还讲究这个？我家窈窕能耐着呢，别说我，只怕你们在她跟前，都只有打下手的份。"

二师弟皱着眉头，心想难不成铭德真的沦落到连徒弟都没有的地步了？一时间在脑子里盘算起自己手下的几个徒弟哪个比较有天赋，可以送来给大师兄帮忙的，但一一数过后，却悲哀地发现还真的没什么好人选，那些徒弟的悟性连他都不如。他还有空担心铭德呢，只怕师傅留下的传承都距离湮灭不远了。

二师弟想着那些师傅留下的自己却未能发扬光大的菜色，只觉得跟师兄同病相怜，正叹息着，却听到餐厅里一阵骚动，远远有人开口道："好香！"

他抬头，才发现原来是上菜的人端着盘子从后厨出来了，一开始离得远，他没闻到，等端菜的人走近，他才嗅到那似有若无的香。盘子上桌，他发现原来是前菜，一分为四的碟子，各司其职地盛着不同的材料：深红湿润的肉片、金黄肥厚的泡菜、褐色的鹅掌，以及斩成小块的醉蟹。除了肉片，其他全是凉菜。

旁边早一步上菜的桌子传来声音："嚯！这是什么肉？也太滑嫩了！"

上菜的人解释道："这是我们金总监最新研究的做法，熏制的，还没来得及正式上临江那边的菜单，这是第一次拿出来待客。"

二师弟看了眼对方说的肉片，切得挺厚，酱汁深红，宛若糖色，占据餐盘一隅，安静得热气腾腾着。

六师弟动作快些，夹起一块，肉片入口就瞪大了眼睛："是排骨？"

排骨？

二师弟有些意外，跟着吃了一片，果然是排骨肉，肥厚的肉片酱得很到位，他以为应该是跟叉烧相似的甜口，谁知吃进嘴里，却是咸味更多，些微熏烤的香气渗透进咸中带甜的酱汁里，肉在熏烤前应该事先酱煮过，质地却一点也不松散，只让人觉得水润，留下的筋膜又很肥糯，带着些微热气，做冷盘一点也不腻，反让人吃出点开胃的感觉。

他这些年吃过无数的好东西，但尝到这一口，仍瞬间感受到了菜里的功夫。

金父在一旁介绍道：“可不，肋排酱完以后抽走骨头才挂进炉子里熏的，至于具体怎么做，我倒是不清楚，还是得问窈窕，这些菜都是她琢磨的。”

二师弟听得愣住：“这是……窈窕琢磨的？”

金父：“可不？”

这一桌子都是业内人，面对美食，尚且算冷静，店里的其他客人吃到冷盘却都来劲了。尤其中年领导那一行人，原本只为了卖个善缘来捧场而已，他们哪里想到还能有这样的意外之喜。

柔软鲜浓的熏排骨肉、咸鲜多汁的酱鹅掌，两个肉菜一个软糯，一个肥厚，熏排骨肉带着微甜，鹅掌肥极了，卤成入口即化的质地，滋味却很咸鲜。两道菜浓墨重彩，吃完之后，换成酸爽的泡菜，泡菜外裹的不知是什么汁水，滋味浓郁地渗进菜里，却一点也不影响菜本身的爽脆，嚼一嚼，汁水四溢，将肉菜的油味驱得一干二净。

醉蟹也醉得相当出彩，胶稠的蟹肉带着些微酒香，轻轻一吮就从蟹壳里脱出，满嘴鲜味。

叶白情连吃了三筷子泡菜，吃得胃口大开，本来以为自己今天吃不了什么东西的，但尝过泡菜以后，竟突生饥饿之感，尝了一片排骨肉后，又夹来一筷鹅掌啃得津津有味。要不是丈夫在旁边盯着，她连醉蟹都想尝一尝。

好在前菜过后，宴席正式打响，没多久便有人端着后续的热菜踏了出来。

金父本来还想招呼客人，保证宴会不至于冷场，结果根本不需要他卖力气，来宾们自己就热闹了起来。

菜吃得开心，大伙连酒都不想喝，来捧场的中年领导碰上他来打招呼，一边够着夹距离自己不远的薄切腌猪腿，一边嚼着嘴里还没咽下的鳜鱼肉：“金总，什么时候上米饭啊？”

他特地挑了片肥一点的腌猪腿，猪腿肉蒸得晶莹剔透，餐盘前挨得近的那位明显也看中了这片，结果没他手快，此时眼珠顺着他的筷子一路滑过来。

中年领导：“哈哈！”

能被他拉来这里混脸熟的基本上都是有交情的朋友，犯不着讲究那么多，他顶着这位朋友的视线把那块大半都是透明的腌肉塞进嘴里，随即被口中的咸香再次征服。

他老家在乡下，其实偶尔也会腌东西，但从没听说能腌出这个味道的，论口味之醇厚，比起陈年火腿半点不差，口感却还湿润柔软。

好吃！就是有点咸，吃了就想要米饭。

金父看他吃得满意，也高兴起来，叫来店里的人给宾客们上饭，又问："开点酒？"

店里为这场宴席准备了不少好酒，应酬嘛，少不了是要喝酒的。

中年领导却摆摆手，桌上的客人们也道："不急不急，先吃饭，先吃饭。"

那么好的菜，趁热吃才是正理，待会儿喝一肚子酒，该吃不下了。

服务员端了热米饭上来，铭德的米也有讲究，当季新米先浸后蒸，粒粒晶莹软糯，隔着老远，米香味就挥之不去。中年领导口中咸肉的滋味还没退去，赶忙扒了口饭调和，谁知蓬松的米饭竟也丝毫不亚于桌上菜品的美味，让他忍不住多吃了几口。

"这米饭，"他点点碗，朝一旁的好友说，"都不用配菜，我光拿辣椒酱就能空口吃一碗。"

好友夹来桌上砂锅里的最后一块红烧牛腩，牛腩浓郁的汁水拌米饭，吃得比他还有滋味。

叶白情的丈夫忍不住有点担心："不许吃了啊，最后一口了。"

妻子已经吃了整整一碗米饭了，她之前老吐，后来能吃下东西，胃口却没有怀孕之前那么好，情况好的时候，最多配着铭德给的酸萝卜喝一小碗粥，哪有现在这样胃口大开的时候。

叶白情吃完泡菜以后，发现自己的食欲是真的回来了，她连吃两片肉和一个鸭掌后，又配着腌猪腿的瘦肉和松鼠鳜鱼吃了一大碗饭，就这样，还觉得能继续吃下去。

好久没吃肉了！也不知道是觉得铭德的餐厅有安全感还是怎样，现在吃下咸猪腿肉，她竟真的没有想吐的感觉。

这一刻，她终于确信自己孕吐的心理阴影已经彻底消失，口中松鼠鳜鱼酱汁的酸甜配着米饭爽口极了，鳜鱼肉外皮酥脆，内里柔嫩多汁，更是让人欲罢不能。

顶着丈夫担心的眼神，她咽下口中的鱼肉，看了眼碗里新添的米饭，又看了眼刚刚上桌的稠汤。

“我再吃一点。”她说着舀来一勺稠汤盖在米饭上，再添上一小点旁边附赠的姜醋。

稠厚的汤汁迅速覆盖蓬松雪白的米饭，微微一拌，它们就亲密无间地融合起来，叶白情拿勺子朝嘴里送了一口，登时被口中复杂浑厚的滋味惊艳了，里面片状的材料似乎是粉皮，吸饱了蟹肉的鲜甜，也让蟹汤的质地更加醇厚：“这是蟹黄吗？好香！”

她已经记不起自己有多久没吃过螃蟹了。

路过的服务员笑道：“是呀，这是蟹黄银皮，您是孕妇，不能多吃哦。”

叶白情一边点头，一边朝嘴里又送了一口。旁边的丈夫终于看不下去了，抢过她的碗：“你小心给自己吃伤着。”

叶白情也觉得今天吃得有点多，但看着碗里的米饭，又很是不舍：“多可惜啊，还剩那么多呢。”

丈夫没辙地说：“我吃，行了吧？”

说完果然端着那半碗饭就吃，被姜醋激发出极致鲜味的蟹黄混合了软糯蓬松的米饭，一口下肚，丈夫就忍不住开口道：“还真是绝配哎。”

叶白情气得推了他一把：“你故意的吗？”

丈夫果然不敢再说话，闷头开吃，吃完这碗饭，居然又添了一碗，最后拌着蟹黄银皮，硬生生吃下去三碗米饭。

叶白情这会儿一点都不想吐了，她馋。但没办法，她又实在不敢真的把自己吃撑，只好眼巴巴看着丈夫吃饭，自己喝金窈窕给的吊梨汤。

吊梨汤酸酸甜甜，果然让肚子更舒服了点，她吃着吃着，就掀开盖子，捞出一颗里头的酸梅干。

酸梅干吸饱了梨汤，本身滋味也浓郁，含在嘴里，跟吃糖似的，越含越有滋味，越含越……开胃。

金窈窕继续揉着水牛奶小汤团，看着人把烤箱里酥脆的烤鹅取出，滚烫的烧鹅酥脆得让人不敢多碰，她叮嘱几个小徒弟："小心，别烫到手。"

烤鹅油汁太多，表皮破开后迸射出来，可不是开玩笑的。屠师傅就中了招，黝黑的老脸挂上油点，晶晶亮亮，看着跟被烤出糖汁的红薯似的。

他领着一群温顺的徒弟拾掇鹅，烤鹅事先卤泡后才进的烤箱，表皮还刷过糖，这会儿被烤得焦褐发亮，挪到餐盘，诱人得很，拿刀一滑，两面绽开，才发觉它已经被去干净了骨头。

鹅腹事先填塞的糯米饭得以重见天日，糯米中火腿丁、香菇丁，各色材料应接不暇，浸饱着鹅油和卤汤，糯米隔着肉，被烤箱烘得黏糯剔透，香味一飘出来，忙活了半天的好些小徒弟眼睛都直了。

金窈窕露出满意的神色，把揉好的小汤团放下，拍了拍手："我跟你们一起出去。"

主菜差不多就到这儿了，剩下的其他人都能干。

外头，不少客人已经吃得发撑，中年领导偷偷给自己松了三个皮带眼，心说不行不行，不能再吃了，谁知新的香气又一次飘来，他定睛一看，目光顿时再转不开了。

金父那一桌，烤鹅上桌，一群人全都愣住了。

褐色的烤鹅，脱去全身骨头，内里包着喷香的糯米，六师弟悄悄问："二师兄，这不是师傅教过我们的八宝糯米鹅吗？"

老二点点头，盯着那只似曾相识的鹅，回忆一下涌了上来。

师兄说今天掌勺的是金窈窕，那么这道鹅，应该是师兄教给她的吧？八宝糯米鹅……是尚老爷子最爱吃的菜，师兄学过这个，他也不例外。只是他学得不够好，跟师傅当初教的总有几分区别。也不知道是哪个环节出了问题，就是少了点味，后来他就不爱做这个菜了。

今天的餐桌，已经给了他数次意料之外的成绩，此时看着这道鹅，他腾地生出一些想要品尝的念头。

提筷，轻戳，鹅皮只微微一碰，就酥脆地裂开，一如记忆里那样。褪去骨头，鹅皮酥脆，鹅肉滑嫩，用筷子使劲一夹，就水汪汪扯下一块，包着里头的糯米，塞进嘴里。

汤汁流淌到舌尖的那一瞬，老二的眼神猛地闪了闪。

一旁的六师弟已经嚷嚷起来了："我的天啊……这味道，比师傅做的一点不差啊！"

老二抬起头，看着从后厨出来，找父亲说话的金窈窕。他张了张嘴，想叫她，一时竟说不出话来。可以传承师傅心血的人……莫非，并不是自己，也不在尚家，而是……在这里吗？

金窈窕遥遥对上远处那几位父亲的师弟的目光，怔了怔，随即微笑着点头。

一场宴会，可谓宾主尽欢，连来采访的媒体们走的时候都满脸微笑，铭德最后也给他们准备了三桌宴席，让他们忙碌过后，吃了个淋漓酣畅，临走的时候好几个嗜甜的记者硬是把桌上最后的一点椰奶汤圆都瓜分干净，才带着满嘴椰奶酒酿的鲜甜和糯米水牛乳馅的浓香离开。

一则有人请托，二则吃人嘴短，回去以后，他们自然工作得卖力无比。隐宴和铭德的名字转瞬间铺天盖地，大出风头。

一家外地来的新餐厅，能拥有这个关注量简直是不可思议，让金家自己都吓了一跳。

凭借网络和媒体的双重热度，铭德的新餐厅顺利得连过渡期都没有地红火起来。

深城的餐饮业同行们看到新闻以后只觉得摸不着头脑，搞什么？不是说尚家跟铭德不合的吗？怎么尚家的那几个厨子全去给人家捧场了？那当天没去的自己成了什么？

再看铭德宣传的那阵仗，哪里像一个在深城一穷二白的小公司？好端端的把这样的同行得罪了，无妄之灾都没这么惨的。一时间不少人都暗地里埋怨夏家人在外乱说话，这不是耍人玩吗？果然姓夏就是姓夏，跟尚家人不是一条心。

被推上风口浪尖的夏家人除了生气无计可施，找老二他们几个谈话，得到的回应也是不咸不淡。

六师弟挂断电话，还跟电话那头的夏家人吵了几句，吵完后神清气爽，转头去找自家二师兄。

二师兄在那儿开一个保险箱，看到他，平静地问："是夏仁？"

"就是他。"六师弟道，"别管他了，二师兄，你拿什么呢？"

老二没说话，专心把保险箱打开，探手从深深的柜子里缓缓拿出一本菜谱。菜谱已经很旧了，他看着发黄的外封，好久之后才缓缓翻开。

六师弟看到外封的题字，大吃一惊："这不是师傅的笔迹吗？"

老二点头。

过了一段时间，金父忽然接到电话，电话那头的二师弟说请自己带着女儿去他家里做客。

挂断电话后，金父有些莫名其妙地朝金窈窕道："不知道是什么事情，还挺严肃的。"

金窈窕并不放在心上，仔细翻看着铭德公司整理给她的财报，审阅过深城分公司的经营状况，很久之后她才微微点头。

我的江山啊。

与此同时，一架私人飞机划破上空，缓缓降落在深城机场。

叶白情提前得到消息，来到机场，跟菲比打电话："你们到了吗？"

身后传来菲比的声音："我们到了。"

叶白情惊喜地回头，就见自己的好友身后围聚着一大堆保镖。

这群保镖肤色黝黑，体形健壮，神情严肃地将菲比和另一道纤瘦的身影牢牢围住，让她们不被外界打扰。

叶白情被对方这大阵仗弄得有点错愕，仔细一看，才发现菲比带来的那个朋友裹得无比严实——帽子、口罩、眼镜和大衣，露在外面的皮肤，可能只有手背那一丁点而已。

即便如此，叶白情仍旧觉得此人似曾相识，她眯着眼，忍不住想看透对方重重保护下的真面目。电光石火间，她想到了一个名字，吓得往后踉跄了一步。

天啊，居然是……

第42章

叶白情脸色一变，好友菲比立刻察觉，冲她比了个不要出声的手势。

附近路过的人看到这边的场面，或许是觉得特别亮眼，忍不住回头多打量了几次，被保镖围在当中的主角不安地扯了扯口罩，菲比赶忙招呼："白，我们先离开这里。"

他们走后，留下的一些旅客各自闲聊着——

"刚才那些外国人是谁啊？"

"中间那几个看着挺厉害的，旁边的壮汉好像都是保镖。"

"我怎么觉得有点眼熟呢？"

"得了吧，穿得那么严实，戴帽子那女的也就算了，另外一个护得连是男是女都分不清，这都能眼熟？"

"不过你别说，那个一点看不清的还挺扎眼，隔着衣服都能看出来气质不错，而且身材真好。"

"我觉得有点太瘦了，风一吹都能吹跑。"

“你懂什么？就是瘦才好看呢。”

车上，把自己武装到滴水不漏的那位来客终于摘下帽子和口罩，她皮肤白得像雪，一点血色也看不见，满头浅金色的发丝顺滑地落在肩上。车窗贴着防偷窥膜，她依旧显得非常不安，偌大一辆车子，她落座在最角落，朝外关注了好几次，确认安全后，才扯开嘴角朝叶白情笑了笑：“你好。”

叶白情纵然猜到她是谁，此刻瞧见真面目，依旧难掩惊讶。菲比看着她的表情，苦笑一声：“看来不需要我为你介绍了。”

“是啊。”叶白情喃喃点头，看着面前那张艳光四射的面孔，“谁能不认识黛比呢？”

她在模特圈工作，接触过不少海外的秀场，比起国内的娱乐圈，她反倒更熟悉大洋彼岸的圈子。这位黛比是如今歌坛最有分量的女歌手之一，人美歌强，除了音乐圈，也颇受时尚界青睐，商业价值不可估量，相比起她这个影响力普通的小模特，对方完全是天王巨星级别的人物。

叶白情去听过对方不少的演唱会呢，算是个好感度很高的粉丝，当初听好友菲比提起要带人来的时候，她死都没想到对方指的会是这位。她缺啥啊？她啥都不缺好吗？

有钱有美貌，有名声有地位，叶白情看着这位去年才荣获海外权威音乐奖项的最佳女歌手，对方瘦削的身体被一件平平无奇的长外套包裹着，即便如此，仍掩不住她本身的巨星气场。

那是很玄妙的，只有用人气和地位才能堆出的光环。

叶白情记得对方在舞台上非常喜欢跟粉丝互动，在外表现出的形象也总是自信亲切，但如今坐在车里，对方听到她这样的评价，却只是温和一笑，靠在角落里陷入了沉默。

菲比替她向叶白情解释道：“她可能有点累了。”

叶白情怔怔点头，迟疑地开口：“她，就是……”

菲比面露忧色，点了点头。黛比头靠着车窗，笑着开口道：“不用担心，我很好。”

她情绪看起来确实不错，叶白情有点意外，坐在旁边那个轮廓深邃的保镖却说：“黛比，你现在该做的是好好吃药和接受心理辅导，而不是因为菲比的坚持，来到这个莫名其妙的国家治疗。如果你想要的是美食的话，那纽约的好餐厅也有很多，我相信我们可以找到你能接受的食物。”

叶白情听到此人话里的高傲，眉头皱了下。

黛比朝这人说：“医生，我会好好吃药的，就当我是来玩的吧，我也想跟朋友一起，看看这个世界。”她说着，目光转向窗外，意味不明地笑了笑，“可能，也会让我的情况好一点。”

原来这位不是保镖，是医生吗?

叶白情看着那个医生，因为他刚才的话，心里有些不服气，忍不住朝黛比道：“你一定可以在我们国家得到帮助的，我认识的那家餐厅真的很不错，之前因为怀孕，我也同样什么东西都吃不下，可是现在你看，我已经健康地准备好做一个母亲了。”

黛比却并没有因为她的话露出期待的神色，只是看着她，认真地说：“谢谢你，祝福你生一个健康的宝宝。”

几十年来第一次接到师弟的邀请，金父带着女儿和妻子登门做客。

路上，他朝金母说：“元忠也不知道要干什么，问他也不说，还特地让我把窈窕带上。”

他说的元忠，就是他的二师弟马元忠。金母翻看着自己买的礼物，也不明所以，金窈窕不以为意：“反正我最近也没有特别要紧的事情，今天该交代的工作已经交代出去了。”

金父问：“你说的是哪个？贷款吗？”

金窈窕“嗯”了一声。

她最近把铭德一年之内的财政状况都核查过一遍，明显看出了公司蒸蒸日上的劲头，临江本部那边已经没有太多可发展的余地，但铭德现在前景好，知名度也高，这么好的机会不是时时都能有的，她预备借着这股东风，把公司旗下的各家餐厅都打入深城，并快速占领市场。

金父说把公司交给女儿，果然说一不二地做到了不干扰金窈窕的举措，但想到女儿的计划，他还是忍不住问："铭德这才刚到深城，步子会不会扯得太大了？其实铭德没有必要背上这些债务，公司旗下的餐厅近期收益都很不错，我们可以等资金充裕以后再进行下一步。"

他到底是老一辈的思想，喜欢一步一个脚印，掌管铭德以来，他做过最冒进的事情，就是覆盖式地用铭德大院抢占临江的平价餐饮市场。

但那个时候毕竟是没办法，铭德的老品牌撑不住，才不得不用这种剑走偏锋的方式去找活路。可现在，铭德眼看着越来越好，虽然暂时没法跟早早在深城有了一席之地的尚家相比，但铭德旗下的餐厅每一家的营业额也都稳定增长着。在他看来，女儿这么年轻，大可不必着急，耐心等待公司回笼资金，速度虽然慢些，可胜在稳定。他道："反正市场又不会跑。"

金窈窕朝他笑："爸爸，你知道咱们旗下的餐厅门口每天排队多少人吗？"

金父当然知道，报出几个数字。

金窈窕拿出手机，搜索深城的地图递给他看："听起来很多是吗？爸爸，深城一共十一个区，十个大型商圈，将近三十个中型商圈。按照我们的市场统计，这座城市至少能容纳一家寻香宴，五家隐宴，超过十家铭德大院。爸爸，市场虽然不会跑，可那样慢吞吞地来，我们用上十年也未必能把深城开满。"

金父听得一怔，倒没想到女儿有这个志向："你要把铭德开满深城？"

金窈窕索性把手机塞给他："不止，您要看看全国地图和世界地图吗？"

金父拿着手机的手哆嗦了一下。世界？他想都不敢想，可全国……

他这些年，有时也觉得自己愧对铭德，愧对师门，愧对将公司亲手交给自己的父亲。虽然坐在铭德董事长的位置上，他也算是风光的企业家，可经济形势瞬息万变，长江后浪滚滚而来，铭德在父亲手中的风光，他终究没能维持住，好在有了女儿，他才重新看到金家崛起的希望。

现在的铭德在临江食客无数，公司知名度也与日俱增，在他看来，这已经是非常美满的现状。可倘若有一天，铭德的品牌能在全国遍地开花……金家祖辈泉下有知，恐怕也会高兴得合不拢嘴吧？

父亲拿着手机若有所思，金窈窕靠在车上，却陷入回忆。

她在金家这样观念保守的家庭长大，即便在大学时学习了金融，早年其实也不是如此大胆的作风，毕竟从来没有缺过钱花，她哪里需要去争分夺秒？后来父母去世，家里的亲人个个凉薄，她选择逃避出国，才明白创业的艰难。

当时多亏了一笔天使投资，才让她逐渐在海外站稳脚跟，经过多年摸爬滚打，学会了很多家里不曾教导的手段。

只可惜那位天使投资人始终没有露面，只通过机构与她签订投资合约，金窈窕不知道对方为什么会选择投资当时声名不显的自己，作为回报，她只能在盈利以后回馈这位投资人比预期更加丰厚的收益。

她始终不知道这位投资人是谁。但有了这份经验后，她却学会了该如何借力打力。

二师弟马元忠等在家中，身边围绕着几个师弟和他的小辈徒弟，有长辈们在，小辈们看起来都很拘谨，纵然十分好奇，但仍不敢问长辈们正在干什么。

他的儿子马勒坐在角落，马元忠的几个徒弟围着马勒小声八卦："勒哥，是不是有什么重要的客人要来？"

"厨界的泰斗吗？还是珍珑的高管要到？"

马勒并不理会他们，只目光不善地盯着门外，父亲都告诉他了，要把师爷爷留下的菜谱传给一个不知道从哪儿冒出来的外人。

他一直知道父亲手上有这本菜谱，父亲却从来没提过要把菜谱传给他，以前倒是教过他里头的几道菜，但后来不知道为什么又没了下文。

他喜欢这一行，从小跟父亲学厨，是尚家第三代大弟子，年轻一辈里最出众的佼佼者，父亲又是尚家现如今最活跃最有威信的名厨，因此一直以来，他都认定自己未来会像父亲一样继承尚家真正的衣钵。可他等了那么久，却没想到最后会是这样的结果。

金窈窕跟着父亲到达，钻出车门就见到一群出来迎接的长辈，她礼貌问好后，迅速发觉有一点不对劲，目光一转，就对上人群里一道锐利的视线。

是个年轻人，眉眼清秀俊朗，就是眼神太锋利了，看起来有几分不好相处。

跟父亲寒暄完的长辈给她介绍："窈窕，这是你二师叔家的儿子马勒。"

马勒面无表情，金窈窕也只点了点头，当作问好。

她进去后，马勒跟一群同辈走在最后，听到自家父亲的几个徒弟惊叹："哇，大美女哎。"

马勒抿了抿嘴，心说你们还高兴呢？一会儿就高兴不起来了。

果然一语成谶。

金家人刚落座没多久，金父的几个师弟就交换起了目光，金窈窕正喝着茶呢，怀里就被塞进了一本书："窈窕，你看看这个。"

金窈窕翻开，发现是一本菜谱，第一页记录的就是一道自己从未听过的菜，她立刻来了兴趣，边看边问："这是什么书？"

几个长辈都露出复杂的神色，倒是金父看到菜谱上手写的字迹，没一会儿后反应了过来："这不是师傅的笔迹吗？"

师傅？尚老爷子？金窈窕抬起头和父亲一起看向二师叔，二师叔扯开嘴角笑了笑："是啊，师傅亲手写的，走之前也是亲手交给我的。"

不远处一群徒弟听到这话，顿时哗然，马勒的视线越发尖锐起来。

金窈窕已经看完一页，此时翻到第二页，停下了动作："什么意思？"

尚老爷子亲手写的？那这菜谱是……

金父同样听出了二师弟话里的深意，错愕地说："师傅给了你菜谱，我怎么不知道？"

没给自己，也没给尚荣，反倒给了二师弟？

其他几个也刚刚知情的小师弟都没说话，二师弟坐下来，给他倒了一杯茶，轻声说："大师兄，师傅当初给我这本菜谱的时候说过，这是他祖辈流传下来的心血。他说我在他的弟子里天赋最好，所以才选中交给我，让我别跟师兄弟们说，我不是故意瞒着你的。"

金父像是受到了一点打击，但转念一想，又恢复了平静。确实，他自己也知道，他在尚老爷子门下，不是天赋最出众的那一个。

二师弟解释道："师兄，师傅当初交给我这个，是想让我好好钻研，辅佐你发扬尚家，只是……"

只是没想到，师傅死后，尚家却易了主。

金父摇摇头："别说这些老皇历了。"说完又反应过来，"师傅让你别跟人说，那你把它拿出来干什么？"

二师弟看着他："师傅让我为这本菜谱寻找下一个衣钵传人，我今天把您请来，就是为了这个。"

听到这话，屋里的一群年轻小辈都激动了，个个满眼期盼地看向菜谱方向，唯独马勒依旧面无表情。

金父看了眼摊开在女儿手中的菜谱，有点没反应过来："什么意思？"

二师弟放下茶壶，郑重宣布："师兄，我觉得窈窕就是最合适的人选。"

满室还在亢奋的小辈们都寂静下来，马勒终于听到这句最不想听的话，气得脑子嗡的一声。

金父更是吃惊，一下就坐直了身体："窈窕？尚家那么多徒弟，你还有儿子呢，怎么就轮到窈窕了？"

马勒就听自家父亲理所当然地回答："徒弟再多有什么用？我家那小子也不成气候，这传承是师傅的，又不是马家的，怎么能交给他？"

大庭广众，当着一群师弟的面被父亲这样评价，马勒气得眼珠差点掉出来。我是你亲儿子吗？捡的吧？

他又盯着金窈窕，看着金窈窕搭在书页上白瘦纤细的手指，虽然挺好看的，但并不影响他自尊受到打击后生出的熊熊怒火。

这从哪儿冒出来的丫头片子？诡计多端，给父亲灌下这种迷魂汤，连儿子都不顾了。

但下一秒，这位诡计多端的陌生女孩竟然抬手合拢书页，将菜谱搁回桌上，说："谢谢二师叔您看得起我，不过抱歉，这个传承我不能收。"

金父看向女儿，女儿伸手过来拉他，把他和妻子拉起来后，又礼貌地朝一群师弟们点头："各位叔叔，不好意思，铭德还有事不能多留，我们就先走了。"

金窈窕说罢，又扫了那本菜谱一眼，果然干脆利落地带着父母离开，留下一屋子人都为她的拒绝怔住，连马勒都不例外。

金父今天受到了不少冲击，出门后脑子才清醒一些，反应过来，朝后看了一眼，又转向女儿："窈窕……"

那是尚老爷子留下的菜谱，作为尚老爷子的大徒弟，他太清楚这意味着什么，尚老爷子虽然不能留后，可往上数，祖祖辈辈却都是了不得的人物。他留下给看中的传人，还叮嘱对方秘而不宣的菜谱，凝聚了尚家祖祖辈辈的心得，绝不是什么一般二般的货色。

金窈窕一手牵着他，一手牵着母亲，快步朝外头的车走，边走边低声说："别说了爸，我不会要的。"

父亲的师弟们都是尚家的人，即便不姓尚，他们帮助尚家工作，也是尚家密不可分的一分子。

那本菜谱确实非同一般，她看到第一页就被激发了无穷灵感，但天下没有白吃的午餐，她今天收下那本书，从今往后就等于跟尚家扯上瓜葛。拿人手短，尚荣当初把父亲赶出尚家，难不成自己日后还要为他手中的珍珑谋利?

食物对她的意义，是让自己和看重的人得到幸福，别说她现在已经有铭德了，就是没有，也不至于为了利益如此卑微。

金父叹了口气，知道女儿是为了自己，他有些不忍心："窈窕，这是个很好的机会。"

金窈窕钻进车里，回答道："除非二师叔他们离开珍珑，跟现在的这位尚总没有任何关系，这个机会也跟现在的这位尚总没有任何关系，否则对我来说，爸爸，你比这些机会更重要。"

屋里，金窈窕离开后，一群长辈静默的同时，小辈们却都感受到了峰回路转的快乐。

老二的一群年轻小徒弟躲开来庆幸道:“哇，幸好人家没同意。”

“师傅这下肯定要另外选人了，说不定就是我呢。”

“啧，就你？做什么白日梦？师傅要选肯定选勒哥啊，又是亲儿子，又是咱们的大师兄，水平也是咱们里最高的。”

小徒弟们说着，纷纷转头看向最后的胜利者马勒，马勒在他们的注视下却没有露出一丁点高兴的表情，抿着嘴转头就走。

他一边走一边气得眼前发黑，比之前听到亲爹当众说自己不成器还气。凝聚了尚家祖辈心血的菜谱，那么珍贵的菜谱，他心心念念想要的菜谱，她居然拒绝？她居然不要？！啊！气死了！

他气得简直想捶墙，又想把那个不识货的丫头片子押回来，刚绕过拐角，却听见有人打电话的声音:“夏总，事情就是这样，铭德的金总他们已经走了……”

尚家的某个小徒弟，和以往一样躲在角落里悄悄打完通风报信的电话，一转头就瞪大双眼，马勒正阴沉着脸站在距离他几步开外的地方。

“我说是谁这么吃里爬外呢？”马勒的声音慢条斯理，又低又沉，他慢慢挽袖，带着山雨欲来的威慑靠近，“原来是你这么个活腻歪了的。”

说完一通好揍，揍完再提着人下楼丢给父亲，马勒捋着袖子往回走，走着走着还是缓不过来。

啊！气死了！

夏家到底是知道了这群尚家台柱子找上金家小辈主动传艺的举动，兵荒马乱的场面难以描述。夏老太太听完夏仁的传话，巨大的恐慌袭上心头，她捂着胸口，差点没晕过去。

金窈窕回到公司，将那本只看了一页的菜谱抛到脑后，回到办公室，审阅起自己制定到一半的铭德未来发展计划，一边翻看公司的人事资料，一边修改制定细节，写着写着，倒真有些发起了愁。也不是为了别的，主要是铭德如今在档的厨师数量有点少。

金老爷子就留下屠师傅这么一个传人，屠师傅再能带徒弟，到底没有三头六臂，教出来的也就那么几个。其中比较出息的，例如汪盛这种能坐镇一家餐厅主厨之位的人才就更少了。

铭德在临江，三个品牌线的餐厅加在一起就有将近十家，这些店的经营已经走上正轨，可以不去操心，可未来在深城，她计划里的那些要迅速推开的分店，从哪里调人，调哪些人，却需要好好琢磨。

倘若想让铭德的脚步永不停滞，在深城以外的其他城市，同样的困扰永远都不会消失。

太子殿下放下敲击键盘的手指，搓了搓脸，叹息着股肱之臣的不够用，往日里不觉得，这一要上朝，就看出寒酸了。

她提醒人事留意一下这件事，但同时也清楚培养人才需要过程，脑海里不禁短暂划过一个无稽的念头——

要是能从天而降一群有基础的好厨子就好了。

《窈窕珍馐1》完